手法、火候、調味

如何料理

烹調用具、廚具

進食方式

怎麼吃
How

如何品嚐

食器、餐具

如何感受

如何形容

各國菜餚

Where
在哪裡吃

場所

Who
誰吃、誰煮

咖啡

茶類

酒精飲料

一日三餐
與各種飲食法

東方的節日

When

什麼時候吃

節日特餐

西方的節日

喜慶婚祭

日常餐食
與成分

開胃菜、
配菜與小菜

食材

飲食文化

湯

沙拉與淋醬

What
吃什麼

飲品

無酒精、飲料

鹹香零食、
小吃

甜品

主食

主菜

用英語買菜點菜、烹調料理、飲食作樂一本搞定，還能說得一口好菜！

如何捷進英語詞彙

飲食篇

陳筱宛、謝汝萱————著

fish kettle

wok

dutch oven

grill pan

double boiler

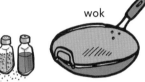

別再被「學英語不用背單字」騙了！
單字要背，但絕不是拿起英語字典從A背到Z。

五W情境分類 × 心智圖聯想查找 × 邏輯整理5000組詞彙

寫作、溝通、對話、翻譯，英語單字用得好，更用得漂亮

如何使用本書

按事物的概念類別及使用情境分類，以心智圖為架構索引，藉由直覺與聯想，依路徑查詢，可找到適用的詞彙，全書蒐羅與飲食相關的詞彙逾5000組，包含料理名稱、各類飲食法、食材菜餚、料理與食用方式。

單元主題

模擬會話
以對話表現單元的日常情境，理解詞彙用法。

單元路徑

詞彙
將詞彙分類條列，查找特定單字外，同時學到相關字詞。

字辨　深入解析相似字、同義字的字義，確切掌握用字。

圖解

部分字彙搭配圖像呈現，幫助記憶。

章名索引標籤

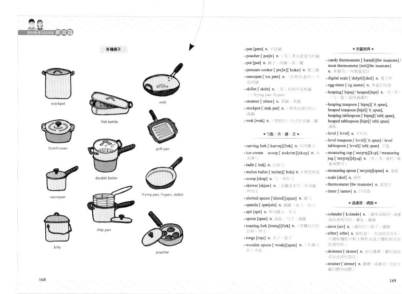

各種鍋子

stockpot

wok

fish kettle

Dutch oven

grill pan

double boiler

saucepan

frying pan, frypan, skillet

chip pan

billy

poacher

- pan [pæn] n. 平底鍋
- poacher [`potʃə] n.（英）煮水波蛋用的鍋
- pot [pɑt] n. 鍋子、深鍋、壺、罐
- pressure cooker [`prɛʃə][`kʊkə] n. 壓力鍋
- saucepan [`sɔs,pæn] n.（長柄有蓋的）平底深鍋
- skillet [`skɪlɪt] n.（美）長柄平底煎鍋（= frying pan, frypan）
- steamer [`stimə] n. 蒸鍋、蒸籠
- stockpot [`stak,pɑt] n.（煮有高湯用的）深鍋
- wok [wɑk] n.（帶柄的）中式炒菜鍋、鑊

匙·叉·鏟·夾

- carving fork [`kɑrvɪŋ][fɔrk] n. 切肉餐叉
- ice-cream scoop [`aɪskrim][skup] n. 冰淇淋勺
- ladle [`ledl] n. 長柄勺
- melon baller [`mɛlən][`bɔlə] n. 水果挖球器
- scoop [skup] n.（勺、球形勺
- skewer [`skjuə] n.（金屬或木竹）串肉籤、烤肉叉
- slotted spoon [`slɑtɪd][spun] n. 漏勺
- spatula [`spætjələ] n. 鍋鏟、抹刀、抹刀
- spit [spɪt] n. 烤肉鐵叉、炙叉
- spoon [spun] n. 湯匙、勺子、調羹
- toasting fork [tostɪŋ][fɔrk] n.（烤麵包用的）長柄烤叉
- tongs [tɔŋz] n. 夾子、鉗子
- wooden spoon [`wʊdn][spun] n. 攪拌用的木匙

秤量器具

- candy thermometer [`kændɪ][θə`mɑmətə] / meat thermometer [mit][θə`mɑmətə] n. 煮糖用/肉類溫度計
- digital scale [`dɪdʒɪtl][skel] n. 電子秤
- egg-timer [`ɛg,taɪmə] n. 煮蛋計時器
- heaping [`hipɪŋ] / heaped[hipt] a.（美／英）（一匙、一匙）滿作滿滿的
- heaping teaspoon [`hipɪŋ][`ti,spun], heaped teaspoon [hipt][`ti,spun], heaping tablespoon [`hipɪŋ][`tebl,spun], heaped tablespoon [hipt][`tebl,spun] 滿匙
- level [`lɛvl] a. 平坦的
- level teaspoon [`lɛvl][`ti,spun] / level tablespoon [`lɛvl][`tebl,spun] n. 平匙
- measuring cup [`mɛʒərɪŋ][kʌp] / measuring jug [`mɛʒərɪŋ][dʒʌg] n. 量杯、（帶量杯的）量液體杯
- measuring spoon [`mɛʒərɪŋ][spun] n. 量匙
- scale [skel] n. 秤杆
- thermometer [θə`mɑmətə] n. 溫度計
- timer [`taɪmə] n. 計時器

過濾器·網篩

- colander [`kʌləndə] n. 鍋型或碗型、過濾洗滌食物的的濾盆、濾鍋
- sieve [sɪv] n.（篩用的）篩子、濾網
- sifter [`sɪftə] n. 篩粉器、容器篩選都有孔，可濾除麵粉中較大顆粒或混合粉料和其他乾燥材料）
- skimmer [`skɪmə] n. 撇沫撈網、撈取浮渣
- strainer [`strenə] n. 濾網、過濾器（用來分離固體與液體）

烘焙用具

pastry wheel

spatula

cake slice

angled spatula

- doily [`dɔɪlɪ] n.（放杯碟、小蛋糕或糕點餐盤的）鏤空圖花小墊布
- palette knife [`pælɪt][naɪf] n.（烹飪）用來翻面或移動糕點肉等平滑的食物或餅皮，還有塗抹裝飾用的調抹刀
- pastry blender [`pestrɪ][`blɛndə], pastry cutter [`pestrɪ][`kʌtə], dough blender [do][`blɛndə] n. 切麵刀（與烘焙原有刀叉利刃切割的切刀用）
- pastry brush [`pestrɪ][brʌʃ] n. 毛刷
- pastry wheel [`pestrɪ][hwil] n. 輪刀
- petit four case [`pɛti][for][kes] n. 花式小點心紙模
- pie bird [paɪ][bɜrd], pie funnel [paɪ][`fʌnl] n. 派鳥（中空有支撐麵皮、還有助於排出派餡）

- pie dish [paɪ][dɪʃ] n. 派盤
- pie weights [paɪ][wets] n. 鎮石、重石（用於空烘麵皮時，= baking beans）
- piping bag [`paɪpɪŋ][bæg] n. 擠花袋
- piping nozzle [`paɪpɪŋ][`nɑzl] n. 擠花嘴
- pudding basin [`pʊdɪŋ][`besn] n.（英）圓且深的布丁盤
- rolling pin [`rolɪŋ][pɪn] n. 桿麵棍
- spatula [`spætjələ] n. 抹刀、抹刀、鍋鏟
- waxed paper [wækst][`pepə] / greaseproof paper [`gris,pruf][`pepə] n. 蠟紙（美／英）（用來包食物的防油紙、防油紙）

延伸例句

➤➤ Do you want your coffee beans ground?
您的咖啡豆要不要磨？

➤➤ Please grind them for use in a French press.
麻煩磨成適合法式濾壓壺的細度。

➤➤ How long should I bake the fish?
魚要烤多久？

➤➤ Please preheat the oven at 200°C。
請把烤箱預熱至攝氏 200 度。

➤➤ I press the pastry in the pie dishes and prick it with a fork.
我把酥餅麵團放進派盤裡，用叉子在麵團上戳洞。

➤➤ Boiling the cauliflower in water with lemon juice can keep it white.
把花椰菜放進加了檸檬汁的水裡煮可以保持它原有的白色。

➤➤ I use some simple shortcuts to create a spinach lasagna that tastes like I made it from scratch.
我用了幾招簡單的偷吃步，做出一道吃起來像是從頭做起的菠菜千層麵。

➤➤ Please transfer those onion rings to a plat.
請把那些洋蔥圈換道別盤子上。

➤➤ I need a flour sieve to sift this icing sugar.
我需要麵粉篩來過篩這些糖粉。

➤➤ Can you scrape the dirt off these potatoes for me?
你能幫我刮這些馬鈴薯上的泥土刮掉嗎？

➤➤ I like to grate some cheese over the potatoes before serving.
我喜歡在馬鈴薯上桌前在上面撒一些糖的起司。

➤➤ Reduce the heat and continue simmering until the sauce is thick.
把火力調小，持續燉煮到醬汁變濃稠。

延伸例句

精選實用句型，進一步延伸運用，暢所欲言。

Contents |目錄|

How 153
怎麼吃

Where 209
在哪裡吃

Who 231
誰來吃、誰在煮

When

什麼時候吃

/ 一日三餐與各種飲食法
/ 節日特餐
/ 喜慶婚祭

一、一日三餐與各種飲食法

情境對話

Naylor Swift : Have you had breakfast?
你吃過早飯了嗎？

Elena Gomez : No. Why do you ask?
還沒，為什麼問？

Naylor Swift : How about having brunch with me? It's my treat.
要不要來和我吃早午餐？我請客。

Elena Gomez : You're so nice. Are you celebrating anything special?
你真好。有什麼特別的事要慶祝嗎？

Naylor Swift : Oh, it's just that my fasting is over, and I want to celebrate it with food.
喔，只是因為我結束斷食了，我想吃大餐慶祝

Elena Gomez : Are you following any fad diet?
你在進行哪種流行節食法嗎？

Naylor Swift : No, I never have any diet plan.
不，我從來沒有什麼飲食計畫。

Elena Gomez : Oh, yes, you did tell me that you were fasting for Ramadan.
喔，對了，你告訴過我，你要在齋戒月期間斷食。

Naylor Swift : That's right. So how about it?
沒錯。妳覺得如何？

Elena Gomez : I'd love to, but I have a lunch date today.
我很想去，但我中午有個約會

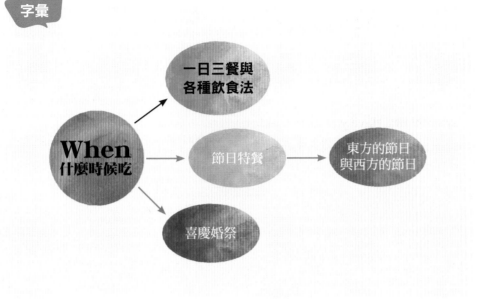

字彙

一日三餐與
各種飲食法

When
什麼時候吃

節日特餐

東方的節日
與西方的節日

喜慶婚祭

When

What

How

Where

Who

★一日三餐★

- abstinence [ˈæbstənəns] n.（宗教）禁食
- breakfast [ˈbrɛkfəst] n. 早餐
- brunch [brʌntʃ] n. 早午餐
- collation [kəˈleʃən] n.（基督教齋戒日的）點心
- Continental breakfast [ˌkɑntəˈnɛntl̩] [ˈbrɛkfəst] n. 歐式早餐
- dinner [ˈdɪnɚ] n. 正餐
- dinner hour [ˈdɪnɚ][aʊr] n. 正餐時刻
- elevenses [ɪˈlɛvn̩zəs] n. 上午茶
- English breakfast [ˈɪŋglɪʃ][ˈbrɛkfəst] n. 英式早餐
- fasting [ˈfæstɪŋ] n. 斷食、齋戒
- full course dinner [fʊl][kors][ˈdɪnɚ] n. 全席晚餐
- instant breakfast [ˈɪnstənt][ˈbrɛkfəst]

字辨

dinner 與 supper

dinner：一般中譯為晚餐，但更精確的說法，是一天中最主要或最豐盛的那一餐，在現代通常為晚餐，但也可能在下午，甚至中午。

supper：源自法文 *souper*，意指晚餐，過去農人會在中午吃一天中最豐盛的一餐（dinner），到傍晚則吃較簡便的 supper。但如今 dinner 與 supper 經常混用，皆指晚餐。

n. 即食早餐
- lunch [lʌntʃ] n. 午餐
- lunch box [lʌntʃ][bɑks] n. 便當盒
- luncheon [ˈlʌntʃən] n. 午宴
- lunchtime [ˈlʌntʃ ˌtaɪm] n. 午餐時間

13

- meal [mil] n. 一餐
- midnight snack [ˈmɪd͵naɪt][snæk] n. 消夜
- packed lunch[pækt][lʌntʃ],box lunch [bɑks] [lʌntʃ] n. 盒裝午餐
- refection [rɪˈfɛkʃən] n. 便餐、茶點
- refreshment [rɪˈfrɛʃmənt] n. 點心、提神之物
- repast [rɪˈpæst] n. 餐食、膳食
- supper [ˈsʌpɚ] n. 晚餐
- tea [ti] n. 下午茶
- tea party [ti][ˈpɑrtɪ] n. 茶會
- teatime [ˈti͵taɪm] n. 下午茶時間
- tiffin [ˈtɪfɪn] n.（印度的）早餐與晚餐之間的餐點
- tiffin box [ˈtɪfɪn][bɑks] n.（通常為多層）便當盒
- titbit [ˈtɪtbɪt] n. 少量珍饈
- The Last Supper [ðə][læst][ˈsʌpɚ] n.（聖經主題）最後的晚餐
- Yum cha n. 港式飲茶

★ 各種飲食法 ★

- clean eating [klin][ˈitɪŋ] n. 乾淨飲食、淨食
- comfort food [ˈkʌmfɚt][fud] n. 療癒食物
- crash diet [kræʃ][ˈdaɪət] n. 急速減肥飲食
- DASH diet [dæʃ][ˈdaɪət] (Dietary Approaches to Stop Hypertension diet) n. 得舒飲食
- detox diet [dɪˈtɑks][ˈdaɪət] n. 排毒飲食
- diabetic diet [daɪəˈbɛtɪk][ˈdaɪət] n. 糖尿病飲食
- diet [ˈdaɪət] n. 日常飲食；節食
- diet plan [ˈdaɪət][plæn] n. 飲食計畫

字辨

meal 與 repast

meal：指一餐或用餐時間的意思，如 three meals a day（一天三餐）、during my meal（我用餐時），為常見用詞。

repast：意同 meal，指一餐或用餐時間，如 enjoy my repast（享用我的餐點），但較少用。

- diet therapy [ˈdaɪət][ˈθɛrəpɪ] n. 食療
- dietary supplementation [ˈdaɪə͵tɛrɪ][͵sʌpləmənˈteʃən] n. 食補
- eat-clean diet [it klin][ˈdaɪət] n. 淨食飲食
- elemental diet [͵ɛləˈmɛntl][ˈdaɪət] n. 元素飲食
- elimination diet [ɪ͵lɪməˈneʃən][ˈdaɪət] n. 排除飲食
- fad diet [fæd][ˈdaɪət] n. 流行的飲食法
- five element diet [faɪv][ˈɛləmənt][ˈdaɪət] n. 五行飲食
- gluten-free diet [ɡˈlutənfrˈi][ˈdaɪət] n.無麩質飲食
- GM diet [dʒi ˈɛm][ˈdaɪət] (general motors diet) n. 排毒減肥餐
- healthy diet [ˈhɛlθɪ][ˈdaɪət] n. 健康飲食
- Intermittent fasting diet [͵ɪntɚˈmɪtənt][ˈfæstɪŋ][ˈdaɪət] n. 間歇性斷食法
- Kempner rice diet [kɛmpnɚ][ˈdaɪət] n. 肯氏低鹽米食
- keto diet [ˈkito][ˈdaɪət] (ketogenic diet) n. 生酮飲食
- liquid diet [ˈlɪkwɪd][ˈdaɪət] n. 流質飲食

- low-calorie diet [ˈloˈkælərɪ][ˈdaɪət] n. 低熱量飲食
- low-carb diet [ˈloˈkɑrb][ˈdaɪət] (low-carbohydrate diet) n. 低醣飲食
- low-carbon diet [ˈloˈkɑrbən][ˈdaɪət] n. 低碳飲食
- low-fat diet [ˈloˈfæt][ˈdaɪət] n. 低油飲食
- low FODMAP diet n. 低發漫飲食（FODMAP 為 Fermentable Oligosaccharides Disaccharides Monosaccharides And Polyols 的縮寫，指「可發酵寡醣、雙醣、單醣和多元醇」，是食物或食品添加劑中較容易引起腸躁症等消化問題的短鏈碳水化合物和糖醇）
- low-GI diet, low-glycemic diet [ˈlo glɪˈsemɪk][ˈdaɪət] n. 低升糖飲食
- low-protein diet [ˈloˈprotiɪn][ˈdaɪət] n. 低蛋白飲食
- low-salt diet [lo sɔlt][ˈdaɪət] a. 低鹽飲食
- medicinal diet [mɪˈdɪsənəl][ˈdaɪət] n. 藥膳
- medicinal tonics [mɪˈdɪsənəl][ˈtɔnɪks] n. 藥補
- Mediterranean diet [ˌmɛdətəˈrenɪən][ˈdaɪət] n. 地中海飲食

- MIND diet (Mediterranean-DASH Intervention for Neurodegenerative Delay diet) n. 麥德飲食
- mindful eating [ˈmaɪdfəl][ˈitɪŋ] n. 正念飲食
- plant-based diet [ˈplænt ˌbest][ˈdaɪət] n. 蔬食飲食
- rainbow diet [ˈren ˌbo][ˈdaɪət] n. 彩虹飲食
- raw food diet [rɔ][fud][ˈdaɪət] n. 生機飲食
- regimen [ˈrɛdʒə ˌmɛn] n. 養生法
- slow food [slo fud] n. 慢食
- weight loss diet [wet][lɔs][ˈdaɪət] n. 減肥飲食
- vegan diet [ˈvɛgən][ˈdaɪət] n. 純素飲食
- vegetarian diet [ˌvɛdʒəˈtɛrɪən][ˈdaɪət] n.（泛稱）素食飲食
- vegetarianism [ˌvɛdʒəˈtɛrɪənɪzəm] n. 素食主義
- winter dietary supplementation [ˈwɪntɚ][ˈdaɪə ˌtɛrɪ][ˌsʌpləmənˈteʃən] n. 冬令進補
- yo-yo dieting [ˈjo ˌjo][ˈdaɪətɪŋ] n. 溜溜球節食法

心·得·筆·記

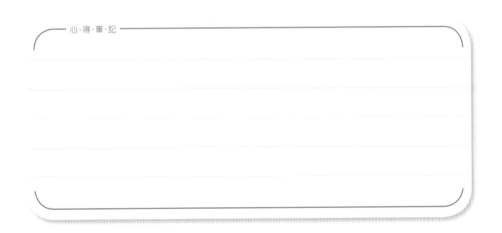

延伸例句

▶▶▶ I'm having dinner but can't eat anything.
我正在用晚餐，可是吃不下任何東西。

▶▶▶ I'm having lunch with George this weekend.
這週末我會和喬治吃中飯。

▶▶▶ They stopped at the coffee shop for elevenses.
他們把車停在咖啡店喝上午茶。

▶▶▶ Slow food movement is a response to fast food culture.
慢食運動是針對速食文化興起的運動。

▶▶▶ The Last Supper is the final meal Jesus shared with his disciples.
「最後的晚餐」是耶穌與使徒們分享的最後一餐。

▶▶▶ I have never been successful on any fat-burning diet plan.
我的燃脂飲食計畫永遠都不成功。

▶▶▶ He took his doctor's advice to start a keto diet.
他聽從醫生的建議進行生酮飲食。

▶▶▶ Come and have tea in my house!
來我家喝茶吧！

▶▶▶ What do you eat for breakfast?
你早餐都吃什麼？

▶▶▶ He's on a diet.
他在節食。

▶▶▶ The hotel served us juice and delicious titbits when we arrived.
飯店在我們抵達時送來果汁和美食。

▶▶▶ We rested in the shade and had some refreshment.
我們在樹蔭下休息，吃點東西。

二、節日特餐

Angela : How did you celebrate your Chinese New Year holidays?
你的中國新年假期是怎麼慶祝的？

Xiaoming : Well, I went home for the reunion dinner on New Year's Eve.
嗯，除夕那天我回家吃團圓飯

Angela : It must've been be sumptuous!
一定很豐盛吧！

Xiaoming : It was. In my house it always featurs a hot pot and all kinds of auspicious foods.
沒錯。在我家，團圓飯一定有火鍋和各式各樣的吉祥菜。

Angela : Like dumplings and fish?
像是餃子和魚嗎？

Xiaoming : Yes, and tangerines and nian gaos.
是的，還有柑橘和年糕。

Angela : What is that?
那是什麼？

Xiaoming : A kind of sweet rice cake made from glutinous rice.
一種糯米做的甜米糕。

Angela : Does it taste like fa gao?
嚐起來像發糕嗎？

Xiaoming : No, nian gao is sticky and chewy, but fa gao is softer and fluffier.
不，年糕很黏，需要咀嚼，發糕比較鬆軟。

Angela : This talk of food makes me hungry!
聊食物害我覺得餓了！

字彙

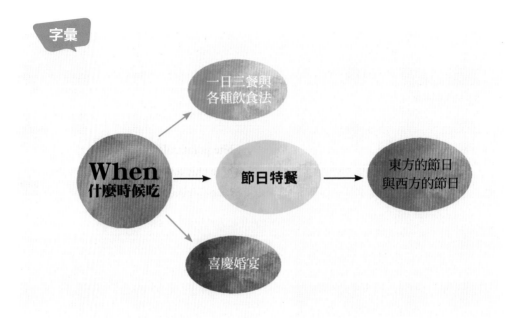

一日三餐與
各種飲食法

When
什麼時候吃

節日特餐

東方的節日
與西方的節日

喜慶婚宴

東方的節日

★ 除夕與春節 ★

- bamboo fungus [bæmˈbu][ˈfʌŋgəs] n. 竹笙
- braised pig's knuckles [brezd][pɪgz] [ˈnʌk.l̩s] n. 紅燒蹄膀
- steamed abalone with shark's fin and fish maw in broth, steamed assorted meats in Chinese Casserole, Buddha Jumps Over the Wall n. 佛跳牆
- Buddha's Delight [ˈbʊdəz][dɪˈlaɪt] n. 羅漢齋
- candied winter melon [ˈkændɪd][ˈwɪntɚ] [ˈmɛlən] n. 冬瓜糖條
- candy [ˈkændɪ] n. 糖果

- Chinese sausage [ˈtʃaɪˈniz][ˈsɔsɪdʒ] n. 臘腸
- dried shredded squid [draɪd][ʃrɛdɪd][skwɪd] n. 魷魚絲
- eight delicacies [et][ˈdɛləkəsɪz] n. 八寶菜
- eight delicacies rice [et][ˈdɛləkəsɪz][raɪs] n. 八寶飯
- fa gao, yeast rice cake [jist][raɪs][kek] n. 發糕
- fat choy, hair vegetable [hɛr][ˈvɛdʒətəbl̩] n. 髮菜
- fried flour candy [fraɪd][flaʊr][ˈkændɪ] n. 寸棗糖
- garlic chives [ˈgɑrlɪk][tʃaɪvz] n. 韭菜
- glutinous oil rice [ˈglutɪnəs][ɔɪl][raɪs] n. 米糕、油飯
- hot pot [hɑt][pɑt] n. 火鍋
- jerky [ˈdʒɝkɪ] n. 肉乾

- jiao zi, dumpling [ˈdʌmplɪŋ] n. 餃子
- kumquat [ˈkʌmkwɑt] n. 金棗
- kumquat candy [ˈkʌmkwɑt][ˈkændɪ] n. 金桔糖
- laba congee [ˈkandʒi] n. 臘八粥
- licorice watermelon seeds [ˈlɪkərɪs] [ˈwɔtɚˌmɛlən][sidz] n. 甘草瓜子
- Lion's Head [ˈlaɪənz][hɛd], meatball [ˈmitˌbɔl] n. 獅子頭
- meatball [ˈmitˌbɔl] n. 肉丸
- mustard greens [ˈmʌstɚd][grins] n. 長年菜
- New Year's Eve dinner [nju jɪrs][iv][ˈdɪnɚ] n. 年夜飯
- New Year's foods [nju jɪrs][fudz] n. 年菜
- nian gao, rice cake [raɪs kek], New Year cake [nju jɪr][kek] n. 年糕
- nougat [ˈnugɑ] n. 牛軋糖
- orange [ˈɔrɪndʒ] n. 柑橘
- peanut brittle [ˈpiˌnʌt][ˈbrɪtl] n. 花生糖
- pineapple [ˈpaɪnˌæpl̩] n. 鳳梨
- pistachio [pɪsˈtɑʃɪˌo] n. 開心果
- preserved pork [prɪˈzɝvd][pɔrk] n. 臘肉
- reunion dinner [riˈjunjən][ˈdɪnɚ] n. 團圓飯
- sesame ball [ˈsɛsəmɪ][bɔl] n. 煎堆、芝麻球
- monkey nut [ˈmʌŋkɪ][nʌt] n. 帶殼花生
- soy sauce watermelon seeds [sɔɪ][sɔs] [ˈwɔtɚˌmɛlən][sidz] n. 醬油瓜子
- spring roll [sprɪŋ rol] n. 春捲
- sugar-coated peanut [ˈʃʊgɚ ˈkoʊtɪd][ˈpiˌnʌt] n. 生仁糖
- sunflower seeds [ˈsʌnˌflaʊɚ][sidz] n. 葵花子
- sweets [swits] n. 甜食
- tangerine [ˈtændʒəˌrin] n. 柑橘
- taro cake [ˈtɑro][kek] n. 芋頭糕

- tong sui, sweet soup [swit][sup] n. 甜湯
- radish cake [ˈrædɪʃ][kek] n. 蘿蔔糕
- water chestnut cake [ˈwɔtɚ][ˈtʃɛsˌnʌt][kek] n. 馬蹄糕
- watermelon seeds [ˈwɔtɚˌmɛlən][sidz] n. 瓜子
- white pomfret [hwaɪt][ˈpɑmfrɪt] n. 白鯧
- whole chicken [hol][ˈtʃɪkɪn] n. 全雞
- whole fish [hol][fɪʃ] n. 全魚

★ 元宵節 ★

- fried yuan xiao n. 炸元宵
- savory tang yuan n. 鹹湯圓
- tang yuan n. 湯圓
- yuan xiao n. 元宵
- yuan xiao tea n. 元宵茶

yuan xiao 元宵

★ 清明節 ★

- caozaiguo n. 草仔粿
- cold food [kold][fud] n. 寒食
- egg [ɛg] n. 雞蛋
- popiah [ˈpɔpjə] n. 潤餅
- date cake [det][kek] n. 棗糕
- qingtuan n. 青團
- tortoise bun [ˈtɔrtəs][bʌn] n. 麵龜
- dingzaiguo n. 丁仔粿

- red turtle cake [rɛd] [ˈtɝtl̩] [kek] n. 紅龜粿

★端午節★

- asparagus bean [əˈspærəgəs] [bin] n. 菜豆
- bottle gourd [ˈbɑtl̩] [gord] n. 瓠瓜
- Chinese herb tea [ˈtʃaɪˈniz] [ɝb ti] n. 青草茶
- cucumber [ˈkjukəmbɚ] n. 黃瓜
- salted duck egg [ˈsɔltɪd] [dʌk] [ɛg] n. 鹹鴨蛋
- eggplant [ˈɛgˌplænt] n. 茄子
- five reds [faɪv] [rɛdz] n. 五紅
- five yellows [faɪv] [ˈjɛloz] n. 五黃
- jianshui zong, alkaline rice dumpling [ˈælkəˌlaɪn] [raɪs] [ˈdʌmplɪŋ] n. 鹼粽
- Hakka zongzi n. 客家粽
- lima bean [ˈlaɪmə] [bin] n. 皇帝豆
- lobster [ˈlɑbstɚ] n. 龍蝦
- mung bean [mʌŋ] [bin] n. 綠豆
- noon water [nun] [ˈwɔtɚ] n. 午時水
- northern Taiwanese zongzi n. 北部粽
- peach [pitʃ] n. 桃
- plum [plʌm] n. 李
- realgar wine [rɪˈælgɚ] [waɪn] n. 雄黃酒
- red amaranth [rɛd] [ˈæməˌrænθ] n. 紅莧菜
- rice-field eel [ˈraɪsˌfild] [il] n. 黃鱔
- roast duck [rost] [dʌk] n. 烤鴨
- southern Taiwanese zongzi n. 南部粽
- Teochew zongzi n. 潮州粽
- yellow croaker [ˈjɛlo] [ˈkrokɚ] n. 黃魚
- zong zi, rice dumpling [raɪs] [ˈdʌmplɪŋ] n. 粽子

★七夕★

- hazelnut [ˈhezl̩ˌnʌt] n. 榛子

- jujube [ˈdʒudʒub], red date [rɛd] [det] n. 紅棗
- longan [ˈlɔŋgən] n. 桂圓
- peanut [ˈpiˌnʌt] n. 花生
- mung bean sprout [mʌŋ] [bin] [spraʊt] n. 綠豆芽
- mung bean sprout noodles [mʌŋ] [bin] [spraʊt] [ˈnudl̩z] n. 巧芽麵
- pomegranate [ˈpɑmˌgrænɪt] n. 石榴
- qiaoguo, fried thin paste [fraɪd] [θɪn] [pest] n. 巧果
- rangoon creeper [rænˈgun] [ˈkripɚ] n. 使君子
- watermelon seed [ˈwɔtɚˌmɛlən] [sid] n. 瓜子

★中秋節★

- barbecue [ˈbɑrbɪkju] n. 戶外烤肉會
- cassia cake [ˈkæsɪə] [kek] n. 桂花糕
- cassia wine [ˈkæsɪə] [waɪn] n. 桂花酒
- crust [krʌst] n. 外皮
- filling [ˈfɪlɪŋ] n. 內餡
- five kernels [faɪv] [ˈkɝnl̩z] n. 五仁
- ice cream mooncake [aɪs] [krim] [ˈmunkeɪk] n. 雪餅
- jujube paste [ˈdʒudʒub] [pest] n. 棗泥
- lotus seed paste [ˈlotəs] [sid] [pest] n. 蓮蓉
- mooncake [ˈmunkeɪk] n. 月餅
- mung bean pastry [mʌŋ] [bin] [ˈpestrɪ] n. 綠豆椪
- pineapple cake [ˈpaɪnˌæpl̩] [kek] n. 鳳梨酥
- pomelo [ˈpɑməlo] n. 柚子
- snow-skin mooncake [ˈsnoˌskɪn] [ˈmunkeɪk] n. 冰皮月餅

- sweet bean paste [ˈswitˌbin][pest] n. 豆沙
- wendan, pomelo [ˈpɑmələ] n. 文旦

★ 重陽節 ★

- beef [bif] n. 牛肉
- chongyang cake n. 花糕、重陽糕
- chrysanthemum wine [krɪˈsænθəməm] [waɪn] n. 菊花酒
- crab [kræb] n. 螃蟹
- lamb noodles [læm][ˈnudl̩z] n. 羊肉麵
- persimmon [pɚˈsɪmən] n. 柿子

★ 日本新年 ★

- hanabiramochi n. 菡餅
- kagami mochi, mirror rice cake [ˈmɪrɚ] [raɪs][kek] n. 鏡餅
- mochi n. 麻糬
- osechi-ryori, osechi dishes n. 御節料理
- seven-herb rice soup [ˈsɛvənˌɝb][raɪs] [sup] n. 七草粥
- zoni n. 雜煮

★ 日本女兒節 ★

- clam soup [klæm][sup] n. 蛤蜊湯

- gomoku chirashizushi n. 五目散壽司
- hishi mochi n. 菱餅
- hina-arare n. 雛霰
- sakura mochi n. 櫻餅
- strawberry daifuku n. 草莓大福
- sweet sake [swit][ˈsɑki] n. 甘酒
- white sake [hwaɪt][ˈsɑki] n. 白酒

★ 日本賞櫻 ★

- hanami bento n. 賞櫻便當
- hanami dango n. 糰子
- sakura mochi n. 櫻餅
- sakura onigiri, sakura rice ball [sakʊla] [raɪs][bɔl] n. 櫻花飯糰

★ 韓國新年 ★

- dosoju n. 屠蘇酒
- galbi-jjim n. 燉排骨
- jeon [dʒeɪˈɔn] n. 煎餅
- mandu-guk, dumpling soup [ˈdʌmplɪŋ] [sup] n. 水餃湯
- seju n. 歲酒
- tteokguk n. 年糕湯
- yakwa n. 藥果

When
What
How
Where
Who

zong zi, rice dumpling 粽子

mooncake 月餅

tteokguk 年糕湯

★韓國大滿月★

- bokssam n. 福包飯
- bureom kkaegi, nuts n. 乾果
- chalbap, glutinous rice [ˈglutɪnəs][raɪs]
  n. 糯米飯
- guibargi wine n. 耳明酒
- mugeun namul, old vegetables [oʊld]
  [ˈvedʒɪtəblz] n. 陳菜
- ogokbap, five-grain rice [faɪv gren][raɪs]
  n. 五穀飯
- yakbap, medicinal rice [məˈdɪsnəl][raɪs]
  n. 藥飯
- yaksik n. 藥食

★韓國秋夕★

- baekju n. 白酒
- gabaeju n. 嘉俳酒
- hangwa n. 韓果
- sindoju n. 新稻酒
- songpyeon n. 松片、松餅
- toranguk, taro soup [taro][sup] n. 芋頭湯

★越南新年★

- bánh chưng n. 方粽
- bánh tét n. 圓筒粽
- củ kiệu n. 醃蔥
- hạt dưa n. 瓜子
- kẹo dừa, coconut candy [ˈkoʊkənʌt]
  [ˈkændɪ] n. 椰子糖
- kho n. 燉肉
- kiệu chua ngọt n. 甜酸薤頭
- xôi gấc n. 木鱉果

★伊斯蘭開齋節與宰牲節★

- beef [bif] n. 牛肉
- bubur ketan hitam n. 紫米粥
- chicken rendang n. 巴東雞肉
- kebabs [kəˈbɑbz] n. 烤串
- ketupat [ˈketʊpæt] n. 馬來粽
- khurma n. 椰棗
- kolak n. 香蕉湯
- kue [ˈku] n. 糕點
- mutton [ˈmʌtn] n. 羊肉
- opor ayam n. 椰汁雞
- pastry [ˈpestri] n. 糕餅
- sheer khurma n. 奶香椰棗
- sop buah n. 水果甜湯
- teh manis n. 甜茶

★猶太教光明節★

- cheese [tʃiz] n. 乳酪
- doughnut [ˈdoˌnʌt] n. 甜甜圈
- latke [ˈlɑtkə] n. 馬鈴薯餅
- sufganiyah [ˌsufganɪˈah] n. 多福餅

★猶太教逾越節★

- charoset n. 甜泥醬
- chicken soup [ˈtʃɪkɪn][sup] n. 雞湯
- chrain [kren] n. 辣根醬
- gefilte fish [gəˈfɪltə fɪʃ] n. 魚丸凍
- matzah brei n. 炒薄餅
- matzo kugel n. 薄餅庫格爾
- Passover noodles [ˈpæsˌovɚ][ˈnudl̩z]
  n. 逾越節麵條

★ 印度象神節 ★

- idli n. 蒸米漿糕
- karanji n. 甜餃
- modak n. 甜蒸餃
- laddu n. 甜奶球
- naivedya n. 供品
- sweets [swits] n. 甜食

西方的節日

★ 復活節 ★

- butter lamb [ˈbʌtɚ][læm] n.（俄）奶油羊
- Cadbury Creme Egg [ˈkædbəri][kˈrem][ɛg]
  n. 吉百利奶油彩蛋
- casatiello n.（義）鹹麵包
- colomba pasquale n.（義）鴿子蛋糕
- cozonac n.（保）雙色土司
- Easter biscuit [ˈistɚ][ˈbɪskɪt] n. 復活節餅乾
- Easter bread [ˈistɚ][brɛd] n. 復活節麵包
- Easter egg [ˈistɚ][ɛg] n. 復活節彩蛋
- koulourakia n.（希）復活節餅乾
- kulich n.（俄）庫利奇
- mageiritsa n.（希）羊雜料理
- mämmi n.（芬）麥米
- paskha n.（俄）帕斯哈
- pastiera n.（義）甜派
- simnel cake [ˈsɪmnəl][kek] n.（英）水果蛋糕
- tsoureki n.（希）復活節甜麵包

★ 萬聖節 ★

- barmbrack [bɑmbˈræk] n.（愛）葡萄乾麵包
- bonfire toffee [ˈbɑnfaɪə(r)][ˈtɔfi] n. 篝火太妃糖
- candy apple [ˈkændɪ][ˈæpəl] n. 糖蘋果
- candy pumpkin [ˈkændɪ][ˈpʌmpkɪn]
  n. 南瓜糖
- caramel apple [ˈkærəml̩][ˈæpəl]
  n. 焦糖蘋果
- caramel corn [ˈkærəml̩][kɔrn]
  n. 焦糖爆米花
- colcannon [kɑlˈkænən] n.（愛）馬鈴薯甘藍菜泥
- Halloween cake [ˌhæloˈin][kek] n. 萬聖節蛋糕
- monkey nut [ˈmʌŋkɪ][nʌt] n. 帶殼花生
- pumpkin seed [ˈpʌmpkɪn][sid] n. 南瓜子
- soul cake [soʊl][kek] n. 靈魂蛋糕
- sweet corn [swit][kɔrn] n. 甜玉米
- taffy apple [ˈtæfi][ˈæpəl] n. 太妃糖蘋果

★ 感恩節 ★

- Brussels sprout [ˈbrʌsəlz][spraʊt] n. 抱子甘藍
- cranberry sauce [ˈkrænberi][sɔs]
  n. 蔓越莓醬
- gravy [ˈgrevi] n. 肉汁、滷汁
- green bean casserole [grin][bin][ˈkæsəroʊl]
  n. 烤四季豆
- mashed potato [mæʃt][pəˈteto]
  n. 馬鈴薯泥
- pumpkin pie [ˈpʌmpkɪn][paɪ] n. 南瓜派

- roasted turkey [ˈroʊstɪd][ˈtɝki] n. 烤火雞
- sweet potato [swit][pəˈteto] n. 蕃薯
- Thanksgiving dinner [θæŋksˈgɪvɪŋ][ˈdɪnɚ]
  n. 感恩節晚餐
- winter squash [ˈwɪntɚ] [skwɑʃ] n. 冬南瓜

★ 耶誕節 ★

- candy cane [ˈkændɪ][ken] n. 拐杖糖
- Christmas cake [ˈkrɪsməs][kek]
  n. 耶誕蛋糕
- Christmas dinner [ˈkrɪsməs][ˈdɪnɚ]
  n. 耶誕晚餐
- Christmas pudding [ˈkrɪsməs][ˈpʊdɪŋ]
  n. 耶誕布丁
- eggnog [ˈɛgˌnɑg] n. 蛋酒
- ginger snap [ˈdʒɪndʒɚ][snæp] n. 薑餅

- gingerbread house [ˈdʒɪndʒɚˌbrɛd][haʊs]
  n. 薑餅屋
- hangikjöt n.（冰島）燻羊肉
- melomakarona n.（希）蜂蜜核桃餅乾
- mince pie [mɪns][paɪ] n. 甜果派
- réveillon n.（法）耶誕夜晚餐、年夜飯
- smoked ham [smokt][hæm] n. 煙燻火腿
- smoked salmon [smokt][ˈsæmən] n. 煙燻鮭魚
- julbord n.（瑞典）耶誕大餐
- stollen [ˈstoʊlən] n. 德式聖誕蛋糕
- tourtière n.（加）肉派
- turkey [ˈtɝki] n. 火雞
- wigilia n.（波）耶誕晚餐
- wine [waɪn] n. 紅酒
- yule log [jul][lɔg] n. 耶誕樹幹蛋糕

延伸例句

▶▶▶ Caozaiguos is one of the traditional Taiwanese kuehs.
草仔粿是一種台灣傳統粿。

▶▶▶ Do you prefer eggnog hot or cilled?
你喜歡喝熱的還是冰的蛋酒？

▶▶▶ Turkey is a staple at Thanksgiving and Christmas.
火雞是感恩節和耶誕節的主食。

▶▶▶ I'm making sweet bean paste for mooncake filling.
我在做月餅的豆沙餡。

▶▶▶ During hanami season, people eat sakura mochis wrapped in sakura leaves.
賞櫻季期間，人們會吃包在櫻葉裡的櫻餅。

▶▶▶ Chinese believe that some foods such as hair vegetables and garlic chives have auspicious meanings.
中國人相信有些食物具有吉祥含意，例如髮菜和韭菜。

▶▶▶ Many types of foods prepared for festivals are seasonal.
許多為了節慶準備的食物是當季食物。

▶▶▶ These homemade laddus are traditional sweets for Indian Diwali.
這些自家做的甜奶球是為印度象神節做的傳統甜食。

▶▶▶ Japan's kusa mochi is similar to China's qingtuan.
日本的草餅類似中國的青團。

▶▶▶ We eat tang yuans not only during Lantern Festival, but also on winter solstice.
我們不僅在元宵節吃湯圓，冬至也吃湯圓。

▶▶▶ I baked a completely edible gingerbread house.
我烤了一個完全可吃的薑餅屋。

▶▶▶ After the Easter lunch, we had an egg hunt in the garden.
吃完復活節午餐後，我們在花園裡找彩蛋。

心·得·筆·記

三、喜慶婚祭

情境對話

Mickey : Do you have any special food for birthdays in your culture?
你們的文化會為生日準備任何特殊餐點嗎？

Doraemon : Traditionally, we eat longevity noodles on our birthdays, but nowadays we eat birthday cakes.
傳統上，生日我們會吃長壽麵，但現在都改吃生日蛋糕了。

Mickey : Don't you have a kind of bun called shou tao?
你們不是有一種叫做壽桃的圓糕點嗎？

Doraemon : Oh yes, but that's for our elderly. Peach symbolizes immortality and longevity in our culture.
噢對了，不過那是給長輩做壽用的。桃在我們的文化中象徵永生與長壽

Mickey : Is there anything special on children's birthdays, too?
那孩子們的生日也會特別準備什麼嗎？

Doraemon : There is! We give full-month cakes or full month oil rice to relatives when our babies are one month old.
有啊！我們會在小嬰兒滿月的時候送彌月蛋糕或彌月油飯給親戚。

Mickey : That sounds delicious!
聽起來很好吃耶！

Doraemon : Talking of shou tao, we also make it an offering on the birthdays of gods.（說到壽桃，我們也會在神明誕辰時當成供品祭拜。

Mickey : Do you prepare anything else?
你們還會準備其他東西嗎？

Doraemon : Yes, we prepare misua, red turtle cakes, red buns, fruits, and various vegetable dishes. They all have symbolic meanings.
會，我們會準備麵線、紅龜粿、紅圓、水果和各式菜碗。所有食物都有象徵含意。

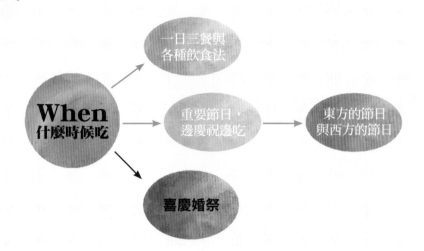

字彙

When
什麼時候吃

一日三餐與
各種飲食法

重要節日，
邊慶祝邊吃

東方的節日
與西方的節日

喜慶婚祭

★ 喜慶聚會這樣吃 ★

- after-work drink [ˈæftəˌwɜrk][drɪŋk] n. 下班小酌
- anniversary [ˌænɪˈvɜrsəri] n. 週年紀念
- baekseolgi n.（韓）白米甑糕
- bánh phu thê n.（越）夫妻餅
- banquet [ˈbæŋkwɪt] n. 宴會
- baptism [ˈbæpˌtɪzəm] n. 洗禮
- barbecue [ˈbarbɪkju] n. 戶外烤肉會
- beer [bɪr] n. 啤酒
- beverage [ˈbɛvərɪdʒ] n. 飲料
- birthday [ˈbɜθˌde] n. 生日
- birthday party [ˈbɜθˌde][ˈpartɪ] n. 生日派對
- birthday cake [ˈbɜθˌde][kek] n. 生日蛋糕
- bite [baɪt] n.（口）點心
- bomboniere n.（義）禮糖

- bread and salt [brɛd][ænd][sɔlt] n.（斯拉夫）麵包與鹽
- buffet [bəˈfeɪ] n. 自助餐
- bun [bʌn] n. 小圓麵包
- cake [kek] n. 蛋糕
- cake slice [kek][slaɪs] n. 切片蛋糕
- celebration [ˌsɛləˈbreɪʃn] n. 慶祝
- charity buffet [ˈtʃærɪti][bəˈfeɪ] n. 慈善餐會
- cocktail [ˈkakˌtel] n. 雞尾酒
- cocktail party [ˈkakˌtel][ˈpartɪ] n. 雞尾酒會
- coming-of-age ceremony [ˈkʌmɪŋˈəvˈeɪdʒ][ˈsɛrəˌmoni] n. 成年禮
- commemorate [kəˈmɛməˌret] v. 紀念
- communal meal [ˈkamjʊnl][mil] n. 聚餐、共餐
- cookie [ˈkʊki] n. 餅乾
- cookout [ˈkʊkˌaʊt] n. 野餐郊遊

27

字辨

picnic 與 cookout

picnic：通常指帶著預先準備好的餐點到野外郊遊野餐。

cookout：通常指在野外現場直接烹調熱食。

- croquembouche [krɔkɔŋˈbuʃ] n.（法）泡芙塔
- cupcake [ˈkʌpˌkek] n. 杯子蛋糕
- dinner party [ˈdɪnɚ][ˈpɑrtɪ] n. 晚宴
- farewell party [ˈfɛrˈwɛl][ˈpɑrtɪ] n. 歡送會
- feast [fist] n. 大餐
- festival [ˈfɛstəvl] n. 節日
- finger food [ˈfɪŋgɚ][fud] n.（拿起來就吃的）手指食物
- fried chicken [fraɪd][ˈtʃɪkɪn] n. 炸雞
- fruitcake [ˈfrutˌkek] n. 水果蛋糕
- fruit skewer [frut][ˈskjuɚ] n. 水果串
- full month cake [fʊl][mʌnθ][kek] n. 彌月蛋糕
- full month oil rice [fʊl][mʌnθ][ɔɪl][raɪs] n. 彌月油飯
- gathering [ˈgæðərɪŋ] n. 聚會
- hochzeitssuppe n.（德）婚禮湯
- housewarming party [ˈhaʊsˌwɔrmɪŋ][ˈpɑrtɪ] n. 新家派對
- jelly [ˈdʒɛli] n. 果凍
- Jordan almond [ˈdʒɔrdn][ˈɑmənd] n.（義）彩色糖衣杏仁
- kazunoko n.（日）鯡魚卵
- kola nut [ˈkoʊlə][nʌt] n.（奈）可樂果
- kransekake n.（挪）圓圈蛋糕塔

- longevity noodles [lɑnˈdʒɛvəti][ˈnudl̩z] n. 長壽麵
- miyeok-guk, seaweed soup [ˈsiˌwid][sup] n.（韓）海帶湯
- misua with pig feet n. 豬腳麵線
- party [ˈpɑrtɪ] n. 派對、餐會
- picnic [ˈpɪknɪk] n. 野餐
- pie [paɪ] n. 派
- pizza [ˈpitsə] n. 披薩
- potluck [ˈpatˈlʌk] n. 百樂餐、家常便飯、聚餐
- prinsesstårta, princess cake [prɪnˈsɛs][kek] n.（瑞典）公主蛋糕
- reception [rɪˈsɛpʃən] n. 接待酒會
- red egg [rɛd][ɛg] n. 紅蛋
- rehearsal dinner [rɪˈhɜrsl][ˈdɪnɚ] n. 婚禮預演晚餐
- salad platter [ˈsæləd][ˈplætɚ] n. 沙拉盤
- sandwich [ˈsændwɪtʃ] n. 三明治
- scallion [ˈskæljən] n. 蔥
- sekihan n.（日）紅豆飯
- shou tao, peach bun [pitʃ][bʌn] n. 壽桃
- sikhye, sweet rice drink [swit][raɪs][drɪŋk] n.（韓）甜米釀
- social dining [ˈsoʃəl][ˈdaɪnɪŋ] n. 社交用餐
- soiree [swɑˈreɪ] n. 社交聚會
- spirits [ˈspɪrɪts] n. 烈酒
- spread [sprɛd] n.（口）豐盛的菜餚、宴席
- spring party [sprɪŋ][ˈpɑrtɪ] n. 春酒
- suikerboon, sugar bean [ˈʃʊgɚ][bin] n.（比、荷）糖豆
- sujeonggwa n.（韓）水正果
- surprise party [səˈpraɪz][ˈpɑrtɪ] n. 驚喜派對

- tahdig n.（伊朗）波斯鍋巴飯
- tailgate party [ˈtelˌget][ˈpɑrtɪ] n. 車尾野餐派對
- Taiwanese wedding cake [ˌtaɪwəˈniz][ˈwɛdɪŋ][kek] n. 中式喜餅
- tang yuan n. 湯圓
- tea party [ti][ˈpɑrtɪ] n. 茶會
- tteok n.（韓）（米製的）糕
- tumpeng n.（印尼）薑黃飯塔
- wedding banquet [ˈwɛdɪŋ][ˈbæŋkwɪt] n. 喜宴
- wedding breakfast [ˈwɛdɪŋ][ˈbrɛkfəst] n.（婚禮後的）喜宴
- wedding cake [ˈwɛdɪŋ][kek] n. 結婚蛋糕
- wedding candy [ˈwɛdɪŋ][ˈkændɪ] n. 喜糖
- wedding cookies [ˈwɛdɪŋ][ˈkukiz] n.（西式）喜餅
- welcome party [ˈwɛlkəm][ˈpɑrtɪ] n. 歡迎會
- whole pig [hol][pɪg] n. 全豬
- wine [waɪn] n. 酒
- year-end party [ˈjɪrˌend][ˈpɑrtɪ] n. 尾牙

★ 喪葬祭祀這樣吃 ★

- can tower [kæn][ˈtauɚ] n. 罐頭塔
- Chinese radish [ˈtʃaɪˈniz][ˈrædɪʃ] n. 菜頭、白蘿蔔
- fesikh n. 埃及鹹魚
- five dishes [faɪv][ˈdɪʃɪz] n. 五味碗
- five vegetarian dishes [faɪv][ˌvɛdʒəˈtɛriən][ˈdɪʃɪz] n. 五齋
- five sacrifices [faɪv][ˈsækrifaisiz] n. 五牲
- fiambre n. 瓜地馬拉沙拉冷盤
- fong-pen rice cake n. 鳳片糕
- food offering [fud][ˈɔfərɪŋ] n. 食物供品

- fruit [frut] n. 水果
- funeral potatoes [ˈfjunərəl][pəˈtetoz] n.（美）葬禮馬鈴薯
- gangjeong n.（韓）漢果
- glutinous oil rice [ˈglutnəs][ɔɪl][raɪs] n. 米糕、油飯
- hard-boiled egg [ˈhɑrdˈbɔɪld][ɛg] n.（猶太教）白煮蛋
- japchae n.（韓）雜菜
- koliva n.（東正教）蜜粥
- libation [laɪˈbeʃən] n. 奠酒
- meoritgogi, pork head meat [pɔrk][hɛd][mit] n.（韓）豬頭肉
- misua n. 麵線
- mochi n. 麻糬
- mung bean cake [mʌŋ][bin][kek] n. 綠豆糕
- oblation n.（拜神的）供品
- pan de muertos, bread of the dead n.（墨）亡者麵包
- plum cake [plʌm][kek] n. 梅子糕
- prasadam n.（印度）祭餘
- red bun [rɛd][bʌn] n. 紅圓（類似紅龜粿）
- red turtle cake [rɛd][ˈtɝtl][kek] n. 紅龜粿
- rice [raɪs] n. 飯
- rice wine [raɪs][waɪn] n. 米酒
- sake n.（日）清酒
- salty porridge [ˈsɔltɪ][ˈpɑrɪdʒ] n. 鹹粥
- seudat havraah, meal of condolence [mil][ʌv][kənˈdoʊləns] n.（猶太教）恢復之餐
- shiva basket n.（猶太教）致哀籃
- tea [ti] n. 茶
- three sacrifices [θri][ˈsækrəˌfaɪsɪz] n. 三牲
- three vegetarian sacrifices [θri][ˌvɛdʒəˈtɛriən][ˈsækrəˌfaɪsɪz] n. 素三牲

- vegetarian dishes [ˌvedʒəˈterɪən][ˈdɪʃɪz] n.（拜神的）菜碗
- vegetable samosa [ˈvɛdʒətəbl][səˈmoʊsə] n.（印度）素咖喱角
- wake cake [wek][kek] n.（愛）守靈蛋糕
- yukgaejang, spicy beef soup [ˈspaɪsɪ][bif][sup] n.（韓）辣牛肉湯（弔喪儀式後，提供弔問客飲食的常見菜餚）

延伸例句

▶▶▶ We would like to invite you to our potluck gathering tomorrow.
我們想邀請你參加明天的百樂晚餐。

▶▶▶ These chocolate bites make a good snack.
這些巧克力小點心是很好的零嘴。

▶▶▶ Social dining is a great way to make new friends.
社交聚餐是結交新朋友的好方法。

▶▶▶ Teachers and students have meals together in the school cafeteria.
老師與學生們在學校餐廳裡共餐。

▶▶▶ We took children on a picnic in the park.
我們帶孩子們到公園野餐。

▶▶▶ Taiwanese sometimes send can towers as a condolence gift for the family of the deceased.
台灣人有時會送罐頭塔給喪家致哀。

▶▶▶ Japanese eat sekihan on special occasions such as weddings or birthdays.
日本人在特殊場合如婚禮或生日時吃紅豆飯。

▶▶▶ Mochi is a popular dessert in many Asian countries.
麻糬在許多亞洲國家是受歡迎的甜點。

▶▶▶ Miyeok-guk is one of the traditional birthday dishes in Korea.

海帶湯是韓國的一種傳統生日菜餚。

▶▶▶ We give food offerings to our ancestors on important days of the year.
我們會在一年的重要日子供奉食物給祖先。

▶▶▶ Finger food is bite-size treats perfect for parties.
手指食物是一口大小的食物，極適合派對。

心·得·筆·記

When

What

How

Where

Who

What

吃什麼

/ 日常餐食與成分 / 食材
/ 開胃菜 / 湯 / 沙拉與沙拉醬 / 主菜
/ 主食 / 甜品 / 零食小吃 / 飲品

一、日常餐食與成分

情境對話

Altuve : Where should we eat after the baseball game?
我們看完棒球賽後要去哪裡吃飯？

Chien-Ming : How about the Chinese restaurant across the street?
對街那家中國餐廳如何？

Altuve : Does it have a combo menu?
有套餐可以點嗎？

Chien-Ming : No, we can either order prix fixe or order à la carte.
沒有，我們可以點全套餐點或一樣樣單點。

Altuve : Does prix fixe serve in multi-course style?
prix fixe 是多道菜的餐點對不對？

Chien-Ming : Yes, it does. If we want something smaller, we can only get fast food there.
對。如果我們想吃少一點，那就只能吃速食了。

Altuve : Oh, I've never tasted Chinese food, but…
喔，我從來沒吃過中國菜，但是……

Chien-Ming : How about coming to my house? I can cook us a great meal.
來我家如何？我可以煮一頓好菜。

Altuve : That sounds nice, but are you sure I won't be disturbing you?
聽起來很好，但你確定我不會打擾到你嗎？

Chien-Ming : Not at all. I will cook some dishes from my hometown!
一點也不會，我煮幾道家鄉菜給你吃！

字彙

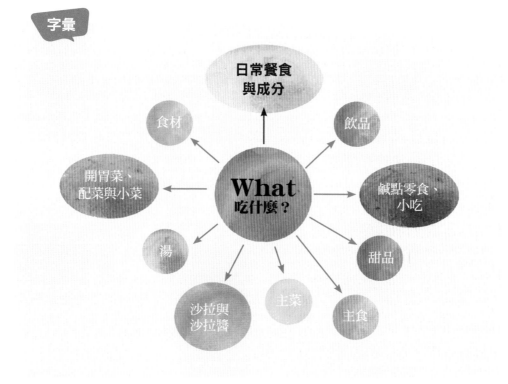

★ 日常餐食 ★

- à la carte n. 從菜單逐項點菜

- airline meal [ˈerlaɪn][mil] n. 飛機餐

- amuse-gueule n. 餐前小點

- antipasto [ˌɑntɪˈpasto] n.（義式）前菜

- aperitif [ɑperiˈtif] n. 餐前酒

- appetizer [ˈæpəˌtaɪzɚ] n. 開胃菜

- best before date [bɛst][bɪˈfɔr][det] n. 最佳食用期限

- beverage [ˈbɛvərɪdʒ] n. 飲料

- blue-plate special [ˈbluˌplet][ˈspɛʃəl] n. 本日特餐

- board [bord] n. 伙食

- bulk food [bʌlk][fud] n. 散裝食品

- canned food [kænd][fud] n. 罐裝食品

- carbonated drink [ˈkɑrbəneɪtɪd][drɪŋk] n. 碳酸飲料

- cater [ˈketɚ] v. 辦桌

- Chinese cuisine [ˈtʃaɪˈniz][kwɪˈzin] n. 中國菜

- cold dish [kold][dɪʃ] n. 涼菜、冷盤

- collation [kəˈleʃən] n.（基督教齋戒日的）點心

- combination meal [ˌkɑmbəˈneʃən][mil], combo-meal [ˈkɑmboˌmil] n. 組合套餐

- comfort food [ˈkʌmfɚt][fud] n. 療癒食物

- condiment [ˈkɑndəmənt] n. 調味料

- confectionery [kənˈfɛkʃənˌɛrɪ]　n. 甜點
- convenience food [kənˈvinjəns][fud] n. 便利食品、冷凍或真空包裝的調理食品
- cooked food [kʊkt][fud]　n. 熟食
- cooking [ˈkʊkɪŋ]　n. 烹調；烹調法
- cordon bleu　n. 藍帶
- course [kors]　n. 一道菜
- cuisine [kwɪˈzin]　n. 烹飪；菜餚
- dairy product [ˈderɪ][ˈprɑdʌkt]　n. 乳製品
- dessert [dɪˈzɝt]　n. 甜點
- diet food [ˈdaɪət][fud]　n. 減肥食品
- dietary laws [ˈdaɪəˌtɛrɪ][lɔz]　n.（宗教）食品規條
- dip [dɪp], dipping sauce [ˈdɪpɪŋ][sɔs] n. 沾醬
- dish [dɪʃ]　n. 菜餚、一盤菜
- dish from one's hometown　n. 家鄉菜
- dried foods [draɪd][fudz]　n. 乾貨
- Eight Cuisines [et][kwɪˈzinz]　n. 八大菜系
- entrée [ˈɑntre]　n.（美式用法）主菜
- expiration date [ˌɛkspəˈreʃən][det]　n. 保存期限
- expire [ɪkˈspaɪr]　v. 到期
- family style [ˈfæmli][staɪl]　n. 家庭式用餐、合菜
- fare [fɛr]　n.（餐廳或特別場合中的）飯菜
- fast food [fæst][fud]　n. 速食
- fermented foods [fɚˈmɛntɪd][fudz] n. 發酵食物
- field ration [fild][ˈræʃən]　n. 戰地口糧
- finger food [ˈfɪŋgɚ][fud]　n.（拿起來就吃的）手指食物
- food [fud]　n. 食物
- food group [fud][grup]　n. 食物群

字辨

cuisine 與 dish

cuisine：指某種文化、地區或習慣下的烹飪風格，或依據此風格做出來的菜，如 Chinese cuisine（中國菜）、haute cuisine（高級料理）、vegetarian cuisine（素菜）等。

dish：通常指由各種食材烹調成的一道菜，如 main dish（主菜）、side dish（小菜）、cold dish（冷盤）等。

- Frankenfood [ˈfræŋkən fud]　n. 科學怪糧（指基改食品）
- French cuisine [frɛntʃ][kwɪˈzin]　n. 法國菜
- frozen prepared food [ˈfrozn][prɪˈperd][fud]　n. 冷凍調理食品
- functional beverage [ˈfʌŋkʃənəl][ˈbɛvərɪdʒ]　n 機能性飲料
- functional food [ˈfʌŋkʃənəl][fud]　n. 保健食品
- fusion cuisine [ˈfjuʒən][kwɪˈzin]　n. 融合各國菜的料理
- genetically modified food [dʒəˈnɛtɪklɪ][ˈmɑdəˌfaɪd][fud]　n. 基因改造食品
- goody [ˈgʊdɪ]　n. 好吃的東西
- grill [grɪl]　n. 炙烤的食物
- halal food [həˈlɑl][fud]　n. 清真食品
- haute cuisine [ot][kwɪˈzin]　n. 高級料理
- health food [hɛlθ][fud]　n. 健康食品
- home-cooked dish [ˈhomˌkʊkt][dɪʃ] n. 家常菜
- home cuisine [hom][kwɪˈzin]　n. 私房菜
- imperial cuisine [ɪmˈpɪriəl][kwɪˈzin] n. 御膳、宮廷料理

- iron ration [ˈaɪərn] [ˈræʃən]
  n. 軍用緊急口糧
- junk food [dʒʌŋk] [fud] n. 垃圾食物
- kaiseki-ryori n. 懷石料理
- kashrut [ˈkɑʃrut], kosher [ˈkoʃɚ]
  n.（猶太教）潔食規條
- kids' meal [kɪdz] [mil], children's meal
  [ˈtʃɪldrən] [mil] n. 兒童餐
- kitchen waste [ˈkɪtʃən] [west], food waste
  [fud] [west] n. 廚餘
- last meal [læst] [mil] n.（死囚的）最後一餐
- leftover [ˈleft͵ovɚ] n. 剩菜
- light meal [laɪt] [mil] n. 輕食
- local dish [ˈlokl̩] [dɪʃ], regional cuisine
  [ˈridʒənl̩] [kwɪˈzin] n. 地方菜
- long-life food [lɔŋ laɪf] [fud] n. 保久食物
- macrobiotic food [͵mækrobaɪˈɑtɪk] [fud]
  n. 長壽食物
- main dish [men] [dɪʃ], main course [men]
  [kɔrs] n. 主餐
- meal [mil] n. 餐
- meal, ready-to-eat [ˈredit ə'et]
  n. MRE 野戰口糧
- meal voucher [mil] [ˈvaʊtʃɚ] n.（公司給員
  工的）餐券
- meals on wheels [milz] [ɑn] [wilz] n.（為老
  人及行動不便者送餐的）送餐到家服務
- meat [mit] n. 葷食、肉食
- meat-and-three meal [mit ənd θri mil]
  n. 一樣主菜三樣配菜的餐點
- medical food [ˈmɛdɪkəl] [fud] n. 醫療用食
  品、特殊營養食品
- medicinal tonic [məˈdɪsn̩l̩] [ˈtɑnɪk] n. 藥酒
- national dish [ˈnæʃənl̩] [dɪʃ] n. 國菜
- natural food [ˈnætʃərəl] [fud] n. 天然食品

- no-menu cuisine n. 無菜單料理
- off-menu a. 不在菜單上的
- omnivorous [ɑmˈnɪvərəs] a. 雜食的
- organic food [ɔrˈgænɪk] [fud] n. 有機食品
- outdoor banquet [ˈaʊt͵dɔr] [ˈbæŋkwɪt]
  n. 流水席
- oven-ready food [ˈʌvən ˈrɛdi] [fud] n. 可立
  刻烹調的食物
- precooked [priˈkʊkt] a. 預先煮好的
- prepacked [priˈpækt] a. 預先包裝好的
- prepared food [prɪˈperd] [fud] n. 調理食品
- prix fixe [ˈpriˈfiks] n.（多道菜的）套餐
- processed food [pˈrəsest] [fud] n. 加工食品
- ration [ˈræʃən] n. 口糧
- raw food [rɔ] [fud] n. 生食
- ready meal [ˈrɛdi] [mil] n. 即食餐
- ready-to-eat food [ˈredit ə'et] [fud] n. 即食
  食物
- recipe [ˈrɛsəpɪ] n. 食譜
- refection [rɪˈfɛkʃən] n. 便餐、茶點
- refreshment [rɪˈfrɛʃmənt] n. 點心、有提神
  效果之物
- school lunch [skul] [lʌntʃ] n.（學校的）營
  養午餐
- seafood [ˈsi͵fud] n. 海鮮
- seasonal cuisine [ˈsizənəl] [kwɪˈzin] n. 季節
  料理
- side dish [saɪd] [dɪʃ] n. 小菜、附餐
- side order [saɪd] [ˈɔrdə(r)] n.（主菜之外另
  外點的）配餐
- signature dish [ˈsɪgnətʃɚ] [dɪʃ] n. 招牌菜
- sit-down meal [ˈsɪt͵daʊn] [mil] n. 坐下來享
  用的一餐
- snack [snæk] n. 零食

- soul food [sol][fud] n. 靈魂食物
- specialty [ˈspɛʃəltɪ] n. 特製；名產
- spice [spaɪs] n. 香料
- sparkling water [ˈspɑrklɪŋ][wɔtɚ] n. 氣泡水
- sports drink [spɔrts][drɪŋk] n. 運動飲料
- staff meal [stæf][mil] n.（餐廳員工的）員工餐
- street food [strit][fud] n. 街頭小吃、路邊攤
- superfood [ˈsupɚˌfud] n. 超級食物
- surf 'n'turf n. 海陸雙拼
- sweets [swits] n. 甜食
- table d'hôte, set meal [sɛt][mil] n. 套餐
- Taiwanese cuisine [ˌtaɪwəˈniz][kwɪˈzin] n. 台灣菜
- take-out food [ˈteɪkˌaʊt][fud], carry-out food [ˈkæriˌaʊt][fud] n. 外帶食物
- taste of home [test əv hom] n. 家鄉味
- tasting menu [ˈtestɪŋ][ˈmɛnju] n. 嚐味套餐
- tonic soup [ˈtɑnɪk][sup] n. 補湯
- TV dinner n. 電視餐
- vacuum-packed [ˈvækjʊəmˈpækt] a. 真空包裝的
- value meal [ˈvælju][mil] n. 超值套餐
- vegetarian cuisine [ˌvɛdʒəˈtɛrɪən][kwɪˈzin] n. 素菜
- vegetarian food [ˌvɛdʒəˈtɛrɪən][fud] n. 素食
- warmed-over [ˈwɔrmdˈovɚ] a. 重新熱過的
- warmed-over flavor [ˈwɔrmdˈovɚ][ˈflevɚ] n. 油騷味
- Western pattern diet [ˈwɛstɚn][ˈpætɚn][ˈdaɪɪt] n. 西式飲食
- whole food [hol][fud] n. 全食、原形食物

字辨

dessert、confectionery、sweets

dessert：特別指飯後提供的甜點。
confectionery：甜點的統稱，包含糖果、巧克力與糕餅等，為較正式的用語。
sweets：sweet 一般用作形容詞，意指「甜的」；當名詞指「甜食」時通常用複數，同樣包含糖果、巧克力及糕餅等，但為日常用語，如 I can't overcome my craving for sweets.（我無法克制自己對甜食的渴望）。

★ 營養成分、食物成分 ★

- acidity regulator [əˈsɪdɪti][ˈrɛgjəˌletɚ] n. 酸度調整劑
- adaptogen [əˈdæptoʊdʒen] n. 適應原（泛指有助於舒緩慢性壓力問題的藥草）
- amino acid [əˈminoʊ][ˈæsɪd] n. 胺基酸
- anthocyanin [ˌænθəˈsaɪənɪn] n. 花青素
- anticaking agent [ˌæntiˈkeɪkɪŋ][ˈedʒənt] n. 抗結塊劑、防止凝固劑
- antifoaming agent [æntiˈfoʊmɪŋ][ˈedʒənt] n. 消泡劑
- antioxidant [ˌæntiˈɑksədənt] n. 抗氧化劑
- artificial flavor [ˌɑrtəˈfɪʃəl][ˈflevɚ] n. 人工香料
- bulking agent [bʌlkɪŋ][ˈedʒənt] n. 增量劑
- caffeine [kæˈfin] n. 咖啡因
- calcium [ˈkælsɪəm] n. 鈣
- calorie [ˈkælərɪ] n. 卡路里、卡
- carbohydrate [ˌkɑrbəˈhaɪdret] n. 醣、碳水化合物

- carotene [ˈkærəˌtin] n. 胡蘿蔔素
- cholesterol [kəˈlɛstəˌrol] n. 膽固醇
- chlorine [ˈklorin] n. 氯
- chromium [ˈkromɪəm] n. 鉻
- citric acid [ˈsɪtrɪk][ˈæsɪd] n. 檸檬酸
- cobalt [ˈkobɔlt] n. 鈷
- collagen [ˈkɑlədʒən] n. 膠原蛋白
- color retention agent [ˈkʌlə-][rɪˈtɛnʃən] [ˈedʒənt] n. 保色劑
- copper [ˈkɑpə-] n. 銅
- decaffeinated[diˈkæfəˌnetɪd], decaf[ˈdikæf] a. 無咖啡因的
- dextrose [ˈdɛkstros] n. 葡萄糖
- dietary fiber [ˈdaɪəˌtɛrɪ][ˈfaɪbə-]n.膳食纖維
- emulsifier [ɪˈmʌlsɪfaɪə] n. 乳化劑
- fat [fæt] n. 脂肪
- fat substitute [fæt][ˈsʌbstɪtut] n. 代脂
- fat-free [ˌfætˈfri] a. 不含脂肪的
- fatty [ˈfætɪ] a. 多脂肪的
- fatty acid [ˈfætɪ][ˈæsɪd] n. 脂肪酸
- fiber [ˈfaɪbə-] n. 纖維
- flavor [ˈflevə-] n. 香料
- flavor enhancer [ˈflevə-][ɪnˈhænsə (r)] n. 增味劑
- flour treatment agent [flaʊr][ˈtritmənt] [ˈedʒənt] n. 麵粉處理劑
- food additive [fud][ˈædɪtɪv] n. 食品添加物
- food allergy [fud][ˈælərdʒi] n. 食物過敏
- food coloring [fud][ˈkʌlərɪŋ] n. 食用色素
- fructose [ˈfrʌktos] n. 果糖
- glazing agent[ˈgleɪzɪŋ][ˈedʒənt] n.包覆劑、光澤劑
- gluten [ˈglutən] n. 麩質
- humectant [hjuˈmɛktənt] n. 保溼劑

- ingredient [ɪnˈgridɪənt] n. 成分
- iodine [ˈaɪəˌdaɪn] n. 碘
- iron [ˈaɪə-n] n. 鐵
- lo-cal [ˈloˈkɔl] a. 低卡的
- lo-carb [ˈloˈkɑb] a. 低醣的
- low-fat [lo fæt] a. 低脂的
- macromineral [ˈmækroʊˈmɪnərəl] n.巨量礦物質
- macronutrient [ˈmækroʊˈnutriənt] n. 主要營養素
- magnesium [mægˈniʃɪəm] n. 鎂
- manganese [ˌmæŋgəˈniz] n. 錳
- micromineral [ˈmaɪkroʊˈmɪnərəl] n. 微量礦物質
- micronutrient [ˌmaɪkroˈnjutriənt] n. 微量營養素
- milk protein [ˈmɪlk][ˈprotiɪn] n. 乳蛋白
- mineral [ˈmɪnərəl] n. 礦物質
- monounsaturated fat [ˌmɑnəʌnˈsætʃəˌreɪtɪd] [fæt] n. 單元不飽和脂肪
- non-dairy [ˈnɑnˈderi] a. 非乳製的
- non-dairy creamer [ˈnɑnˈderi][ˈkrimər] n. 非乳奶精
- non-fat [ˈnɑnfˈæt] n. 脫脂的
- nutrient [ˈnjutriənt] n. 營養素
- nutrition [njuˈtrɪʃən] n. 營養
- nutrient density [ˈnjutriənt][ˈdɛnsiti] n. 營養密度
- nutrition facts label [njuˈtrɪʃən][fækts] [ˈlebl̩] n. 營養標籤
- oil [ɔɪl] n. 油
- oligosaccharide [ˌɑlɪgoˈsækəˌraɪd] n. 寡醣
- organic acid [ɔrˈgænɪk][ˈæsɪd] n. 有機酸
- pectin [ˈpɛktɪn] n. 果膠

- phosphorus [ˈfɑsfərəs] n. 磷
- phytochemical [ˌfaɪtoʊˈkemɪkəl] n. 植化素
- polyunsaturated fat [ˌpɑlɪʌnˈsætʃəˌreɪtɪd] [fæt] n. 多元不飽和脂肪
- potassium [pəˈtæsɪəm] n. 鉀
- preservative [prɪˈzɝvətɪv] n. 防腐劑
- probiotic [ˌproʊbaɪˈɑtɪk] n. 益生菌
- protein [ˈprotiɪn] n. 蛋白質
- rennet [ˈrɛnɪt] n. 凝乳酵素
- roughage [ˈrʌfɪdʒ] n. 粗糙的原料、粗食品
- saccharin [ˈsækərɪn] n. 糖精
- saturated fat [ˈsætʃəˌretɪd][fæt] n. 飽和脂肪
- selenium [səˈlinɪəm] n. 硒
- shelf life [ʃɛlf laɪf] n. 庫存壽命
- sodium [ˈsodɪəm] n. 鈉
- soluble fiber [ˈsɑljəbḷ][ˈfaɪbə] a. 可溶性纖維
- stabilizer [ˈstebḷaɪzə] n. 穩定劑
- starch [stɑrtʃ] n. 澱粉
- starchy [ˈstɑrtʃɪ] a. 含澱粉的
- sucrose [ˈsjukros] n. 蔗糖
- sugar [ˈʃʊgə] n. 糖

- sugar substitute [ˈʃʊgə][ˈsʌbstɪtut] n. 代糖、甘味劑
- sulfur [ˈsʌlfə] n. 硫
- sweetener [ˈswitn̩ə] n. 人工甘味料
- sweetened [ˈswitn̩d] a. 含糖的
- textured vegetable protein [ˈtekstʃə-d] [ˈvɛdʒətəbḷ][ˈprotin] n. 結構性植物蛋白
- thickener [ˈθɪkənə] n. 增稠劑
- toxin [ˈtɑksɪn] n. 毒素
- tracer gas [ˈtresə][gæs] n. 示蹤氣體
- trans fat [ˈtrænz][fæt], trans-unsaturated fatty acids [ˈtrænz ʌnˈsætʃəˌreɪtɪd][ˈfætɪ] [ˈæsɪd] n. 反式脂肪
- unsaturated fat [ʌnˈsætʃəˌreɪtɪd][fæt] n. 不飽和脂肪
- insoluble fiber [ɪnˈsɑljəbḷ][ˈfaɪbə] a. 不可溶性纖維
- unsweetened [ʌnˈswitənd] a. 不含糖的
- vitamin [ˈvaɪtəmɪn] n. 維生素
- water [ˈwɔtə] n. 水分
- well-balance [ˈwɛlˈbæləns] n. 良好平衡
- zinc [zɪŋk] n. 鋅

心·得·筆·記

▶▶ A prix fixe menu is a multi-course meal offered at a fixed price.
套餐是以定價提供的多道菜餐點。

▶▶ We enjoyed a two-course supper with coffee.
我們享用兩道菜的晚餐和咖啡。

▶▶ Please bring a dish for four for the potluck tomorrow.
請為明天的百樂餐會帶一盤四人菜餚。

▶▶ This is our first sit-down meal in days.
這是我們幾天來第一頓坐著吃的一餐。

▶▶ The dinner is served family-style.
晚餐是以合菜的方式供應。

▶▶ Thanks for the hearty fare.
謝謝這些豐盛的飯菜。

▶▶ Wagashi is a traditional Japanese confectionery.
和果子是傳統日本甜點。

▶▶ The restaurant offers light meals, coffees and desserts.
那間餐廳供應輕食、咖啡與甜點。

▶▶ The dish is not on the menu, but can still be ordered.
這道菜不在菜單上，但還是能點。

▶▶ A decaf, unsweetened iced coffee, please.
請給我一杯無咖啡因、不加糖的冰咖啡。

▶▶ Be sure to check the expiration date before you buy anything.
買任何東西前一定要先檢查保存期限。

▶▶ Magnesium is one of the macrominerals required by the human body.
鎂是人體所需要的巨量礦物質之一。

▶▶▶ Preservatives are added to food to prolong its shelf life.
食品添加防腐劑是為了延長其庫存壽命。

▶▶▶ Ginseng is an effective adaptogen that boosts your energy.
人參是能提升精力的有效補品。

心·得·筆·記

二、食材

情境對話

A-mei is doing her weekly shopping for vegetables and fruit at an evening market. At the veggie stand.
阿妹在黃昏市場進行每週一次的蔬果採買。在蔬菜攤前。

A-mei : What's good at the moment?
現在什麼蔬菜比較好？

Vendor : This is the season for yard-long beans and onions. Makino bamboo shoots are nice, too.
現在是盛產菜豆與洋蔥的季節，桂竹筍也很棒。

A-mei : I've never cooked Makino bamboo shoots. What should I do with it?
我沒煮過桂竹筍，要怎麼料理啊？

Vendor : They go well with pork belly. You can soy-stew them, or stir-fry them with garlic.
它跟五花肉很搭。你可以加醬油滷，也可以加蒜頭清炒。

A-mei : Sounds great. Can I have 2 catty of Makino bamboo shoots and a bunch of yard-long beans? How much is the cabbage?
聽起來很棒。給我兩斤桂竹筍跟一把菜豆。高麗菜怎麼賣？

Vendor : They are NT$40 a head.
一顆四十。

A-mei : 40? The cabbage over there is only NT$25 each. Could you give me a better price?
四十？那邊的高麗菜一顆才二十五耶。可以算我便宜一點嗎？

Vendor : I'll give you 2 heads for NT$60 with some hot peppers. Is that all right with you?
我算你兩顆六十，再送你一些朝天椒。可以嗎？

A-mei：That's very nice of you. How much is it in total?
　　　你人真好。這樣總共多少？

Vendor：The total is NT330. (A-mei gives the vendor 4 NT$100 bills.) NT$70
　　　is your change. Thank you very much and have a nice day.
　　　總共三百三。（阿妹給小販四張百元鈔票。）找你七十元。謝謝你，祝你有個
　　　美好的一天。

A-mei：You too. Bye.
　　　你也是，再見。

心·得·筆·記

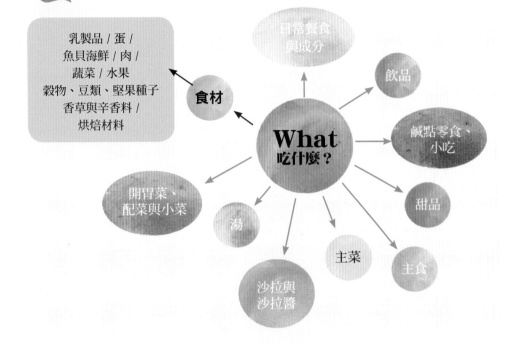

乳製品 / 蛋 /
魚貝海鮮 / 肉 /
蔬菜 / 水果
穀物、豆類、堅果種子
香草與辛香料 /
烘焙材料

食材

What
吃什麼？

日常餐食
與成分

飲品

鹹點零食、
小吃

甜品

主食

主菜

湯

沙拉與
沙拉醬

開胃菜、
配菜與小菜

乳製品

★奶類★

- condensed milk [kənˌdɛnst ˈmɪlk] n. 煉乳
- creamer [ˈkrimɚ], coffee whitener [ˈkɔfɪ] [ˈhwaɪtnɚ] n. 奶精
- dairy [ˈdɛrɪ] a. 乳製品；生產牛奶或乳製品的
- dairy [ˈdɛrɪ] n. 乳品公司；（牧場中的）乳品間、製酪場；乳製品
- dried milk [draɪd][mɪlk] n. 奶粉

**condensed milk 與
evaporated milk**

兩者都是去除大約六成水分的煉乳，但
condensed milk：裝罐前會加糖的煉乳，
約含有 **40-45%** 的糖。它又濃又稠，焦糖
色澤，滋味無比甜蜜。

evaporated milk：裝罐前不另加糖的煉乳。

- ESL milk, extended shelf life milk n. 延長保存期限乳（UHT 殺菌加無菌充填）
- evaporated milk[ɪˌvæpəretɪd][mɪlk] n. 煉乳

45

- flavored milk [ˈflevɚd][mɪlk] n. 調味乳

- formula milk [ˈfɔrmjələ][mɪlk] / baby milk [ˈbebɪ][mɪlk] n.（美／英）嬰兒牛奶、配方奶

- homogenized / homogenised [hoˈmɑdʒənaɪzd] n.（美／英）均質的

- milk [mɪlk] n. 鮮奶、牛奶、羊奶

- skim milk [skɪm][mɪlk] / skimmed milk [skɪmd][mɪlk] n.（美／英）脫脂牛奶

- soy milk [sɔɪ mɪlk], soybean milk [ˈsɔɪˌbin mɪlk] n. 豆漿、豆奶

- two-percent milk [tu pɚˈsɛnt][mɪlk] / semi-skimmed milk [ˈsɛmɪˌskɪmd][mɪlk] n.（美／英）半脫脂牛奶

- UHT milk, long-life milk [lɔŋ laɪf][mɪlk] n. 保久乳（瓶裝超高溫滅菌法，135-150℃，2-5 秒鐘，冷卻至室溫）

- whole milk [hol][mɪlk] / full-cream milk [fʊl krim][mɪlk] n.（美／英）全脂牛奶

★ 鮮奶油與優格 ★

- cream [krim] n. 鮮奶油

- clotted cream [ˌklɑtɪd ˈkrim] n. 凝脂奶油、濃縮奶油、德文郡奶油、凝塊奶油（一種

字辨

butter 與 cream

butter：固體，脂肪含量約 80% 以上。

cream：液體，脂肪含量約 30% 以上。攪動 cream（鮮奶油）使脂肪與液體分離，其中固體的油脂就是 butter（奶油），液體則能另外製成 buttermilk（白脫牛奶）。

濃郁的鮮奶油，是英式下午茶不可或缺的抹醬）

- creamy [ˈkrimɪ] a. 含奶油的、奶油製的

- crème fraîche [ˌkrɛm ˈfrɛʃ] n. 法式酸奶油、法式濃鮮奶油（略帶酸味）

- drinking yogurt [drɪŋkɪŋ][ˈjoʊ.gɚt] n. 優酪乳

- half-and-half [ˌhæfn̩ˈhæf] n.（美）一半牛奶、一半鮮奶油的混合物（和 light cream 都是飲用咖啡或茶的常見選擇）

- heavy cream [ˈhɛvi][krim] / double cream [ˈdʌbl][krim] n.（美／英）濃鮮奶油（乳脂含量為 48%，加熱後也不會凝固，適合用來烹調）、高脂濃奶油

- light cream [laɪt][krim] n.（美）淡鮮奶油（乳脂含量高於 half-and-half，但低於濃鮮奶油。和 half-and-half 都是飲用咖啡或茶的常見選擇）

- shortening [ˈʃɔrtn̩ɪŋ] n.（主美）（用於製作酥皮點心的）酥油、起酥油

- single cream [ˈsɪŋgl][krim] n.（英）稀奶油（乳脂含量為 24%，在不加熱的狀態下，可用來增加液體的稠度或做出乳狀的質感）

- sour cream [saʊr][krim] / soured cream [saʊrd][krim] n.（美／英）酸奶油（乳脂含量為 21%，雖可加入熱的醬汁以增添其濃度，但在高溫狀態下穩定性不佳）

- whipped cream [ˈhwɪpt][krim] n. 發泡鮮奶油、打發鮮奶油、鮮奶油霜

- whipping cream [ˈhwɪpɪŋ][krim] n. 液狀鮮奶油、打發用鮮奶油（乳脂含量為 35-39%，正好達到適合加熱與打發的程度）

- yogurt, yoghurt [ˈjogɚt] n. 優格

字辨

whipping cream 與 **whipped cream**

whipping cream：生奶油，生乳的乳脂肪。

whipped cream：將 whipping cream 打發，就成了 whipped cream。

★ 乳酪、起司 ★

- cheese [tʃiz] n. 乳酪、起司

- soft cheese [sɔft][tʃiz] n. 軟質乳酪（熟成時間愈長，味道愈濃，非常容易融化）

- semi-soft cheese [ˈsɛmɪˌsɔft][tʃiz] n. 半軟質乳酪（觸感有彈性，味道清淡，容易融化）

- hard cheese[hɑrd][tʃiz], semi-hard cheese [ˈsɛmɪˌhɑrd][tʃiz] n. 硬質或半硬質乳酪（味道濃郁，可以稍微融化，但仍維持原形）

★ 常見乳酪 ★

- Asiago [ˌɑsiˈɑgo] n. 愛亞格、阿夏戈（義大利，半硬質起司）

- Brie [bri] n. 布里（法國，柔軟白黴起司）

- Camembert [ˈkæməmˌbɛr] n. 卡門貝爾（法國，柔軟白黴起司）

- cantal [ˈkæntəl] n. 康塔爾（法國，半硬質起司）

- cheddar [ˈtʃɛdɚ] n. 切達（源自英國，硬質起司）

- Cheshire [ˈtʃɛʃɪr] n. 柴郡（英國，硬質起司）

- Comté n. 孔德、康堤（法國，硬質起司）

- cottage cheese [ˈkɑtɪdʒ][tʃiz] n.茅屋起司、鄉村起司（新鮮起司）

- cream cheese [krim][tʃiz] n. 奶油乳酪（新鮮起司）

- Edam [ˈidæm] n. 艾登（荷蘭，硬質起司）

- Emmenthal n. 愛曼塔爾、埃文達（瑞士，硬質起司）（＝Swiss cheese）

- Epoisses n. 伊泊斯（法國，柔軟洗皮起司）

- feta [ˈfɛtə], feta cheese [ˈfɛtə][tʃiz] n. 菲塔（希臘，羊奶硬質起司）

- fontina [fɔnˈtinə] n. 梵堤那、芳提娜（義大利，半硬質起司）

- fromage blanc [frouˌmɑʒ ˈblɑ̃] n. 白起司（法國，新鮮起司）

- fromage frais [frouˌmɑʒ ˈfreɪ] n. 鮮乳酪（法國，新鮮起司）

- Gorgonzola [ˌgɔrgənˈzolə] n. 古岡左拉（義大利，藍紋乳酪）

- Gouda [ˈgaʊdə] n. 高達（荷蘭，半硬質至硬質起司）

- Gruyère [gruˈjer] n. 格魯耶（法國、瑞士，硬質起司）

- havarti [həˈvɑti] n. 哈伐第（丹麥，半硬質起司）

- Manchego [manˈtʃeɪgəʊ] n. 蒙切哥、曼徹格（西班牙，羊奶半硬質起司）

- mascarpone [ˈmæskɑrpon] n. 瑪斯卡邦（義大利，新鮮起司）

- mozzarella [ˌmɑzəˈrɛlə] n. 莫札雷拉、瑪芝瑞拉（半硬質）

- Munster n. 芒斯特（法國，柔軟洗皮起司）

- Parmesan [ˌpɑrməˈzæn] n. 帕瑪森（義大利，硬質起司）

- Reblochon n. 瑞布羅森（法國，柔軟洗皮起司）

- ricotta [rɪˈkɔtɑ] n. 瑞可他、瑞可塔（義大利，新鮮起司）

- romano n. 羅馬（義大利，硬質起司）

- Roquefort [ˈrokfɚt] n. 洛克福（法國，羊乳藍紋乳酪）

- Stilton [ˈstɪltn̩] n 斯蒂爾頓（英國，藍紋乳酪）

- Swiss cheese [swɪs][tʃiz] n. 瑞士起司（有許多大孔洞，硬質起司）（＝Emmenthal cheese）

- tomme n. 多姆（法國，硬質起司）

- Valencay n. 瓦朗賽（法國，柔軟山羊起司）

★相關字彙★

- butterfat [ˈbʌtɚˌfæt] n. 乳脂（牛奶中的脂肪，奶油的主要成分）

- buttermilk [ˈbʌtɚˌmɪlk] n. 白脫牛奶、乳清、酪奶

- full-fat [ˌfʊlˈfæt] a.（英）（乳製品）全脂的

- low-fat [ˌloˈfæt] a.（食物）低脂的

- pasteurized [ˈpæstəraɪzd] a.（牛奶等液體）經過加熱殺菌的

- pasteurization [ˌpæstərəˈzeʃən] n. 加熱殺菌、巴氏殺菌法、巴斯德殺菌法

- LTLT, low-temperature long-time pasteurization n. 低溫殺菌法（62-65℃，經30分鐘保溫殺菌後，冷卻至10℃以下）

- HTST, high-temperature, short-time pasteurization n. 速溫殺菌法（72-90℃，15-60秒鐘，冷卻至10℃以下）

- UHT, ultra-high-temperature pasteurization n. 超高溫滅菌法（125-135℃，數秒鐘，冷卻至室溫下）

蛋類

★蛋★

- chalaza [kəˈlezə] n. 繫帶、卵帶

- chicken egg [ˈtʃɪkən][ɛg] n. 雞蛋

- pullet egg [ˈpʊlɪt][ɛg] n. 小母雞蛋

- duck egg [dʌk][ɛg] n. 鴨蛋

- egg [ɛg] n. 蛋、雞蛋

- eggshell [ˈɛgʃɛl] n. 蛋殼

- egg white [ɛg][hwaɪt] n. 蛋白、蛋清

- goose egg [gus][ɛg] n. 鵝蛋

- quail egg [kwel][ɛg] n. 鵪鶉蛋

- roe [ro] n.（魚體內的）魚卵；（食用的）魚子

- salmon roe [ˈsæmən][ro] n. 鮭魚卵

- yolk [jok] n. 蛋黃

★蛋類加工品★

- bottarga [bəˈtɑgə] n.（義大利）烏魚子

- caviar [ˌkævɪˈar] n. 魚子醬

- century egg [ˈsɛntʃəri][ɛg] n. 皮蛋、松花蛋

- karasumi, salted and dried mullet roe n. 烏魚子

- mentaiko, salted Alaska pollock roe n. 明太子

- powdered eggs [ˈpaʊdɚd][ɛgz] n. 蛋粉

- salted duck egg [ˈsɔltɪd][dʌk][ɛg] n. 鹹蛋、鹹鴨蛋

- snail caviar [snel][ˌkævɪˈar] n. 蝸牛子醬、蝸牛珍珠（陸生蝸牛卵）

- battery [ˈbætərɪ] a.（英）層架式雞籠的

- cage-free [kedʒ fri] a. 非籠養的

- egg crate [ɛg][kret] n. 蛋盒（用來盛放、運送蛋品）

- free-range [ˈfri͵rendʒ] a. 自由放養的

魚貝海鮮

★魚★

- anchovy [ˈæntʃəvɪ] n. 鯷魚

- anglerfish [ˈæŋglɚ͵fɪʃ] n. 鮟鱇魚、琵琶魚

- Asian swamp eel [ˈeʒən][swamp][il], rice eel [raɪs][il] n. 鱔魚、黃鱔

- ayu n. 香魚

- barracuda [͵bærəˈkudə] n. 梭子魚、金梭魚

- bass [bes] n. 鱸魚

- bighead carp [ˈbɪg͵hed][karp] n. 大頭鰱、鱅

- black pomfret [blæk ˈpɔmfrit] n. 烏鯧

- black sea bream [blæk si brim] n. 黑棘鯛、黑鯛

- carp [karp] n. 鯉魚

- catfish [karp] n. 鯰魚

- cobia [ˈkobɪə] n. 海鱺

- cod [kad] n. 鱈魚

- conger eel [͵kaŋgɚ ˈil] n. 康吉鰻（一種海鰻）

- crucian carp [͵kruʃən ˈkarp] n. 鯽魚

- dab [dæb] n. 黃蓋鰈（一種比目魚）

- dory [ˈdorɪ] n. 海魴

- East Asian fourfinger threadfin [ist][ˈeʃən] [ˈfɔr͵fɪŋgɚ][ˈθred͵fɪn] n. 午仔魚

- eel [il] n. 鰻魚

- filefish [ˈfaɪl͵fɪʃ] n. 剝皮魨、剝皮魚

- fish [fɪʃ] n. 魚

- flatfish [ˈflæt͵fɪʃ] n. 比目魚（鰈形目魚類的統稱）、扁魚

- flounder [ˈflaʊndɚ] n. 鰈魚、比目魚

- flying fish [ˈflaɪɪŋ ˈfɪʃ] n. 飛魚

- giant grouper [ˈdʒaɪənt][ˈgrupɚ] n.龍膽石斑

- goatfish [ˈgot͵fɪʃ] n. 秋哥、紅秋姑

- goby [ˈgobɪ] n. 花跳、彈塗魚

- golden thread [ˈgoʊldən][ˈθred] n.金線魚、金線鰱

- grass carp [græs][karp] n. 草魚

- haddock [ˈhædək] n. 黑線鱈

- hake [hek] n. 狗鱈

- halibut [ˈhæləbət] n. 大比目魚

- herring [ˈhɛrɪŋ] n. 鯡魚

- horse-head tilefish [ˈhɔrs͵hɛd][ˈtaɪl͵fɪʃ] n. 馬頭魚

- Japanese butterfish [͵dʒæpəˈniz][ˈbʌtɚfɪʃ] n. 刺鯧、肉魚、肉鯽仔

- Japanese jack mackerel [͵dʒæpəˈniz][dʒæk ˈmækərəl] n. 竹筴魚、瓜仔魚

- largehead hairtail [ˈlardʒ͵hɛd][ˈhɛr͵teɪl] n. 白帶魚

- lemon sole [͵lemən ˈsol] n. 檸檬連鰭鰈、小頭油鰈

- loach [lotʃ] n. 泥鰍

- mackerel [ˈmækərəl] n. 鯖魚

- marlin [ˈmarlɪn] n. 馬林魚、旗魚

- miiuy croaker Brown croaker [braʊn] [ˈkrokɚ] n. 鮸魚

49

- milkfish [ˈmɪlkˌfɪʃ] n. 虱目魚

- moonfish [ˈmunˌfɪʃ] n. 皮刀

- mullet [ˈmʌlɪt] n. 烏魚

- narrow barred mackerel n. 土魠魚

- parrotfish [ˈpærətˌfɪʃ] n. 青衣

- perch [pɝtʃ] n. 河鱸

- pike [paɪk] n. 梭魚、狗魚

- pilchard [ˈpɪltʃəd] n. （英）沙丁魚
  （＝sardine）

- plaice [ples] n. 鰈魚

- puffer [ˈpʌfə] n. 河豚

- ray [re] n. 鰩、魟魚

- red bullseye [rɛd] [ˈbʊlzaɪ] n. 紅目鰱

- red porgy [rɛd] [ˈpɔgɪ], red sea bream [rɛd]
  [si brim] n. 真鯛、加魶、正鯛

- red snapper [rɛd] [ˈsnæpə] n. 赤鰭笛鯛、紅
  雞仔、赤筆

- round scad [raʊnd] [skæd] n. 四破、長鰺

- ruby snapper [ˈrubi] [ˈsnæpə] n. 長尾濱鯛

- salmon [ˈsæmən] n. 鮭魚

- sand borer [ˈsænd ˈboə] n. 沙梭

- sardine [sɑrˈdin] n. 沙丁魚（＝pilchard）

- saury [ˈsɔrɪ] n. 秋刀魚

- scissor-tailed fusilier [ˈsɪzəˌteɪld] [ˌfjuzəˈlɪr]
  n. 烏尾鮗、烏尾冬仔

- sea cucumber [si ˈkjuˌkʌmbə] n. 海參、刺參

- seahorse [ˈsi ˌhɔrs] n. 海馬（曬乾可做中
  藥）

- shark [ˈʃɑrk] n. 鯊魚

- shishamo n. 柳葉魚

- silver perch [ˈsɪlvə] [pɝtʃ] n. 澳洲鱸、淡
  水銀鱸、金鱒

- silver pomfret [ˈsɪlvə] [ˈpɑmfrɪt] n. 白鯧、
  銀鯧

- skate [sket] n. 灰鰩、魟魚

- skipjack tuna [ˈskɪpˌdʒæk] [ˈtunə] n. 正鰹、
  柴魚、煙仔虎

- snapper [ˈsnæpə] n. 笛鯛

- sole [sol] n. 比目魚、鰈魚

- sprat [spræt] n. 小鯡魚

- stingray [ˈstɪŋˌre] n. 魟魚

- sturgeon [ˈstɝdʒən] n. 鱘魚

- sunfish [ˈsʌnˌfɪʃ] n. 翻車魚、曼波魚

- swordfish [ˈsordˌfɪʃ] n. 劍旗魚

- tilapia [tɪˈleɪpɪə] n. 吳郭魚、台灣鯛

- Torpedo scad [tɔrˈpido] [skæd] n. 大甲鰺、
  鐵甲

- trout [traʊt] n. 鱒魚

- tuna [ˈtunə] n. 鮪魚、金槍魚

- turbot [ˈtɝbət] n. 大菱

- whitebait [ˈhwaɪtˌbet] n. 魩仔魚

- whiting [ˈhwaɪtɪŋ] n. 牙鱈

- yellow croaker [ˈjɛlo] [ˈkrokə] n. 黃魚

★ 海鮮 ★

- abalone [ˌæbəˈlonɪ] n. 鮑魚

- Areola Babylon [əˈrɪələ] [ˈbæbələn] n. 鳳螺

- bigfin reef squid [ˈbɪgfɪn] [rif] [skwɪd] n. 軟
  翅、軟絲仔、柔魚

- calamari [ˌkæləˈmɛrɪ] n. 槍烏賊

- cephalopod [ˈsɛfələˌpɑd] n. 頭足類動物
  （烏賊、花枝等）

- Chinese mitten crab [ˈtʃaɪˈniz] [ˈmɪtn]
  [kræb] n. 大閘蟹

- clam [klæm] n. 蛤蜊、蜆

- cockle [ˈkɑkl̩] n. 鳥蛤

- common orient clam n. 文蛤

- crab [kræb] n. 螃蟹
- crawfish [ˈkrɔˌfɪʃ] n.（主美）淡水螯蝦、小龍蝦（＝crayfish）
- crayfish [ˈkreˌfɪʃ] n. 淡水螯蝦、小龍蝦（＝crawfish）
- crustacean [krʌsˈteʃən] n. 甲殼綱動物
- cuttlefish [ˈkʌtl̩ˌfɪʃ] n. 烏賊、墨魚、花枝
- Dungeness crab [ˌdʌnjənəs ˈkrab] n.唐金蟹（美西盛產的一種螃蟹）
- edible jellyfish [ˈɛdəbl̩][ˈdʒɛlɪˌfɪʃ] n. 海蜇（一種可食用水母）
- flower crab [ˈflaʊɚ][kræb] n. 花蟹、梭子蟹
- frog crab [frɔg][kræb] n. 旭蟹、倒退嚕、海臭蟲
- giant river prawn [ˈdʒaɪənt][ˈrɪvɚ][prɔn] n. 泰國蝦
- giant tiger prawn [ˈdʒaɪənt][ˈtaɪgɚ][prɔn] n. 草蝦
- golden clam [ˈgoʊldən][klæm] n. 台灣蜆
- kuruma shrimp n. 明蝦、斑節蝦、雷公蝦
- lobster [ˈlɑbstɚ] n. 龍蝦
- mitre squid [ˈmaɪtər][skwɪd] n.鎖管、小管、小卷、透抽、中卷
- mitten lobster [ˈmɪtn][ˈlɑbstɚ] n. 蝦蛄
- mussel [ˈmʌsl̩] n. 淡菜、貽貝
- octopus [ˈɑktəpəs] n. 章魚
- oyster [ˈɔɪstɚ] n. 蠔、牡蠣
- prawn [prɔn] n. 大蝦
- scallop [ˈskɑləp] n. 干貝、扇貝
- seafood [ˈsiˌfud] n. 海產、海鮮、海味
- sea urchin [ˈsi ˌɚtʃɪn] n. 海膽
- shellfish [ˈʃɛlˌfɪʃ] n. 貝類、甲殼類動物
- serrated crab [ˈsɛrˌetɪd][kræb], giant mud crab [ˈdʒaɪənt][mʌd][kræb], mangrove crab [ˈmæŋgroʊv][kræb] n. 紅蟳、菜蟳、青蟹
- short-necked clam [ˈʃɔrtˌnekt][klæm] n. 海瓜子、花蛤仔
- shrimp [ʃrɪmp] n. 蝦、蝦仁
- small abalone [smɔl][ˌæbəˈloʊni] n. 九孔
- squid [skwɪd] n. 魷魚、鎗烏賊

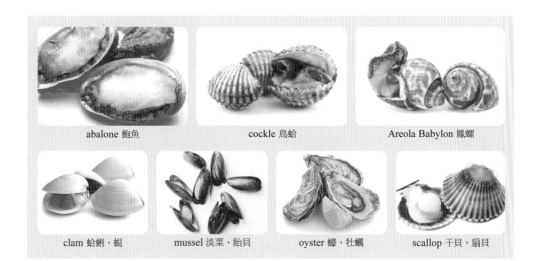

abalone 鮑魚　　　cockle 鳥蛤　　　Areola Babylon 鳳螺

clam 蛤蜊、蜆　　　mussel 淡菜、貽貝　　　oyster 蠔、牡蠣　　　scallop 干貝、扇貝

- three-spot swimming crab [θri spɑt] [ˈswɪmɪŋ][kræb] n. 三點蟹
- whiteleg shrimp [waɪˈtleg][ʃrɪmp] n. 白蝦

★ 加工品 ★

- bloater [ˈblotɚ] n. 醃燻的鯡魚（將整條鯡魚短時間鹽醃後燻製）
- bonito flakes [bəˈnitoʊ][fleɪks] n. 柴魚片
- bottarga [bəˈtɑgə] n.（義大利）烏魚子
- Cantonese salted fish [ˌkæntəˈniz][ˈsɔːltɪd fɪʃ] n. 廣東鹹魚
- caviar [ˌkævɪˈɑr] n. 魚子醬
- conpoy, dried scallop [draɪd][ˈskɑləp] n. 瑤柱、乾的干貝
- crab stick [kræb][stɪk] n. 蟹肉棒
- dried oyster [draɪd][ˈɔɪstɚ] n. 蚵乾
- dried sakura shrimp [draɪd][səˈkʌrə][ʃrɪmp] n. 櫻花蝦
- dried shrimp [draɪd][ʃrɪmp] n. 蝦米
- dried silver anchovy [draɪd][ˈsɪlvɚ][ˈæntʃəvɪ] n. 丁香魚乾
- ikura, salmon caviar [ˈsæmən][ˌkævɪˈɑr] n. 鮭魚卵
- karasumi, salted and dried mullet roe [ˈsɔltɪd][ænd][draɪd][ˈmʌlɪt][ro] n. 烏魚子
- kipper [ˈkɪpɚ] n. 煙燻鯡魚（取出內臟後，短時間浸於鹵水後再燻製）
- lox [lɑks] n.（美）煙燻鮭魚
- mentaiko, salted Alaska pollock roe [ˈsɔltɪd][əˈlæskə][ˈpɑlək][ro] n. 明太子
- salted squid [ˈsɔltɪd][skwɪd] n. 鹹小卷
- shark's fin [ʃɑrks][fɪn] n. 魚翅
- smoked salmon [smokt][ˈsæmən] n. 煙燻鮭魚

- yusong (shredded dried fish) n. 魚鬆

★ 相關字彙 ★

- farmed fish [fɑrmd][fɪʃ] n. 養殖魚
- fin [fɪn] n. 魚鰭
- fish bones [fɪʃ][boʊnz] n. 魚刺、魚骨頭
- fish skin [fɪʃ][skɪn] n. 魚皮
- flesh [flɛʃ] n. 魚肉
- freshwater [ˈfrɛʃˌwɒtɚ] a. 淡水的
- gill [gɪl] n. 魚鰓
- milt [mɪlt] n. 魚白
- saltwater [ˈsɒltˌwɒtɚ] a. 海生的、生活在鹹水的
- scale [skel] n. 魚鱗
- shell [ʃɛl] n. 外殼、貝殼
- tail fin [tel fɪn] n. 魚尾
- tentacle [ˈtɛntəkl̩] n. 觸鬚、觸手
- wild fish [waɪld][fɪʃ] n. 野生魚

肉

★ 肉的形式 ★

- cutlet [ˈkʌtlɪt] n. 帶骨肉排（多為羊排、小牛排或豬排）
- fatty meat [ˈfætɪ][mit] n. 肥肉
- fillet [ˈfɪlɪt] n. 無骨肉排
- game [gem] n. 野味
- joint [dʒɔɪnt] n.（英）（帶骨的）大塊肉
- lean meat [lin][mit] n. 瘦肉

- meat [mit] n.（動物或鳥的）肉
- meat julienne [mit][ˌdʒulɪˈen] n. 肉絲
- médaillon [ˌmeɪdʌɪˈjɒ̃] n.（尤指無骨的）圓形肉塊
- mince [mɪns] n.（英）（用機器切碎的）絞肉（尤指牛絞肉）（＝ground beef）
- noisette [nwɑˈzɛt] n.（法）小塊精瘦肉
- red meat [rɛd][mit] n. 紅肉（如牛肉、羊肉）
- sausage meat [ˈsɔsɪdʒ][mit] n. 灌香腸用的碎肉、香腸肉餡
- steak [stek] n. 肉排、魚排
- white meat [hwaɪt][mit] n. 白肉（如雞肉、火雞肉）

★牛★

- beef [bif] n. 牛肉
- blade [bled] n. 板腱肉（梅花牛、嫩肩里肌）
- bottom sirloin [ˈbɑtəm][ˈsɜrlɔɪn] n. 下腰脊肉
- brisket [ˈbrɪskɪt] n. 前胸部位、（尤指牛的）前胸肉（牛腩）
- cheek [tʃik] n. 臉頰肉
- chuck [tʃʌk] n. 肩頰部位
- chuck tender [tʃʌk][ˈtɛndɚ] n. 肩胛里肌
- flank [flæŋk] n. 腹脇部位
- flat iron [flæt ˈaɪən] n. 翼板肉
- knuckle [ˈnʌkl̩] n. 關節、蹄

When
What
How
Where
Who

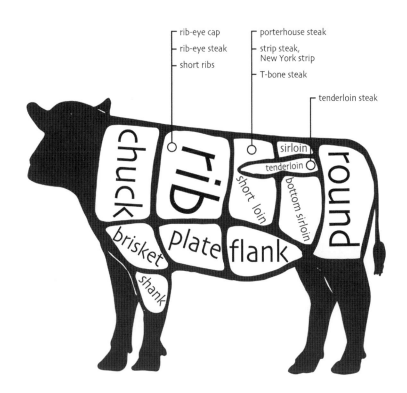

- oxtail [ˈɑksˌtel] n. 牛尾（通常用來煮湯）

- plate [plet] n. 胸腹部位、胸腹肉

- rib [rɪb] n. 肋脊部位、肋排

- rib finger [rɪb][ˈfɪŋɡɚ] n. 牛肋條（牛肉麵肉塊常用部位）

- rib-eye [ˈrɪbˌaɪ] n. 肋眼

- round [raʊnd] n. 後腿部位、後腿肉

- rump [rʌmp] n. 牛臀肉

- shank [ʃæŋk] n. 腱子部位

- short loin [ʃɔrt lɔɪn] n. 前腰脊部位

- short rib [ʃɔrt rɪb] n. 牛小排

- sirloin [ˈsɚlɔɪn] n. 後腰脊部位、後腰脊肉

- skirt [skɚt] n. 內裙肉

- sweetbread [ˈswitˌbrɛd] n. 小牛、小羊的胰臟或胸腺

- tenderloin [ˈtɛndɚˌlɔɪn] n. （牛、豬的）嫩腰肉、里脊肉

- tendon [ˈtɛndən] n. 牛腱、牛筋

- top round [tɑp raʊnd] / topside [ˈtɑpsaɪd] n. （美／英）牛腹腿肉（大腿內側的肉）

- tongue [tʌŋ] n. 牛舌

- veal [vil] n. 小牛肉

★ 豬 ★

- chitterlings [ˈtʃɪtɚlɪŋz], chitlings [ˈtʃɪtlɪŋz], chitlins [ˈtʃɪtlɪnz] n. 豬小腸、粉腸

- gristle [ˈɡrɪsl̩] n. （肉中的）軟骨

- pig blood curd [pɪg] [blʌd] [kɚd] n. 豬血、血豆腐

- pork [pɔrk] n. 豬肉

- pork belly [pɔrk ˈbɛli] n. 五花肉、三層肉

- pork butt [pɔrk bʌt] n. 豬梅花

- pork chop [pɔrk tʃɑp] n. 排骨肉

- pork hock [pɔrk hɑk] n. 蹄膀、腿庫

- pork jowl [pɔrk dʒaʊl] n. 豬頰肉、嘴邊肉、菊花肉

- pork knuckle [pɔrk ˈnʌkl̩] n. 肘子

- pork leg [pɔrk lɛg] n. 豬腿（前腿、後腿）

- pork loin [pɔrk lɔɪn] n. 大里肌、腰肉、脊背肉

- pork liver [pɔrk ˈlɪvɚ] n. 豬肝
- pork neck [pɔrk nɛk] n. 豬頸肉、松阪豬
- pork tenderloin [pɔrk][ˈtɛndɚˌlɔɪn] n. 小里肌、腰內肉、豬菲力
- prime rib [praɪm][rɪb] n.（美）肋排
- spareribs [ˈspɛrˌrɪbz], spare ribs n.（尤指豬的）小排、帶肉肋骨
- suckling pig [ˈsʌklɪŋ ˌpɪg] n. 乳豬
- trotter [ˈtrɑtɚ] n.（可食用的）豬腳

★羊★

- lamb [læm] n. 羔羊肉、小綿羊肉
- mutton [ˈmʌtn̩] n. 羊肉、成年綿羊肉
- gigot [ˈdʒɪgət] n.（法）羊腿
- lamb chop [læm][tʃɑp] n. 羊排
- lamb cutlet [læm][ˈkʌtlɪt] n. 小羊肉片
- lamb shank [læm][ʃæŋk] n. 羊小腿
- lamb sweetbread [læm][ˈswitˌbrɛd] n. 小羊胸腺
- leg of lamb [lɛg əv læm] n. 羊腿
- saddle of lamb [ˈsædl̩ əv læm] n. 羊腰肉

★禽★

- broiler [ˈbrɔɪlɚ], broiler chicken [ˈbrɔɪlɚ][ˈtʃɪkɪn] n.（美）（適於燒烤的）嫩雞、童子雞
- capon [ˈkepən] n. 閹雞
- chicken [ˈtʃɪkɪn] n. 雞肉
- duck [dʌk] n. 鴨肉
- duckling [ˈdʌklɪŋ] n. 小鴨、幼鴨
- fowl [faʊl] n. 禽肉
- game bird [gem bɚd] n. 野禽
- goose [gus] n. 鵝肉

- grouse [graʊs] n. 松雞肉
- guinea fowl [ˈgɪnɪ ˌfaʊl] n. 珠雞
- ostrich [ˈɑstrɪtʃ] n. 鴕鳥肉
- partridge [ˈpɑrtrɪdʒ] n. 鷓鴣肉
- pheasant [ˈfɛzn̩t] n. 雉雞肉
- poultry [ˈpoltrɪ] n. 家禽肉
- poussin [ˈpusã] n. 肉用小雞、春雞、童子雞
- pullet [ˈpʊlɪt] n. 小母雞
- quail [kwel] n. 鵪鶉肉
- turkey [ˈtɝkɪ] n. 火雞肉

★禽肉部位★

- breast [brɛst] n.（禽類或其他動物的）胸肉
- dark meat [dɑrk][mit] n.（禽類）腿部肉、深色肉
- drumette, drummette [drʌˈmɛt] n. 翅腿
- drumstick [ˈdrʌmˌstɪk] n. 禽類腿下段肉、棒棒腿、下腿肉
- leg [lɛg] n. 腿（包含大腿與棒棒腿）
- mid-section with tip n. 二節翅（包含中翅與翅尖）
- mid-section [ˈmɪdˌsɛkʃən], wing flat [wɪŋ][flæt], midjoint [ˈmɪddʒɔɪnt] n. 中翅、翅板、翅中
- pope's nose [popz][noz] / parson's nose [ˈpɑrsn̩z][noz] n.（美／英，不正式）煮熟的禽類屁股肉、雞屁股
- thigh [θaɪ] n. 禽類腿上段肉、大腿
- wing [wɪŋ] n. 翅膀、三節翅（包含翅腿、中翅、翅尖）
- wing tip [wɪŋ][tɪp] n. 翅尖

★ 其他 ★

- escargot [ɛskarˈgo] n.（法）食用蝸牛
- frog [frɑg] n. 田雞肉（青蛙肉）
- rabbit [ˈræbɪt] n. 兔肉
- snail [snel] n. 蝸牛
- snake [snek] n. 蛇肉
- snapping turtle [ˈsnæpɪŋ] [ˈtɝtl] n. 擬鱷龜
- softshellturtle [ˌsoftˈʃɛl] [ˈtɝtl] n. 鱉肉、甲魚肉
- venison [ˈvɛnəzn̩] n. 鹿肉
- saddle [ˈsædl̩] n.（羊、鹿、兔）帶脊骨的腰肉

★ 內臟 ★

- offal [ˈɔfl̩] n.（食用的）動物內臟、雜碎、下水
- giblets [ˈdʒɪblɪts] n.（家禽的）內臟、雜碎
- feet [fit] n. 腳爪
- gizzard [ˈgɪzəd] n.（禽鳥的）胗
- heart [hɑrt] n. 心
- kidney [ˈkɪdnɪ] n.（可食用的）動物腰子
- liver [ˈlɪvə] n.（供食用的）動物肝臟
- neck [nɛk] n. 頸脖
- sweetbread [ˈswitˌbrɛd] n. 小牛、小羊的胰臟或胸腺
- tongue [tʌŋ] n.（供食用的）動物舌頭
- tripe [traɪp] n.（可食用的）牛肚、羊肚

★ 加工肉品 ★

- bacon [ˈbekən] n.（通常切成薄片的）培根、燻豬肉
- black pudding [blæk] [ˈpʊdɪŋ] n.（英）血

腸、黑香腸（以豬血、豬肉和板油製成的香腸）

- bologna [bəˈlonə] n.（美）波隆那香腸（含牛豬肉的燻製粗香腸，常為三明治夾料）
- bratwurst [ˈbrætwɝst] n.（德）油煎香腸
- brawn [brɔn] n.（英）（用豬頭肉煮成的）豬頭凍（＝headcheese）
- Canadian bacon [kəˈnedɪən] [ˈbekən] n.（美）加拿大式培根、豬背里脊培根（瘦肉比例很高）
- Chinese sausage [ˈtʃaɪˈniz] [ˈsɔsɪdʒ] n. 香腸、臘腸
- chipolata [ˌtʃɪpəˈlatə] n. 英式早餐腸（加入洋蔥與香料）
- chorizo [tʃəˈrizo] n. 西班牙辣味肉腸（用大蒜和紅椒調味的豬肉香腸，可做熟食或冷盤）
- corned beef [kɔrnd] [bif] n. ❶（美）（鹽漬）醃牛肉；❷（英）（尤指罐裝的）鹹牛肉
- frankfurter [ˈfræŋkfətə], frank [fræŋk] n.（美）法蘭克福香腸
- foie gras [fwɑ] [grɑ] n. 鵝肝醬
- ham [hæm] n. 火腿
- headcheese [ˈhɛdˌtʃiz] n.（美）豬頭凍（＝brawn）
- hot dog [hɑt] [dɔg] n. 熱狗
- gammon [ˈgæmən] n.（英）燻豬腿、醃豬後腿
- Jinhua ham n. 金華火腿
- jerky [ˈdʒɝkɪ] n.（條狀）肉乾
- liver sausage [lɪvə] [ˈsɔsɪdʒ] n.（英）肝泥香腸（＝liverwurst）
- liverwurst [ˈlɪvəˌwɝst] n.（主美）肝泥香腸（＝liver sausage）

- luncheon meat [ˈlʌntʃən][mit] n. 罐頭午餐肉

- meatball [ˈmitˌbɔl] n. 肉丸子

- pastrami [pəˈstramɪ] n. 煙燻牛肉

- pâté [ˈpateɪ] n.（魚肉蔬菜等做的）派特醬、肝醬

- pepperoni [ˌpɛpəˈroni] n. 義大利辣味香腸（常做披薩上的配料）

- pork ball [pɔk][bɔl] n. 貢丸

- prosciutto [proˈʃuto] n. 帕瑪生火腿（義大利料理常用的辣味乾火腿，多切成薄片）

- rousong, shredded dried pork [ʃred][draɪd][pɔrk] n. 肉鬆

- salami [səˈlamɪ] n. 義大利臘腸

- sausage [ˈsɔsɪdʒ] n. 香腸

- Spam [spæm] n. 午餐肉（罐裝壓縮肉塊）

- streaky bacon [ˈstrikɪ][ˈbekən] n. 五花培根

- wiener [ˈwinɚ] n.（美）一口小香腸、維也納香腸（是法蘭克福香腸的變形＝frankfurter）

蔬菜

★ 葉菜類 ★

- amaranth [ˈæməˌrænθ] n. 莧菜、荇菜

- arugula [əˈrugələ] n.（美）芝麻菜（一種沙拉用青菜）（＝rocket）

- bird's-nest fern [ˈbɝdznest][fɝn] n. 山蘇

- bok choy [bɔk][tʃɔɪ] n.（美）小白菜、蚵白菜、青江菜（＝pak choi）

- Brussels sprout [ˈbrʌslz][spraʊt] n.（主英）球芽甘藍

pork ball 與 meatball

pork ball：台式貢丸多以豬肉泥為底，混入米酒、蒜末、香菇末，揉成圓球狀，並用滾水煮熟。

meatball：西洋肉丸子則是用絞肉加入麵包屑、起司、洋蔥末、黑胡椒等，揉成圓球狀，用油煎熟後食用。

- cabbage [ˈkæbɪdʒ] n. 高麗菜、包心菜、結球甘藍

- chard [tʃard] n. 萵菜、葉用甜菜

- chayote leaves [tʃaˈjote][livz] n.龍鬚菜（佛手瓜的嫩芽、嫩莖）

- chicory [ˈtʃɪkərɪ] n. 菊苣（帶苦味的葉子，常做沙拉用）

- Chinese cabbage [ˈtʃaɪˈniz][ˈkæbɪdʒ] n. 大白菜（＝Chinese leaves, napa cabbage）

- Chinese kale [ˈtʃaɪˈniz][kel] n. 芥藍菜、不結球甘藍、綠葉甘藍

- collard greens [ˈkɑlɚd][grinz], collards [ˈkɑlɚdz] n.（美）芥藍

- cos lettuce [kɑs][ˈlɛtɪs] n.（英）蘿蔓萵苣、蘿蔓心、直立萵苣（＝romaine）

- crown daisy [kraʊn][ˈdezɪ] n. 茼蒿

- endive [ˈɛndaɪv] n.（美）野苦苣、吉康菜（沙拉用生菜）（＝chicory）

- greens [grinz] n. 綠色蔬菜、葉菜

- iceberg lettuce [ˈaɪsˌbɝg][ˈlɛtɪs], head lettuce [hɛd][ˈlɛtɪs] n. 結球萵苣、美生菜、西生菜（沙拉用生菜）

- kale [kel] n. 羽衣甘藍

- leaf lettuce [lif][ˈlɛtɪs] n. 鵝仔菜、A 菜、葉萵苣、本島萵苣

- leaf mustard [lif] [ˈmʌstəd] n. 芥菜、長年菜、刈菜（可製成酸菜、榨菜、鹹菜、梅乾菜、福菜、卜菜等客家醃漬物）
- lettuce [ˈlɛtɪs] n. 萵苣
- Malabar spinach n. 皇宮菜、落葵
- mignonettevine [ˌmɪnjənˈɛt] [vaɪn] n. 川七、洋落葵
- Mitsuba, honewort [ˈhonˌwɝt] , Japanese honeywort n. 山芹菜、鴨兒芹
- napa cabbage [nɑpə] [ˈkæbɪdʒ] / Chinese leaves [ˈtʃaɪˈniz] [livz] n.（美／英）大白菜（＝Chinese cabbage）
- pak choi [pæk] [tʃɔɪ] n.（英）小白菜、蚵白菜、青江菜（＝bok choy）
- radicchio [rɑˈdikjo] n. 紫葉菊苣（帶苦味，常用於涼拌生菜）
- red cabbage [rɛd] [ˈkæbɪdʒ] n. 紫甘藍
- rocket [ˈrɑkɪt] n.（英）芝麻菜（一種沙拉用青菜）（＝arugula）
- romaine [ˌroˈmen] n.（主美）蘿蔓萵苣、蘿蔓心、直立萵苣（＝cos lettuce）
- spinach [ˈspɪnɪtʃ] n. 菠菜
- sweet potato leaves [swit] [pəˈteto] [livz] n. 地瓜葉
- Swiss chard [swɪs] [tʃɑrd] n. 菾蓬菜、瑞士甜菜、牛皮菜
- vegetable [ˈvɛdʒətəbl] n. 蔬菜
- water spinach [ˈwɔtə] [ˈspɪnɪtʃ] n. 空心菜、蕹菜
- watercress [ˈwɔtəˌkrɛs] n. 西洋菜、水田芥、豆瓣菜（沙拉用生菜）
- yu choy, edible rape [ˈɛdəbl] [rep] n. 油菜

★花菜類★

- artichoke [ˈɑrtɪˌtʃok] n. 朝鮮薊、洋薊
- broccoli [ˈbrɑkəlɪ] n. 青花菜、綠花椰
- cauliflower [ˈkɔləˌflauə] n. 花椰菜、白花菜
- orange daylily [ˈɔrɪndʒ] [ˈdelili] n. 金針花

★果菜類★

- aubergine [ˈobɛrˌdʒin] n.（英）茄子（＝eggplant）

Brusselst sprout 球芽甘藍

chicory 菊苣

iceberg lettuce, head lettuce 結球萵苣

cos lettuce 蘿蔓萵苣

endive 野苦苣、吉康菜

lettuce 萵苣

radicchio 紫葉菊苣

Swiss chard 瑞士甜菜

- bell pepper [bɛl][ˈpɛpɚ] / sweet pepper [swit][ˈpɛpɚ] n.（美／英）甜椒
- bitter gourd [ˈbɪtɚ][gord], bitter melon [ˈbɪtɚ][ˈmɛlən] n. 苦瓜
- alabash [ˈkæləˌbæʃ] / bottle gourd [ˈbɑtḷ] [gord] n. 扁蒲、瓠瓜、葫蘆瓜
- chayote [tʃɑˈjote] n. 佛手瓜
- cherry tomato [ˈtʃɛrɪ][təˈmeto] n. 聖女小番茄
- courgette [kʊrˈʒɛt] n.（英）櫛瓜、綠皮夏南瓜（＝zucchini）
- cucumber [ˈkjukəmbɚ] n. 大黃瓜、小黃瓜、花瓜、胡瓜
- eggplant [ˈɛgˌplænt] n.（美）茄子（＝aubergine）
- gourd [gord] n. 葫蘆、葫蘆屬植物
- green pepper [grin][ˈpɛpɚ] n. 青椒
- loofah [ˈlufə], luffa [ˈlʌfə] n. 絲瓜
- lotus seed [ˈlotəs][sid] n. 蓮子
- okra [ˈokrə] n. 秋葵、黃秋葵

字辨

pumpkin 與 squash

pumpkin：其果實表皮呈橘色或橘黃色，萬聖節時經常會拿它雕刻成南瓜燈（jack o'lantern）。pumpkin 的莖往往比 squash 硬且帶細刺。另外，pumpkin 的籽可食，是優質的脂肪酸來源。

squash：是南瓜家族的總稱，包含許多品種、大小、形狀、顏色，各冠以不同名字，如：butternut squash（奶油瓜）、spaghetti squash（金絲瓜）、turban squash（扁南瓜）等等。pumpkin是其中一種squash。

- plum tomato [plʌm][təˈmeto] n. 蛋形小番茄
- pumpkin [ˈpʌmpkɪn] n. 南瓜
- red pepper [rɛd][ˈpɛpɚ] n. 紅椒
- squash [skwɑʃ] n. 南瓜屬植物、南瓜
- tomato [təˈmeto] n. 番茄
- wax gourd [wæks][gord], winter melon [ˈwɪntɚ][ˈmɛlən] n. 冬瓜
- zucchini [zuˈkini] n.（美）櫛瓜、綠皮夏南瓜（＝courgette）

★ 芽菜類 ★

- alfalfa sprouts [ælˌfælfə][spraʊts] n. 苜蓿芽
- bean sprouts [bin][spraʊts] n. 豆芽菜、綠豆芽
- pea sprouts [pi][spraʊts] n. 豌豆嬰
- soybean sprouts [ˈsɔɪˌbin][spraʊts] n. 黃豆芽
- wheatgrass [ˈhwitgræs] n. 小麥草

★ 菇菌類 ★

- bamboo fungus [bæmˈbu][ˈfʌŋgəs] n. 竹笙、竹蓀
- button mushroom [ˈbʌtṇ][ˈmʌʃrʊm] n. 鈕釦菇、洋菇（未長開的小磨菇）
- chanterelle [ˌʃæntəˈrɛl] n. 雞油菌、黃菇
- enoki [ɛˈnoki] n. 金針菇
- Jew's ear [dʒuz][ɪr] n. 黑木耳
- king oyster mushroom [kɪŋ][ˈɔɪstɚ] [ˈmʌʃrʊm], king trumpet mushroom [kɪŋ] [ˈtrʌmpɪt][ˈmʌʃrʊm] n. 杏鮑菇
- lion's mane mushroom [ˈlaɪəns][men] [ˈmʌʃrʊm] n. 猴頭菇

- maitake [maɪˈtɑkeɪ], hen of the woods [hɛn][ɑv][ðə][wʊdz] n. 舞菇
- matsutake [matsʊˈtɑkeɪ] n. 松茸
- morel [məˈrɛl] n. 羊肚蕈
- mushroom [ˈmʌʃrʊm] n. 蘑菇、菇類
- Oyster mushroom [ˈɔɪstɚ][ˈmʌʃrʊm] n. 秀珍菇、蠔菇
- porcini [pɔˈtʃini] n. 牛肝菌
- portobello [ˌpɔtəˈbɛləʊ], portobello mushroom [ˌpɔtəˈbɛləʊ][ˈmʌʃrʊm] n. 波特菇、龍葵菇
- shiitake [ʃiˈtɑkeɪ] n. 香菇
- straw mushroom [strɔ][ˈmʌʃrʊm], paddy straw mushroom [ˈpædɪ][strɔ][ˈmʌʃrʊm] n. 草菇
- truffle [ˈtrʌfḷ] n. 松露

button mushroom 鈕釦菇、洋菇 ／ enoki 金針菇 ／ chanterelle 雞油菌、黃菇 ／ king oyster mushroom 杏鮑菇 ／ lion's mane mushroom 猴頭菇 ／ maitake 舞菇 ／ matsutake 松茸 ／ morel 羊肚蕈 ／ Oyster mushroom 秀珍菇、蠔菇 ／ porcini 牛肝菌 ／ portobello 波特菇、龍葵菇 ／ shiitake 香菇 ／ straw mushroom 草菇 ／ truffle 松露

★ 根莖類 ★

- asparagus [əˈspærəgəs] n. 蘆筍
- baby corn [ˈbebɪ][kɔrn] n. 玉米筍
- bamboo shoots [bæmˈbu][ʃuts] n. 竹筍
- arrow bamboo shoots [ˈæro][bæmˈbu][ʃuts] n. 箭竹筍
- green bamboo shoots [grin][bæmˈbu][ʃuts] n. 綠竹筍
- Ma bamboo shoots [ma][bæmˈbu][ʃuts] n. 麻竹筍
- Makino bamboo shoots n. 桂竹筍
- Moso bamboo shoots n. 冬筍、春筍（孟宗竹的幼筍，冬天產的叫冬筍，開春之後叫春筍）
- beet [bit] / beet root [bit][rut] n.（美／英）甜菜根（常用於沙拉中）
- burdock [ˈbɝˌdak] n. 牛蒡
- carrot [ˈkærət] n. 紅蘿蔔、胡蘿蔔
- celeriac [səˈlɛrɪˌæk] n. 根芹菜（屬芹菜家族。其肉質根可涼拌熱炒、蒸煮烘烤，也可榨汁生飲，在歐美是蔬食聖品）
- celtuce [ˈsɛltəs], stem lettuce [stɛm][ˈlɛtɪs] n. 萵筍、莖用萵苣（可醃漬成吃素用的「菜心」，也可製成名為「貢菜」的菜乾）
- Chinese artichoke [ˈtʃaɪˈniz][ˈɑrtɪˌtʃok] n. 甘露子、草石蠶
- corn [kɔrn] n. ❶（主美）玉米、玉蜀黍（＝maize）；❷（甜玉米（＝sweetcorn）
- daikon [ˈdaɪk(ə)n], Chinese radish [ˈtʃaɪˈniz][ˈrædɪʃ] n. 白蘿蔔、菜頭
- ginseng [ˈdʒɪnsɛŋ] n. 人蔘
- horseradish [ˈhɔrsˌrædɪʃ] n. 辣根
- Jerusalem artichoke [dʒəˈrusələm][ˈɑrtɪˌtʃok] n. 菊芋、洋薑

- kohlrabi [kolˈrabɪ] n. 大頭菜、結頭菜、球莖甘藍
- lotus root [ˈlotəs][rut] n. 蓮藕
- maize [mez] n.（英）玉米、玉蜀黍（＝corn）
- parsnip [ˈparsnəp] n. 歐防風、白色蘿蔔
- potato [pəˈteto] n. 馬鈴薯、洋芋
- radish [ˈrædɪʃ] n. 櫻桃蘿蔔
- rhubarb [ˈrubarb] n. 大黃（葉有毒，多取莖製成甜品）
- rutabaga [ˌrutəˈbegə], swede [swid] n. 蕪菁甘藍（其根可供食用）
- sugar beet [ˈʃʊgə][bit] n. 糖用甜菜（根莖可提煉產生蔗糖）
- sweet potato [swit][pəˈteto] n. 地瓜、番薯、甘薯
- sweetcorn [ˈswitkɔrn] n.（英）甜玉米
- taro [ˈtaro] n. 芋頭、芋艿
- turnip [ˈtɝnɪp] n. 蕪菁
- wasabi [wəˈsabi], Japanese horseradish [ˌdʒæpəˈniz][ˈhɔrsˌrædɪʃ] n. 山葵
- water bamboo [ˈwɔtə][bæmˈbu], Manchurian wild rice [mænˈtʃʊrɪən][waɪld][raɪs] n. 茭白筍、菰、美人腿
- water caltrop [ˈwɔtə][ˈkæltrəp] n. 菱角
- water chestnut [ˈwɔtə][ˈtʃɛsˌnʌt] n. 荸薺
- yam [jæm] n. ❶山藥；❷（美）一種甘薯
- yam bean [jæm][bin] n. 豆薯、刈薯、豆仔薯

★ 香辛類 ★

- basil [ˈbæzɪl] n. 九層塔、羅勒
- celery [ˈsɛlərɪ] n. 芹菜、西芹

- chili (pepper) / chilli (pepper) [ˈtʃɪlɪ] [ˈpɛpɚ] n.（美／英）辣椒

- Chinese leek [ˈtʃaɪˈniz][lik] n. 韭菜

- Chinese mahogany [ˈtʃaɪˈniz][məˈhɑgənɪ] n. 香椿

- chives [tʃaɪvz] n. 蝦夷蔥、細香蔥

- cilantro [sɪˈlæntro] n.（美）芫荽、香菜（＝coriander）

- coriander [ˌkorɪˈændɚ] n.（英）芫荽、香菜（＝cilantro）

- fennel [ˈfɛnl̩] n. 茴香

- fennel bulb [ˈfɛnl̩][bʌlb] n. 球莖茴香、甘茴香、佛羅倫斯茴香（Florence fennel [ˈflɔrəns][ˈfɛnl̩]）

- galangal [ˈgælɪŋˌgel] n. 南薑（外形像薑，味道辣中帶甜似肉桂）

- garlic [ˈgɑrlɪk] n. 大蒜
  garlic clove [ˈgɑrlɪk][klov] 蒜瓣
  garlic bulb [ˈgɑrlɪk][bʌlb] 蒜球

- ginger [ˈdʒɪndʒɚ] n. 薑、生薑

- green onion [grin][ˈʌnjən] / spring onion [sprɪŋ][ˈʌnjən] n.（美／英）青蔥

- jalapeño [ˌhaləˈpeɪnjəʊ] n. 墨西哥小辣椒（經常用於墨西哥料理中）

- leek [lik] n. 韭蔥

- lemon grass [ˈlɛmən][græs] n. 食用香茅、檸檬草、檸檬香茅

- onion [ˈʌnjən] n. 洋蔥

- perilla [pəˈrɪlə] n. 紫蘇

- rakkyo n. 薤（讀音「謝」）、蕗蕎、蕎頭

- scallion [ˈskæljən] n.（美）青蔥（＝green onion）

- serrano [sɛˈranəʊ] n. 墨西哥小辣椒（綠色、很辣）

- shallot [ʃəˈlɑt] n. 珠蔥（其成熟的鱗莖就是「紅蔥頭」）

★ 海菜類 ★

- agar [ˈegɑr] n. 寒天、洋菜、石花菜

- green caviar [grin][ˌkævɪˈɑr], sea grape [si][grep] n. 植物魚子醬、海葡萄（一種海藻）

- hijiki [hēˈjēkē] n. 羊栖菜、鹿尾菜

- kelp [kɛlp] n. 海帶、昆布

- laver [ˈlevɚ], nori n. 紫菜

- seaweed [ˈsiˌwid] n. 海藻

- wakame [ˈwakameɪ] n. 海帶芽、裙帶菜

★ 加工品 ★

- caper [ˈkepɚ] n. 酸豆（刺山柑的花苞）

- dill pickle [dɪl][ˈpɪkl̩] n. 蒔蘿酸黃瓜、醃黃瓜

- dried bamboo shoot [draɪd][bæmˈbu][ʃut] n. 筍乾

- dried chilli pepper [draɪd][ˈtʃɪlɪ][ˈpɛpɚ] n. 乾辣椒

- dried daikon [draɪd][ˈdʌɪk(ə)n] n. 蘿蔔乾

- dried lily bulb [draɪd][ˈlɪlɪ][bʌlb] n. 乾百合

- dried snow fugus [draɪd][sno][ˈfuguz] n. 乾燥白木耳

- dried yuba sticks [draɪd][ˈjubə][stɪks] n. 腐竹（乾燥後的豆皮）

- gherkin [ˈgɝkɪn] n.（英）醃漬物、酸黃瓜（＝pickle）

- instant mashed potato [ˈɪnstənt][mæʃt][pəˈteto] n. 即食馬鈴薯粉

- kimchi [kɪmtʃhi] n. 韓國泡菜

- meigan tsai, dry pickled leaf mustard and Chinese cabbage [draɪ][ˈpɪkl̩d][lif][ˈmʌstɚd][ænd][ˈtʃaɪˈniz][ˈkæbɪdʒ] n. 梅乾菜

- pickle [ˈpɪkl̩] n.（美）醃漬物、酸黃瓜（＝gherkin）

- pickled ginger [ˈpɪkl̩d][ˈdʒɪndʒɚ] n. 醃薑
- preserved ginger [prɪˈzɝvd][ˈdʒɪndʒɚ] n. 糖薑、糖漬子薑
- sauerkraut [ˈsaʊrˌkraʊt] n.德國酸菜、德國泡菜
- sebastan plum cordia n. 破布子、樹子
- split pea [splɪt][pi] n. 乾豌豆瓣（乾燥去皮後分開豆瓣的豌豆）
- stuffed olive [stʌft][ˈɑlɪv] n. 填餡橄欖（一般填料為蒜頭和杏仁，多為醃製瓶裝）
- suan tsai, pickled Chinese Cabbage [ˈpɪkl̩d][ˈtʃaɪˈniz][ˈkæbɪdʒ] n. 酸菜
- sun-dried tomato [ˈsʌnˌdraɪd][təˈmeto] n. 日曬番茄乾
- tofu skin [ˈtofu][skɪn], yuba [ˈjubə] n. 豆皮
- tsa tsai, pickled leaf mustard stem [ˈpɪkl̩d][lif][ˈmʌstɚd][stɛm] n. 榨菜
- vegetable chips [ˈvɛdʒətəbl̩][tʃɪps] n. 蔬菜脆片

★ 相關字彙 ★

- greenhouse [ˈgrinˌhaʊs] n. 溫室
- hydroponic [ˌhaɪdrəˈpɑnɪk] a.（植物）水耕的
- kernel [ˈkɝnl̩] n.（果核或果殼內的）仁；（麥、玉米）粒
- leaf [lif] n. 葉
- organic [ɔrˈgænɪk] a. 有機的
- pod [pɑd] n. 莢、豆莢
- root [rut] n. 根、地下莖
- shoot [ʃut] n. 幼芽、幼枝
- sprout [spraʊt] n. 芽、嫩枝
- stem [stɛm] n. 莖
- tuber [ˈtjubɚ] n. 塊莖

水果

★ 水果 ★

- acai berry [əˈsaɪ][beri] n. 巴西莓
- apple [ˈæpl̩] n. 蘋果
- apricot [ˈeprɪˌkɑt] n. 杏
- avocado [ˌævəˈkɑdo] n. 酪梨
- banana [bəˈnænə] n. 香蕉
- berry [ˈbɛrɪ] n. 莓果、漿果
- bilberry [ˈbɪlˌbɛrɪ] n. 山桑子、歐洲藍莓、越橘
- blackberry [ˈblækˌbɛrɪ] n. 黑莓
- blackcurrant [ˈblækˈkʌrənt] n. 黑加侖、黑醋栗
- blueberry [ˈbluˌbɛrɪ] n. 藍莓
- cantaloupe, cantaloup [ˈkæntl̩ˌop] n. 哈密瓜、網紋洋香瓜
- cherry [ˈtʃɛrɪ] n. 櫻桃
- cherry tomato [ˈtʃɛrɪ][təˈmeto] n. 聖女小番茄
- Chinese date [ˈtʃaɪˈniz][det], Chinese jujube [ˈtʃaɪˈniz][ˈdʒudʒub] n. 紅棗
- citron [ˈsɪtrən] n. 香水檸檬、枸櫞、香櫞
- citrus [ˈsɪtrəs], citrus fruit [ˈsɪtrəs][frut] n. 柑橘類水果
- coconut [ˈkokəˌnət] n. 椰子
- cranberry [ˈkrænˌbɛrɪ] n. 蔓越莓、小紅莓
- date [det] n. 椰棗、海棗
- durian [ˈdurɪən] n. 榴槤
- fig [fɪg] n. 無花果
- gooseberry [ˈgusˌbɛrɪ] n. 醋栗、洋醋栗

acai berry 巴西莓　　blackberry 黑莓　　blackcurrant
黑加侖、黑醋栗　　blueberry 藍莓

cherry 櫻桃　　cranberry 蔓越莓、小紅莓　　gooseberry 醋栗、洋醋栗

- grape [grep] n. 葡萄
- grapefruit [ˈgrepˌfrut] n. 葡萄柚
- greengage [ˈgrinˌgedʒ]
  n. 歐洲李、綠色蜜李
- guava [ˈgwɑvə] n. 芭樂、番石榴
- honeydew melon [ˈhʌnɪˌdju][ˈmɛlən],
  honeydew [ˈhʌnɪˌdju] n. 洋香瓜、白蘭瓜
  （綠色果肉）
- jackfruit [ˈdʒækˌfrut] n. 波羅蜜
- Japanese apricot [ˌdʒæpəˈniz][ˈeprɪˌkɑt],
  Chinese plum [ˈtʃaɪˈniz][plʌm] n. 梅子
- jujube [ˈdʒudʒub] n. 棗子
- kiwi fruit [ˈkiwɪ][frut] n. 奇異果、獼猴桃
- kumquat [ˈkʌmkwɑt] n. 金棗、金桔
- lemon [ˈlɛmən] n. 檸檬
- wax apple [wæks][ˈæpl̩] , lianwu n. 蓮霧
- lime [laɪm] n. 萊姆
- longan [ˈlɑŋgən] n. 龍眼
- loquat [ˈlokwɑt] n. 枇杷

- lychee, litchi [ˈlɪtʃi] n. 荔枝
- mandarin [ˈmændərɪn], mandarin orange
  [ˈmændərɪn][ˈɔrɪndʒ] n. 橘子、柑橘
- mango [ˈmæŋgo] n. 芒果
- mangosteen [ˈmæŋgəˌstin] n. 山竹
- melon [ˈmɛlən] n. 甜瓜、蜜瓜、香瓜
- mirabelle [ˌmɪrəˈbɪl] n. 黃香李
- mulberry [ˈmʌlˌbɛrɪ] n. 桑椹
- nectarine [ˈnɛktərɪn] n. 油桃、甜桃
- olive [ˈɑlɪv] n. 橄欖
- orange [ˈɔrɪndʒ] n. 柳丁、柳橙
- papaya [pəˈpaɪə] n. 木瓜
- passion fruit [ˈpæʃən ˌfrut] n. 百香果
- peach [pitʃ] n. 水蜜桃、白桃、毛桃
- pear [pɛr] n. 西洋梨
- persimmon [pəˈsɪmən] n. 柿子
- pineapple [ˈpaɪnˌæpl̩] n. 鳳梨
- pitahaya [ˌpɪtəˈhaɪə],dragon fruit [ˈdrægən]
  [frut] n. 火龍果

- plum [plʌm] n. 李子、梅子
- pomegranate [ˈpɑmˌɡrænɪt] n. 石榴
- ponkan n. 椪柑
- pomelo [ˈpɑmǝlo], shaddock [ˈʃædǝk] n. 柚子、文旦
- quince [kwɪns] n. 榅桲、木梨
- rambutan [ræmˈbutǝn] n. 紅毛丹
- raspberry [ˈræzˌbɛrɪ] n. 覆盆子（樹莓的一種）、木莓
- redcurrant [rɛdˈkɝ-ǝnt] n. 紅醋栗
- sand pear [sænd][pɛr] n. 水梨
- sapodilla [ˌsæpǝˈdɪlǝ] n. 人心果
- satsuma [sætˈsumǝ] n. 溫州蜜柑（無籽、易剝皮）
- starfruit [ˈstɑrˌfrut] n. 楊桃
- strawberry [ˈstrɔbɛrɪ] n. 草莓
- sweetsop [ˈswitˌsɑp], sugar apple [ˈʃʊɡɚ][ˈæpḷ] n. 釋迦、番荔枝
- sugarcane [ˈʃʊɡɚˌken] n. 甘蔗
- tangerine [ˈtændʒǝˌrin] n. 蜜橘、砂糖橘
- tankan n. 桶柑
- watermelon [ˈwɔtɚˌmɛlǝn] n. 西瓜
- waxberry [ˈwæksˌbɛrɪ] n. 楊梅

★水果加工品★

- apple chips [ˈæpḷ][tʃɪps] n. 蘋果脆片
- canned fruit [kænd][frut] / tinned fruit [tɪnd][frut] n.（美／英）罐裝水果
- chenpi n. 陳皮（乾橘皮）
- coconut cream [ˈkokǝˌnɛt][krim] n. 椰漿
- compote [ˈkɑmpot] n. 糖煮水果、糖漿水果
- conserve [kǝnˈsɝ-v], candied fruit [ˈkændɪd][frut] n. 蜜餞
- currant [ˈkɝ-ǝnt] n. 無核小葡萄乾（常用於糕點）
- dried Chinese date [draɪd][ˈtʃaɪˈniz][det], dried Chinese jujube [draɪd][ˈtʃaɪˈniz][ˈdʒudʒub] n. 紅棗
- dried fruit [draɪd][frut] n. 乾果、水果乾
- dried longan [draɪd][ˈlɑŋɡǝn] n. 桂圓、龍眼乾
- dried mango [draɪd][ˈmæŋɡo] n. 芒果乾
- dried persimmon [draɪd][pɚˈsɪmǝn] n. 柿餅
- dried umeboshi [draɪd][ˌumǝˈbǝʊʃi], dried picked plum [draɪd][pɪkt][plʌm] n. 酸梅乾、話梅
- fruit cocktail [frut][ˈkɑkˌtel] n. 什錦水果（包括多種切塊的水果，多以罐頭形式出售）
- goji berry [ˈɡǝʊdʒi][ˈbɛrɪ] n. 枸杞

mulberry 桑椹

raspberry 覆盆子

strawberry 草莓

- golden raisin [ˈgoldn̩][ˈrezn̩] n.（美）黃金葡萄乾、蘇坦娜葡萄乾（一種小型的無籽葡萄乾，常用於烘焙中）（＝sultana）

- jam [dʒæm] n. 果醬

- jelly [ˈdʒɛlɪ] n.（美）（常用來塗在麵包上的）果醬

- longan pulp [ˈlɑŋgən][pʌlp] n. 龍眼肉

- maraschino cherry [ˌmærəˈskino][ˈtʃɛrɪ] n. 酒漬櫻桃（用黑櫻桃酒浸泡的櫻桃，常用來裝飾蛋糕和雞尾酒）

- marmalade [ˈmɑrml̩ˌed] n.（英）柑橘醬

- membrillo [mɛmˈbrijəʊ] n.（西班牙）榲桲醬（硬度高於一般果醬，可切成小片和乳酪一起吃）

- prune [prun] n. 梅乾、洋李脯

- purée [pjʊˈre] n. 蔬果泥

- tomato purée[təˈmeto][ˈpjʊərei] 番茄泥

- raisin [ˈrezn̩] n. 葡萄乾

- sultana [sʌlˈtænə] n.（英）黃金葡萄乾、蘇坦娜葡萄乾（一種小型的無籽葡萄乾，常用於烘焙中）（＝golden raisin）

- tomato paste [təˈmeto][pest] n. 番茄膏

- umeboshi [uməˈbəʊʃi], pickled plum [ˈpɪkl̩d][plʌm] n. 酸梅

★相關字彙★

- core [kor] n. 果心、果核

- flesh [flɛʃ] n. 果肉、蔬菜可食的部分

- peel [pil] n.（水果、蔬菜的）皮、外皮

- peelings [ˈpilɪŋz] n.（削下或剝下的）果皮、蔬菜皮

- pip [pɪp] n.（梨子、蘋果、柳橙等的）小核籽

- pit [pɪt] n.（美）果核（指某些水果中單一大型硬核）（＝stone）

- pith [pɪθ] n.（柳橙等水果果皮下、白色的）內皮

- pulp [pʌlp] n.（瓜果柔軟的）果肉、瓤

- rind [raɪnd] n.（柳橙、檸檬等有厚度的）果皮、外皮

- seed [sid] n.（水果的）籽、種子

- segment [ˈsɛgmənt] n.（如甜橙或葡萄柚等水果的）片、瓣塊

- skin [skɪn] n.（水果或蔬菜的）外皮

- stalk [stɔk] n.（花、果、葉的）柄、梗、莖、稈

- stone [ston] n.（英）果核（指某些水果中單一大型硬核）（＝pit）

字辨

tomato paste 與 tomato purée

tomato paste：小火慢燉，將番茄熬煮成氣味濃郁的稠糊狀。

tomato purée：將番茄燙軟後打成泥狀，帶有淡淡的新鮮番茄味，質地較稀。

穀物、豆類、堅果與種子

★穀物★

- adlay [ˈædleɪ], red job's tears [rɛd][dʒɑbz][tɛrz] n. 紅薏仁（脫殼後保留外層紅色麩皮的糙薏仁）

- barley [ˈbɑrlɪ] n. 大麥

- basmati rice [basˈmɑti][raɪs]　n. 印度香米
- bran [bræn]　n. 糠、麥麩、穀皮
- brown rice [braʊn][raɪs]　n. 糙米
- buckwheat [ˈbʌkˌhwit]　n. 蕎麥
- bulgur wheat [ˈbʌlgɚ][hwit]　n. 小麥片、碾碎的乾小麥
- chaff [tʃæf]　n. 粗糠、穀殼
- Formosa lamb's-quarters [fɔrˈmosə][ˈlæmzˌkwɔrtərz]　n. 紅藜（台灣特有種。lamb's-quarterss 是白藜）
- germ rice [dʒɝm][raɪs]　n. 胚芽米
- germinated brown rice [ˈdʒɝməˌnetɪd][braʊn][raɪs]　n. 發芽米、發芽玄米
- glutinous rice [ˈglutɪnəs][raɪs]　n. 糯米
- grain [gren]　n. 穀物、穀類
- hull [hʌl]　n. ❶（種子、穀粒等的）外殼、皮、莢；❷（水果）果柄、果蒂
- husk [hʌsk]　n.（穀物的）外皮、殼
- indica rice　n. 秈米、在來米（長粒米）
- japonica rice [dʒəˈpɑnɪkə][raɪs]　n. 粳米、蓬萊米（中粒與短粒米）
- Job's tears [dʒɑbz][tɛrz]　n. 薏仁（精白薏仁）
- millet [ˈmɪlɪt]　n. 小米、粟
- oats [ots]　n. 燕麥
- pearl barley [pɝl][ˈbɑrlɪ]　n. 珍珠麥

- quinoa [ˈkinəʊə]　n. 藜麥
- rice [raɪs]　n. 米、米飯
- rye [raɪ]　n. 黑麥、裸麥
- sorghum [ˈsɔrgəm]　n. 高粱
- wheat [hwit]　n. 小麥
- wild rice [waɪld][raɪs]　n. 野米、菰米（不是米，而是「菰」的種子。若感染黑穗菌，就會長成茭白筍）

★ 豆類 ★

- adzuki bean [ædˈzukɪ ˌbin]　n. 紅豆
- bean [bin]　n. 豆、（可食用的）豆實
- black-eyed bean [ˈblækˌaɪd][bin]　n. 豇豆
- butter bean [ˈbʌtɚ][bin], lima bean [ˈlaɪmə][bin]　n. 皇帝豆、白扁豆
- chickpea [ˈtʃɪkˌpi]　n. 鷹嘴豆（＝garbanzo）
- edamame bean [ˌedəˈmɑmeɪ][bin]　n. 毛豆（八分熟的大豆）
- fava bean [ˈfɑvə][bin] / broad bean [brɔd][bin]　n.（美／英）蠶豆
- garbanzo [gɑrˈbænzo], garbanzo bean [gɑrˈbænzo][bin]　n.（美）鷹嘴豆（＝chickpea）
- goa bean [goʊə][bin], winged bean [wɪŋd][bin]　n. 翼豆、楊桃豆、翅豆

black-eyed bean 豇豆

butter bean
皇帝豆、白扁豆

garbanzo 鷹嘴豆

goa bean
翼豆、楊桃豆、翅豆

67

- green bean [grin][bin] / string bean [strɪŋ] [bin], French bean [frɛntʃ][bin] n.（美／英）四季豆、菜豆（連莢吃）

- kidney bean [ˈkɪdnɪ][bin] n. 腰豆、腎豆、紅仁四季豆（菜豆的一種，只吃豆）

- legume [ˈlɛgjum] n. 豆科植物

- lentil [ˈlɛntɪl] n. 扁豆

- mung bean [mʌŋ][bin] n. 綠豆

- navy bean [ˈnevɪ][bin] / haricot [ˈhærɪˌko], haricot bean [ˈhærɪˌko][bin] n.（美／英）白豆、海軍豆

- pea [pi] n. 豌豆

- peanut [ˈpiˌnʌt] n. 花生

- pinto bean [ˈpɪnto][bin] n. 斑豆

- pod [pɑd] n. 莢、豆莢

- pulses [ˈpʌlsɪz] n. 豆子

- runner bean [ˈrʌnɚ][bin] n.（英）紅花菜豆（菜豆的一種，莢、豆皆可食）

- snap pea [snæp][pi], sugar snap pea [ˈʃʊgɚ][snæp][pi] n. 甜豌豆（圓身豌豆莢）

- snow pea [sno][pi] /mangetout [ˌmɒʒˈtu] n.（美／英）豌豆、荷蘭豆（扁身豌豆莢，連莢一起食用）

- soy [sɔɪ] , soybean [ˈsɔɪˌbin] / soya [ˈsɔɪə], soya bean [ˈsɔɪə][bin] n.（美／英）黃豆、大豆

- sweet pea [swit][pi] n. 香豌豆

- sword bean [sord] [bin], Jack bean [dʒæk] [bin] n. 白鳳豆、洋刀豆

- yard-long bean [jɑrd lɔŋ][bin] n. 豇豆、長豆（可曬成菜豆乾或醃製成酸豆，此酸豆非 caper）

★ 堅果與種子 ★

- almond [ˈɑmənd] n. 杏仁

- Brazil nut [brəˈzɪl][nʌt] n. 巴西堅果

- cashew [ˈkæʃu] n. 腰果

- chestnut [ˈtʃɛsˌnʌt] n. 栗子

- chia seed [tʃiə][sid] n. 奇亞籽（鼠尾草籽）

- ginkgo nuts [ˈgɪŋko][nʌts] n. 銀杏

- hazelnut [ˈhezl̩ˌnʌt] n. 榛果、榛子

green bean 四季豆、菜豆　　kidney bean 腰豆、腎豆、紅仁四季豆　　lentil 扁豆　　pea 豌豆

peanut 花生　　pinto bean 斑豆　　sword bean 白鳳豆、洋刀豆　　yard-long bean 豇豆、長豆

- hempseed [ˈhɛmpˌsid] n. 大麻籽

- linseed [ˈlɪnˌsid] n. 亞麻籽

- macadamia [ˌmækəˈdeɪmɪə] n. 夏威夷豆

- peanut [ˈpiˌnʌt] n. 花生、花生米

- pecan [pɪˈkæn] n. 美洲胡桃

- pine nut [paɪn][nʌt] n. 松子

- pistachio [pɪsˈtɑʃɪˌo] n. 開心果

- poppyseed [ˈpɑpɪˌsid] n. 罌粟籽（常用於烘焙糕餅）

- pumpkin seed [ˈpʌmpkɪn][sid] n. 南瓜籽

- sesame [ˈsɛsəmɪ] n. 芝麻

- sunflower seed [ˈsʌnˌflaʊɚ][sid] n. 葵花籽

- walnut [ˈwɔlnət] n. 胡桃、核桃

★加工品★

〔麵粉類〕

- all-purpose flour [ˈɔlˌpɚpəs][flaʊr] / plain flour [plen][flaʊr] n.（美／英）（不含發酵成分的）白麵粉、中筋麵粉（製作饅頭、包子、餃子皮等大多數中式麵食）

- bread flour [brɛd][flaʊr] n. 高筋麵粉（製作麵包、麵條、披薩皮）

- cake flour [kek][flaʊr] n. 低筋麵粉、蛋糕粉

- durum flour [ˈdjʊrəm][flaʊr] n. 杜蘭麥粉（適合製作義大利麵食）

- flour [flaʊr] n. 麵粉、（任何穀類磨成的）粉

- high gluten flour [haɪ][ˈglutən][flaʊr] n. 特高筋麵粉（製作麵筋、油條）

- instant flour [ˈɪnstənt][flaʊr] n. 速溶麵粉（這種顆粒狀麵粉可快速溶解於液態食材中而不會結塊，多用來製作肉汁和醬汁）

- pastry flour [ˈpestrɪ][flaʊr] n. 派粉、點心麵粉（也是低筋麵粉，但筋度略高於蛋糕粉）

- self-rising flour [ˈsɛlfˈraɪzɪŋ][flaʊr] / self-raising flour n.（美／英）自發酵麵粉、自發粉

- semolina [ˌsɛməˈlinə] n. 粗粒小麥粉（適合製作義大利麵食）

- wheat flour [hwit][flaʊr] n. 小麥粉、麵粉

- wheatmeal [ˈhwitmil] n.（英）全麥麵（混合精白麵粉與全麥麵粉的麵粉）

- white flour [hwaɪt][flaʊr] n. 精白麵粉

- whole wheat flour [hol][hwit][flaʊr] n.（未去麥糠的）全麥麵粉

- wholemeal [ˈholmil] a.（英）全麥的（＝wholewheat）

- wholewheat [ˈholhwit] a.（美）全麥的（＝wholemeal）

〔其他粉類〕

- arrowroot [ˈæroˌrut] n. 葛粉

- breadcrumbs [ˈbrɛdkrʌmz] n. 麵包粉、麵包屑

- cornmeal [ˈkɔrnˌmil] n. 粗粒玉米粉（保有胚芽）

- cornstarch [ˈkɔrnˌstartʃ] n. 玉米粉、栗粉

- glutinous rice flour [ˈglutɪnəs][raɪs][flaʊr] n. 糯米

- potato starch [pəˈteto][startʃ] n. 日本太白粉、片栗粉、馬鈴薯粉

- rice flour [raɪs][flaʊr] n. 在來米粉

- rolled oats [rold][ots] n.（去皮並碾軋過的）燕麥片

- sago [ˈsego] n. 西谷米

- soy flour [sɔɪ][flaʊr] n. 黃豆粉

- sweet potato flour [swit][pəˈteto][flaʊr] n. 地瓜粉

- tapioca flour [ˌtæpɪˈokə][flaʊr] n. 太白粉、樹薯粉、木薯粉

- wheat flour [hwit][flaʊr] n. 無筋麵粉、澄粉

- wonton wrapper [wɔnˈtɔn][ˈræpɚ] n. 餛飩皮

〔 **麵條、麵皮** 〕

- cellophane noodles [ˈsɛləˌfen][ˈnudl̩z] n. 冬粉、粉絲（綠豆粉）

- egg noodles [ɛg][ˈnudl̩z] n. 雞蛋麵（麵粉＋蛋）

- hor fun, wide rice noodles [waɪd][raɪs] [ˈnudl̩z] n. 河粉（米）

- instant noodles [ˈɪnstənt][ˈnudl̩z] n. 速食麵、泡麵

- mifen, rice vermicelli [raɪs][vɝmɚˈsɛlɪ], rice noodles [raɪs][ˈnudl̩z] n. 米粉、炊粉

- misua, Chinese vermicelli [ˈtʃaɪˈniz] [vɝmɚˈsɛlɪ] n. 麵線

- ramen [ˈrɑmɛn] n. 拉麵（小麥）

- soba [ˈsəʊbə] n. 蕎麥麵（蕎麥）

- udon [ˈudɔn] n. 烏龍麵（小麥）

- dumpling wrapper [ˈdʌmplɪŋ][ˈræpɚ] n. 餃子皮

- spring roll wrapper [sprɪŋ][rol][ˈræpɚ] n. 春捲皮

〔 **義大利麵** 〕

- pasta [ˈpɑstə] n. 義大利麵（統稱）

- angel hair [ˈendʒl̩][hɛr] n. 義大利天使細麵

- cannelloni [ˌkænlˈonɪ] n. 義大利圓筒麵、義大利大水管麵

- conchiglie [kɔnˈkiljeɪ] n. 義大利貝殼麵

- farfalle [fɑˈfaleɪ] n. 義大利大蝴蝶結麵

- fusilli [f(j)ʊˈzili] n. 義大利螺旋麵

- gnocchi [ˈnɑkɪ] n.（麵粉或馬鈴薯做的）義式麵疙瘩

- lasagna / lasagne [ləˈzɑnjə] n.（美／英）義大利千層麵

- linguini, linguine [lɪŋˈgwini] n.（長條狀）義大利細扁麵

- macaroni [ˌmækəˈronɪ] n. 通心粉（空心、短管狀）

- orecchiette [ˌɔrəkɪˈɛti] n. 義式貓耳朵

- penne [ˈpɛneɪ] n. 義大利斜管麵

- ravioli [ˌrævɪˈolɪ] n.（內有肉、乳酪或蔬菜餡的）義大利方餃、枕形義大利餃

angel hair 義大利天使細麵　　cannelloni 義大利圓筒麵　　conchiglie 義大利貝殼麵　　farfalle 義大利大蝴蝶結麵

fusilli 義大利螺旋麵　　gnocchi 義式麵疙瘩　　linguini 義大利細扁麵　　macaroni 通心粉

orecchiette 義式貓耳朵

penne 義大利斜管麵

ravioli 義大利方餃

rigatoni 義大利水管麵

tagliatelle 義大利鳥巢麵

tortellini 義式餛飩

vermicelli 義大利細麵條

When
What
How
Where
Who

- rigatoni [ˌrɪgəˈtonɪ] n. 義大利水管麵

- spaghetti [spəˈgɛtɪ] n. 義大利直麵

- tagliatelle [ˌtɑljəˈtelɪ] n. 義大利鳥巢麵

- tortellini [ˌtɔrtəˈlinɪ] n.（內有肉、乳酪或蔬菜餡的）義式餛飩

- vermicelli [vɝməˈsɛlɪ] n. 義大利細麵條（外形跟麵線很相似）

〔穀類食品〕

- cereal [ˈsɪrɪəl] n. 穀類食品、麥片

- cornflakes [ˈkɔrnˌfleks] n. 玉米片（加牛奶食用的早餐食品）

- granola [grəˈnolə] n.（美）什錦果麥

- instant oatmeal [ˈɪnstənt][ˈotˌmil] n.即食燕麥片

- muesli [ˈmjʊzlɪ] n.（主英）什錦乾果麥片（混合碾碎的穀物、堅果、乾果等）

〔豆製品〕

- baked beans [bekt][binz] n. 焗豆（罐頭）

- bean curd [bin][kɝd] n. 豆腐（＝tofu）

- dried tofu [draɪd][ˈtofu], dried bean curd [draɪd][bin][kɝd] n. 豆干

- natto [ˈnatəʊ] n.（日本）納豆

- stinky tofu [ˈstɪŋkɪ][ˈtofu] n. 臭豆腐

- tempeh [ˈtɛmpeɪ] n.（印尼）天貝（黃豆發酵食品）

- tofu [ˈtofu] n. 豆腐（＝bean curd）

香草與香辛料

★香草★

- arugula [əˈrugələ] n.（美）（做沙拉用的）芝麻菜（＝rocket）

- basil [ˈbæzɪl] n. 羅勒、九層塔

- chamomile [ˈkæməˌmaɪl] n. 洋甘菊

- chervil [ˈtʃɝvɪl] n. 峨參、法國細葉香芹、法式香菜、山蘿蔔

- Chinese toon [ˈtʃaɪˈniz][tun] n. 香椿

- chives [tʃaɪvz] n. 蝦夷蔥、細香蔥
- cilantro [sɪˈlæntro] n.（美）芫荽、香菜（＝coriander）
- coriander [ˌkorɪˈændɚ] n.（英）芫荽、香菜（＝cilantro）
- dandelion [ˈdændɪˌlaɪən] n. 蒲公英
- dill [dɪl] n. 蒔蘿（又稱洋茴香、刁草）
- flat parsley [flæt][ˈparslɪ], flat-leaved parsley [ˈflæt lift][ˈparslɪ], Italian parsley [ɪˈtæljən][ˈparslɪ] n. 義大利細葉香芹、平葉巴西里（外形類似芫荽）
- herb [ɝb] n.（調味或藥用的）香草、藥草
- horseradish [ˈhɔrsˌrædɪʃ] n. 辣根（溫和嗆辣的西方芥末，山葵醬原料替代品）
- laksa leaf [ˈlaksa][lif] n. 叻沙葉、越南香菜
- lavender [ˈlævəndɚ] n. 薰衣草
- lemon grass [ˈlɛmən][græs] n. 檸檬草、檸檬香茅
- lemon verbena [ˈlɛmən][vɚˈbinə] n.檸檬馬鞭草
- marjoram [ˈmardʒərəm] n. 墨角蘭、馬鬱蘭
- mint [mɪnt] n. 薄荷
- nasturtium [nəsˈtɝˌʃəm] n. 金蓮花、旱金蓮
- oregano [əˈrɛgəˌno] n. 奧勒岡葉、牛至、披薩草、野生墨角蘭
- pandan leaf [ˈpænˌdæn][lif] n.香蘭葉、班蘭葉（葉片有淡雅芋香，也是天然的綠色染料，常用來製作南洋糕點）
- parsley [ˈparslɪ] n. 巴西里、荷蘭芹、洋香菜、香芹、歐芹（在台灣談到巴西里，一般指的是捲葉巴西里 curly parsley [ˈkɝlɪ][ˈparslɪ]）
- peppermint [ˈpɛpɚˌmɪnt] n. 薄荷

basil 羅勒、九層塔　　chamomile 洋甘菊　　chives 蝦夷蔥　　coriander 芫荽、香菜

dill 蒔蘿　　flat parsley 法國細葉香芹　　horseradish 辣根　　laksa leaf 叻沙葉

lavender 薰衣草　　lemon grass 檸檬草、香茅　　lemon verbena 檸檬馬鞭草　　marjoram 墨角蘭、馬鬱蘭

thyme 百里香　　oregano 奧勒岡葉　　pandan leaf 香蘭葉　　parsley 巴西里、荷蘭芹

peppermint 薄荷　　perilla 紫蘇　　arugula 芝麻菜　　rosemary 迷迭香

sage 鼠尾草　　sweet basil 甜羅勒　　tarragon 龍蒿、茵陳蒿

- perilla [pəˈrɪlə]　n. 紫蘇
- rocket [ˈrɑkɪt]　n.（英）（做沙拉用的）芝麻菜（＝arugula）
- rosemary [ˈrozmɛrɪ]　n. 迷迭香
- sage [sedʒ]　n. 鼠尾草
- shallot [ʃəˈlɑt]　n. 珠蔥（其成熟的鱗莖就是「紅蔥頭」）
- spearmint [ˈspɪrˌmɪnt]　n. 綠薄荷
- spice [spaɪs]　n. 香料、香辛料
- sweet basil [swit][ˈbæzɪl]　n. 甜羅勒（製作青醬的素材）
- tana [ˈtɑnə]　n. 紅刺蔥、鳥不踏、食茱萸（古代曾與花椒、薑並列為「三香」）
- tarragon [ˈtærəˌgən]　n. 龍蒿、茵陳蒿
- thyme [taɪm]　n. 百里香

★ 香辛料 ★

- allspice [ˈɔlˌspaɪs]　n. 多香果、牙買加胡椒
- angelica [ænˈdʒɛlɪkə]　n. 洋當歸、歐白芷
- aniseed [ˈænɪˌsid]　n. 大茴香籽（味似八角）
- bay leaf [be][lif]　n. 乾月桂葉
- black pepper [blæk][ˈpɛpɚ]　n. 黑胡椒粉
- caraway [ˈkærəˌwe]　n. 葛縷子、藏茴香果（有時會摻在 Havarti 乳酪中）
- cardamom [ˈkɑrdəməm]　n. 小豆蔻、綠豆蔻
- cassia [ˈkæsɪə]　n. 桂皮
- cayenne pepper [ˈkeɛn][ˈpɛpɚ]　n. 卡宴椒、卡宴辣椒粉
- chenpi　n. 陳皮（乾橘皮）
- chili powder [ˈtʃɪlɪ][ˈpaʊdɚ]　n. 辣椒粉

- chili [ˈtʃɪlɪ], chili pepper / chilli, chilli pepper [ˈtʃɪlɪ][ˈpɛpɚ] n.（美／英）辣椒
- cinnamon [ˈsɪnəmən] n. 肉桂
- clove [klov] n. 丁香、乾丁香花蕾
- coriander seed [ˌkorɪˈændɚ][sid] n. 芫荽籽、香菜籽
- cumin [ˈkʌmɪn] n. 孜然、小茴香、安息茴香、阿拉伯茴香
- curry leaf [ˈkɝɪ][lif] n. 咖哩葉（咖哩樹的葉子，常用於印度和斯里蘭卡料理中）
- curry powder [ˈkɝɪ][ˈpaʊdɚ] n. 咖哩粉
- dried chilli [draɪd][ˈtʃɪlɪ] n. 乾辣椒
- fennel seed [ˈfɛnl][sid] n. 茴香籽
- fenugreek [ˈfɛnjʊˌɡrik] n. 葫蘆巴
- galangal [ˈɡælɪŋˌɡel] n. 南薑（外形像薑，味道辣中帶甜似肉桂）
- garlic [ˈɡɑrlɪk] n. 大蒜
- ginger [ˈdʒɪndʒɚ] n. 薑
- ground ginger [graʊnd][ˈdʒɪndʒɚ] n. 薑粉
- jalapeño [ˌhaləˈpeɪnjoʊ] n. 墨西哥辣椒
- juniper berries [ˈdʒunəpɚ][ˈbɛrɪz] n. 杜松子
- kafiir lime leaf n. 泰國萊姆葉
- Kashmiri chilli powder [kæʃˈmɪrɪ][ˈtʃɪlɪ][ˈpaʊdɚ] n. 喀什米爾紅辣椒粉（味道不辣，主要是添色用。坦都里烤雞常用）
- licorice / liquorice [ˈlɪkərɪs] n. ❶（美／英）甘草；❷（製藥或製糖果用的）甘草根、甘草根浸出物
- mace [mes] n. 肉豆蔻皮
- maqaw, mountain pepper [ˈmaʊntn][ˈpɛpɚ] n. 馬告、山胡椒
- monk fruit [mʌŋk][frut] n. 羅漢果、神仙果

- mustard [ˈmʌstɚd] n. 芥末、芥子
- mustard powder [ˈmʌstɚd][ˈpaʊdɚ] n. 芥子粉、芥末粉
- nutmeg [ˈnʌtˌmɛɡ] n. 肉豆蔻
- paprika [pæˈprikə] n. 紅椒粉

字辨

cayenne 與 paprika

cayenne：成分是 cayenne pepper 單一種辣椒，辣度與色澤都較易掌握。

paprika：是由幾種辣椒組合而成，因此辣度與色澤變化較大。但一般而言，cayenne 較辣，顏色也較艷紅。

- pepper [ˈpɛpɚ] n. 胡椒粉
- peppercorn [ˈpɛpɚˌkɔrn] n.（乾）胡椒籽、胡椒粒
- poppyseed [ˈpɑpɪˌsid] n. 罌粟籽
- root ginger [rut][ˈdʒɪndʒɚ] n. 粉薑、老薑
- saffron [ˈsæfrən] n. 番紅花
- sand ginger [sænd][ˈdʒɪndʒɚ] n. 沙薑、三奈、番鬱金
- sansho, Japanese pepper sansho, Japanese pepper [ˌdʒæpəˈniz][ˈpɛpɚ] n. 山椒
- sesame [ˈsɛsəmɪ] n. 芝麻
- Sichuan peppercorn [ˈsiˈtʃwɑn][ˈpɛpɚˌkɔrn] n. 花椒
- star anise [stɑr][ˈænɪs] n. 八角（八角茴香的果實）
- tamarind [ˈtæməˌrɪnd] n. 羅望子、酸豆、亞參（有酸甜的水果味，廣泛用於伍斯特辣醬、咖哩醬和叻沙）
- turmeric [ˈtɝmərɪk] n. 薑黃

- vanilla [vəˈnɪlə] n. 香草莢、香莢蘭
- wasabi [wəˈsabi] n. 山葵；山葵泥、山葵醬、日式綠芥末
- white pepper [hwaɪt][ˈpɛpɚ] n. 白胡椒粉

★ 綜合、混合調味料 ★

- aromatic [ˌærəˈmætɪk] n. 提香蔬菜、提香料（有香味的蔬菜與香草，如洋蔥、胡蘿蔔、芹菜）
- bouquet garni [buˈke][garˈni] n. 調味香草束（通常會有巴西里、百里香、月桂葉這三種香草，用韭蔥葉綑扎妥當後，在煮湯或燉肉時增添風味）
- fines herbs [faɪnz][ɝbz] n. 調味香草植物（包括義大利細葉香芹、巴西里、細香蔥、龍蒿等四種香草植物。常用於法國料理的醬料、沙湯、湯及蛋料理中）
- five-spice powder [faɪv spaɪs][ˈpaʊdɚ] n. 五香粉（八角、茴香籽、花椒、丁香、桂皮）
- garam masala [ˈgarəm][məˈsalə] n.印度綜合香辛料
- gremolata [grɛməˈlartə] n. 義式綜合香草料（以巴西里、大蒜、切成細碎的檸檬皮為基本組合。在烹調義式米蘭燴小牛肉或其他義式燉肉料理的最後才加入調味）
- herbes de Provence n. 普羅旺斯綜合香料（通常包括香薄荷、馬鬱蘭、百里香、迷迭香、牛至，甚至是薰衣草。用來為烤小羊肉與豬肉添香）
- mirepoix [mirpwar] n. 調味蔬菜（具有芳香氣味的綜合蔬菜，切丁混合後可為高湯或醬汁增甜提香。通常包括：洋蔥、胡蘿蔔、西洋芹。亞洲風味的則包括：生薑、大蒜、青蔥）
- shichimi, seven-spice powder [ˈsɛvən spaɪs] [ˈpaʊdɚ] n.（日本）七味粉（辣椒、山椒、陳皮、黑芝麻、白芝麻、海藻、罌粟籽）

調味料與醬料

★ 調味料 ★

- condiment [ˈkandəmənt] n. 調味品、調味料（粉狀或液狀，如鹽、胡椒、油、醋、番茄醬等等）
- flavoring / flavouring [ˈflevrɪŋ] n.（美／英）調味料
- sauce [sɔs] n. 調味醬、醬汁
- seasoning [ˈsiznɪŋ] n. 調味品、佐料

〔糖〕

- aspartame [əˈspartem] n. 代糖、阿斯巴甜（人工甜味劑）
- barley sugar [ˈbarlɪ][ˈʃʊgɚ] n. 大麥糖
- brown sugar [braʊn][ˈʃʊgɚ] n. 紅糖、赤砂糖
- caramel [ˈkærəml̩] n.（調色、調味用的）焦糖
- caster sugar, castor sugar [ˈkæstɚ ˈʃʊgɚ] n.（英）細白砂糖
- confectioner's sugar [kənˈfɛkʃənɚz][ˈʃʊgɚ] n.（美）糖粉、綿白糖（＝powdered sugar, icing sugar）
- corn syrup [kɔrn][ˈsɪrəp] n.（美）（用於烹調的）玉米糖漿（不易結晶、價格低廉）
- demerara sugar [ˌdɛməˈrɛərə][ˈʃʊgɚ] n.（英）金砂糖、淡棕色砂糖（類似本地的「二砂」）
- golden syrup [ˈgoldn̩][ˈsɪrəp] n.（英）金黃糖漿、轉化糖漿

字辨

sauce 與 dressing

sauce：煮過的濃稠液體，搭配食物一起享用。

dressing：一種液態混合物（主成分通常是油與醋），淋在沙拉或生菜上享用。

- granulated sugar [ˈgrænjəˌletɪd][ˈʃʊgɚ] n. 白砂糖

- honey [ˈhʌnɪ] n. 蜂蜜

- icing sugar [ˈaɪsɪŋ][ˈʃʊgɚ] n.（英）糖粉、綿白糖（＝confectioner's sugar, powdered sugar）

- maple syrup [ˈmepl̩][ˈsɪrəp] n. 楓糖漿

- molasses [məˈlæsɪz] n.（美）糖蜜（是蔗糖的副產品，味道微苦，富含維生素與礦物質）（＝treacle）

- muscovado [ˌmʌskəˈvado] n. 粗糖、黑砂糖（指蒸發甘蔗汁提取糖蜜後留下的一種黑砂糖）

- pearl sugar [pɝl][ˈʃʊgɚ], nib sugar [nɪb][ˈʃʊgɚ], hail sugar [hel][ˈʃʊgɚ] n. 珍珠糖（原料為甜菜根。因熔點高，加熱後不會全部融化，可增加成品酥脆的口感）

- powdered sugar [ˌpaʊdɚd ˈʃʊgɚ] n.（美）糖粉、綿白糖（＝confectioner's sugar, icing sugar）

- raw sugar [rɔ][ˈʃʊgɚ] n. 粗糖

- rock candy [rɑk][ˈkændɪ] / sugar candy [ˈʃʊgɚ][ˈkændɪ] n.（美／英）冰糖

- royal jelly [ˈrɔɪəl][ˈdʒɛlɪ] n. 蜂王漿

- saccharin [ˈsækərɪn] n. 糖精

- sugar [ˈʃʊgɚ] n. 糖

- sugar cube [ˈʃʊgɚ][kjub] n. 方糖（＝sugar lump）

- sugar lump [ˈʃʊgɚ][lʌmp] n.（英）方糖（＝sugar cube）

- sweetener [ˈswitn̩ɚ] n. 甘味劑 artificial sweetener [ˌartəˈfɪʃəl][ˈswitn̩ɚ] 人工甘味劑

- syrup [ˈsɪrəp] n. ❶ 糖水、（烹飪用的）糖漿；❷ 濃稠甜醬汁、（調酒、調製飲料用的）果露；藥用糖漿

- treacle [ˈtrikl̩] n.（英）糖蜜（＝molasses）

- white sugar [hwaɪt][ˈʃʊgɚ] n. 白糖、白砂糖

〔鹽〕

- brine [braɪn] n. 鹵水、濃鹽水

- fleur de sel [ˈflɚ də ˈsel] n.（法）鹽之花、法國海鹽

- kosher salt [ˈkoʃɚ][sɔlt] n. 猶太鹽

- low-sodium salt [lo ˈsodɪəm][sɔlt] n. 低鈉鹽

- refined salt [rɪˈfaɪnd][sɔlt] n. 精鹽

- rock salt [rɑk][sɔlt] n. 岩鹽（非食用鹽，經常作為牡蠣和蚌類盤飾的底）

- salt [sɔlt] n. 鹽

- sea salt [si][sɔlt] n. 海鹽

- table salt [ˈtebl̩][sɔlt] n. 佐餐鹽、調味鹽

〔醋〕

- apple vinegar [ˈæpl̩][ˈvɪnɪgɚ] n. 蘋果醋

- balsamic vinegar [bɔlˈsæmɪk][ˈvɪnɪgɚ] n. 巴薩米克醋、義大利香醋

- Chinese black vinegar [ˈtʃaɪniz][blæk][ˈvɪnɪgɚ] n. 中式黑醋

- cider vinegar[ˈsaɪdɚ][ˈvɪnɪgɚ] n. 蘋果酒醋

- malt vinegar [mɔlt][ˈvɪnɪgɚ] n. 麥芽醋

- red wine vinegar [rɛd][waɪn][ˈvɪnɪgɚ] n. 紅酒醋

- rice vinegar [raɪs][ˈvɪnɪgɚ] n. 糯米醋
- rice wine vinegar [raɪs][waɪn][ˈvɪnɪgɚ] n. 米酒醋
- vinegar [ˈvɪnɪgɚ] n. 醋
- wine vinegar [ˌwaɪn ˈvɪnɪgɚ] n. 酒醋

〔醬油〕

- fish sauce [fɪʃ][sɔs] n. 魚露
- oyster sauce [ˈɔɪstɚ][sɔs] n. 蠔油
- shrimp paste [ʃrɪmp][pest] n. 蝦醬
- soy paste [sɔɪ][pest] n. 醬油膏
- soy sauce [sɔɪ][sɔs] n. 醬油
- soya sauce [ˈsɔɪə][sɔs] n.（英）醬油

〔調味用酒類〕

- brandy [ˈbrændɪ] n. 白蘭地
- cooking rice wine [ˈkʊkɪŋ][raɪs][waɪn] n. 料理米酒（酒精濃度為 19.5%）
- Jiu Niang, fermented glutinous rice [ˈfɝmɛntɪd][ˈglutɪnəs][raɪs] n. 酒釀
- kaoliang liquor [ˌkaolɪˈæŋ][ˈlɪkɚ] n. 高粱酒（酒精濃度約 50-60 度）
- mirin [ˈmɪrɪn] n. 味醂
- red wine [rɛd][waɪn] n. 紅酒
- sake [ˈsakɪ] n. 日本清酒
- shaohsing rice wine n. 紹興酒（酒精濃度約 14-18 度）
- whiskey [ˈhwɪskɪ] n. 威士忌
- white wine [hwaɪt][waɪn] n. 白酒

〔經發酵的調味料〕

- black bean sauce [blæk][bin][sɔs] n. 豆豉醬

- broad bean paste [brɔd][bin][pest] n. 豆瓣醬
- douchi, fermented black beans [ˈfɝmɛntɪd][blæk][binz] n. 豆豉
- fermented bean curd [ˈfɝmɛntɪd][bin][kɝd], fermented tofu [ˈfɝmɛntɪd][ˈtofu], tofu cheese [ˈtofu][tʃiz] n. 腐乳、豆腐乳
- koji rice [ˈkəʊdʒi][raɪs] n. 米麴
- miso [ˈmisəʊ] n. 味噌
- red yeast rice [rɛd][jist][raɪs] n. 紅麴
- shio koji n. 鹽麴
- sweet bean sauce [swit][bin][sɔs] n. 甜麵醬

★醬料、醬汁★

- coulis [kuˈli] n.（蔬果）醬（比較稀的 purée，經常用作醬汁或盤飾）
- gravy [ˈgrevɪ] n. 濃稠的肉汁、滷汁
- jus [jus] n.（法）原汁、肉汁（指法式料理中，以煎烤後的肉屑肉汁加高湯熬煮濃縮所得的清澈透亮的肉汁）
- purée [pjʊˈre] n. 蔬果泥 tomato purée [təˈmeto][ˈpjʊəreɪ] 番茄泥

〔烹調常用基底醬〕

- béarnaise sauce [ˌbeɪəˈneɪz][sɔs] n. 蛋黃醬
- béchamel [ˈbeɪʃəmɛl], béchamel sauce [ˈbeɪʃəmɛl][sɔs] n. 奶醬、貝夏媚醬（由牛奶和白色油糊打底，適合義大利麵、魚和雞）
- bolognese [bɔləˈnjeɪz] n. 番茄肉醬，源於義大利波隆那（Bologna）
- green curry paste [grin][ˈkɝɪ][pest] n.（泰國）綠咖哩醬（用新鮮的青辣椒和其他香草調製而成）

- hollandaise [ˈhɔlənˌdeɪz], hollandaise sauce [ˈhɔlənˌdeɪz][sɔs] n. 荷蘭醬（由奶油、蛋黃和檸檬汁製成的一種奶油醬）

- mornay [ˈmɔneɪ], mornay sauce [ˈmɔneɪ][sɔs] n. 乳酪白醬

- pesto [ˈpesto] n. 青醬（即義大利羅勒醬。新鮮羅勒、帕馬森起司、大蒜、松子研磨後與特級初榨橄欖油混合而成）

- red curry paste [rɛd][ˈkɝɪ][pest] n.（泰國）紅咖哩醬（用乾燥紅辣椒和其他開胃成分調製而成）

- tomato sauce [təˈmeto][sɔs] n. 紅醬、番茄醬汁（以番茄為底，適合義大利麵和肉類主菜）

- white sauce [hwaɪt][sɔs] n. 白醬（用麵粉、牛奶和奶油製成，適合搭配肉類或蔬菜）

〔蘸醬、佐料〕

- barbecue sauce [ˈbɑrbɪkju][sɔs] n. 烤肉醬

- chili sauce [ˈtʃɪlɪ][sɔs] n. 辣椒醬

- chimichurri [ˌtʃɪmiˈtʃʊri] n. 阿根廷青醬

- chutney [ˈtʃʌtnɪ] n.（印度）酸甜醬（用水果、辛辣香料和醋調製成的佐料，常搭配肉或起司食用）

- Dijon mustard [diˈʒoʊn][ˈmʌstəd] 第戎芥末醬（通常是芥末子、白葡萄酒、勃艮地酒）

- dip [dɪp] n. 蘸醬、用來蘸食物吃的調味醬

- gremolata [grɛməˈlɑrtə] n. 義式綜合香草調味料（歐芹末、蒜末、檸檬皮絲三者混合）

- guacamole [gwɑkəˈmolɪ] n.（墨西哥料理常用的）酪梨醬

- harissa [ˈharɪsə] n. 哈里薩醬（摩洛哥料理中的紅醬，是紅辣椒、大蒜和橄欖油混合醬汁，常搭配北非小米一起享用）

- hoisin [ˈhɔɪzɪn], hoisin sauce [ˈhɔɪzɪn][sɔs] n. 海鮮醬（一種粵菜醬料）

- horseradish sauce [ˈhɔrsˌrædɪʃ][sɔs] n. 辣根醬

- HP sauce n.（英）棕醬（常用來醮肉或調味）

- ketchup [ˈkɛtʃəp] n. 番茄醬

- mayonnaise [ˌmeəˈnez] n. 美乃滋、蛋黃醬

- mint sauce [mɪnt][sɔs] n. 薄荷醬（切碎的綠薄荷葉調糖、醋，是傳統羔羊烤肉的佐料）

- mustard [ˈmʌstəd] n. 芥末、芥子、黃芥末醬

- piccalilli [ˈpɪkəˌlɪlɪ] n.（英）芥末味辣醮菜醬

- pickle [ˈpɪkl] n.（英）醃菜醬（通常搭配冷肉或起司一起食用）

- relish [ˈrɛlɪʃ] n.（以蔬果調製的）濃稠香辣調味醬料（通常搭配肉類食用）

- salsa [ˈsɑlsə] n. 莎莎醬（墨西哥食物中用番茄、洋蔥做的辣調味汁）

- shacha sauce n. 沙茶醬

- sweet chili sauce [swit][ˈtʃɪlɪ][sɔs] , sweet-and-spicy sauce [swit ənd ˈspaɪsi][sɔs] n. 甜辣醬

- Tabasco [təˈbæsko] n. 塔巴斯科辣椒醬

- taramasalata [ˌtɑrəməsəˈlɑtə] n.（希臘）鹹魚子沾醬

- tartare sauce, tartar sauce [ˌtɑrtɑr ˈsɔs] n. 塔塔醬（常用來搭配海鮮油炸物）

- vinaigrette [ˌvɪnəˈgrɛt] n. 油醋醬（油、醋、鹽、胡椒）

- wasabi [wəˈsɑbi] n. 山葵；山葵泥、山葵醬、日式綠芥末

- Worcester sauce [ˈwʊstə][sɔs] n.（英）伍斯特醬（醋、香料、醬油）

- Worcestershire sauce [ˈwʊstɚˌʃɪr][sɔs] n.（美）伍斯特醬（醋、香料、醬油）
- XO sauce n. XO 醬

〔抹醬〕

- clotted cream [ˈklɑtɪd][krim] n. 凝脂奶油、濃縮奶油、德文郡奶油、凝塊奶油（一種濃郁的鮮奶油，是英式下午茶不可或缺的抹醬）
- cream cheese [krim][tʃiz] n. 奶油乳酪
- foie gras [ˌfwɑ ˈɡrɑ] n. 鵝肝醬
- lemon curd [ˈlɛmən][kɝd] n.（英）檸檬凝乳
- margarine [ˈmɑrdʒəˌrin] n. 人造奶油、乳瑪琳
- Marmite [ˈmɑrmaɪt] n.（英）馬麥醬（英國知名抹醬，是啤酒發酵過程中的副產品）
- pâté [ˈpɑteɪ] n.（魚肉蔬菜等做的）派特醬、肝醬
- pâté de campagne n. 鄉村冷肉醬
- peanut butter [ˈpiˌnʌt][ˈbʌtɚ] n. 花生醬
- rillettes [ˈrijɛt] n.（法）熟肉抹醬
- sesame butter [ˈsɛsəmɪ][ˈbʌtɚ], sesame paste [ˈsɛsəmɪ][pest] n. 芝麻醬
- spread [sprɛd] n.（塗抹於麵包、餅乾上的）抹醬
- Vegemite [ˈvɛdʒɪˌmaɪt] n.（澳）維吉麥醬（這種深褐色鹹抹醬由濃縮的酵母提煉而成）
- yeast extract [jist][ɪkˈstrækt] n. 酵母醬、酵母萃取物
- 〔果醬〕見「水果加工品」

〔甜味醬〕

- Bavarian cream [bəˈvɛrɪən][krim] n. 巴伐利亞奶油醬（以英式奶油醬為基底，加入吉利丁和打發鮮奶油）
- brandy butter [ˈbrændɪ][ˈbʌtɚ] n. 白蘭地奶油醬（可澆在熱甜點上，如聖誕布丁、百果餡餅）
- butterscotch [ˈbʌtɚskatʃ] n. 奶油糖醬（可用在冰淇淋上）
- crème anglaise [ˌkrɛm ɔŋˈleɪz] n. 英式奶油醬（以牛奶、糖、蛋調製成一種濃郁的蛋卡士達醬，傳統上以香草調香）
- crème chantilly [krɛm][ʃænˈtɪlɪ] n. 香堤伊奶油醬（質地輕盈而結實，可用來擠花）
- crème mousseline [ˌkrɛm ˈmuslin] n. 慕司林奶油醬（以牛奶、糖、蛋調製而成，傳統上以香草調香）
- crème pâtissière, pastry cream [ˈpestrɪ][krim] n. 卡士達奶油醬、甜點師奶醬（加了麵粉、玉米粉增稠。可做舒芙蕾的基本材料，或做蛋糕、塔、糕餅的餡料，尤其是閃電泡芙）
- custard [ˈkʌstɚd] n. 卡士達醬
- sabayon sauce [sabaˈjʊŋ][sɔs] n. 薩巴雍醬、蛋黃醬

★ 高湯 ★

- bouillon [ˈbujan] n. 肉汁清湯、高湯
- bouillon cube [ˈbujan][kjub] / stock cube [stak][kjub] n.（美／英）高湯塊
- court bouillon [kort][ˈbujan] n. 蔬菜白酒湯、簡易肉湯（court 是短的意思，指準備這種湯底的時間比肉汁清湯快得多。有時甚至完全沒放肉，原料只有鹽、白酒、蔬菜）
- dashi [ˈdæʃi] n. 日式高湯（以海帶、魚乾、香菇等熬成的清澈高湯）
- fumet [ˈfjumɪt] n. 原汁（尤指魚或野味熬成的濃縮高湯）

- reduction [rɪˈdʌkʃən] n. 濃縮高湯
- stock [stɑk] n.（以肉、骨頭、蔬菜為原料長時間熬煮的）高湯、原汁 chicken / fish / brown / white / game / vegetable / seaweed stock 雞／魚／褐色／白色／野味／蔬菜／海帶高湯

★ 食用油 ★

- argan oil [ˈɑˌɡæn][ɔɪl] n. 摩洛哥堅果油
- butter [ˈbʌtɚ] n. 奶油、牛油、黃油
- camellia oil [kəˈmiljə][ɔɪl] n. 苦茶油、茶花籽油
- canola oil [kəˈnolə][ɔɪl] n. 芥花油
- coconut butter [ˈkokəˌnət][ˈbʌtɚ] n. 椰子油
- cooking oil [ˈkʊkɪŋ] [ɔɪl] n.（烹調用的）植物油
- corn oil [kɔrn][ɔɪl] n. 玉米胚芽油
- dark brown sesame oil [dɑrk][braʊn] [ˈsɛsəmɪ] [ɔɪl] n. 胡麻油、黑麻油
- ghee [gi] n. 印度酥油（印度烹飪所使用的精製奶油）
- grapeseed oil [ˈgrepˌsid][ɔɪl] n. 葡萄籽油
- lard [lɑrd] n. 豬油
- linseed oil [ˈlɪnˌsid][ɔɪl] n. 亞麻籽油
- olive oil [ˈɑlɪv][ɔɪl] n. 橄欖油
- palm oil [pɑm][ɔɪl] n. 棕櫚油

字辨

bouillon 與 stock

bouillon：慢火燉煮肉類所得的湯汁。
stock：慢火熬煮骨頭所得的湯汁。

- peanut oil [ˈpiˌnʌt][ɔɪl], groundnut oil [ˈgraʊndˌnʌt][ɔɪl] n. 花生油
- rapeseed oil [ˈrepˌsid][ɔɪl], rape oil [rep] [ɔɪl] n. 菜籽油、油菜籽油
- soybean oil [ˈsɔɪˌbin][ɔɪl] n. 沙拉油、大豆油
- suet [ˈsuɪt] n.（英）（牛羊腎臟或腰部周圍的硬脂肪，可用於烹調）板油
- sunflower oil [ˈsʌnˌflaʊɚ][ɔɪl] n. 葵花油
- yak butter [jæk][ˈbʌtɚ] n. 西藏酥油（犛牛奶油）

烘焙材料

★ 麵粉 ★

- all-purpose flour [ˈɔlˌpɝ·pəs][flaʊr] / plain flour [plen][flaʊr] n.（美／英）（不含發酵成分的）白麵粉、中筋麵粉
- bread flour [brɛd][flaʊr] n. 高筋麵粉（製作麵包、麵條、披薩皮）
- cake flour [kek][flaʊr] n. 低筋麵粉、蛋糕粉
- flour [flaʊr] n. 麵粉、（任何穀類磨成的）粉
- pastry flour [ˈpestrɪ][flaʊr] n. 派粉、點心麵粉（也是低筋麵粉，但筋度略高於蛋糕粉）
- self-rising flour / self-raising flour [ˈsɛlf ˈraɪzɪŋ][flaʊr] n.（美／英）自發酵麵粉、自發粉
- wheatmeal [ˈhwitmil] n.（英）全麥麵（混合精白麵粉與全麥麵粉的麵粉）
- white flour [hwaɪt][flaʊr] n. 精白麵粉
- whole wheat flour [hol][hwit][flaʊr] n.（未去麥糠的）全麥麵粉

- wholemeal [ˈholmil] a.（英）全麥的
  （＝wholewheat）
- wholewheat [ˈholhwit] a.（美）全麥的
  （＝wholemeal）

★ 酵母、發粉 ★

- baking powder [ˈbekɪŋ][ˈpaʊdɚ] n. 泡打粉、發粉
- baking soda [ˈbekɪŋ][ˈsodə] n. 小蘇打粉、碳酸氫鈉
- cream of tartar [krim][ɑv][ˈtɑrtɚ] n. 塔塔粉（酒石酸氫鉀）
- dry yeast [draɪ][jist] n. 酵母粉、乾酵母
- yeast [jist] n. 酵母

★ 其他粉類 ★

- cornflour [ˈkɔrnflaʊr] n.（英）玉米粉（可讓湯汁變稠）
- cornstarch [ˈkɔrnˌstɑrtʃ] n.（美）玉米粉、栗粉
- ground almonds [graʊnd][ˈɑməndz] n. 杏仁粉
- rice flour [raɪs][flaʊr] n. 在來米粉
- tapioca flour [ˌtæpɪˈokə][flaʊr] n. 太白粉、樹薯粉、木薯粉
- wheat flour [hwit][flaʊr] n. 無筋麵粉、澄粉

★ 糖 ★

- brown sugar [braʊn][ˈʃʊgɚ] n. 紅糖、赤砂糖
- caster sugar, castor sugar [ˈkæstɚ][ˈʃʊgɚ] n.（英）細白砂糖
- golden syrup [ˈgoldṇ][ˈsɪrəp] n.（英）金黃糖漿、轉化糖漿

- golden yellow sugar [ˈgoldṇ][ˈjɛlo][ˈʃʊgɚ] n. 金黃砂糖、紅糖
- granulated sugar [ˈgrænjəˌletɪd][ˈʃʊgɚ] n. 白砂糖
- icing sugar [ˈaɪsɪŋ][ˈʃʊgɚ] n.（英）糖粉、綿白糖（製作糖霜的原料）（＝confectioner's sugar, powdered sugar）
- molasses [məˈlæsɪz] n.（美）糖蜜（＝treacle）
- pearl sugar [pɝl][ˈʃʊgɚ] n. 珍珠糖（原料為甜菜根。因熔點高，加熱後不會全部融化，可增加成品酥脆的口感）
- powdered sugar [ˈpaʊdɚd][ˈʃʊgɚ] n.（美）糖粉、綿白糖（＝confectioner's sugar, icing sugar）
- rock candy [rɑk][ˈkændɪ] / sugar candy [ˈʃʊgɚ][ˈkændɪ] n.（美／英）冰糖
- treacle [ˈtrikl̩] n.（英）糖蜜（＝molasses）

★ 調味 ★

- almond powder [ˈɑmənd][ˈpaʊdɚ] n. 杏仁粉
- carob [ˈkærəb] n. 角豆（帶有巧克力味，不含咖啡因，巧克力代用品）
- cinnamon powder [ˈsɪnəmən][ˈpaʊdɚ] n. 肉桂粉
- cocoa [ˈkoko], cocoa powder [ˈkoko][ˈpaʊdɚ] n. ❶ 可可粉；❷ 可可飲料
- ground ginger [graʊnd][ˈdʒɪndʒɚ] n. 薑粉
- honey [ˈhʌnɪ] n. 蜂蜜
- jam [dʒæm] n. 果醬
- licorice / liquorice [ˈlɪkərɪs] n.（美／英）甘草根、甘草精
- matcha [ˈmatʃə] n. 抹茶粉
- nutmeg [ˈnʌtˌmɛg] n. 肉豆蔻

- salt [sɔlt] n. 鹽
- soy bean powder [sɔɪ][bin][ˈpaʊdɚ] n. 黃豆粉
- vanilla essence [vəˈnɪlə][ˈɛsn̩s], vanilla extract [vəˈnɪlə][ɪkˈstrækt] n. 香草精
- vanilla pod [vəˈnɪlə][pɑd] n. 香草莢
- Grand Marnier n. 柑曼怡、金萬利（香橙干邑甜酒）
- kirsch [ˈkɪrʃ] n.（德）櫻桃白蘭地
- liqueur [lɪˈkɝ] n. 香甜酒、利口酒
- rum [rʌm] n. 蘭姆酒
- whiskey, whisky [ˈhwɪskɪ] n. 威士忌

★ 油脂 ★

- brown butter [braʊn][ˈbʌtɚ] n. 焦化奶油（帶有堅果香，發煙點較奶油高。適合製作費南雪）
- clarified butter [ˈklærəˌfaɪd][ˈbʌtɚ] n.澄清奶油、無水奶油（加工去除蛋白質、水分、乳糖和其他非乳脂固形物後所留下的 100% 純乳脂。可取代豬油或酥油，讓外皮更香酥可口。常用來製作中式酥皮糕點，如蛋黃酥、鳳梨酥）
- cocoa butter [ˈkoko][ˈbʌtɚ] n. 可可脂（可用於製造巧克力、化妝品和肥皂）
- cultured butter [ˈkʌltʃɚd][ˈbʌtɚ] n. 發酵奶油（在牛奶中加入乳酸菌，待發酵熟成後再提煉。乳糖含量比一般奶油低，乳脂含量較高，帶有微微的酸味。適合製作磅蛋糕、派皮或酥餅等重奶油點心）
- leaf lard [lif][lɑrd] n. 豬板油（從豬腎附近的脂肪提取，豬味較輕，適合製作比司吉與糕餅外皮）
- margarine [ˈmɑrdʒəˌrin] n. 人造奶油、乳瑪琳

- shortening [ˈʃɔrtn̩ɪŋ] n. 酥油、白油（可使糕餅變鬆軟）
- sunflower oil [ˈsʌnˌflaʊɚ][ɔɪl] n. 葵花油
- unsalted butter [ʌnˈsɔltɪd][ˈbʌtɚ] n. 無鹽奶油

★ 乳製品 ★

- buttermilk [ˈbʌtɚˌmɪlk] n. 白脫牛奶、乳清、酪奶
- cream [krim] n. 鮮奶油
- cream cheese [krim][tʃiz] n. 奶油乳酪
- evaporated milk [ɪˈvæpəˌretɪd][mɪlk] n. 煉乳
- mascarpone [ˈmæskarpon] n. 瑪斯卡邦起司（義式甜點提拉米蘇的主要材料）
- milk [mɪlk] n. 牛奶
- sour cream [ˈsaʊr][krim] / soured cream [ˈsaʊrd][krim] n.（美／英）酸奶油
- whipping cream [ˈhwɪpɪŋ][krim] n. 液狀鮮奶油、打發用鮮奶油
- yogurt, yoghurt [ˈjogɚt] n. 優格

★ 凝固、定型用材料 ★

- agar [ˈegɑr] n. 寒天、洋菜、石花菜
- gelatin powder [ˈdʒɛlətn̩][ˈpaʊdɚ] n.吉利丁粉
- gelatin / [ˈdʒɛlətn̩] n. 吉利丁、明膠、魚膠
- leaf gelatin [lif][ˈdʒɛlətn̩], sheet gelatin [ʃit][ˈdʒɛlətn̩] n. 吉利丁片
- pectin [ˈpɛktɪn] n. 果膠

★ 裝飾 ★

- chopped almond [tʃɑpt][ˈɑmənd] n. 杏仁角

- flaked almond [flekt] [ˈɑmənd] n. 杏仁片

- fondant [ˈfɑndənt] n. 翻糖（一種蛋糕裝飾材料，有相當重量、遇水會溶，柔軟易造型）

- hundreds-and-thousands [ˌhʌn.drədz ənd ˈθaʊ.zəndz] n.（英）（裝飾糕點用的）彩色巧克力米

- marzipan [ˈmɑrzəˌpæn] n. 杏仁膏、杏仁糖泥（可作為糕點製作材料或裝飾用）

- meringue [məˈræŋ] n. 蛋白霜、蛋白糖霜

- nonpareils [ˌnɑnpəˈrɛlz] n.（美）（裝飾糕點用的）彩色小糖珠

- shelled almond [ʃɛld] [ˈɑmənd] n. 杏仁豆

- sprinkles [ˈsprɪŋkl̩z] n.（美）（裝飾糕點用的）彩色巧克力米

★ 其他 ★

- buttercream [ˈbʌtɚˌkrim] n.（作為蛋糕餡料或表面澆料的）甜奶油

- canned peach [kænd] [pitʃ] n. 水蜜桃罐頭

- cashew [ˈkæʃu] n. 腰果

- chocolate [ˈtʃɑkəlɪt] n. 巧克力

- currant [ˈkɝ-ənt] n. 小葡萄乾（常用於糕點）

- desiccated coconut [ˈdɛsəˌketɪd] [ˈkokəˌnət] n. 椰絲、椰蓉

- dried fruit [draɪd] [frut] n. 水果乾

- egg [ɛg] n. 蛋

- food coloring [fud] [ˈkʌlərɪŋ] n. 食用色素

- ganache [gəˈnɑʃ] n. 甘納許（由巧克力與鮮奶油組成一種柔滑有光澤的鮮奶油巧克力，可作為蛋糕的霜飾或餡料）

- glacé cherry [ˈglaseɪ] [ˈtʃɛrɪ] n. 糖漬櫻桃

- golden raisin [ˈgoldn̩] [ˈrezn̩] / sultana [sʌlˈtænə] n.（美／英）黃金葡萄乾、蘇坦娜葡萄乾

- hazelnut [ˈhezl̩ˌnʌt] n. 榛果、榛子

- lemon [ˈlɛmən] n. 檸檬

- lime [laɪm] n. 萊姆

- maraschino cherry [ˌmærəˈskino] [ˈtʃɛrɪ] n. 酒漬櫻桃

- orange [ˈɔrɪndʒ] n. 柳丁、柳橙

- peanut better [ˈpiˌnʌt] [ˈbʌtɚ] n. 花生醬

- pine nut [paɪn] [nʌt] n. 松子

- rice paper [raɪs] [ˈpepɚ] n. 米紙（通常用於烘烤糕餅，本身可食）

- rolled oats [rold] [ots] n.（去皮並碾軋過的）燕麥片

- walnut [ˈwɔlnət] n. 胡桃、核桃

延伸例句

▶▶▶ We use soymilk to make coffee for customers who are Lactos-intolerant.
我們使用豆漿為有乳糖不耐症的客人沖泡咖啡。

▶▶▶ Sweeten with condensed milk, nutmeg and cinnamon, this hot cereal is a perfect way to start your day.
這碗熱麥片用煉乳、肉豆蔻和肉桂調味，是展開一天的絕佳方法。

▶▶▶ Do not use evaporated milk, which is the same thing but without sugar.
別用無糖煉乳，雖然它是同樣的東西，卻沒有加糖。

▶▶▶ We had spaghetti and meatballs for lunch.
中午我們吃義大利肉丸麵。

▶▶▶ Carving pumpkins into jack-o'-lanterns is a popular Halloween tradition in the United States.
在美國，把南瓜雕刻成南瓜燈籠是普遍的萬聖節習俗。

▶▶▶ The staple of Mexican food is corn, supplemented by beans, squash, and chili peppers.
墨西哥食物的主角是玉米，還有豆子、南瓜與辣椒。

▶▶▶ I prepared chicken stock with bouillon cubes, adding sprigs of thyme and a few bay leaves.
我用高湯塊加幾枝百里香和月桂葉調製雞高湯。

▶▶▶ You may need to thicken the sauce slightly - if so, mix cornstarch with cold water to a paste.
你可能需要讓醬汁稍稍變稠——若是如此，取玉米粉與冷水混合成糊狀。

▶▶▶ For breakfast people may eat porridge made of cornmeal or oatmeal, cereal, or bread and tea.
大家會吃玉米粥或燕麥粥、麥片或麵包與茶當早餐。

▶▶▶ She can't even boil an egg.
她連最簡單的飯菜都不會做。

┌─ 心·得·筆·記 ─────────────────────────

三、開胃菜、配菜與小菜

情境對話

Optical Technologies Inc. will hold an investor conference next month. Lindsey is reporting to her manager about the reception menu.
光學科技公司下個月將舉辦投資人說明會。琳希向經理報告會議點心準備狀況。

Manager : Has the caterer sent its hors d'oeuvre catering menu?
外燴業者把開胃菜的清單傳來了嗎？

Lindsey : Yes, here it is. Shrimp Cocktail Platter, Chicken Skewers, Crab Cakes are their signature choices.
在這裡。鮮蝦冷盤、雞肉串，還有蟹肉餅是他們的招牌菜。

Manager : Last year some of our guests suffered from food allergies and food intolerances, you'd better to arrange several options without major food allergens, such as peanuts, shellfish, milk and wheat.
去年有部分賓客發生食物過敏與食物不耐問題，妳最好能安排幾道不含容易致敏成分的開胃菜，像是花生、帶殼海鮮、牛奶、小麥等。

Lindsey : Ok. I've noted it down. By the way, I've gone through the guest list the other day and found that couples of guests are from Muslim countries. Should I arrange one or two halal food for them?
好，我記下來了。順道一提，前幾天我研究過來賓名單，發現有幾位來自穆斯林國家。我該為他們準備一兩道清真認證食品嗎？

Manager : Of course. They are very important guests. If we could provide halal food, it will be a big plus for the company. Go check with the caterer and get bock to me tomorrow.
當然。他們是非常重要的貴賓。如果我們能提供清真食品，將能為公司大大加分。去和外燴業者聯繫，明天跟我回報。

(next day)

Lindsey : Jeff's Catering said that their sister company, Laila's Kitchen, is a
halal certified restaurant. They could order some signature and some
vegan Bento-boxes prepared by Laila's on our behalf, without extra
service charge. Here's a flyer of Laila's Bento-boxes.
傑夫外燴說他們的姊妹公司「萊拉廚房」是清真認證餐廳。他們可以代我
們向萊拉廚房訂購幾個招牌餐盒與純素餐盒，不收額外服務費用。這是萊
拉廚房的便當傳單。

Manager : Good job. How about the budget for catering?
做得好。外燴預算的狀況如何？

Lindsey : A little bit tight. Perhaps we can trim the numbers by replacing a
few fancy hors d'oeuvres with tea sandwiches, vegetable tray and
dip.
有點吃緊。也許我們可以用茶點三明治和蔬菜拼盤取代幾樣昂貴的開胃
菜，減少開銷。

Manager : Very well. And don't forget to prepare some caffeine-free drinks.
很好。此外，別忘了準備些無咖啡因飲料。

Lindsey : Certainly, I'll remind the caterer.
當然，我會提醒外燴公司。

字彙

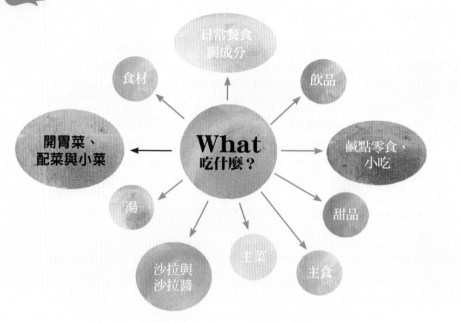

食材

日常餐食與成分

飲品

開胃菜、配菜與小菜

What
吃什麼？

鹹點零食、小吃

湯

甜品

沙拉與沙拉醬

主菜

主食

★ 開胃菜 ★

- amuse-bouche [əˌmjuzˈbuʃ], amuse-gueule [əˌmjuzˈgəl] n. 開胃小點（餐前一口大小的開胃菜，通常裝在湯匙裡，展現主廚的美學概念）

字辨

amuse-bouche / amuse-gueule 與 appetizer

amuse-bouche / amuse-gueule：根據主廚的選擇，由店家免費招待，通常會搭配一杯酒。它既是讓客人準備享用餐點，也是讓人一窺主廚的烹飪美學。

appetizer：由顧客從菜單上點菜。

- angels on horseback[ˈendʒlz][ɑn] [ˈhɔrsˌbæk] n. 馬背上的天使（烤培根牡蠣捲）

- antipasto [ˌɑntɪˈpɑsto] n. 義式開胃菜（通常是冷肉或蔬菜）

- appetizer [ˈæpəˌtaɪzɚ] n.（美）開胃菜（＝starter）

- baked escargots with garlic butter [bekt] [ɛskɑrˈgoz][wɪð][ˈgɑrlɪk][ˈbʌtɚ] n. 法式焗烤田螺

- blinis with caviar and crème fraiche 布利尼佐魚子醬與法式酸奶油

- blooming onion [ˈblumɪŋ][ˈʌnjən] n. 酥炸洋蔥花球

- bruschetta [bruˈskɛtə] n.（義）普切塔（義式香烤麵包片，常淋上橄欖油並擺上番茄

丁、碎洋蔥、起司等配料）

- buffalo wings [ˈbʌfļˌo][wɪŋz] n.（美）水牛城辣雞翅

- canapé [ˈkanəpeɪ] n. 點心薄餅（小片餅乾或土司，上頭覆有魚子醬或乳酪等可口配料，在派對或宴會上隨酒供應）smoked-salmon canapés

- carpaccio [kɑˈpatʃɪəʊ] n.（配有調味醬汁的）義式涼拌薄切生牛肉片、生魚片 beef / veal / tuna / salmon carpaccio

- caviar [ˌkævɪˈɑr] n. 魚子醬

- ceviche, seviche [sɛˈviˌtʃeɪ] n.（中南美洲、祕魯）雪碧切、檸檬汁醃生魚

- charcuterie [ʃɑrˌkjutəˈri] n. 冷的熟肉（尤指豬肉、火腿、香腸等）

- cheese tray and crackers [tʃiz][tre][ænd][ˈkrækəz] n. 起司拼盤與脆餅

- chicken fingers [ˈtʃɪkɪn][ˈfɪŋgəz] n. 酥炸雞柳條

- cocktail wiener [ˈkakˌtel][ˈwinə] n. 一口小香腸

- crab rangoon [kræb][ræŋˈgun] n. 蟹角（以餛飩皮包起司、蟹柳或魚漿，並以蔥蒜調味後油炸而成。）

- crab soufflé [kræb][ˈsufleɪ] n. 蟹肉舒芙蕾

- deviled egg / devilled egg [ˈdɛvļd][ɛg] n.（美／英）魔鬼蛋

- egg roll [ɛg][rol] n. 蛋皮春捲（＝spring roll, pancake roll）

- hors d'oeuvre [ˌɔr ˈdɜrv] n.（法）開胃菜

- mozzarella sticks [ˌmɑzəˈrɛlə][stɪks] n. 酥炸莫札雷拉起司條

- nachos [ˈnætʃoz] n. 墨西哥玉米片、烤玉米脆片

- onion ring [ˈʌnjən][rɪŋ] n. 洋蔥圈

- oyster [ˈɔɪstə] n. 生蠔

- pâté de foie gras n. 鵝肝派

- pickle [ˈpɪkl] / gherkin [ˈgɜkɪn] n.（美／英）醃黃瓜

- pigs in blankets [pɪgz][ɪn][ˈblæŋkɪts], pigs in a blanket [pɪgz][ɪn][ə][ˈblæŋkɪt] n. 豬包毯、培根香腸捲、起酥熱狗捲

- potato skins [pəˈteto][skɪnz] n. 烤馬鈴薯皮

- prosciutto with melon [proˈʃuto][wɪð][ˈmɛlən] n. 帕瑪火腿佐蜜瓜

- shrimp cocktail [ʃrɪmp][ˈkakˌtel] / prawn cocktail [prɔn][ˈkakˌtel] n.（美／英）鮮蝦雞尾酒盅、鮮蝦冷盤

- smoked egg [smokt][ɛg] n. 燻蛋

- smoked salmon [smokt][ˈsæmən] n. 燻鮭魚

- spanakopita [ˌspanəˈkɔpɪtə] n.（希臘）菠菜派

- starter [ˈstɑrtə] n.（英）開胃菜、第一道菜、頭盤（＝appetizer）

- stuffed artichoke hearts [stʌft][ˈɑrtɪˌtʃok][hɑrts] n. 鑲朝鮮薊心

- stuffed mushrooms [stʌft][ˈmʌʃrumz] n. 帶餡蘑菇

- tapas [ˈtapəs] n.（西班牙）開胃菜、下酒菜、小點

- terrine [tɛˈrin] n. 法式凍派（將食材堆疊在陶土製容器中，並以膠質凝固食材。多放涼後食用）

- vegetables with dips [ˈvɛdʒətəbl̩z][wɪð][dɪps] n. 蔬菜佐沾醬

- vol-au-vent [ˌvaloˈvaŋ] n.（以肉或蔬菜為餡的）酥皮點心盒

★ 配菜、小菜 ★

- asparagus [əˈspærəgəs] n. 蘆筍

- baked beans [bekt][binz] n. 茄汁焗豆

- baked potato [bekt][pəˈteto] n.（可連皮吃的）烤帶皮馬鈴薯（＝jacket potato）
- banchan [ˈbanˌtʃan] n. 韓式小菜
- broccoli [ˈbrɑkəlɪ] n. 青花菜、綠花椰
- cabbage [ˈkæbɪdʒ] n. 高麗菜、包心菜、結球甘藍
- cauliflower[ˈkɔləˌflɑʊɚ] n. 花椰菜、白花菜
- coleslaw [ˈkolˌslɔ] n. 涼拌捲心菜、高麗菜絲沙拉
- dinner rolls [ˈdɪnɚ][rolz] n. 小餐包
- fixings [ˈfɪksɪŋz] / trimmings [ˈtrɪmɪŋz] n.（美／英）配菜
- French fries [frɛntʃ][fraɪz] / chips [tʃɪps] n.（主美／英）炸薯條
- glazed carrots [glezd][ˈkærəts] n. 蜜汁胡蘿蔔
- green bean [grin][bin] / string bean [strɪŋ][bin], French bean [frɛntʃ][bin] n.（美／英）四季豆、菜豆（連莢吃）
- greens [grinz] n. 綠色葉菜
- kimchi [kɪmtʃhi] n. 韓國泡菜
- macaroni and cheese [ˌmækəˈronɪ][ænd][tʃiz] / macaroni cheese [ˌmækəˈronɪ][tʃiz] n.（美／英）焗烤起司通心粉
- macaroni salad [ˌmækəˈronɪ][ˈsæləd] n. 通心粉沙拉
- mashed potato [mæʃt][pəˈteto] n.馬鈴薯泥
- mushroom [ˈmʌʃrʊm] n. 蘑菇、菇類
- pasta salad[ˈpɑstə][ˈsæləd] n.義大利麵沙拉
- potato salad [pəˈteto][ˈsæləd] n.馬鈴薯沙拉
- sauerkraut [ˈsaʊrˌkraʊt] n. 德國酸菜、德國泡菜
- sautéed mushroom n. 嫩煎蘑菇
- side dish [saɪd][dɪʃ] n. 小菜、配菜
- side order [saɪd][ˈɔrdɚ] n. 小菜、配菜

- toad-in-the-hole [ˌtod ɪn ðə ˈhol] n.（英）洞中蟾蜍（約克夏布丁麵糊烤香腸）
- Yorkshire pudding [ˈjɔrkʃɚ][ˈpʊdɪŋ] n. 約克郡布丁（由麵粉、牛奶和雞蛋調和烘製而成，常與烤牛肉同食）

★ 中式小菜 ★

- century egg and tofu [ˈsɛntʃʊrɪ][ɛg][ænd][ˈtofu] n. 皮蛋豆腐
- dried tofu [draɪd][ˈtofu] n. 豆干
- pickled vegetables [ˈpɪkl̩d][ˈvɛdʒətəbl̩s] n. 醬菜
- soy egg [sɒɪ][ɛg] n. 滷蛋
- soy sauce braised food [sɒɪ][sɒs][brezd][fud] n. 滷味
- stewed pig's ear [stjud][pigz][ɪr] n. 滷豬耳朵

★ 蛋料理 ★

- boiled egg [bɒɪld][ɛg] n.（帶殼）水煮蛋
- boiled eggs and soldiers [bɒɪld][ɛgz][ænd][ˈsoldʒɚz] n. 水煮蛋與烤土司條
- eggs benedict [ɛgz][ˈbɛnəˌdɪkt] n. 班尼迪克蛋
- foo yong n. 芙蓉蛋
- fried egg [fraɪd][ɛg] n. 煎蛋、荷包蛋
- frittata [frɪˈtɑːtə] n. 義式烘蛋
- hard-boiled[ˌhɑrdˈbɒɪld] a.（水煮蛋）全熟的
- iron egg [ˈaɪɚn][ɛg] n. 鐵蛋
- mollet egg [mɔlɛ][ɛg] n. 溏心蛋
- omelet / omelette [ˈɑmlɪt] n.（美／英）歐姆蛋
- over-easy [ˌovɚˈizɪ] a.（美）（荷包蛋）半熟兩面煎的

- poached egg [potʃd][ɛg] n. 水波蛋、（無殼）水煮蛋

- Scotch egg [skɑtʃ][ɛg] n.（英）蘇格蘭炸蛋

- scrambled egg [ˈskræmbld][ɛg] n. 炒蛋

- soft-boiled [ˌsɔftˈbɔɪld] a.（水煮蛋）半熟的、溏心的

- soy egg [sɔɪ][ɛg] n. 滷蛋

- Spanish tortilla [ˈspænɪʃ][tɔrˈtijɑ] n. 西班牙烘蛋

- sunny-side up [ˌsʌnɪ saɪd][ˈʌp] a.（美）（荷包蛋）只煎一面的、太陽蛋

- tea egg [ti][ɛg] n. 茶葉蛋

心·得·筆·記

延伸例句

▶▶ Would you like to begin with an appetizer/starter?
您要先來一份開胃菜嗎？

▶▶ What would you want to whet your appetite?
您想吃點什麼開胃呢？

▶▶ I would like to substitute rice for mashed potato.
我想把米飯換成馬鈴薯泥。

▶▶ I'd like to have some coleslaw on the side.
我想點些高麗菜絲沙拉當作配菜。

▶▶ Good morning. What can I get for you today?
早安。今天想吃點什麼？

▶▶ I'd like to start the day with a fry-up.
我想來一盤油煎食品作為一天的開始。

▶▶ How do you like your eggs? Scrambled? Fried? Poached? Sunny-side up or over-easy?
你想要什麼樣的蛋呢？炒蛋、煎蛋、水波蛋、單面煎或兩面煎的荷包蛋？

▶▶ I'd like two sunny-side up with the yolk not too runny.
我想要兩個單面煎的荷包蛋，蛋黃不要太生。

▶▶ Would you care for an aperitif before your meal?
請問您要來杯餐前酒嗎？

▶▶ Would you like something else to drink? How about one of our non-alcoholic cocktails?
您想喝些其他飲料嗎？要不要來一杯無酒精雞尾酒呢？

四、湯

情境對話

Kate and her British boyfriend, Harry, are watching evening news at home.
凱特和她的英國男友哈利在家看晚間新聞。

News anchor : Although the cold front is gradually passing, the Central Weather Bureau forecasts another cold snap is expected on Wednesday…
雖然冷鋒逐漸遠離，中央氣象局預估週三將有另一波寒流報到……

Harry : It's freezing cold today. I'm dying for a steaming bowl of soup.
今天真是冷得要命。真想喝碗熱湯。

Kate : I know a fine place to eat fresh mutton hot pot. You can't miss its own signature sauce.
我知道一個吃新鮮羊肉爐的好地方。你絕不能錯過它的招牌沾醬。

Harry : I love mutton hot pot. But my stomach yearns for the taste of home tonight.
我愛吃羊肉爐。不過，今晚我的胃渴望家鄉味。

Kate : What kind of soup would your people choose on such a cold day?
在這樣的冷天裡，你家鄉的人會選擇什麼樣的湯呢？

Harry : We'd love soups which are made with hearty root vegetables, beans, and pulses. Good soups in winter are more like complete meals than just a bowl of soup.
我們喜歡使用豐富的根莖類蔬菜和豆子煮湯。好的冬日暖湯不只是一碗湯，更像是完整的一餐。

Kate : Sounds tasty. We could make a soup at home. What do you suggest?
聽起來很好吃。我們可以在家自己煮。你推薦什麼湯？

Harry : How about minestrone? It is made with tomato-based broth, pasta or rice, and any vegetable you have on hand. In fact, there is no set recipe for minestrone.
義大利蔬菜濃湯如何？它以番茄高湯為底，加上義大利麵或米，還有你手邊的任何蔬菜烹煮而成。其實，義大利蔬菜濃湯沒有固定食譜。

Kate : Very well. It sounds quite healthy. Let's check the fridge and see what ingredients we have.
好啊。聽起來很健康。讓我們看看冰箱裡有些什麼食材。

心·得·筆·記

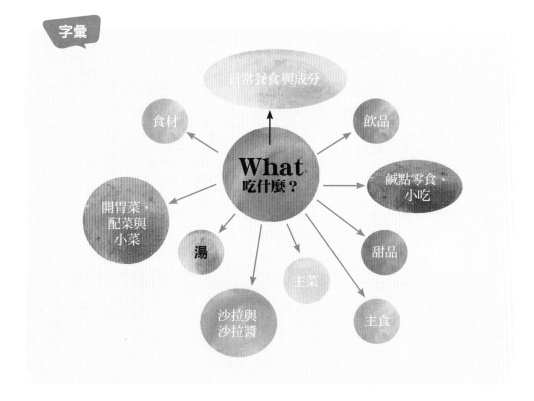

★ 湯品 ★

- alphabet soup [ˈælfəˌbɛt][sup] n. 字母湯（內含英文字母形狀通心粉的濃湯）;（非正式）衍生意指混亂而令人困惑的事物

- bisque [bɪsk] n.濃湯（主要指以甲殼類烹煮的海鮮濃湯,但有時也可指稱蔬菜濃湯）

- borsch [bɔrʃ], borscht [bɔrʃt] n. 羅宋湯（一種俄式甜菜湯）

- bouillabaisse [ˌbuljəˈbes] n. 馬賽魚湯

- bouillon [ˈbujɑn] n. 菜肉清湯

- braised beef soup [brezd][bif][sup] n. 紅燒牛肉湯

- broth [brɔθ] n.（以肉、菜熬成清淡的）湯、高湯

- chicken soup [ˈtʃɪkɪn][sup] n. 雞湯

- chicken stew with rice wine [ˈtʃɪkɪn][stju][wɪð][raɪs][waɪn] n. 燒酒雞

- chowder [ˈtʃaʊdɚ] n. 海鮮總匯濃湯、海鮮雜燴濃湯、巧達湯

- clam chowder [klæm][ˈtʃaʊdɚ] n. 蛤蜊巧達濃湯

- Cullen skink [ˌkʌlən][ˈskɪŋk] n.（英）蘇格蘭鮮魚濃湯

- consommé [kənˈsɔmeɪ] n. 清湯、清燉肉湯

- Cullen skink [ˌkʌlən ˈskɪŋk] n.（英）蘇格蘭鮮魚濃湯

- egg drop soup [ɛg][drɑp][sup] n. 蛋花湯

- fish ball soup [fɪʃ][bɔl][sup] n. 魚丸湯

- steamed abalone with shark's fin and fish maw in broth, steamed assorted meats in Chinese Casserole, Buddha Jumps Over the Wall n. 佛跳牆

- gazpacho [gɑsˈpɑko] n. 西班牙涼菜湯（用切碎的生番茄、洋蔥、黃瓜加橄欖油、大蒜做成生的冷湯）

- ginger duck stew [ˈdʒɪndʒɚ][dʌk][stju] n. 薑母鴨

- ginseng chicken soup n. 人蔘雞湯

- gumbo [ˈgʌmbo] n. 秋葵濃湯

- hot and sour soup [hɑt][ænd][ˈsaʊr][sup] n. 酸辣湯

- huazhi geng, thick cuttlefish soup [θɪk][ˈkʌtl̩ˌfɪʃ][sup] n. 花枝羹

- kangaroo-tail soup [ˌkæŋgəˈru tel][sup] n. 袋鼠尾湯

- leek and potato soup [lik][ænd][pəˈteto][sup] n. 韭蔥馬鈴薯濃湯

- Manhattan clam chowder [mænˈhætn̩][klæm][ˈtʃaʊdɚ] n. 曼哈頓蛤蜊巧達湯

- matzo ball soup [ˈmɑtsə][bɔl][sup] n. 猶太湯圓、猶太丸子湯

- minestrone [ˌmɪnɪˈstronɪ] n. （加了通心粉和豆子的）義大利蔬菜濃湯

- miso soup [ˈmisoʊ][sup] n. 味噌湯

- mock turtle soup [mɑk][ˈtɝtl̩][sup] n. 假海龜湯（用小牛頭或小牛蹄、腦等取代海龜）

- mulligatawny [ˌmʌlɪgəˈtɔnɪ] n. （英）咖哩肉湯（源自南印度）

- New England clam chowder[nju][ˈɪŋglənd][klæm][ˈtʃaʊdɚ] n. 新英格蘭蛤蜊巧達湯

- onion soup [ˈʌnjən][sup] n. 洋蔥湯

- oxtail soup [ˈɑksˌtel][sup] n. 牛尾湯

- pea soup [pi][sup] n. 豌豆濃湯（乾豌豆瓣煮的濃湯）

字辨

New England clam chowder 與 Manhattan clam chowder

New England：以牛奶或奶油為湯底。
Manhattan：以番茄為湯底。

- pork ball soup [pɔrk][bɒl][sup] n. 貢丸湯

- pot-au-feu [ˌpatoˈfə] n. （法）蔬菜牛肉濃湯

- rou geng, thick pork soup [θɪk][pɔrk][sup] n. 肉羹

- Scotch broth [ˌskatʃ][ˈbrɔθ] n. （用牛或羊肉、蔬菜、大麥煮成的）蘇格蘭濃湯

- sesame oil chicken soup [ˈsɛsəmɪ][ɔɪl][ˈtʃɪkɪn][sup] n. 麻油雞

- snapper soup [ˈsnæpɚ][sup] n. 龜羹、烏龜濃湯（這裡的 snapper 指的是擬鱷龜 snapping turtle，而非笛鯛）

- soup [sup] n. 湯

- tom yam kung n. 泰式酸辣蝦湯

- wonton soup [ˈwɑntɑn][sup] n. 餛飩湯

字辨

龜鱉湯有三種

中國及東南亞菜餚中的甲魚湯，用的是鱉（softshelled turtle）。

在美國南方菜餚中的龜羹（snapper soup），使用的則是擬鱷龜（snapping turtle）。

至於假海龜湯（mock turtle soup）則是以小牛頭或小牛蹄、腦等取代海龜。

- youyu geng, thick squid soup [θɪk][skwɪd] [sup] n. 魷魚羹

★ 鍋物 ★

- fondue [ˈfandu] n. 巧克力鍋、起司鍋
- hotpot [ˈhatpɑt] n. 什錦燉肉（馬鈴薯和牛肉、羊肉合燉的菜）
- instant-boiled mutton [ˈɪnstənt bɒɪld] [ˈmʌtn̩] n. 涮羊肉
- kimchi tofu stew [kɪmtʃhi][ˈtofu][stju] n. 泡菜豆腐鍋
- mutton hot pot [ˈmʌtn̩][hɑt][pɑt] n. 羊肉爐

- shabu-shabu [ˌʃabuˈʃabu] n. 日式涮涮鍋
- spicy hot pot [ˈspaɪsɪ][hɑt][pɑt] n. 麻辣鍋
- sukiyaki [ˌsukiˈjɑki] n.（日）壽喜燒
- yuanyang hot pot n. 鴛鴦鍋

★ 相關字彙 ★

- crouton [ˈkrutɑn] n.乾麵包丁（常加在湯或沙拉裡）
- soup kitchen [sup][ˈkɪtʃɪn] n. 施粥處、（救濟窮人的）免費供餐處

心·得·筆·記

延伸例句

▶▶▶ I would like to have a good hearty soup. Do you have any thick soups?

我想喝一碗豐盛的湯，你們有沒有濃湯？

▶▶▶ The chef has prepared thick onion soup and lobster bisque.

主廚準備了洋蔥濃湯和龍蝦濃湯。

▶▶▶ Would you like bread with your soup?

您的湯要不要配上麵包呢？

▶▶▶ I love to dunk my bread in soup.

我喜歡用麵包沾湯吃。

▶▶▶ I hope you like pork ball soup, because that is what we have now.

希望你喜歡貢丸湯，因為我們現在只有這個。

▶▶▶ Drink this cup of soup and you'll soon warm up.

喝下這杯湯，你馬上就會暖和起來。

▶▶▶ There is nothing in the world more comforting than a bowl/cup/mug of homemade soup.

世上沒有任何東西能比一碗／杯／大杯自家製的湯更能撫慰人心。

▶▶▶ She ladles soup into a wooden bowl.

她把湯舀進一只木碗中。

▶▶▶ What is the soup of the day? It's wild mushroom.

今天的主廚特製湯品是什麼？是野菇湯。

▶▶▶ It's rude to slurp your soup loudly.

大聲喝湯是很粗魯的。

五、沙拉與沙拉醬

When **What** How Where Who

情境對話

Peter, Zoe and Emma work in the same laboratory. It is almost lunchtime. They are discussing where to go for lunch.

彼得、柔伊與艾瑪同在一間實驗室工作。午餐時間將近,他們正在討論要去哪吃飯。

Peter : Thank God it's almost lunchtime. I'm starving to death. Let's go get something to eat.
今天謝地,午餐時間到了。我餓死了。咱們快出去覓食吧。

Zoe : Where do you want to go?
你想去哪吃?

Peter : It's your call.
由妳決定。

Zoe : How about Bistro 88? It provides a wide selection of food.
去吃 88 小館好嗎?它的菜色選擇多樣。

Peter : Good idea! Hey, Emma, are you coming with us for lunch?
好主意!艾瑪,妳要和我們去吃午餐嗎?

Emma : I brought lunch today.
我今天有帶午餐。

(Later at the bistro)
(稍晚在 88 小館)

Peter : What is today's special?
今天的本日特餐是什麼?

Waiter : Today's special is pork cutlet with rice and salad. It's our chef's signature dish. It is very tasty.
本日特餐是炸豬排,附白飯與沙拉。這是我們主廚的拿手菜,很好吃喔。

Peter : That sounds great. I'll take it.
聽起來很不錯，我就點這個。

Waiter : What would you like to order, ma'am?
小姐，您想點什麼呢？

Zoe : I'd like something light for lunch. A pumpkin soup and a mixed salad will do.
我午餐想吃清淡一點，南瓜湯和綜合沙拉就夠了。

Waiter : Would you care for the Green Goddess or ranch dressing?
您要想綠色女神醬或田園沙拉醬呢？

Zoe : I'm not a big fan of garlic. Do you have anything fruity?
我不喜歡大蒜的味道。有其他水果風味的沙拉醬嗎？

Waiter : How about raspberry vinaigrette dressing?
您覺得覆盆子油醋醬如何？

Zoe : Very well. I'll take that.
好，就這個。

心·得·筆·記

字彙

★沙拉★

- Caesar salad [ˌsizɚ][ˈsæləd]　n. 凱薩沙拉

- Chef's salad [ʃefs][ˈsæləd]　n. 主廚沙拉

- coleslaw [ˈkolˌslɔ]　n. 涼拌捲心菜、高麗菜絲沙拉

- composed salad [kəmˈpozd][ˈsæləd]　n. 主菜式沙拉（經過精心安排，而非隨意混合的一種沙拉）

- fruit salad [frut][ˈsæləd]　n. 水果沙拉

- Greek salad [grik][ˈsæləd]　n. 希臘式沙拉（有蔬菜、橄欖油和菲塔乳酪的沙拉）

- green salad [grin][ˈsæləd]　n.（主要含萵苣的）生菜沙拉

- potato salad [pəˈteto][ˈsæləd]　n. 馬鈴薯沙拉

- Russian salad [ˈrʌʃən][ˈsæləd]　n. 俄式沙拉（綜合蔬菜丁、火腿丁與美乃滋混合。由主廚 Lucien Olivier 創作，又名奧利維耶沙拉 Olivier salad）

- salad [ˈsæləd]　n. 沙拉

- salade niçoise　n.（法）尼斯沙拉（通常由鮪魚、黑橄欖、全熟水煮蛋和番茄組成）

- side salad [saɪd][ˈsæləd]　n.作為配菜的沙拉

- succotash [ˈsʌkəˌtæʃ]　n.（美）豆煮玉米

- Waldorf salad [ˈwɔldɔf][ˈsæləd]　n. 華爾道夫沙拉（由蘋果丁、碎核桃肉、芹菜絲、蛋黃醬組成）

- warm salad [wɔrm][ˈsæləd]　n. 溫沙拉

★ 沙拉醬 ★

- blue cheese dressing [blu][tʃiz][ˈdrɛsɪŋ] n. 藍紋乳酪醬

- Caesar dressing [ˈsizɚ][ˈdrɛsɪŋ] n. 凱薩沙拉醬

- dressing [ˈdrɛsɪŋ] n. 淋醬、調味料

- French dressing [frɛntʃ][ˈdrɛsɪŋ] n. 法式沙拉醬（由橄欖油、醋、鹽、香料等製成）

- Green Goddess [grin][ˈgɑdɪs] n. 綠色女神醬（由美乃滋、大蒜、鯷魚等調和而成，並以巴西里和青蔥增色）

- honey mustard [ˈhʌnɪ][ˈmʌstɚd] n. 蜂蜜芥末醬

- Italian dressing [ɪˈtæljən][ˈdrɛsɪŋ] n. 義式沙拉醬（加蒜蓉、薄荷是其特色）

- Japanese dressing [ˌdʒæpəˈniz][ˈdrɛsɪŋ] n. 和風沙拉醬

- mayonnaise [ˌmeəˈnez] n. 美乃滋、蛋黃醬

- ranch dressing [ræntʃ][ˈdrɛsɪŋ] n. 田園沙拉醬（由美乃滋、優格、大蒜等調和而成）

- rémoulade [ˌremuˈlɑd] n. 雷莫拉醬（由蛋黃醬加芥末、酸豆與香草植物調和而成）

- Russian dressing [ˈrʌʃən][ˈdrɛsɪŋ] n. 俄式沙拉醬（由美乃滋、番茄醬、辣根、燈籠椒等調和而成，滋味辛辣濃烈，是魯賓三明治的關鍵成分）

- salad cream [ˈsæləd][krim] n.（英）沙拉醬（類似美乃滋的濃稠黃色調味醬）

- salad dressing [ˈsæləd][ˈdrɛsɪŋ] n. 沙拉醬

- Thousand Island dressing [ˈθaʊzənd][ˈaɪlənd][ˈdrɛsɪŋ] n. 千島醬（由美乃滋、橄欖油、辣醬、檸檬汁等調和而成）

- vinaigrette [ˌvɪnəˈgrɛt] n. 油醋醬（油、醋、鹽、胡椒）

★ 相關字彙 ★

- crouton [ˈkrutɑn] n. 乾麵包丁（常加在湯或沙拉裡）

- salad bar [ˈsæləd][bɑr] n. 沙拉吧

- salad greens [ˈsæləd] [gˈrinz] n. 沙拉中常用的葉菜類生菜

字辨

salad cream 與 salad dressing

salad cream：一種濃稠黃色調味醬，跟美乃滋很像。其實，它和美乃滋的成分完全相同，但前者醋多於油，後者油多於醋，不同比例帶來完全不同的風味。

salad dressing：各種沙拉調味醬汁的統稱。

心・得・筆・記

延伸例句

▶▶ Would you like (like to order / care for) a salad?
您要點一份沙拉嗎？

▶▶ Please help yourself to the salad bar.
請到沙拉吧自行取用餐點。

▶▶ The leafy greens in the salad are all wilted.
沙拉中的葉菜全都蔫了。

▶▶ Fresh and crisp romaine lettuce is one of the keys to make a yummy Caesar salad.
新鮮清脆的蘿蔓萵苣是製作美味凱薩沙拉的重要關鍵。

▶▶ You will need a head of lettuce for this salad recipe.
做這道沙拉需要一整顆萵苣。

▶▶ Our self-serve salad bar provides fresh and healthy ingredients for health-conscious guests.
我們的自助式沙拉吧為注重健康的消費者提供新鮮、健康的食材。

▶▶ Salad dressing can enhance your nutrient absorption. But don't overdress it.
沙拉醬能增進你的營養吸收。但別淋過多。

▶▶ This chicken Caesar salad is substantial enough to serve as a main dish.
這道雞肉凱薩沙拉很有分量，足以作為主菜。

六、主菜

情境對話

Today is Sylvia's birthday. She and her husband, George, decide to celebrate the special day in Dancing Pig, one of their favorite eatery.

今天是席薇亞的生日。她和她的丈夫喬治決定去他們鍾愛的小館「跳舞的豬」慶祝這個特別的日子。

Waiter : May I take your order, sir?
先生，請問您要點餐了嗎？

George : Yes, we'd like to start with a baby squid salad with roe to share. Then I'll take a porterhouse steak.
我們要點一份有卵小卷沙拉，兩人分著吃。我還要一客紅屋牛排。

Waiter : How would you like your steak prepared?
您的牛排要幾分熟？

George : I'd like mine medium rare.
我的牛排要三分熟。

Waiter : And you, ma'am?
小姐您呢？

Sylvia : For the main course I'd like sautéed lamb cutlet.
主餐我想點嫩煎小羊排。

Waiter : We are all out of sautéed lamb cutlet. Would you be interested in lamb and chickpea curry? It's our chef's signature dish.
嫩煎小羊排已經全部賣完了。您想吃羊肉鷹嘴豆咖哩嗎？這道菜是我們主廚的拿手菜。

Sylvia : Sounds interesting. I'll take it. Does it come with naan?
咖哩聽起來不錯，我就點這個。請問咖哩有附烤餅嗎？

Waiter : Yes, it does. And what would you like to drink with your meal?
　　　　有的。請問兩位想喝什麼酒搭配餐點呢？

George : I'll have a glass of the house red.
　　　　我要一杯特選紅葡萄酒。

Sylvia : I don't feel like anything alcoholic.
　　　　我不想喝酒類飲料。

Waiter : How about one of our non-alcoholic cocktails?
　　　　要不要來一杯無酒精調飲呢？

Sylvia : I'll stick with water. Thank you.
　　　　我還是喝水就好了。謝謝。

心·得·筆·記

字彙

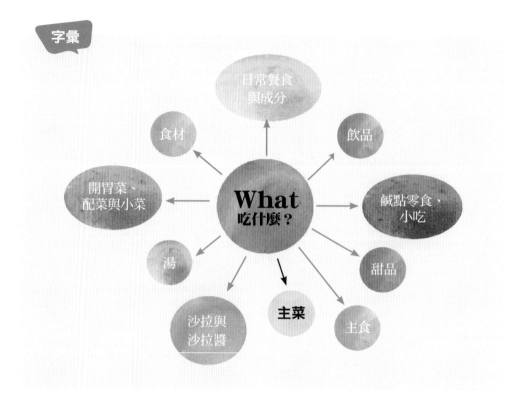

- main course [men][kors] n. 主菜（宴席或餐飲中最主要的菜餚）
- entrée [`ɑntre] n. 一頓飯裡的主要菜餚（通常會搭配蔬菜、馬鈴薯或米飯一起吃）。在正式晚宴中，entrée 則是介於第一道菜與主菜之間的菜餚。

★牛排★

- beefsteak [ˈbifˈstek], beef steak [bif][stek] n. 牛排
- beef Wellington [bif][ˈwɛlɪŋtən] n.（英）威靈頓牛排、酥皮焗牛排（牛排塗上鵝肝醬，再包裹酥皮焗烤而成）
- blade steak [bled][stek] n. 板腱牛排

- chateaubriand [ʃæˈtobrɪənd] n. 夏多布里昂牛排（厚切牛腰內肉牛排）
- chicken-fried steak [ˈtʃɪkɪn fraɪd][stek] n.（外裹麵包屑的）炸牛排、炸雞式牛排
- filet mignon [fɪˈle][ˈmɪnjɑn], fillet steak [ˈfɪlɪt][stek] n. 菲力牛排
- porterhouse steak [ˈportɚˌhaʊs][stek] n. 紅屋牛排、大丁骨牛排、上等腰肉牛排
- rib-eye cap [rɪb aɪ][kæp] n. 老饕牛排
- rib-eye steak [rɪb aɪ][stek] n. 肋眼牛排
- short ribs [ʃɔrt][rɪbs] n.（美）牛小排
- sirloin [ˈsɝˌlɔɪn], sirloin steak [ˈsɝˌlɔɪn][stek] n. 沙朗牛排
- steak [stek] n. ❶ 牛排；❷ 肉排、魚排

- steak au poivre [steɪk][əʊ][ˈpwɑvr(ə)] n. 法式黑胡椒牛排
- steak Diane [stek][daiˈæn] n. 黛安娜牛排
- strip steak [strɪp][stek], New York strip [nju][jɔrk][stek] n. 紐約客牛排（帶油花有嚼勁）
- Swiss steak [swɪs][stek] n.（美）瑞士牛排（將牛排裹粉煎黃後，與洋蔥、番茄一同燉煮）
- T-bone steak [ˈtiˌbon][stek] n. 丁骨牛排
- tenderloin steak [ˈtɛndɚˌlɔɪn][stek] n. 菲力牛排（精瘦鮮嫩）
- tomahawk steak [ˈtɑməˌhɔk][stek] n. 戰斧牛排
- tournedos [ˈtʊrnədo] n.（法）菲力牛排（＝fillet steak, filet mignon）
- tournedos Rossini n. 羅西尼嫩牛排（菲力牛排上蓋著一大塊厚厚的鵝肝或鴨肝）

★牛肉★

- beef bourguignon [bif][ˌbʊrginˈjɔn] n. 紅酒燉牛肉（＝boeuf bourguignon）

字辨

T-bone steak 與 porterhouse steak

基本上是牛隻的同一個部位，都帶有 T 型骨頭。骨頭的一邊是菲力，另一邊是紐約客，也就是一塊牛排可以品嚐到兩種風味。

T-bone steak：切割部位較靠近前端，包含的菲力較小塊。

porterhouse steak：切割部位較靠近後端，包含的菲力較大塊。

- beef noodles [bif][ˈnudəlz] n. 牛肉麵
- beef stew [bif][stju] n. 燉牛肉
- beef stroganoff [bif][ˈstrɔgəˌnɔf] n. 俄羅斯酸奶牛肉
- corned beef hash [kɔrnd][bif][hæʃ] n. 鹽漬牛肉馬鈴薯餅
- cottage pie [ˈkɑtɪdʒ][paɪ] n.（英）農舍牛肉派（將馬鈴薯泥覆蓋在牛絞肉上烘烤而成）
- escalope [ɛˈskɑləp] n.（英）（不帶骨頭的）炸薄肉片（尤指小牛肉片）、炸薄魚片
- goulash [ˈgulæʃ] n. 匈牙利燉牛肉
- meat loaf [mit][lof] n. 肉糕、肉泥捲
- osso bucco [ˌɔsəʊ][ˈbukəʊ] n. 義式米蘭燉小牛膝
- pot roast [pɑt][rost] v. 燜燉牛肉
- roast beef [rost][bif] n. 爐烤牛肉
- satay [ˈsɑrte] n.（印尼、馬來西亞）沙嗲烤肉（通常配花生醬和米飯食用）
- schnitzel [ˈʃnɪtsl̩] n.（裹麵包屑的）炸小牛肉片、炸肉排
- steak and kidney pie [stek][ænd][ˈkɪdnɪ][paɪ] n.（英）牛肉腰子派
- steak tartare [stek][tɑrˈtɑr] n.（拌生雞蛋和洋蔥後生吃的）韃靼碎牛肉
- veal Prince Orloff [vil][prɪns][ˈɔlɔf] n. 奧洛夫小牛肉（白醬烤小牛肉）

★豬肉★

- barbecued spare ribs [ˈbɑrbɪkjud][spɛr][ˈrɪbz] n. 烤豬肋排
- braised spare ribs in black bean sauce [breɪzd][spɛr][ˈrɪbz][ɪn][blæk][bin][sɔs] n. 豉汁排骨

- char siu ,Cantonese barbecued pork [ˌkæntəˈniz][ˈbɑrbɪkjud][pɔrk] n. 叉燒
- crown roast of pork [kraʊn][rost][av] [pɔrk] n. 皇冠烤豬排
- dong po rou ,braised pork belly [breɪzd] [pɔrk][ˈbɛlɪ] n. 東坡肉
- fried pork steak [fraɪd][pɔrk][stek] ,fried pork cutlet [fraɪd][pɔrk][ˈkʌtlɪt] n. 炸豬排
- Mapo tofu n. 麻婆豆腐
- meatball [ˈmitˌbɔl] n. 肉丸子
- Braised pork ball in brown sauce [breɪzd] [pɔrk][bɔl][ɪn][braʊn][sɔs] n. 紅燒獅子頭
- red braised pork [rɛd][breɪzd][pɔrk] n. 紅燒肉
- roast suckling pig [rost][ˈsʌklɪŋ][pɪg] n. 烤乳豬
- spicy green beans with minced pork [ˈspaɪsɪ][grin][ˈbinz][wɪð][mɪnst][pɔrk] n. 乾煸四季豆
- stewed pork hock [stjud][pɔrk][hɑk] n. 紅燒蹄膀
- sweet-and-sour pork [ˌswitənˈsaʊɚ][pɔrk] n. 咕咾肉
- sweet-and-sour spare ribs [ˌswitənˈsaʊɚ] [spɛr][ˈrɪbz] n. 糖醋排骨
- twice cooked pork [twaɪs][kʊkt][pɔrk] n. 回鍋肉

★ 羊肉 ★

- crown roast of lamb [kraʊn][rost][av] [læm] n. 皇冠烤羊排
- haggis [ˈhægɪs] n.（蘇格蘭）肉餡羊肚、 羊肚雜碎布丁
- Irish stew [ˈaɪrɪʃ][stju] n. 愛爾蘭燉羊肉 （羊肉、馬鈴薯、洋蔥）

- kabob [kəˈbab] n.（美）烤肉串（＝kebab）
- kebab [kɪˈbab] n. 烤肉串（＝kabob）
- lamb stew [læm][stju] n. 燉小羊肉
- moussaka [muˈsɑkə] n.（希臘菜）木莎卡 （焗烤千層肉末茄子）
- roast leg of lamb [rost][lɛg][av][læm] n. 烤小羊腿
- sautéed lamb cutlet & [læm][ˈkʌtlɪt] n. 嫩煎小羊排
- shish kebab [ˈʃɪʃ kəˌbab] n. 串燒、烤肉串 （常簡稱為 kebab）

★ 禽肉 ★

- chicken cacciatore [ˈtʃɪkɪn][ˌkætʃəˈtʊəri] n. 義式獵人燉雞
- chicken fricassee n. 法式白酒燉雞
- chicken Kiev [ˈtʃɪkɪn][kiˈɛv] n.（俄）基輔雞
- chicken Marengo [ˈtʃɪkɪn][məˈrɛŋgo] n. 義式白酒燉雞
- chicken paprika [ˈtʃɪkɪn][pæˈprikə] n. 匈牙 利紅椒雞
- chicken tandoori [ˈtʃɪkɪn][tanˈdʊəri] n. 印度坦都里烤雞
- coq au vin [ˌkokoˈvæŋ] n.（法）紅酒燉雞
- coronation chicken [ˌkɔrəˈneʃən][ˈtʃɪkɪn] n. 加冕雞
- duck confit [dʌk][ˌkɑnfi] n. 油封鴨
- duck with orange sauce [dʌk][wɪð] [ˈɔrɪndʒ][sɔs] n. 橙汁鴨肉
- Hainanese chicken rice n. 海南雞飯
- Kung Pao chicken n. 宮保雞丁
- Peking duck [ˈpiˈkɪŋ][dʌk] n. 北京烤鴨
- roast goose [rost][gus] n. 烤鵝

- three-cup chicken [θri kʌp][ˈtʃɪkɪn]
  n. 三杯雞

- white-cut chicken [hwaɪt kʌt][ˈtʃɪkɪn]
  n. 白切雞、白斬雞

★ 魚、海鮮 ★

- ceviche [səˈvitʃeɪ], seviche [səˈvitʃeɪ]
  n.（中南美洲、祕魯）檸檬汁醃生魚

- chargrilled snapper with pineapple salsa
  [ˈtʃɑrɡrɪld][ˈsnæpɚ][wɪð][ˈpaɪnˌæpl]
  [ˈsɑlsə] n. 炭烤鯛魚佐鳳梨莎莎醬

- fish and chips [fɪʃ][ænd][tʃɪps] n.（英）炸
  魚薯條

- fishcake [ˈfɪʃkek] n.（英）魚肉薯餅、魚肉
  可樂餅

- kedgeree [ˌkɛdʒəˈri] n.（英）咖哩炒飯（源
  自印度，用米、豆、蛋、洋蔥、咖哩與香
  料做成，英國版多會加上散的魚肉塊）

- lobster thermidor [ˈlɑbstɚ][ˈθɚmidɔ]
  n. 法式焗龍蝦

- omelette Arnold Bennett [ˈɑmlɪt][ˈɑrnld̩]
  [ˈbɛnɪt] n.（英）鬆煎鱈魚蛋

- paella [pɑˈeljɑ] n. 西班牙海鮮燉飯

- pan-fried dory in lemon butter sauce
  [ˈpæn frˈaɪd][ˈdorɪ][ɪn][ˈlɛmən][ˈbʌtɚ]
  [sɔs] n. 嫩煎海魴佐檸檬奶油醬

- sashimi [sɑˈʃimɪ] n.（日本料理）生魚片

- seafood platter [ˈsiˌfud][ˈplætɚ]
  n. 海鮮拼盤

- shrimp balls with pineapple [ʃrɪmp][bɔlz]
  [wɪð][ˈpaɪnˌæpl] n. 鳳梨蝦球

- shrimp balls with salted duck egg yolk
  [ʃrɪmp][bɔlz][wɪð][ˈsɔltɪd][dʌk][ɛg][jok]
  n. 金沙蝦球

- sole véronique n. 法式香煎比目魚片佐綠
  葡萄奶油醬

- surf 'n' turf [ˌsɚf ən ˈtɚf] n. 海陸雙拼（指
  一份餐點中既有帶殼海鮮也有肉類，後者
  通常是牛排）

- tempura [ˈtɛmpʊrə] n. 天婦羅（日式油炸食
  物，食材以海鮮、蔬菜為主）

★ 蔬食、素食 ★

- aubergine and mushroom cannelloni
  [ˈoberˌdʒin][ænd][ˈmʌʃrʊm][ˌkænlˈonɪ]
  n. 義大利茄子蘑菇麵捲

- chickpea and spinach curry [ˈtʃɪkˌpi][ænd]
  [ˈspɪnɪtʃ][ˈkɚɪ] n. 菠菜鷹嘴豆咖哩

- dried radish omelette [draɪd][ˈrædɪʃ]
  [ˈɑmlɪt] n. 菜脯蛋

- ratatouille [ˌrɑtɑˈtuj] n. 普羅旺斯燉菜、尼
  斯燉菜、燉燜什錦蔬菜

- vegan chickpea tacos with mango salsa
  [ˈvɛɡən][ˈtʃɪkˌpi][ˈtakəuz][wɪð][ˈmæŋɡo]
  [ˈsɑlsə] n. 純素鷹嘴豆塔可餅佐芒果莎
  莎醬

延伸例句

▶▶▶ What comes with the entrée / main course?
和主菜搭配的菜色是什麼？

▶▶▶ What would you like with your lobster au gratin?
您的法式焗龍蝦要搭配什麼配菜呢？

▶▶▶ It comes with garlic baked potato wedges.
搭配的是香烤大蒜馬鈴薯角。

▶▶▶ I do not care for baked potato. Could I have fruit salad instead?
我不想吃烤馬鈴薯，能不能換成水果沙拉？

▶▶▶ Please give me a second helping of pumpkin croquette.
請再給我一份南瓜可樂餅。

▶▶▶ I would like one more serving French fries, please.
再來一份炸薯條，謝謝。

▶▶▶ I would like more mushrooms, please.
麻煩你，我想要多一點蘑菇。

▶▶▶ I do not have enough dressing on my salad.
我的沙拉醬不夠。

▶▶▶ If there are any vegan friendly options?
請問有適合純素者的選項嗎？

七、主食

情境對話

Jo is a second generation of Chinese American. She spends her summer vacation in Taipei to visit her family. A-ming is her cousin. They are talking about how to eat vegan when dining out.

喬是第二代華裔美國人。她利用暑假回台北探望家人。阿明是她表哥。他們正談到外食吃純素的事。

A-ming：It must be so challenging to eat vegan when dining out. Do you always go for salad?

外食想吃純素應該很不容易吧？你總是選擇沙拉嗎？

Jo：Of course not. The number of vegans in US has increased in recent years. And San Francisco, where I live, is one of the most vegan-friendly cities in US. With new vegan restaurants popping up everywhere, there are more and more existing eateries providing vegan options on their menu.

當然不是。美國的純素人口近年日益增多。而且我住的舊金山可是全美數一數二的純素友善城市呢。不只處處可見新的純素餐廳開幕，也有愈來愈多的現有餐館在菜單上提供純素選擇。

A-ming：But how about dining out with friends who are not vegan and you're not eating in vegan restaurants?

但如果你和不吃素的朋友外出用餐，你們去的也不是純素餐廳呢？

Jo：Then I might call the restaurant in advance and find out whether they have vegan options. Or, I might suggest that we can eat at certain types of restaurants.

那麼我可能會事先致電那家餐廳，確認他們有無純素餐點。或者，我可能會提議選擇某些類型的餐廳。

A-ming : What does that mean?

那是什麼意思？

Jo : I mean flavorful vegetables, legumes and grains are staples of certain cuisines such as Mexican, Chinese, Italian, Japanese, Thai and Indian. Most of them have vegetarian options which can easily be made vegan.

我的意思是，美味的蔬菜、豆類與穀物是某些料理，比如墨西哥菜、中菜、義大利菜、日本菜、泰國菜和印度菜的主要元素。他們大多會提供素食選擇，可以輕易做成純素菜餚。

A-ming : I bet you vegans will consider Taipei as a vegan paradise.

我敢肯定你們純素者會認為台北是純素天堂。

Jo : That's true. There are a huge variety of vegan food ranging from street stalls to upscale restaurants.

我們確實這麼認為。這裡的純素食物種類繁多，從路邊小攤到高檔餐廳任君選擇。

A-ming : Gee, I'm hungry. Could you be my guide to explore the vegan world?

哎呀，我餓了。妳願意當我的嚮導，帶我探索純素天地嗎？

Jo : Sure. I'll take you to my favorite vegan bistro.

當然好。我帶你去我最愛的純素小館。

心·得·筆·記

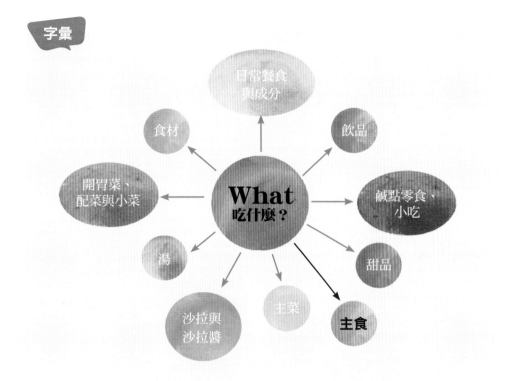

字彙

日常餐食與成分

食材

飲品

開胃菜、配菜與小菜

What
吃什麼？

鹹點零食、小吃

湯

甜品

沙拉與沙拉醬

主菜

主食

When

What

How

Where

Who

- staple diet [ˈstepl] [ˈdaɪət] n. 主食（常吃的主要食物）

★米食★

- beef chow fun [bif] [tʃaʊ] [fʌn], stir-fried beef ho fun [stɝ-fraid] [bif] [ho] [fʌn] n.乾炒牛河

- California roll [ˌkælə'fɔrnjə] [rol] n.加州捲（一種花壽司，裡頭包酪梨、小黃瓜與蟹肉）

- char kway teow n. 炒粿條

- congee [ˈkɑndʒi] n. 稀飯、粥

- conveyor-belt sushi [kənˈveɚ bɛlt] [ˈsuʃɪ] n. 迴轉壽司

- Dolsot-bibimbap, Korean stone pot rice bowl [koˈriən] [ston] [pɑt] [raɪs] [bol] n.（韓）石鍋拌飯

- fried rice [fraɪd] [raɪs] n. 炒飯

- fried rice-vermicelli [fraɪd] [raɪs ˌvɚmɪˈtʃɛli] n. 炒米粉

- Hainanese chicken rice n. 海南雞飯

- jambalaya [ˌdʒʌmbəˈlaɪə] n.（美）什錦飯（源自美國南方，以蝦貝、雞肉、飯同煮的菜餚）

- lurou fan, braised pork with rice [brezd] [pɔrk] [wɪð] [raɪs] n. 滷肉飯

- omurice, Japanese omelette rice [ˌdʒæpəˈniz] [ˈɑmlɪt] [raɪs] n.（日）蛋包飯

- pilaf [pɪˈlɑf], pilaff [pɪˈlɑf] n. 香料飯抓飯（＝pilau）
- pilau [pɪˈlaʊ] n. 香料飯、抓飯（＝pilaf）
- rice [raɪs] n. 米、米飯
- risotto [rɪˈsɔto] n. 義式燉飯
- sushi [ˈsuʃɪ] n. 壽司
- Tteok-bokki, Korean spicy rice cakes [koˈriən][ˈspaɪsɪ][raɪs][keks] n.（韓）辣炒年糕
- zongzi, Chinese stick-rice dumpling [ˈtʃaɪˈniz][stɪk raɪs][ˈdʌmplɪŋ] n. 粽子

★ 麵食 ★

- asam laksa n. 亞參叻沙
- cannelloni [ˌkænlˈonɪ] n. 義大利麵捲（將餡塞入捲筒狀麵身，煮熟後淋上醬汁）
- Cornish pastry [ˈkɔrnɪʃ][ˈpestrɪ] n.（英）康瓦爾餡餅（以塔餅麵皮包覆牛肉、馬鈴薯、洋蔥等內餡的鹹點。通常是一人份）
- couscous [ˈkusˌkus] n. 庫斯庫斯（粗蒸麥粉）
- curry laksa [ˈkɝɪ][ˈlaksə] n. 咖哩叻沙
- gnocchi [ˈnakɪ] n.（麵粉或馬鈴薯做的）義式麵疙瘩
- gruel [ˈgruəl] n. 稀粥（過去窮人常喝）
- laksa [ˈlaksa] n. 叻沙
- macaroni and cheese [ˌmækəˈronɪ][ænd][tʃiz] / macaroni cheese [ˌmækəˈronɪ][tʃiz] n.（美／英）焗烤起司通心粉（在通心粉上淋起司醬）
- noodle soup [ˈnudl̩][sup] n. 湯麵
- noodles [ˈnudl̩z] n. 麵、麵條
- oatmeal [ˈotˌmil] n.（美）麥片粥（＝porridge）

- porridge [ˈpɔrɪdʒ] n.（英）麥片粥（＝oatmeal）
- pot pie [pat][paɪ] n.（美）厚的肉餡鹹派（通常僅頂層有派皮，底層並無派皮）
- spaghetti Bolognese [spəˈgɛtɪ][ˌbɔləˈneɪz] n. 波隆那肉醬義大利麵
- spaghetti carbonara [spəˈgɛtɪ][ˌkarbəˈnɑrə] n. 培根奶油義大利麵

〔 中式麵食 〕

- bao [baʊ], baozi, steamed stuffed bun [stimd][stʌft][bʌn] n. 包子
- beef noodles [bif][ˈnudl̩z], beef noodle soup [bif][ˈnudl̩][sup] n. 牛肉麵
- boiled jiaozi [bɔɪld][ˈdʒaʊdzi] n. 水餃
- chow mein n. 炒麵
- dandan noodles [dandan][ˈnudl̩z] n. 擔擔麵
- jiaozi [ˈdʒaʊdzi], Chinese dumpling [ˈtʃaɪˈniz][ˈdʌmplɪŋ] n. 餃子
- mantou, steamed bun [stimd][bʌn] n. 饅頭
- millet porridge [ˈmɪlɪt][ˈpɔrɪdʒ] n. 小米粥
- pot sticker [pat][ˈstɪkɚ], fried jiaozi [fraɪd][ˈdʒaʊdzi] n. 鍋貼
- scallion pancake [ˈskæljən][ˈpænˌkek] n. 蔥油餅
- shaobing, baked flatbread [beɪkt][ˈflætbˈred] n. 燒餅
- sheng jian bao, pan-fried bao [ˈpæn frˈaɪd][baʊ] n. 生煎包
- shui jian bao, water-fried bao [ˈwɔtɚ frˈaɪd][baʊ] n. 水煎包
- steamed jiaozi [stimd][ˈdʒaʊdzi] n. 蒸餃
- wonton [wɒnˈtɒn] n. 雲吞、餛飩

〔麵包、麵餅、披薩〕

- bagel [ˈbegəl] n. 貝果

- baguette [bæˈgɛt], baguet [bæˈgɛt], French loaf [frɛntʃ][lof], French stick [frɛntʃ][stɪk] n. 法國長棍麵包

- bread [brɛd] n. 麵包

- brioche [ˈbrioʃ] n. 布里歐修、奶油麵包（圓形的麵包裡夾了大量奶油）

- bun [bʌn] n.（圓形或長形的）麵包

- Chelsea bun [ˈtʃɛlsi][bʌn] n. 切爾西果乾麵包捲

- ciabatta [tʃəˈbætə] n. 巧巴達

- cornbread [ˈkɔrnˌbrɛd] n. 玉米麵包

- croissant [krwɑˈsɑn] n. 可頌、牛角麵包

- crust [krʌst] n. 麵包皮、派餅皮

- flatbread [ˈflætbrɛd] n. 薄餅

- focaccia [fəˈkatʃə] n. 弗卡夏（常會加橄欖油和香料）

- French toast [frɛntʃ][tost] n.（主美）（沾雞蛋和牛奶煎炸的）法式土司

- haemul pajeon, Korean seafood pancake [koˈriən][ˈsiˌfud][ˈpænˌkek] n.（韓式）海鮮煎餅

- hot cross bun [hɑt][krɔs][bʌn] n. 十字麵包（在復活節前一個星期五，耶穌受難日當天吃的麵包。表面有糖霜做的十字架圖案）

- matzo, matzoh [ˈmɑtsə] n.（猶太）踰越節無酵薄餅

- naan [nɑn] n.（來自印度與中亞）烤餅、饢

- pita bread / pitta bread [ˈpitə][brɛd] n.（美／英）（尤指中東地區居民食用的）口袋餅

- pizza [ˈpitsə] n. 披薩

- poppadom, poppadam [ˈpɔpədəm] n. 印度薄餅

- pumpernickel [ˈpʌmpɚˌnɪkl] n.（用未過篩裸麥粉製成的）黑麵包

- sliced bread [slaɪst][brɛd] n.（包裝好出售的）切片麵包

- toast [tost] n.（烘烤過的）土司

- Welsh rarebit [wɛlʃ][ˈrɛrˌbɪt] n.（英）威爾斯乾酪吐司

baguette 法國長棍麵包　　brioche 布里歐修　　ciabatta 巧巴達　　cornbread 玉米麵包

croissant 可頌　　focaccia 弗卡夏　　bagel 貝果　　hot cross bun 十字麵包

〔三明治、漢堡〕

- BLT (bacon, lettuce, and tomato) n. 培根生菜番茄三明治

- cheeseburger [ˈtʃiz͵bɝɡɚ] n. 起司漢堡

- club sandwich [klʌb][ˈsændwɪtʃ] n. 總匯三明治（包含三片麵包，中間有兩層肉或乳酪；雙層夾心）（＝double-decker）

- Dagwood [ˈdægwud], Dagwood sandwich [ˈdægwud][ˈsændwɪtʃ] n.（美）多層巨無霸三明治

- double-decker [͵dʌbl̩ˈdɛkɚ] n. 總匯三明治（＝club sandwich）

- hamburger [ˈhæmbɝɡɚ] n. 漢堡

- open-faced sandwich [ˈopənˈfest][ˈsændwɪtʃ], open-dace sandwich [ˈopəndes][ˈsændwɪtʃ] / open sandwich [ˈopən][ˈsændwɪtʃ] n.（美／英）（上層不蓋麵包，直接露出餡料的）開放式三明治、單片三明治

- Reuben sandwich n. 魯賓三明治（黑麵包夾鹹牛肉、起司與德國酸菜）

- sandwich [ˈsændwɪtʃ] n. 三明治；（英）果醬（或奶油）夾心蛋糕（如Victoria sandwich）

- sloppy joe [ˈslapɪ][dʒo] n.（美）邋遢喬碎牛肉肉醬三明治

- submarine sandwich [ˈsʌbmə͵rin][ˈsændwɪtʃ], sub [sʌb] n.（美）潛艇三明治、潛艇堡

★玉米★

- burrito [bɝˈrɪto] n. 墨西哥捲餅（用墨西哥薄烙餅捲肉類、乳酪或豆子等餡料）

- cornbread [ˈkɔrn͵brɛd] n. 玉米鬆糕

- enchilada [͵ɛntʃəˈladə] n. 墨西哥辣椒肉餡玉米捲餅

- fajita [fəˈhitə] n. 法士達

- grits [grɪts] n. 鹹粗玉米粥（美國南方的地方食物，將去殼乾玉米粒粗磨成粉並煮沸而成，常作早餐食用）

- polenta [poˈlɛntə] n. 義大利玉米粥、玉米糕

- taco [ˈtako] n. 塔可、墨西哥玉米脆餅、墨西哥玉米袋餅

- tamale [təˈmalɪ] n. 墨西哥玉米粽

- tortilla [tɔrˈtija] n. 墨西哥薄烙餅（有玉米薄餅corn tortilla和flour tortilla兩種）

★馬鈴薯★

- baked potato [bekt][pəˈteto] n.（可連皮吃的）烤帶皮馬鈴薯（＝jacket potato）

- colcannon [kalˈkænən] n.（愛爾蘭與蘇格蘭）馬鈴薯高麗菜泥

- French fries [frɛntʃ][fraɪz] / chips [tʃɪps] n.（主美／英）炸薯條

- hash browns [hæʃ][bˈraʊnz] n. 薯餅、馬鈴薯煎餅

- jacket potato [ˈdʒækɪt][pəˈteto] n.（英）烤帶皮馬鈴薯（＝baked potato）

- mashed potato [mæʃt][pəˈteto] n. 馬鈴薯泥

- potato cake [pəˈteto][kek] n. 薯餅

- potato gratin [pəˈteto][ˈgrætæŋ] n. 焗烤馬鈴薯

★其他★

- refried beans [͵riˈfraɪd][binz] n.（墨西哥）煎豆泥

延伸例句

▶▶▶ Honey, can you get some fish and chips on your way home?
親愛的，你可以在路上順道買點炸魚和薯條回來嗎？

▶▶▶ May I use a loaf of whole wheat bread to trade two slices of margherita pizza with you?
我可以用一條全麥麵包和你換兩片瑪格莉特披薩嗎？

▶▶▶ Which pasta dish should I choose?
我應該選哪一道義大利麵料理？

▶▶ You can't go wrong with spaghetti Bolognese.
選擇波隆那肉醬義大利麵準沒錯。

▶▶▶ You can request the kitchen to substitute or hold particular ingredients. But ask nicely.
你可以要求廚房更換或保留不加特定食材。但是態度要有禮貌。

▶▶▶ Do you have dishes suitable for vegans?
請問有適合純素者食用的菜餚嗎？

▶▶▶ Noodles are an essential staple food in Taiwan. They are used extensively in numerous dishes.
麵條是台灣不可或缺的主食，被廣泛應用在許多菜餚中。

▶▶ In most European countries, bread and potato are staple food, consumed at virtually every meal.
大多數歐洲國家的主食是麵包與馬鈴薯，幾乎餐餐都吃。

八、甜品

It's almost three o'clock in the afternoon. John and Jane walked in a café.
將近下午三點，約翰與珍走進一家咖啡館。

Waiter : Good afternoon. A table for two?
午安。兩位嗎？

John : Yes, please.
是的。

Waiter : We are now serving afternoon tea. What would you like to order?
目前是下午茶時間。兩位想點些什麼？

John : My wife has a sweet tooth, but I prefer savory food. What do you suggest?
我太太愛吃甜食，但我喜歡鹹的食物。你有什麼好建議嗎？

Waiter : I would recommend you go for the "Queen Victoria Afternoon Tea Set". It comes with six finger sandwiches, two scones, two pieces of tea cakes, and two pots of tea. You can share it.
我建議兩位點「維多利亞女王午茶套餐」。它有六片小三明治、兩個司康、兩片蛋糕，還有兩壺茶。兩位可以共享。

John : What do you think, honey?
親愛的，你覺得呢？

Jane : What kind of cakes can we have?
我們可以點哪幾種蛋糕呢？

Waiter : You can choose any two from our cake trolley. Our Victoria sandwich is quite popular.

您可以從蛋糕推車上任選兩種。我們的維多利亞夾心蛋糕很受歡迎。

Jane : What is Victoria sandwich? A sweet sandwich?
什麼是 Victoria sandwich？甜的三明治嗎？

Waiter : It's a two-layer sponge cake filled with jam, cream and fresh raspberries. It is one of the Queen Victoria's favorites.
它是兩層海綿蛋糕夾著果醬、鮮奶油與新鮮覆盆莓。它是維多利亞女王最愛的糕點之一。

Jane : That sounds good. Darling, may I have those two pieces of cakes and order an extra savoury dish for you?
聽起來不錯。親愛的，我可以獨享那兩片蛋糕，再為你點一份鹹的餐點嗎？

John : Certainly. We'll take the "Queen Victoria Afternoon Tea Set" and Welsh Rarebit with Oven Dried Tomato & Caramelized Shallot.
當然好。我們要點「維多利亞女王午茶套餐」，還有一份威爾斯乾酪吐司佐爐乾番茄與香蔥。

Waiter : Very well. What kind of tea would you like?
好的。兩位想喝什麼茶呢？

Jane : I'll take Earl Grey. How about you, honey?
我點伯爵茶。親愛的，你要什麼？

John : I'd like to try Oriental Beauty Oolong tea. My Taiwanese friend once told me that its natural honey sweet taste results from tea green leafhopper bites.
我想試試東方美人茶。我的台灣朋友曾告訴我，它的蜜香甜味是來自綠小蟬的叮咬。

Waiter : Good choice. I'll be right back with the cake trolley.
非常好的選擇。我馬上把蛋糕推車推過來。

字彙

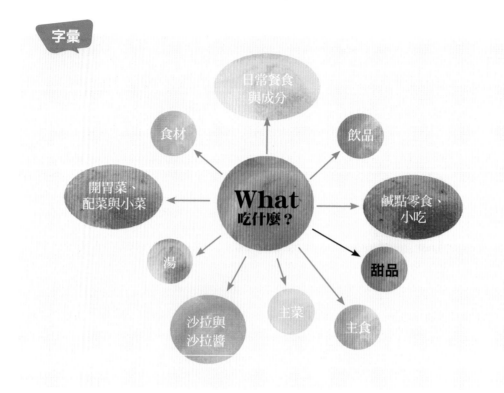

- confection [kənˈfɛkʃən] n.（可數）甜食
  （尤指蛋糕）
- confectionery [kənˈfɛkʃənˌɛrɪ] n.（不可數，
  總稱）甜食（如糖果、巧克力等）
- dessert [dɪˈzɝt] n. 甜點心、（主食後吃的）
  甜點
- mignardise [ˌmɪnjaˈdiz] n.（主美）精緻茶
  點（餐後附贈的小巧甜點）
- patisserie [pɑtɪsˈrɪ] n. 法式蛋糕；法式蛋
  糕店
- petit four [ˈpɛtɪ][for] n.（精緻小巧，可一
  口吃下一個的）花式小點心、小蛋糕
- sweet [swit] n.（餐後）甜食（＝dessert）；
  （英）（硬）糖果（＝candy）

★中式甜品★

- adzuki bean soup [ædˈzuki][bin][sup]
  n. 紅豆湯
- almond tofu [ˈɑmənd][ˈtofu] n. 杏仁豆腐
- bird's nest soup [ˈbɝdz][nɛst][sup] n. 燕窩
- black sesame soup [blæk][ˈsɛsəmɪ][sup]
  n. 芝麻糊
- candied fruit [ˈkændɪd][frut] n. 蜜餞
- cow tongue cake [kaʊ][tʌŋ][kek]
  n. 牛舌餅
- dragon's beard candy [ˈdrægənz][bɪrd]
  [ˈkændɪ] n. 龍鬚糖
- egg custard tart [ɛg][ˈkʌstɚd][tart] n. 蛋塔
- egg roll cookies [ɛg][rol][ˈkukiz] n. 蛋捲

- ginger milk curd [ˈdʒɪndʒɚ][mɪlk][kɝd] n. 薑汁撞奶

- ginger soup [ˈdʒɪndʒɚ][sup] n. 薑湯

- guilinggao n. 龜苓膏

- hot mesona jelly n. 燒仙草

- jiuniang, sweet fermented rice [swit] [fɚˈmɛntɪd][raɪs] n. 酒釀

- liangyuan, stuffed tapioca ball [stʌft] [ˌtæpɪˈokə][bɒl] n. 涼圓

- lotus seed soup [ˈlotəs][sid][sup] n. 蓮子湯

- mahua, fried dough twist [fraɪd][do][twɪst] n. 麻花

- malt candy [mɔlt][ˈkændɪ] n. 麥芽糖

- mochi, sticky rice ball [ˈstɪkɪ][raɪs][bɔl] n. 麻糬

- mooncake [ˈmunkek] n. 月餅

- mung bean cake [mʌŋ][bin][kek] n. 綠豆糕

- mung bean soup [mʌŋ][bin][sup] n. 綠豆湯

- nian gao n. 年糕、甜粿

- nougat [ˈnugɑ] n. 牛軋糖、果仁糖

- peanut brittle [ˈpiˌnʌt][ˈbrɪtl] n. 花生糖

- pineapple cake [ˈpaɪnˌæpl][kek] n. 鳳梨酥

- puffed rice cake [pʌft][raɪs][kek] n. 爆米香

- red bean bao [rɛd][bin][baʊ] n. 豆沙包

- roasted sweet potato [ˈroʊstɪd][swit] [pəˈteto] n. 烤番薯

- sachima n. 沙其馬

- square cookie [skwɛr][ˈkʊki] n. 方塊酥

- steamed cake [stimd][kek] n. 鬆糕

- suncake [sʌnkek] n. 太陽餅

- tanghulu, sugar-coated fruit popsicle [ˌʃʊgɚˈkotɪd][frut][ˈpɑpsɪkəl] n. 糖葫蘆

- tangyuan, sticky-rice flour balls [ˈstɪkɪ raɪs][flaʊr][bɔlz] n. 湯圓

- tofu pudding [ˈtofu][ˈpʊdɪŋ] n. 豆花

- wheel pie [hwil][paɪ] n. 車輪餅、紅豆餅

〔配料、澆料〕

- aiyu jello n. 愛玉凍

- coconut jelly [ˈkokəˌnɑt][ˈdʒɛlɪ] n. 椰果

- fenyuan, tapioca balls [ˌtæpɪˈokə][bɔlz], tapioca pearls [ˌtæpɪˈokə][pɝlz] n. 粉圓、珍珠

- konjac jelly n. 蒟蒻

- mesona jelly, xiancao jelly n. 仙草凍

- sweet potato balls [swit][pəˈteto][bɔlz] n. 地瓜圓

- taro balls [ˈtɑro][bɔlz] n. 芋圓

- taro purée [ˈtɑro][ˌpjʊˈreɪ] n. 芋泥

★日式甜品★

- Wagashi, traditional Japanese sweets [trəˈdɪʃənl][ˌdʒæpəˈniz][swit] n. 和菓子

- dorayaki n. 銅鑼燒

- yokan n. 羊羹

★西式甜品★

- angel cake [ˈendʒl][kek] n. 天使蛋糕（和其他蛋糕最大的不同點是它不使用奶油）

- apple pie [ˈæpl][paɪ] n. 蘋果派

- apple tart [ˈæpl][tart] n. 蘋果塔

- baklava [ˈbɑkləˌvɑ] n.（中東）果仁千層酥、巴克拉瓦千層酥（口味濃郁的土耳其甜點，用許多層薄麵皮夾果仁和蜂蜜製成）

- banoffee pie [bəˈnɑfi][paɪ], banoffi pie [bəˈnɑfi][paɪ] n. 香蕉太妃派

- bavarois [ˌbavəˈwɑ] n. 巴巴露亞（外型像奶酪，但口感如泡沫般鬆軟）

- berries and cream [ˈberɪz][ænd][krim] n. 莓果與奶油

- birthday cake [ˈbɝθˌde][kek] n. 生日蛋糕

- biscotti [bɪˈskɔti] n. 義式脆餅

- Black Forest Cake [blæk][ˈfɔrɪst][kek] / Black Forest Gâteau [blæk][ˈfɔrɪst][ˈgatəʊ] n.（美／英）黑森林蛋糕

- blancmange [bləˈmɑnʒ] n.（英）牛奶凍

- bouchée [ˈbuʃeɪ] n. 布雪（一口大小的點心，內餡甜鹹不拘）

- bread pudding [brɛd][ˈpʊdɪŋ] n.（烤）麵包布丁

- Brown Betty [braʊn][ˈbɛtɪ] n.（美）烤蘋果布丁

- brownie [ˈbraʊnɪ] n. 布朗尼

- cake [kek] n. ❶ 蛋糕、糕餅；❷ 餅狀食物

- candy apple [ˈkændɪ][ˈæpl̩] n.（北美）糖蘋果（＝toffee apple）

- cannoli [kəˈnoli] n.（美）奶油甜餡煎餅捲

- carrot cake [ˈkærət][kek] n.（英）胡蘿蔔蛋糕

- charlotte [ˈʃɑrlət] n. 水果奶油布丁、夏洛特、夏露蕾特

- cheesecake [ˈtʃiz ˌkek] n. 起司蛋糕

- Chelsea bun [ˈtʃɛlsi][bʌn] n. 切爾西葡萄捲

- chiffon cake [ʃɪˈfɑn][kek] n. 戚風蛋糕

- chocolate [ˈtʃɑkəlɪt] n. 巧克力

- chocolate cake [ˈtʃɑkəlɪt][kek] n. 巧克力蛋糕

- chocolate-covered strawberry [ˈtʃɑkəlɪt ˈkʌvəd][ˈstrɔberɪ] n. 巧克力草莓（草莓表面沾裹了巧克力）

- Christmas cake [ˈkrɪsməs][kek] n.（英）耶誕蛋糕（覆有杏仁膏、糖霜等）

- Christmas pudding [ˈkrɪsməs][ˈpʊdɪŋ] n.（英）聖誕布丁（享用前會將蘭姆酒淋在布丁上，點火焰燒。食用時會佐以白蘭地奶油）

- churro [ˈtʃʊroʊ] n. 吉拿棒（西班牙小點；油炸棒狀麵糰，再撒上糖粉與肉桂）

- cobbler [ˈkɑblə] n.（美）厚皮水果餡餅（選用較深的塔皮，覆滿水果後蓋上一層像餅乾般的厚麵皮）

- cream puff [krim][pʌf] n. 泡芙

- cream tea [krim][ti] n.（英）奶油茶點（包括茶、司康餅、果醬和奶油）

- crème brûlée [ˌkrɛm bruˈleɪ] n. 烤布蕾、法式焦糖布丁

- crème caramel [krim][ˈkærəml̩], flan [flæn] n. 焦糖布丁

- crêpe [krɛp] n.（法式）薄煎餅、可麗餅

- crêpes Suzette [ˌkrɛp suˈzɛt] n. 法式火焰煎薄餅

- croquembouche [ˌkrɔkəmˈbuʃ] n.（法）泡芙塔（婚禮、生日、慶祝場合常見的派對小點）

- crumble [ˈkrʌmbl̩] n.（英）酥皮水果餅

- crumpet [ˈkrʌmpɪt] n.（英）圓形烤麵餅、英式鬆餅（型狀圓扁、質感鬆厚，烤過塗上奶油食用）

- cupcake [ˈkʌpˌkek] n. 杯子蛋糕

- custard [ˈkʌstəd] n. 卡士達、蛋奶凍

- custard pie [ˈkʌstəd][paɪ] n. 卡士達派

- Danish pastry [ˈdenɪʃ][ˈpestrɪ] n. 丹麥酥

- dark chocolate [dɑrk][ˈtʃɑkəlɪt] / plain chocolate [plen][ˈtʃɑkəlɪt] n.（美／英）（不加牛奶的）黑巧克力、純巧克力

- devil's food cake [ˈdɛvlz] [fud] [kek] n.（美）魔鬼蛋糕（一種巧克力蛋糕）
- donut, doughnut [ˈdoˌnʌt] n. 甜甜圈
- Dundee cake [dʌnˈdi] [kek] n.（蘇格蘭）杏仁葡萄乾蛋糕
- Eccles cake [ˌɛkəlz ˌkek] n.（英）埃克爾斯餡餅（內餡主要是葡萄乾）
- éclair [eˈklɛr] n. 閃電泡芙（在細長的泡芙澆上一層巧克力）
- English muffin [ˈɪŋglɪʃ] [ˈmʌfɪn] n.（美）英式鬆餅（麥當勞滿福堡用的那種麵包）
- Eve's pudding [ivs] [ˈpʊdɪŋ] n.（英）夏娃布丁
- flaky pastry [ˈflekɪ] [ˈpestrɪ] n. 千層酥（餅）
- flan [flæn] n. ❶（英）果餡餅（沒有酥皮覆蓋，加上焦糖的塔）；❷ 焦糖布丁
- flapjack [ˈflæpˌdʒæk] n.（英）燕麥棒（＝granola bar）
- fool [ful] n.（英）奶油拌果泥
- fruitcake [ˈfrutˌkek] n. 水果蛋糕
- funnel cake [ˈfʌnl] [kek] n. 漏斗蛋糕、美版油炸麻花（通常在園遊會或遊樂園販售）
- gâteau [gæˈtoʊ] n.（英）奶油水果巧克力大蛋糕
- gingerbread [ˈdʒɪndʒɚˌbrɛd] n. 薑味蛋糕；薑汁餅乾

字辨

English muffin 與 crumpet

兩者外型非常相似，但

English muffin：具有麵包的質地，兩面煎煮定型，外表平坦。

crumpet：質地如海綿般多孔，僅單面煎煮定型。

- granola bar [grəˈnolə] [bɑr] n.（北美）燕麥棒（＝flapjack）
- jam tart [dʒæm] [tɑrt] n. 果醬餡餅、果醬塔
- jelly [ˈdʒɛlɪ] n.（英）果凍；（主美）（塗在麵包上的）果醬
- jelly roll [ˈdʒɛlɪ] [rol] / Swiss roll [swɪs] [rol] n.（美／英）（夾有果醬等夾心的）瑞士捲
- layer cake [ˈleɚ] [kek] n.（美）夾心蛋糕
- lemon curd [ˈlɛmən] [kɝd] n.（英）檸檬凝乳、檸檬酪、檸檬蛋黃醬
- macaroon [ˌmækəˈrun] n. 馬卡龍
- Madeira cake [məˈdɪrə] [kek] n.（英）馬德拉蛋糕（此一命名來自食用時通常會配上一杯馬德拉酒）
- madeleine [ˈmædəˌlɛn] n. 瑪德蓮
- milk chocolate [mɪlk] [ˈtʃɑkəlɪt] n. 牛奶巧克力
- milk pudding [mɪlk] [ˈpʊdɪŋ] n.（英）牛奶布丁
- millefeuille [mɪlfɝˈɪ] n. 千層派
- mince pie [mɪns] [paɪ] n. 百果餡餅
- mousse [mus] n. 慕斯
- mud pie [mʌd] [paɪ] n.（美）密西西比泥巴派（巧克力派加冰淇淋）
- muffin [ˈmʌfɪn] n. 瑪芬、小鬆糕
- pancake [ˈpænˌkek] n. ❶ 薄煎餅、美式鬆餅；❷ 烙餅
- panna cotta [ˌpanə] [ˈkɑtə] n. 義式牛奶凍、奶酪
- pastry [ˈpestrɪ] n. ❶ 油酥麵糰；❷ 酥皮糕點（如餡餅、水果派）
- pavlova [ˈpævləvə] n. 帕芙洛娃脆餅、奶油蛋白酥（一種蛋白霜西點）
- pie [paɪ] n. 派（酥殼有餡的餅）、餡餅

- popover [ˈpɑpˌovɚ] n. (美) 矸芙、泡泡歐芙、美版約克夏布丁
- pound cake [paʊnd][kek] n. 磅蛋糕
- profiterole [prəˈfitərol] n. (英) 泡芙
- pudding [ˈpʊdɪŋ] n. 布丁;(英) (餐末食用的) 甜點、甜食;(英) 以板油和麵粉製作的菜餚,甜鹹不拘
- rice pudding [raɪs][ˈpʊdɪŋ] n. 米布丁
- Sachertorte [ˈsɑkəˌtɔrt] n. (奧地利) 沙哈蛋糕 (兩層巧克力蛋糕中間夾一層杏桃果醬,蛋糕表面覆有濃郁的巧克力醬)
- scone [skon] n. 司康、英式鬆餅
- shortcake [ˈʃɔrtˌkek] n. (美) 水果奶油蛋糕;(英) (= shortbread)
- shortcrust pastry [ˈʃɔrtˌkrʌst][ˈpestrɪ] n. (英) 酥皮點心
- simnel cake [ˈsɪmnəl][kek] n. (英) 杏仁膏果乾蛋糕 (復活節節慶食物)
- soufflé [suˈfleɪ] n. 舒芙蕾
- sponge cake [spʌndʒ][kek] n. (英) 海綿蛋糕
- sponge pudding [spʌndʒ][ˈpʊdɪŋ] n. (英) 鬆軟布丁、海綿布丁
- spotted dick [ˈspɑtɪd][dɪk] n. (英) 葡萄乾蒸蛋糕
- sticky toffee pudding [ˈstɪkɪ][ˈtɔfɪ][ˈpʊdɪŋ] n. (英) 椰棗太妃蛋糕
- strudel [ˈstrudəl] n. (奧地利或德國) 果餡捲 (薄薄的帶餡麵糰捲起水果或乳酪,烘烤而成)
- summer pudding [ˈsʌmɚ][ˈpʊdɪŋ] n. (英) 夏令布丁 (用麵包或海綿蛋糕把煮軟的夏季水果包起來)
- syllabub [ˈsɪləˌbʌb] n. (英) 乳酒凍 (用奶油、糖、果汁和酒混合攪打成泡沫狀的甜點)

- tart [tɑrt] n. 塔 (小型的派,內餡多為水果或卡士達)
- tarte Tatin n. 翻轉蘋果塔、反烤蘋果塔
- tartlet [ˈtɑrtlɪt] n. 迷你塔
- teacake [ˈtiˌkek] n. (英) (內有葡萄乾的小圓餅) 茶點心
- tiramisu [ˌtɪrəmiˈsu] n. 提拉米蘇
- toffee apple [ˈtɔfɪ][ˈæpl] n. (插在竹籤上的) 太妃糖蘋果 (類似糖葫蘆,萬聖節節慶食物;= candy apple)
- torte [tɔrt] n. (德) 果仁蛋糕
- tray bake [tre][bek] n. 烤盤糕點 (用方形烤模烘焙的蛋糕或甜食,完成後會分切成小塊食用)
- trifle [ˈtraɪfl] n. 乳脂鬆糕 (將果醬、水果放在進過葡萄酒的海綿蛋糕上,再淋上卡士達醬)
- truffle [ˈtrʌfl] n. 松露巧克力
- turnover [ˈtɝnˌovɚ] n. 酥皮小餡餅 (內餡甜鹹都有)
- Victoria sandwich [vɪkˈtorɪə][ˈsændwɪtʃ] n. (英) 維多利亞夾心蛋糕 (兩塊海綿蛋糕夾果醬)
- waffle [ˈwɑfl] n. 格子鬆餅、比利時鬆餅
- wedding cake [ˈwɛdɪŋ][kek] n. 結婚蛋糕

字辨

鬆餅

English muffin:英式鬆餅。

pancake:美式鬆餅。

scone:英式鬆餅、圓形烤麵餅。

waffle:比利時鬆餅,是一種表面呈格子狀的烤餅。

- whoopie pie, whoopee pie [ˈhwʊˈpi][paɪ]
  n. 屋比派、巧克力夾心蛋糕
- yule log [jul][lɔg] n.（英）聖誕樹幹蛋糕

〔 糖果 〕

- candy [ˈkændɪ] n.（美）糖果（＝sweet）
- sweet [swit] n.（英）（硬）糖果
  （＝candy）；（餐後）甜食（＝dessert）
- brittle [ˈbrɪtl̩] n. 果仁脆糖
- butterscotch [ˈbʌtɚˌskɑtʃ] n. 白脫糖、奶油
  硬糖
- candy cane [ˈkændɪ][ken] n. 拐杖糖（紅白
  相間，一端彎曲）
- candyfloss [ˈkændɪflɔs] n.（英）棉花糖
  （＝cotton candy）
- caramel [ˈkærəml̩] n. 焦糖牛奶糖
- cotton candy [ˈkɑtn̩][ˈkændɪ] n.（美）棉花
  糖（＝candyfloss）
- fondant [ˈfɑndənt] n. 軟糖
- hard candy [hɑrd][ˈkændɪ] / boiled sweet
  [bɔɪld][swit] n.（美／英）硬糖，（尤指）
  水果硬糖
- humbug [ˈhʌmˌbʌg] n.（英）（黑白相間條
  紋的）薄荷硬糖

字辨

**candyfloss、cotton candy 與
marshmallow**

candyfloss, cotton candy：熱糖漿經
容器細孔噴射而出，瞬間冷卻為糖絲，
再用竹籤收集成雲朵狀甜品。
marshmallow：由糖或糖漿、蛋白、明
膠製成的棉花軟糖，口感Q彈。

- jelly bean[ˈdʒɛlɪ][bin] n. 雷根糖、豆形軟糖
- licorice / liquorice [ˈlɪkərɪs] n.（美／英）
  甘草糖
- lollipop [ˈlɑlɪˌpɑp] n. 棒棒糖
- marshmallow [ˈmɑrʃˌmælo] n. 棉花軟糖
- peppermint stick [ˈpɛpɚˌmɪnt][stɪk] n.（有
  紅白相間條紋的）薄荷棒糖
- sherbet [ˈʃɝbɪt] n.（英）粉狀跳跳糖
- toffee [ˈtɔfɪ] n. 太妃糖
- Turkish delight [ˈtɝkɪʃ][dɪˈlaɪt] n. 土耳其
  軟糖

〔 餅乾 〕

- biscuit [ˈbɪskɪt] n.❶（英）餅乾；❷（美）
  小圓麵包、軟餅
- blini [ˈblini] n. 布利尼（一種蕎麥粉做的
  俄式小薄餅，常與魚子醬和鮮奶油一起食
  用）
- brandy snap [ˈbrændɪ][snæp] n.（英）薑味
  捲心酥（中間通常會填入用白蘭地調味的
  奶油餡）
- chocolate chip cookie [ˈtʃɑkəlɪt][tʃɪp]
  [ˈkʊki] n. 巧克力脆片餅乾
- Christmas cookie [ˈkrɪsməs][ˈkʊki] n.
  （美）聖誕甜餅乾
- cookie [ˈkʊki] n.（主美）甜餅乾
- cracker [ˈkrækɚ] n.（淡味或鹹味的）薄
  脆餅乾
- cream cracker [krim][ˈkrækɚ] n.（英）奶
  油蘇打餅乾
- crispbread [ˈkrɪspbrɛd] n.（英）薄脆餅乾
  （鹹味）
- digestive biscuit [dəˈdʒɛstɪv][ˈbɪskɪt]
  n.（英）消化餅乾
- fortune cookie [ˈfɔrtʃən][ˈkʊki]
  n. 幸運籤餅

- ginger nut [ˈdʒɪndʒɚ][nʌt] n.（英）濃薑味餅乾（＝ginger snap）
- ginger snap [ˈdʒɪndʒɚ][snæp] n.（美）濃薑味餅乾（＝ginger nut）
- gingerbread [ˈdʒɪndʒɚˌbrɛd] n. 薑汁餅乾
- gingerbread man [ˈdʒɪndʒɚˌbrɛd][mæn] n. 薑餅人
- ladyfinger [ˈledɪˌfɪŋgɚ] n. 手指餅乾
- oat cake [ot][kek] n.（英）燕麥餅
- sandwich cookie [ˈsændwɪtʃ][ˈkʊki] n. 夾心餅乾
- shortbread [ˈʃɔrtˌbrɛd] n. 牛油酥餅、奶油甜酥餅
- soda cracker [ˈsodə][ˈkrækɚ] n. 蘇打餅乾
- sponge finger [spʌndʒ][ˈfɪŋgɚ] n. 手指餅乾（＝ladyfinger）
- tuile [twi:l] n. 瓦片餅
- wafer [ˈwefɚ] n. 威化餅乾
- wafer roll [ˈwefɚ][rol] n. 捲心酥
- water biscuit [ˈwɔtɚ][ˈbɪskɪt] n.（英）水麵餅乾（一種用水與麵粉製成的薄脆餅乾，通常會搭配起司、燻鮭魚或葡萄酒食用）

〔冰品〕

- aiyu ice, aiyu jello with ice n. 愛玉冰
- banana split [bəˈnænə][splɪt] n. 香蕉船
- choc-ice [ˈtʃɔkaɪs] n.（英）脆皮巧克力雪糕
- fried ice cream [fraɪd][aɪs][krim] n. 炸冰淇淋
- frozen yogurt [ˈfrozn̩][ˈjogɚt] n. 霜凍優格、優格冰淇淋
- gelato [dʒeˈlatəʊ] n. 義式冰淇淋
- granita [graˈnitə] n. 義式粗粒冰沙
- ice cream [aɪs][krim] n. 冰淇淋

- ice cream cake [aɪs][krim][kek] n. 冰淇淋蛋糕
- ice cream flambé [aɪs][krim][flamˈbeɪ] n. 火焰冰淇淋
- ice cream sandwich [aɪs][krim][ˈsændwɪtʃ] n.（美）冰淇淋三明治
- ice lolly [aɪs][ˈlɑlɪ] n.（英）冰棒（＝popsicle）
- ice-cream bar [aɪs krim][bɑr] n. 雪糕
- ice-cream cone [aɪs krim][kon] n. 甜筒、蛋捲冰淇淋；冰淇淋蛋捲杯
- mesona jelly ice n. 仙草冰
- midou ice, sweet shaved ice with assorted beans [swit][ʃeivd][aɪs][wɪð][əˈsɔrtɪd][ˈbinz] n. 蜜豆冰
- parfait [parˈfe] n. 百匯
- peach melba [pitʃ][ˈmɛlbə] n. 覆盆子醬蜜桃冰淇淋
- popsicle [ˈpɑpsəkəl] n.（美）冰棒（＝ice lolly）
- shaved ice [ʃeivd][aɪs] n. 刨冰
- sherbet [ˈʃɚbɪt] n.（美）雪酪
- snow cone [sno][kon] n.（美）美式刨冰（用甜筒狀紙杯裝盛碎冰，再淋上五顏六色的水果糖漿）
- soft serve [sɔft][sɚv] n. 霜淇淋

字辨

sorbet 與 sherbet

雖然兩者中譯名都叫「雪酪」，也都是水果做的冰沙甜點，但

sorbet：不含任何乳製品。

sherbet：含微量的奶油或牛奶，使口感更柔滑醇厚。

- sorbet [ˈsɔrbɪt] n. 雪酪
- sundae [ˈsʌnde] n. 聖代
- tutti frutti [ˈtutɪ][frutɪ] n. 什錦乾果丁冰淇淋

★ 相關字彙 ★

- cone [kon] n. 脆皮、甜筒、蛋捲杯
- crust [krʌst] n. 派餅皮
- filling [ˈfɪlɪŋ] n.（糕點等的）內餡
- topping [ˈtɑpɪŋ] n.（蛋糕、冰淇淋或披薩等食品上面的）配料、澆料
- à la mode [ˌɑ lə ˈmoʊd] n.（美）搭配冰淇淋

心·得·筆·記

延伸例句

▶▶▶ What kind of toppings do you want on your shaved ice?
你的刨冰要加什麼料？

▶▶▶ Give me a big slab of chocolate cake!
給我一大塊巧克力蛋糕！

▶▶▶ What are those black coils? Are they edible?
那些黑色線圈是什麼？能吃嗎？

▶▶▶ Those are licorice candy.
那些是甘草糖。

▶▶▶ I'd like a dessert that is not too heavy.
我想要不那麼難消化的甜點。

▶▶▶ Do you have decaffeinated tea?
你有不含咖啡因的茶嗎？

▶▶▶ You must give me the recipe for the almond tuiles. They are fabulous!
你一定要給我杏仁瓦片的食譜。真是好吃極了！

▶▶▶ What would you like for dessert?
您想吃什麼甜點？

▶▶▶ I'd take apple pie à la mode.
我想點蘋果派配冰淇淋。

▶▶▶ She has a sweet tooth. In fact, she is addicted to sweets.
她喜愛甜食。實際上，她嗜甜成癮。

▶▶▶ Cookie Monster cannot resist the temptation to chomp on all cookies in front of him.
餅乾怪獸無法克制大口吃光眼前所有餅乾的誘惑。

九、鹹點零食、小吃

情境對話

Ayumi is on vacation in Taiwan. Her college friend Peggy took her around Dadaocheng this afternoon. Now they come to the Ninxia Night Market and ready to experience the street food.
亞由美來台灣度假。今天下午，她的大學同窗珮琪帶她走訪大稻埕。現在她們來到寧夏夜市，準備體驗街頭小吃。

Peggy : You should try this! Their sesame oil chicken soup is delicious. It could improve blood circulation and warm up your icy hands and toes.
妳應該試試這個！他們的麻油雞很美味。它可以改善血液循環，讓妳冰冷的手指與腳趾暖和起來。

Ayumi : Umm… yummy. The chicken drumsticks are tender, and the soup goes well with the sesame vermicelli.
嗯⋯⋯真好吃。雞腿很嫩，這湯跟麻油麵線好搭。

Peggy : What do you want to try next?
接下來妳想吃什麼？

Ayumi : There is a long queue! What are they lined up to?
那邊的隊伍好長啊！他們在排什麼？

Peggy : They queue for oyster omelette. That vendor is listed in the Plate Michelin Guide Taipei 2018.
他們排隊等著吃蚵仔煎。那家小吃店登上 2018 台北「米其林餐盤」名單。

Ayumi : Though I'd love to try it, I'm stuffed. But I still have room for dessert.
雖然我很想試試蚵仔煎，但我已經飽了。不過，我還是吃得下甜點啦。

Peggy : Then you must try deep fried taro balls. The sweet one has creamy mashed taro inside. I personally prefer the savory one. in addition to the

mashed taro, it includes salted egg yolk and shredded dried pork. The combination creates rich flavor.

那麼妳一定要試試炸芋丸。甜的裡頭有柔滑的芋泥。我個人喜歡鹹的，除了芋泥，還加了鹹蛋黃和肉鬆。這個組合創造出豐富的滋味。

Ayumi : Wow, that sounds mouth-watering. I'll take both.

哇，聽起來好誘人。我兩個都要。

Peggy : Now we need a drink. Let's go to that handmade drinks store over there.

接下來我們得買個喝的。咱們去那邊那家手搖飲料店看看吧。

Staff : Hi, what would you like to order?

您好，請問要點什麼？

Peggy : I'd like to order one small Lemon Jasmine Green Tea, and you?

我要小杯翡翠檸檬綠茶。你呢？

Ayumi : I can't make up my mind. Give me one more minute, will you?

我還沒決定好。再給我一分鐘好嗎？

Staff : How would you like your sugar and ice?

甜度和冰塊正常嗎？

Peggy : Half sugar and less ice. Thanks. (To Ayumi) Are you ready to order?

半糖少冰。謝謝。（對亞由美說）妳決定好要點什麼了嗎？

Ayumi : I'll have a large hot Bubble Tea, with konjac jelly.

我要大杯熱波霸奶茶加蒟蒻。

Staff : Ok. Just a moment, please.

好的，兩位請稍等。

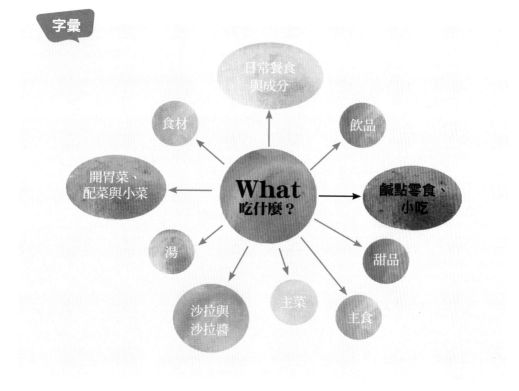

字彙

- dim sum [dɪm ˈsʌm] n. 港式點心（粵語）

- finger food [ˈfɪŋgɚ ˌfud] n.（不需餐具，直接用手指取食的）一口小食、手指點心

- munchies [ˈmʌntʃɪz] n.（美，非正式）點心、零食

- nibbles [ˈnɪbl̩s] n. 零嘴（指兩餐之間或餐前吃的小點心，通常會搭配飲料）

- snack [snæk] n.（正餐外的）零食、（取代正餐所食用的）點心小吃

- street food [strit][fud] n. 街頭小吃

★中式、台式小吃★

- agei, stuffed bean curd puff [stʌft][bin][kɚd][pʌf] n. 阿給

- bak kwa, Chinese pork jerky [ˈtʃaɪˈniz][pɔrk][ˈdʒɝki] n. 肉乾、豬肉乾

- bao [baʊ], baozi, steamed stuffed bun [stimd][stʌft][bʌn] n. 包子

- bawan, taiwanese disk-shaped dumpling [ˌtaɪwəˈniz][dɪsk ʃept][ˈdʌmplɪŋ] n. 肉圓

- black pudding [blæk][ˈpʊdɪŋ] n. 豬血糕、米血糕

- bowl rice cake [bol][raɪs][kek] n. 碗粿

- char siu bao n. 叉燒包

- chicken stew with rice wine [ˈtʃɪkɪn][stju][wɪð][raɪs][waɪn] n. 燒酒雞

- coffin bread [ˈkɔfɪn][brɛd] n. 棺材板

- congee [ˈkɑndʒi] n. 稀飯、粥

131

- daikon cake [ˈdaɪkɑn][kek] n. 蘿蔔糕
- dang-a bigo, sticky rice in a cup
  n. 筒仔米糕
- danzai noodles n. 擔仔麵
- dim sum [ˌdɪm ˈsʌm] n. 港式點心
- dried shredded squid [draɪd][ʃredɪd]
  [skwɪd] n. 魷魚絲
- fish ball soup [fɪʃ][bɔl][sup] n. 魚丸湯
- flaky scallion pancake [ˈflekɪ][ˈskæljən]
  [ˈpænˌkek] n. 蔥抓餅
- fried chicken fillet [fraɪd][ˈtʃɪkɪn][ˈfɪlɪt]
  n. 雞排
- fried rice-vermicelli [fraɪd][raɪsˌvɝ-məˈsɛlɪ]
  n. 炒米粉
- ginger duck stew [ˈdʒɪndʒɚ][dʌk][stju]
  n. 薑母鴨
- ginseng chicken soup [ˈdʒɪnsɛŋ][ˈtʃɪkɪn]
  [sup] n. 人蔘雞湯
- grilled corn on the cob [grɪld][kɔrn][ɑn]
  [ðə][kɑb] n. 烤玉米
- grilled squid [grɪld][skwɪd] n. 烤魷魚
- gua bao n. 刈包、割包
- huazhi geng, thick cuttlefish soup [θɪk]
  [ˈkʌtļˌfɪʃ][sup] n. 花枝羹
- hujiao bing, pepper bun [ˈpɛpɚ][bʌn]
  n. 胡椒餅
- instant noodles [ˈɪnstənt ˈnudļz] n. 泡麵
- iron egg [ˈaɪɚnˌɛg] n. 鐵蛋
- lurou fan, braised pork with rice [brezd]
  [pɔrk][wɪð][raɪs] n. 滷肉飯
- Chinese omelette [ˈtʃaɪˈniz][ˈɑmlɪt] n. 蛋餅
- oyster omelette [ˈɔɪstɚ][ˈɑmlɪt] n. 蚵仔煎
- oyster vermicelli [ˈɔɪstɚ][vɝ-məˈsɛlɪ]
  n. 蚵仔麵線
- pork ball soup [pɔrk][bɔl][sup] n. 貢丸湯
- pork bao n. 肉包
- ribs stewed in medicinal herbs [rɪbs][stud]
  [ɪn][məˈdɪsņļ][ɝ-bs] n. 藥燉排骨
- rice ball [raɪsˈbɔl] n. 飯糰
- rice noodle roll [raɪs][ˈnudļ][rol] n. 腸粉
- rou geng, thick pork soup [θɪk][pɔrk][sup]
  n. 肉羹
- runbing (non-fried Taiwanese spring roll)
  n. 潤餅
- scallion pancake [ˈskæljən][ˈpænˌkek]
  n. 蔥油餅
- sesame oil chicken soup [ˈsɛsəmɪ][ɔɪl]
  [ˈtʃɪkɪn][sup] n. 麻油雞
- shaobing, baked flatbread [bekt][flætbˈred]
  n. 燒餅
- sheng jian bao (pan-fried bao) n. 生煎包
- shui jian bao (water-fried bao) n. 水煎包
- siu mei [ʃu ˈmeɪ] n. 燒賣（粵語）
- soy sauce braised food [ˌsɔɪ ˈsɔs][brezd]
  [fud] n. 滷味
- spring roll [ˌsprɪŋ ˈrol] n. 春捲
- sticky rice sausage [ˈstɪkɪ][raɪs][ˈsɔsɪdʒ]
  n. 糯米腸
- stinky tofu [ˌstɪŋkɪ ˈtofu] n. 臭豆腐
- Taiwanese sausage with sticky rice
  [ˌtaɪwəˈniz][ˈsɔsɪdʒ][wɪð][ˈstɪkɪ][raɪs]
  n. 大腸包小腸
- tea egg [ti ˈɛg] n. 茶葉蛋
- Taiwanese tempura n. 甜不辣
- vegetable bao n. 菜包
- xiaolongbao n. 小籠包
- yan su ji (taiwanese popcorn chicken, salt-crispy chicken) n. 鹽酥雞
- youtiao (deep fried dough stick) n. 油條
- youyu geng, thick squid soup [θɪk][skwɪd]

[sup] n. 魷魚羹

- zongzi, rice dumpling [raɪs][ˈdʌmplɪŋ] n. 粽子

★ 日式 ★

- croquette [kroˈkɛt] n. 可樂餅
- dorayaki n. 銅鑼燒
- oden n. 關東煮
- takoyaki n. 章魚燒

★ 西式 ★

- beef jerky [bif][ˈdʒɜˋkɪ] n. 牛肉乾
- cheeseboard [ˈtʃizˌbord] n. 乳酪拼盤
- Cheetos n. 芝多斯玉米棒
- chewing gum [ˈtʃuɪŋ ˌgʌm], bubble gum, gum n. 口香糖、泡泡糖
- chips [ˈtʃɪps], potato chips [pəˋteto][tʃɪps] n.（美）洋芋片（＝crisps）
- corn chips [kɔrn][tʃɪps] n.（美）玉米脆片
- corn dog [kɔrn][dɔg] n. 炸熱狗
- cottage pie [ˈkɑtɪdʒ ˌpaɪ] n.（英）農舍牛肉派（牛絞肉版的牧羊人派）
- crackling [ˈkræklɪŋ] n.（熟豬肉的）脆皮
- crisps [krɪsps], potato crisps [pəˋteto] [krɪsps] n.（英）洋芋片（＝chips）
- doner kebab [ˌdəʊnə kəˈbab] n. 土耳其旋轉烤肉
- fish stick [fɪʃ][stɪk] / fish finger [fɪʃ] [fɪŋgə] n.（美／英）（手指大小、裹蛋液和麵包屑的）炸魚條
- French fries [ˈfrɛntʃ ˈfraɪz] / chips [ˈtʃɪps] n.（美／英）炸薯條
- fritter [ˈfrɪtə] n. 油炸餡餅（內餡可甜可鹹）

- grilled cheese sandwich [grɪld][tʃiz] [ˈsændwɪtʃ] n. 烤起司三明治
- goujons [ˈgu(d)ʒənz] n.（英）炸魚柳、炸雞柳
- gumball [ˈgʌmbɔl] n.（色彩鮮艷的）球形口香糖
- hot dog [ˈhɑtˌdɔg] n. 熱狗
- knish [knɪʃ] n. 猶太餡餅（內餡多是鹹的）
- mixed nuts [mɪkst][nʌts] n. 什錦堅果
- nachos [ˈnætʃoz] n. 墨西哥玉米片、烤玉米脆片（玉米脆片灑上乳酪、辣椒粉烘烤而成）
- patty [ˈpætɪ] n. 小肉餅、餡餅
- pizza slices [ˈpitsə][ˌslaɪs] n. 切片披薩
- popcorn [ˈpɑpˌkɔrn] n. 爆米花
- pork pie [pɔrkˈpaɪ] n.（英）豬肉餡餅（冷食）
- pork rinds [ˌpɔrk][ˈraɪndz] n.（美）油炸豬皮（多為冷食）
- pretzel [ˈprɛtsl] n. 椒鹽脆餅、蝴蝶脆餅
- quiche [kɪʃ] n. 法式鹹派
- quiche Lorraine [kɪʃ][loˈren] n. 洛林鄉村鹹派
- rusk [rʌsk] n.（英）烤乾麵包片、麵包脆餅（給嬰兒磨牙用）（＝zwieback）
- scratchings [ˈskrætʃɪŋz] n.（英）油炸豬皮（多為冷食）
- shepherd's pie[ˈʃɛpədz][ˌpaɪ] n.（英）牧羊人派、羊肉餡馬鈴薯派
- tortilla chips [tɔrˈtija][ˈtʃɪps] n.（墨西哥）玉米脆片
- zwieback [ˈtswiˌbak] n.（美）烤乾麵包片、麵包脆餅（給嬰兒磨牙用）（＝rusk）

字辨

scratchings 與 crackling

scratchings：豬肉塊切除肉，取帶油脂和皮的部分油炸至香酥蓬鬆。多放冷後食用，是英國常見的零食與下酒菜。

crackling：一般是指從剛烤好的肉塊取下酥脆的表皮，切細後趁熱與肉一同食用。另外也可指先低溫、後高溫，油炸兩次的炸豬皮。**scratchings** 僅油炸一次。

― 心·得·筆·記 ―

延伸例句

▶▶▶ I hope you like pork ball soup, because that is what we have now.
希望你喜歡貢丸湯，因為我們現在只有這個。

▶▶▶ I know packaged snacks are not healthy, but I just can't resist them.
我知道袋裝零食並不健康，但我就是無法抗拒。

▶▶▶ We can't enjoy games at the ballpark without stadium hot dogs and beers.
去球場看棒球賽總少不了熱狗與啤酒助興。

▶▶▶ No movie marathon is complete without munchies.
有了零嘴，電影馬拉松才算完整。

▶▶▶ While a night of binge-watching can cause sleep problems, unconscious snacking can further damage your health.
熬夜追劇可能引發睡眠問題，無意識地吃零食會進一步損害你的健康。

▶▶▶ After a bad day at work, lurou fan and youyu geng are my comfort food.
工作不順心時，滷肉飯和魷魚羹就是我的療癒食物。

▶▶▶ Please do not put cilantro on my bawan and fish ball soup.
請不要在我的肉圓和魚丸湯裡放香菜。

▶▶▶ Could you take out scallion from my food?
我的菜可以不要放蔥嗎？

▶▶▶ I need to stay away from peanut butter and jelly sandwiches because I'm allergic to peanuts.
因為我對花生過敏，所以不能吃花生果醬三明治。

▶▶▶ Give me some pork rind. I need some munchies.
給我來一些油炸豬皮。我嘴好饞。

十、飲品

Mei and Bruce closed a big deal this morning. They go for a celebration drink after work.
梅和布魯斯今天早上談成一筆大生意。下班後他們要去喝酒慶功。

Mei : What is the most popular jazz bar in town?
城裡最受歡迎的爵士酒吧是哪一家？

Bruce : I'll say The Blues Kitchen. They have live music every night, excellent food, and the largest whiskey collection in town.
我認為是藍調廚房。他們每晚都有現場音樂表演，食物棒，還有城裡數量最多的威士忌酒藏。

Mei : Sounds good. What time does the live band start?
聽來不錯。樂團現場演奏幾點開始？

Bruce : 9:45pm. We'd better go now.
晚上九點四十五分。我們最好現在就出發。

(Later at the bar)
（稍晚在藍調廚房）

Bruce : I'll have a Bourbon double on the rocks, and you?
我想來杯雙份波本威士忌加冰。妳呢？

Mei : I want a Whiskey Sour. Can you put these drinks on my tab?
我要威士忌酸酒。請把這些飲料記在我的帳上。

Bartender : Certainly, I'll get those straight away.
好的，馬上來。

(When the drinks are served)
（待酒保上酒後）

    Mei : Here's to our new contract!
          為新合約乾杯！

Bruce : Hear, hear!
          乾杯！

    Mei : This round is on me. I'd like a Jim Beam Highball.
          這輪我請客。我要一杯金賓威士忌高杯。

Bruce : I think I'll take a shot of Scotch, neat, with a soda chaser.
          我想要一杯純的蘇格蘭威士忌，搭一杯蘇打水。

Bartender : Right away.
          好的，馬上來。

(An hour later)
（一小時後）

    Mei : Hey, Bruce, you're staggering. You should stop drinking.
          嘿，布魯斯，你走路搖搖晃晃的，不要再喝了。

Bruce : Fine, let's call it a night. I can give you a ride home.
          好啊，今晚就到此為止吧。我可以送妳回家。

    Mei : Give me a break. Leave your car here and pick it up in the morning.
          I'll call you a cab. (To Bartender) I'd like to close and pay my tab,
          please.
          饒了我吧。把你的車留在這裡，早上再來開走。我幫你叫一輛計程車。
          （對酒保說）請幫我結帳。

字彙

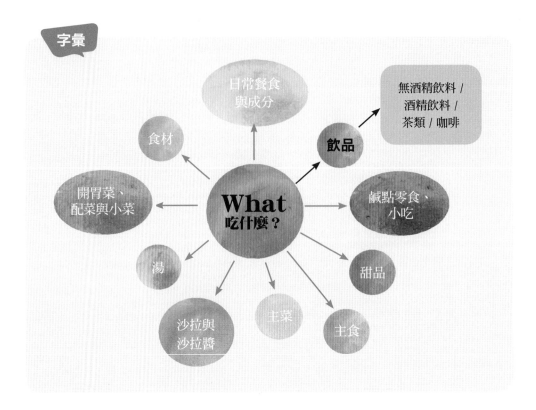

無酒精飲料

- beverage [ˈbɛvərɪdʒ] n.（正式，尤其用於書面文字）飲料
- drink [drɪŋk] n.❶ 飲料；❷ 酒

★水★

- bottled water [ˈbɑt!d][ˈwɔtɚ] n. 瓶裝水
- distilled water [dɪˈstɪld][ˈwɔtɚ] n. 蒸餾水
- drinking water [ˈdrɪŋkɪŋ][ˈwɔtɚ] n. 飲用水
- ice water [aɪs][ˈwɔtɚ] n. 冰水

- mineral water [ˈmɪnərəl][ˈwɔtɚ] n. 礦泉水
- running water [ˈrʌnɪŋ][ˈwɔtɚ] n. 自來水
- sparkling water [ˈspɑrklɪŋ][ˈwɔtɚ] n. 氣泡水
- spring water [sprɪŋ][ˈwɔtɚ] n. 泉水
- tap water [ˈtæp][ˈwɔtɚ] n. 自來水
- water [ˈwɔtɚ] n. 水

★氣泡飲料★

- carbonated drink [ˈkɑrbəˌnetɪd][drɪŋk] / fizzy drink / [ˈfɪzɪ][drɪŋk] n.（美／英）（不含酒精的）含糖氣泡飲料、碳酸飲料（＝soft drink）

- soft drink [ˈsɔft][drɪŋk] n.（美）（不含酒精的）軟性冷飲（＝fizzy drink）
- club soda [ˈklʌb][ˈsodə] n.（美）（用來調製飲料的）蘇打水（＝soda water）
- cola [ˈkolə] n. 可樂
- diet coke [ˈdaɪət][kok] n. 健怡可口可樂（無糖）
- ginger ale [ˈdʒɪndʒɚ][el] n.（薑味較淡的）薑汁汽水
- ginger beer [ˈdʒɪndʒɚ][bɪr] n. 濃味薑汁汽水（用砂糖、薑和酵母發酵製成的碳酸飲料，通常不含酒精）
- ice-cream soda [ˈaɪsˌkrim][ˈsodə] n.（美）冰淇淋蘇打、冰淇淋汽水
- lemonade [ˌlɛmənˈed] n.❶（英）檸檬汽水；❷檸檬水
- orangeade [ˌɔrɪndʒˈed] n. 柳橙汽水
- pop [pɑp] n. 汽水（＝soda）
- root beer [rut][bɪr] n.（主美）沙士
- sarsaparilla [ˌsɑrspəˈrɪlə] n. 沙士
- seltzer [ˈsɛltsɚ] n. 蘇打水（原指德國賽爾茲生產的天然氣泡礦泉水，後泛指蘇打水）
- soda [ˈsodə] n. 蘇打水
- soda water [ˈsodə][ˈwɔtɚ] n.（用來調製酒精飲料的）蘇打水（＝club soda）
- soda, soda pop n.（美）汽水（＝pop）
- tonic [ˈtɑnɪk], tonic water n. 通寧水（一種苦味汽水，常和烈酒摻兌飲用）

★ 無氣泡冷熱飲 ★

- apple cider [ˈæpl][ˈsaɪdɚ] n. 蘋果汁
- apple juice [ˈæpl][dʒus] n. 蘋果汁
- barley water [ˈbɑrlɪ][ˈwɔtɚ] n. 麥茶
- brown rice milk [braʊn][raɪs][mɪlk] n. 糙米漿

字辨

apple juice 與 apple cider

在美國，兩者都是蘋果汁。

apple juice 是泛稱，apple cider 則是指鮮榨、未經過濾、未加糖的蘋果汁，後者也稱為 soft cider 或 sweet cider。

在美國之外的地方，cider 多是指發酵的酒精飲料，也就是美國人所謂的 hard cider。

- Chinese herb tea [ˈtʃaɪˈniz][ɝb][ti] n. 青草茶
- coconut milk [ˈkokəˌnʌt][mɪlk] n. 椰子汁
- cordial [ˈkɔrdʒəl] n.（英）（加水飲用的）甜果汁飲品
- drinking chocolate [ˈdrɪŋkɪŋ][ˈtʃakəlɪt] n.（英）熱巧克力；可可粉
- energy drink [ˈɛnɚdʒɪ][drɪŋk] n. 機能性飲料、能量飲料
- hot chocolate [hɑt][ˈtʃakəlɪt],（北美）hot cocoa [hɑt][ˈkoko] n. 熱巧克力
- hot kumquat tea [hɑt][ˈkʌmkwɑt][ti] n. 熱桔茶
- hot mesona jelly n. 燒仙草
- isotonic drink [ˌaɪsətɑnɪk ˈdrɪŋk] n. 等滲透壓飲料（適合從事中低強度運動時或運動後飲用）
- juice [dʒus] n. 果汁、蔬菜汁
- lactic drink [ˈlæktɪk][drɪŋk] n. 乳酸飲料
- lemon juice [ˈlɛmən][dʒus] n. 檸檬原汁、純檸檬汁
- lemonade [ˌlɛmənˈed] n.❶ 檸檬水、檸檬汁；❷（英）檸檬汽水

139

lemon juice 與 lemonade

lemon juice：直接榨取檸檬所得的汁液。

lemonade：因為純檸檬汁太酸，通常會加糖、兌水，調成 lemonade。

- limeade [ˌlaɪmˈed] n. 萊姆水、萊姆汁
- malt [mɔlt] n.（美）麥芽奶昔
- milk [mɪlk] n. 牛奶
- milkshake [ˌmɪlkˈʃek] n. 奶昔
- nectar [ˈnɛktə] n.（指芒果、水蜜桃、杏桃等特定水果未稀釋的）純水果原汁
- papaya shake [pəˈpaɪə][ʃek] n. 木瓜牛奶
- rice milk [raɪs][mɪlk] n. 米漿
- slush [slʌʃ] n.（主美）雪泥冰、思樂冰（碎冰加糖漿）
- smoothie [ˈsmuðɪ] n. 果昔（果泥狀飲品）、冰沙
- sour plum drink [ˈsaʊr][plʌm][drɪŋk] n. 酸梅湯
- soy milk [sɔɪ][mɪlk], soybean milk [ˈsɔɪˌbin][mɪlk] n. 豆漿、豆奶
- sports drink [sport][drɪŋk] n. 運動飲料
- squash [skwɑʃ] n.（英）果汁飲料

字辨

juice 與 squash

juice：指從蔬果直接榨取的汁液。

squash：指含糖濃縮果汁。食用前須加水或氣泡水稀釋。

- starfruit drink [ˈstɑrˌfrut][drɪŋk] n. 楊桃汁
- sugarcane juice [ˈʃʊgəˌken][dʒus] n. 甘蔗汁
- tomato juice [təˈmeto][dʒus] n. 番茄汁
- watermelon juice [ˈwɔtəˌmɛlən][dʒus] n. 西瓜汁
- winter melon tea [ˈwɪntə][ˈmɛlən][ti] n. 冬瓜茶
- yuja tea n.（韓）柚子茶

★ 無酒精調飲 ★

- mocktail [ˈmɑkˌtel] n.（美）仿雞尾酒、無酒精雞尾酒（雞尾酒去掉酒精後以調酒的手法呈現）
- Cinderella [ˌsɪndəˈrɛlə] n. 灰姑娘（柳橙汁、鳳梨汁、檸檬汁）
- egg cream [ɛg][krim] n.（美、紐約）蛋蜜乳（以巧克力糖漿、牛奶、蘇打水調製的冷飲）
- Shirley Temple [ʃɝlɪ][ˈtempl] n. 秀蘭鄧波兒、雪莉登波（辛口薑汁汽水、紅石榴糖漿、糖漬櫻桃、柳橙片）
- virgin daiquiri [ˈvɝdʒɪn][ˈdaɪkərɪ] n. 純真戴克利（不含蘭姆酒，改為水果泥、萊姆汁、糖）
- virgin Mary [ˈvɝdʒɪn][ˈmɛrɪ] n. 純真瑪麗（不含伏特加、增加番茄汁含量的血腥瑪麗）

酒精飲料

- ABV (alcohol by volume) n. 酒中含乙醇的體積百分比（常以 alc. 或 vol. 表示）

- alcohol [ˈælkəˌhɔl] n. 酒、酒精飲料
- alcopop [ˈælkəˌpɑp] n.（英）氣 泡 酒 飲料、汽水酒、碳酸酒
- apéritif [ɑperiˈtif] n. 開胃酒、餐前酒
- booze [buz] n.（非正式）酒精飲料
- corkage [ˈkɔrkɪdʒ] n. 開瓶費
- dessert wine [dɪˈzɝt ˌwaɪn] n.（與甜點一起享用或吃完甜點後享用的）餐後甜酒、點心酒、甜葡萄酒
- digestif [daɪˈdʒɛstɪf] n. 消化酒、餐後酒
- drink [drɪŋk] n.（英）酒、酒精飲料
- firewater [ˈfaɪrˌwɔtɚ] n.（非正式）烈酒
- head [hɛd] n.（啤酒表面的）白色泡沫
- hops [hɑps] n. 啤酒花、蛇麻草
- housewine [hausˈwaɪn] n.（餐館大量採購，以特惠價格供應的）招牌葡萄酒、特選葡萄酒
- liquid refreshment [ˈlɪkwɪd][rɪˈfrɛʃmənt] n. 飲料，尤指酒精飲料
- liquor [ˈlɪkɚ] n. 酒精飲料；（主美）烈酒（＝spirits）
- malt [mɔlt] n. 麥芽
- mash [mæʃ] n. 釀酒用的麥芽漿
- medicinal liquor [məˈdɪsnl̩][ˈlɪkɚ] n. 藥酒
- nightcap [ˈnaɪtˌkæp] n. 臨睡前喝的酒
- pick-me-up n. 提神飲料（或物品）
- proof [pruf] n.（美）（酒，尤指烈酒的）酒精濃度單位（1% abv ＝ 2 proof）
- sediment [ˈsɛdəmənt] n. 沉渣、沉澱物
- shot[ʃɑt] / short [ʃɔrt] n.（美／英）（少量、一小杯）烈酒
- spirits[ˈspɪrɪt] n.（主英）烈酒（＝liquor）
- table wine [ˈtebl̩ waɪn] n. 餐酒
- the hair of the dog (that bit you) n. 回魂酒、

為解宿醉而喝的酒
- vintage wine [ˈvɪntɪdʒ waɪn] n. 年份葡萄酒（完全使用某一年份採收的葡萄釀製的美酒）
- wine [waɪn] n. 葡萄酒；水果酒；酒
- wine list [waɪn][lɪst] n.（餐廳裡的）酒單

★ 釀造酒 ★

- fermented liquor [ˈfɝmɛntəd][ˈlɪkɚ] n. 釀造酒

〔水果、花蜜、樹汁酒〕

- cider [ˈsaɪdɚ] n.（英）蘋果酒；（美）蘋果汁
- hard cider [hɑrd][ˈsaɪdɚ] / cider [ˈsaɪdɚ] n.（美／英）蘋果酒
- mead [mid] n. 蜂蜜酒
- perry [ˈpɛrɪ] n.（主英）梨子酒
- pulque [ˈpʊlkɪ] n. 普逵酒（以龍舌蘭汁液為原料）
- scrumpy [ˈskrʌmpɪ] n.（英）蘋果烈酒
- toddy [ˈtɑdɪ] n. 棕櫚酒

〔紅葡萄酒〕

- Beaujolais [ˌbojəˈle] n.（產於法國南部的）薄酒萊
- Beaujolais Nouveau [ˌbojəle nuˈvou] n. 薄酒萊新酒（每年十一月的第三個星期四在全球同步推出）
- Cabernet Sauvignon [ˌkabəneɪ ˈsəʊvɪnjoʊñ] n. 卡本內蘇維翁紅酒（簡稱 Cabernet）
- Chianti [ˈkjɑnti] n.（義大利）奇揚地紅酒
- claret [ˈklærət] n. 紅葡萄酒（尤指法國波爾多紅酒）

- Merlot [ˈmələʊ] n. 梅洛紅酒
- Pinot Noir [ˌpinəʊ ˈnwar] n. 黑皮諾紅酒
- red wine[rɛd][waɪn] n. 紅酒
- rosé [ˈrəʊzeɪ] n. 桃紅葡萄酒、粉紅酒、玫瑰紅酒
- Syrah [ˈsirə] / Shiraz [ˈʃiraz] n.（法國／澳洲）希哈／喜瑞芝紅酒
- Zinfandel [ˈzɪnfand(ə)l] n. 仙芬黛酒、金粉黛酒

〔白葡萄酒〕

- Chablis [ʃæˈbli] n. 夏布利白酒
- Chardonnay [ˌʃardəˈne] n. 夏多內白酒
- ice wine [aɪs][waɪn] n. 冰酒
- late-harvest [let ˈharvɪst] a. 晚摘、遲摘（尤其是甜白酒）
- moscato [mɔˈskatəʊ] n. 麝香葡萄酒
- noble rot [ˈnobl][rat] n. 貴腐甜白酒
- Pinot Grigio [ˌpinəʊ ˈgridʒəʊ] n. 灰皮諾
- Riesling [ˈrɪslɪŋ] n. 麗絲玲、雷司令甜白酒
- Sauvignon Blanc [ˌsoʊviˈnjoʊnˈ blaŋk] n. 白蘇維翁、白蘇維濃
- white wine [hwaɪt][waɪn] n. 白酒

〔香檳〕

- champagne [ʃæmˈpen] n. 香檳（產自法國香檳區的一種氣泡酒）
- Dom Pérignon [ˌdɔm][pɛriˈnjɔn] n. 香檳王
- Moët & Chandon n. 酩悅香檳
- sparkling wine [sparklɪŋ][waɪn] n. 氣泡酒（香檳區外其他國家地區所產的發泡酒）

〔加烈葡萄酒〕

- fortified wine [ˌfɔrtəfaɪd ˈwaɪn] n. 加度葡

字辨

absinth 與 vermouth

absinth：是一種帶茴香味的蒸餾烈酒。成分包含苦艾、綠茴芹、甜茴香。

vermouth：是一種加烈葡萄酒。早年被視為藥酒，泡製乾料中常有苦艾（苦蒿）成分。待雞尾酒發明後，搖身變為調酒常用素材。為了方便與 absinth（苦艾酒）區別，現多以香艾酒稱之。

萄酒、增度葡萄酒、加烈葡萄酒（在葡萄酒釀製過程某個階段，加入白蘭地等烈酒以提高酒精度數。其中最著名的是西班牙的雪莉酒與葡萄牙的波特酒）

- Madeira [məˈdɪrə] n. 馬德拉酒（產自葡萄牙馬德拉島）
- port [port] n. 波特酒
- sherry [ˈʃɛrɪ] n. 雪莉酒（通常會點比較不甜的雪利酒當開胃酒，點甜份較高的雪利酒當作餐後酒）
- vermouth [ˈvɜ-muθ] n. 香艾酒、苦艾酒、威末苦艾酒

〔穀物酒：啤酒〕

- ale [el] n. 愛爾型啤酒、麥芽啤酒（頂層發酵啤酒。高溫發酵，酒質醇厚，淡棕色澤，香味比 lager 濃。酒精含量較一般啤酒多）
- amber ale [ˈæmbɚ][el] n. 琥珀愛爾（入口有焦糖味，明顯的啤酒花香與苦味）
- barley wine [barlɪ][waɪn] n. 大麥酒（是愛爾型啤酒中酒精濃度最高的）、高酒精啤酒、濃啤酒
- beer [bɪr] n. 啤酒
- bitter [ˈbɪtɚ] n.（英）苦啤酒（一種濃烈的

黑啤酒）

- brew [bru] n.（美）釀造的啤酒、一罐或一瓶啤酒

- bock [bɑk] n. 勃克啤酒、德國烈性黑啤酒

- brown ale [braʊn][el] n.（英）棕色愛爾

- craft beer [kræft][bɪr] n. 精釀啤酒、工藝啤酒（量少、獨立、傳統）

- draft [dræft] / draught beer [dræft][bɪr] n.（美／英）生啤酒

- dunkel [ˈdʊŋkəl] n. 深色小麥啤酒、黑拉格

- Faro [ˈfɑrəʊ] n. 黑糖啤酒（在稀釋的蘭比克原酒中加入黑糖，減低整體酸度）

- India pale ale, IPA n. 印度淡色愛爾啤酒（啤酒花香氣十足，苦味明顯）

- Kriek [krik] n. 櫻桃啤酒

- lager [ˈlɑgɚ] n. 拉格型啤酒（下層發酵啤酒。低溫發酵，口感圓潤、純淨、無雜味，酒精成分低於ale。多數大量製造的知名品牌啤酒都是 lager）

- lambic [ˈlambɪk] n. 蘭比克型（自然發酵啤酒。運用野生酵母自然酸釀而成）

- malt liquor [mɒlt][ˈlɪkɚ] n.（美）麥芽酒（啤酒）

- pale ale [pel][el] n. 淺色愛爾、淡色愛爾

- Pilsner [ˈpɪlzənɚ] n. 皮爾森啤酒（一種捷克淡色啤酒，口感清爽，苦味不重）

- porter [ˈpɔrtɚ] n. 波特啤酒、苦啤酒（帶苦味巧克力及烤過咖啡的香氣，泡沫濃厚）

- real ale [ˈrɪəl ˌel] n.（英）非大型工廠生產、以傳統手法釀製的啤酒

- stout [staʊt] n. 黑啤酒、烈性黑啤酒、大麥黑啤酒（有濃烈的焦味，但泡沫柔細，飲後甘醇）

- Weissbier n. 德式小麥啤酒（顏色較濁，帶有丁香之類的香料味）

- wheat beer [hwit ˌbɪr] n. 小麥啤酒（用小麥與大麥製成，酒是渾濁的。不苦，泡沫綿密，清爽順口易飲）

- Witbier n. 比利時小麥啤酒（帶有柑橘類的香氣）

〔穀物酒：米酒〕

- millet wine [ˈmɪlɪt][waɪn] n. 小米酒

- rice wine [raɪs][waɪn] n. 米酒

- shaohsing rice wine n. 紹興酒（酒精濃度約 14-18 度）

- sake [ˈsakeɪ] n.（日本）清酒

★ 蒸餾酒：烈酒 ★

- distilled spirits [dɪˈstɪld][ˈspɪrɪts] n. 蒸餾酒

〔穀物、馬鈴薯、芋頭烈酒〕

- aquavit [ˈɑkwəˌvɪt] n.（北歐）阿夸維特（原料為馬鈴薯或穀物）

- awamori n.（日本）琉球泡盛

- kaoliang [ˌkɑolɪˈæŋ] n. 高粱酒（酒精濃度約 50-60 度）

- mao-tai [ˈmɑʊˌtaɪ] n. 茅台酒

- shochu [ˈʃəʊtʃu] n.（日本）燒酒、燒酎

- soju [ˈsəʊdʒu] n.（韓國）燒酒

〔以大茴香調味的烈酒〕

- absinth, absinthe [ˈæbsɪnθ] n. 苦艾酒、綠仙子、艾碧斯苦艾酒

- ouzo [ˈuzo] n.（希臘）烏佐酒（茴香味的開胃酒，一種茴香酒）

- raki [ˈrɑki] n.（土耳其）拉克酒

- arak [ˈærək] n. 亞力酒

- pastis [ˈpastɪs] n.（法國）茴香酒

- sambuca [sam'bʊkə] n.（義大利）茴香酒
- anisette [ˌænɪˈzɛt] n. 茴香酒

〔威士忌〕

- blended whisky [ˈblen.dɪd][ˈhwɪskɪ] n. 調合威士忌（混合穀物威士忌與麥芽威士忌所製成。相較於純麥威士忌的重口味，調合威士忌的口感較為溫和）
- bourbon [ˈbɝbən] n.（美國）波本威士忌（主要原料是玉米）
- Canadian whiskey [kəˈnedɪən][ˈhwɪskɪ] n. 加拿大威士忌（屬於調合威士忌）
- corn whiskey[kɔrn][ˈhwɪskɪ], corn liquor [kɔrn][ˈlɪkɚ] n.（美）玉米威士忌
- Irish whiskey [ˈaɪrɪʃ][ˈhwɪskɪ] n. 愛爾蘭威士忌
- malt whisky [mɔlt][ˈhwɪskɪ] n. 麥芽威士忌（常簡稱為 malt）
- rye [raɪ], rye whiskey [raɪ][ˈhwɪskɪ] n.（主美）裸麥製威士忌
- Scotch [skɑtʃ] n. 蘇格蘭威士忌
- single-malt whisky [ˈsɪŋgl̩ mɔlt][ˈhwɪskɪ] n. 單一麥芽威士忌、單一純麥威士忌
- Tennessee whiskey [ˌtɛnəsi][ˈhwɪskɪ] n. 田納西威士忌

字辨

whiskey 與 whisky

兩者通用。

whiskey：在愛爾蘭與美國用穀物（如大麥、玉米等）生產製造的威士忌酒。

whisky：在蘇格蘭用大麥釀製的威士忌酒。

- whiskey [ˈhwɪskɪ] n.（愛爾蘭和美國）威士忌
- whisky [ˈhwɪskɪ] n.（蘇格蘭）威士忌

〔白蘭地〕

- brandy [ˈbrændɪ] n. 白蘭地
- applejack [ˈæpl̩ˌdʒæk] n.（美）蘋果白蘭地
- Armagnac [ˈɑrməˌnjæk] n.（法）雅邑白蘭地（法國歷史最悠久的高級白蘭地）
- Calvados [ˈkælvədɔs] n.（法國北部產的）蘋果白蘭地
- cognac [ˈkonjæk] n.（法）干邑白蘭地（在法國干邑地區採用當地特有葡萄品種蒸餾而成的高級白蘭地）
- framboise [frɔm][ˈbwɑz] n.（法）覆盆子白蘭地
- fruit brandy [frut ˈbrændɪ] n. 水果白蘭地（若由單一種水果製成，便以該水果命名，如「草莓白蘭地」、「櫻桃白蘭地」等。純以葡萄釀製者，則統稱為「白蘭地」。）
- guava brandy [ˈgwɑvə][brændɪ] n. 芭樂白蘭地（台灣菸酒南投酒廠於 2015 年推出的產品）
- kirsch [ˈkɪrʃ] n.（德）櫻桃白蘭地
- mirabelle [ˌmɪrəˈbɪl] n. 黃香李白蘭地
- pisco [ˈpɪskəʊ] n.（祕魯）麝香葡萄白蘭地
- Poire Williams n. 西洋梨白蘭地
- pomace brandy[ˈpʌmɪs][brændɪ] n.渣釀白蘭地（在義大利稱為 grappa，在法國叫作 marc）
- slivovitz [ˈslɪvəvɪts] n.（東歐）梅子白蘭地

〔琴酒、龍舌蘭、伏特加、蘭姆酒〕

- cachaça [kəˈʃɑkə] n. 卡沙夏、巴西甘蔗酒

- gin [dʒɪn] n. 琴酒（以添加杜松子與其他香料的酒液蒸餾或再蒸餾的無色烈酒）
- rum [rʌm] n. 蘭姆酒（由發酵的甘蔗汁、糖漿、糖蜜或其他甘蔗製品發酵後蒸餾而成）
- sloe gin [ˌslo][dʒɪn] n. 黑刺李琴酒、野莓紅琴酒
- tequila [təˈkilə] n.（墨西哥）龍舌蘭酒
- mezcal [mɛsˈkæl] n.（墨西哥）梅斯卡爾酒（一種龍舌蘭酒）
- vodka [ˈvɑdkə] n.（俄羅斯與波蘭）伏特加

★蒸餾酒：香甜酒★

- advocaat [ˈɑdvəkɑ] n. 蛋酒
- amaretto [ˌæməˈreto] n. 杏仁香甜酒
- benedictine [ˌbɛnəˈdɪktin] n.本尼迪克特甜酒（由法國本篤會修士首釀）
- blue curaçao n. 藍橙皮酒、藍色庫拉索
- Campari [kamˈpɑri] n. 金巴利酒（義大利知名的苦味酒）
- Cointreau [ˈkwʌntrəʊ] n. 君度橙酒（雞尾酒中最知名也最常用的白橙皮酒）
- cordial [ˈkɔrdʒəl] n.（美）香甜酒（liqueur）的另一種說法；（英）水果口味的濃縮飲料
- crème de cacao[ˌkrɛm][də][kəˈkou] n.（法）可可香甜酒
- crème de cassis [ˌkrɛm də kɑˈsis] n.（法）黑醋栗香甜酒
- crème de menthe[ˌkrɛm də ˈmɔnθ] n.（法）香甜薄荷酒、薄荷甜露酒
- curaçao [ˈkjʊərəsəʊ] n. 橙皮酒、庫拉索（採用加勒比海庫拉索島產的柑橘類果皮製作的香甜酒）
- Grand Marnier n. 柑曼怡、金萬利（香橙干邑甜酒）

- Irish cream [ˌaɪrɪʃ ˈkrim] n. 愛爾蘭奶酒
- liqueur [lɪˈkɝ] n. 香甜酒、利口酒（是以數種烈酒、水果、香料或糖漿調製而成。酒精濃度各異。通常很甜，適合在餐後享用，也常用來製作甜點）
- maraschino [ˌmærəˈskino] n. 黑櫻桃酒
- triple sec [ˌtrɪpl ˈsɛk] n. 白橙皮酒（是橙皮酒中最不甜的一種）
- wumeijiu, smoked plum wine n. 烏梅酒

★調酒★

- cocktail [ˈkɑkˌtel] n. 調酒、雞尾酒
- base [bes] n. 基酒（最常用的六大基酒為：伏特加、琴酒、蘭姆酒、龍舌蘭、威士忌與白蘭地）

〔常見調酒類型〕

- collins [ˈkɑlɪnz] n. 可林
- eggnog [ˈɛgˌnɑg] n. 蛋酒、蛋奶酒
- fizz [fɪz] n. 費士
- float [flot] n. 漂浮（以分層方式加入材料）
- frappé [fræˈpe] n. 芙萊倍
- frozen [ˈfrozn̩] n. 霜凍
- highball [ˈhaɪˌbɔl] n.（主美）高杯酒（威士忌攙水或汽水、再加冰塊的調酒）
- punch [pʌntʃ] n. 潘趣酒（一種用果汁、糖、水與酒調和的飲料）
- sangria [sɑŋˈgriə] n. 桑格莉亞（西、葡、義國以紅葡萄酒為基底的潘趣酒）
- sling [slɪŋ] n. 司令（由烈酒（尤其是琴酒）、水、糖及其他原料調味而成的飲料）
- sour [ˈsaʊr] n. 酸酒、騷兒、沙瓦（基酒、檸檬汁、糖漿）

〔經典調酒〕

- Alexander [ˌælɪɡˈzændə˞] n. 亞歷山大（干邑白蘭地、深色可可香甜酒、奶油）

- Amaretto sour [æməˈretou] [ˈsaur] n. 杏仁酸酒（杏仁香甜酒、檸檬汁、糖漿）

- B-52 n. 　轟炸機（咖啡香甜酒、奶酒、香橙干邑甜酒）

- Bacardi [bəˈkɑrdɪ] n. 百加得（百加得白蘭姆酒、萊姆汁、紅石榴糖漿）

- Bellini [bəˈlini] n. 貝里尼（義大利 Prosecco 氣泡酒、白桃果泥）

- Between the sheets [bɪ`twin] [ðə] [ʃits] n. 床笫之間（干邑白蘭地、白蘭姆酒、白橙皮酒、檸檬汁）

- Black Russian [blæk] [`rʌʃən] n. 黑色俄羅斯（伏特加、咖啡香甜酒）

- Bloody Mary [ˈblʌdɪ] [ˈmɛrɪ] n. 血腥瑪麗（由伏特加和番茄汁調製）

- cooler [ˈkulə˞], wine cooler [waɪn] [ˈkulə˞] n.（美）葡萄淡酒、涼酒、酷樂（葡萄酒、果汁、氣泡水）

- Cosmopolitan [ˌkɑzməˈpɑlətn̩] n. 柯夢波丹、大都會雞尾酒（伏特加、橙、檸檬汁、蔓越莓汁）

- Cuba Libre [ˌk(j)ubə ˈlibreɪ] n. 自由古巴（白色蘭姆酒、可樂、萊姆汁）

- daiquiri [ˈdaɪkərɪ] n. 戴克利（蘭姆酒、萊姆汁、糖）

- eggnog [ˈɛɡˌnɑɡ] n. 蛋酒、蛋奶酒（蘭姆酒、白蘭地、蛋、牛奶、糖）

- Gibson [ˈɡɪbsn̩] n. 吉普森（琴酒、不甜香艾酒、小洋蔥）

- Gimlet [ˈɡɪmlɪt] n. 琴蕾（琴酒或伏特加、萊姆汁）

- gin and tonic [dʒɪn] [ænd] [ˈtɑnɪk] n. 琴湯尼、琴通寧（琴酒、通寧水）

- gin fizz [dʒɪn] [fɪz] n. 琴費士（琴酒、蘇打水、檸檬汁、砂糖）

- Grasshopper [ˈɡræsˌhɑpə˞] n. 綠色蚱蜢（綠薄荷香甜酒、白可可香甜酒、鮮奶油）

- grog [ɡrɑg] n. 摻水烈酒、格羅格酒（原始版本使用蘭姆酒兌熱水、檸檬汁、香料）

- Irish coffee [ˈaɪrɪʃ] [ˈkɔfɪ] n. 愛爾蘭咖啡（愛爾蘭威士忌、熱咖啡、鮮奶油、紅糖）

- Kir [kɪə] n. 基爾（不甜的白酒、黑醋栗香甜酒）

- Kir Royal [kɪə] [rɔɪəl] n. 皇家基爾（香檳、黑醋栗香甜酒）

- Long Island Iced Tea n. 長島冰茶（蘭姆酒、伏特加、琴酒和其他烈酒、檸檬汁、可樂）

- manhattan [mænˈhætn̩] n. 曼哈頓（裸麥威士忌、甜香艾酒、苦精）

- margarita [ˌmɑrɡəˈrita] n. 瑪格麗特（龍舌蘭酒、橙酒、萊姆汁。雞尾酒之后）

- martini [mɑrˈtini] n. 馬丁尼（琴酒和香艾酒。雞尾酒之王）

- mimosa [mɪˈmosə] / Buck's Fizz n.（美／英）含羞草（香檳、柳橙汁）

- mint julep [ˌmɪnt ˈdʒulɪp] n.（美）薄荷朱利普、薄荷冰酒（波本威士忌、薄荷、砂糖）

- mojito [məˈhitou] n. 莫西多（蘭姆酒、檸檬汁、糖與蘇打汁水，最後以薄荷葉裝飾）

- Moscow mule [`mɑsko] [mjul] n. 莫斯科騾子（伏特加、薑汁啤酒、鮮榨萊姆汁）

- mulled wine [ˌmʌld] [waɪn] n. 香料酒（傳統上在聖誕節等冬季節日飲用）

- negroni [nɪˈɡrəuni] n. 尼格羅尼（琴酒、甜香艾酒、金巴利酒）

- old-fashioned [ˈold ˈfæʃənd] n. 古典雞尾酒、往日情懷（威士忌、方糖、苦精、橙皮）

- piña colada [ˈpɪnjə][kəˈlɑdə] n. 鳳梨可樂達（蘭姆酒、鳳梨汁、椰漿。波多黎各政府在 1978 年指定為國民飲品）
- pink gin [pɪŋk][dʒɪn] n. 粉紅琴酒（琴酒、苦精）
- pousse-café [ˌpuskəˈfe] n. 普施咖啡、彩虹酒（用不同比重的酒調製成顏色層次分明的分層調酒）
- Ramos Gin Fizz n. 拉莫斯琴費士（琴酒、鮮奶油、糖漿、萊姆汁、檸檬汁、蛋白、橙花水、香草精）
- Salty Dog [ˈsɔlti][dɑg] n. 鹹狗（伏特加、葡萄柚汁）
- sangria [sɑŋˈgriə] n. 桑格莉亞（紅酒、切塊水果、柳橙汁或白蘭地）
- sangria blanca n. 白色桑格莉亞（白酒、切塊水果、柳橙汁或白蘭地）
- screwdriver [ˈskruˌdraɪvɚ] n. 螺絲起子（伏特加橙汁調酒）
- Sea Breeze [si][briz] n. 海風（伏特加、蔓越莓汁、葡萄柚汁）
- shandy [ˈʃændɪ] n. （英）香蒂（在啤酒中摻檸檬汽水、薑汁汽水或柳橙汁的調製飲品）
- sidecar [ˈsaɪdˌkɑr] n. 側車、賽德卡（干邑白蘭地、白橙皮酒、檸檬汁）
- Singapore Sling [ˈsɪŋgəˌpor][slɪŋ] n. 新加坡司令（琴酒、櫻桃白蘭地）
- stinger [ˈstɪŋɚ] n. 醉漢、譏諷者（干邑白蘭地、香甜薄荷酒）
- tequila sunrise [təˈkilə][ˈsʌnˌraɪz] n. 龍舌蘭日出（龍舌蘭酒、柳橙汁、紅石榴糖漿）
- toddy [ˈtɑdɪ], hot toddy [ˌhɑt][ˈtɑdɪ] n. 熱甜酒（威士忌加糖後用熱水沖兌）
- Tom Collins n. 湯姆克林（琴酒、蘇打水、糖、檸檬或萊姆汁）

- Whiskey Highball [ˈhwɪskɪ][haɪbɑl] n. 威士忌高杯（調和威士忌、蘇打水、檸檬皮）
- whiskey sour [ˈhwɪskɪ][saur] n. 威士忌酸酒（波本威士忌、檸檬汁、糖漿）
- White Lady [hwaɪt][ledɪ] n. 雪白佳人（琴酒、橙酒、檸檬汁）

〔常見調酒副材料〕

- bitters [ˈbɪtɚz] n. 苦精、苦酒
- grenadine [ˌgrɛnəˈdin] n. 紅石榴糖漿（常用於調酒）
- maraschino cherry [mærəˌskino ˈtʃɛrɪ] n. 酒漬櫻桃（用黑櫻桃酒浸泡的櫻桃，常用來裝飾蛋糕和雞尾酒）
- syrup [ˈsɪrəp] n. 糖漿、果露

茶

- tea [ti] n. 茶、花草茶；（英）晚餐；（英）下午茶、午後茶點
- tea bag [ti ˈbæg] n. 茶包
- tea leaves [ti ˈlivz] n. 茶葉

★ 紅茶 ★

- black tea [blæk][ti] n. 紅茶（completely fermented tea 全發酵茶）
- Assam [æˈsæm] n. 阿薩姆紅茶
- Ceylon [sɪˈlɑn] n. 錫蘭紅茶
- Darjeeling [dɑrˈdʒilɪŋ] n. 大吉嶺紅茶
- Earl Grey [ˌɝl ˈgre] n. 伯爵茶（紅茶）

- English breakfast tea [ˈɪŋglɪʃ][brɛkfəst] [ti] n. 英式早餐茶（紅茶）
- Keemun n. 祁門紅茶
- Ruby black tea (TTES No. 18) n. 紅玉（台茶18號）、日月潭紅茶

★綠茶★

- green tea [grin][ti] n. 綠茶（non-fermented tea 不發酵茶）
- Dragon Well n. 龍井茶（綠茶）
- Bilochun n. 碧螺春（綠茶）
- sencha [ˈsɛntʃə] n.（日）煎茶（綠茶）
- matcha [ˈmɑtʃə] n.（日）抹茶（綠茶）

★烏龍茶★

- oolong [ˈuloŋ] n. 烏龍茶（partially fermented tea 部分發酵茶）
- Dongding n. 凍頂烏龍
- Iron Goddess [ˈaɪɚn][ˈgɑdɪs] , Tikuanyin n. 鐵觀音（烏龍茶）
- Taiwan Alpine [taɪˈwɑn][ˈælpaɪn] , High Mountain Oolong n. 台灣高山茶（烏龍茶）
- Wenshan Pouchong n. 文山包種茶（烏龍茶）
- White Tip Oolong, Pomfong tea, Oriental Beauty[ˌorɪˈɛnt！][ˈbjutɪ] n. 白毫烏龍、膨風茶、東方美人茶

★普洱茶★

- Pu-erh n. 普洱茶（post-fermented tea 後發酵茶）

★花果茶★

- flavored and scented tea [ˈflevɚd][ænd] [sɛntɪd][ti] n. 調味花茶
- fruit tea [frut][ti] n. 水果茶
- herbal tea [hɝbl][ti] n. 花草茶
- chamomile/chamomile tea [ˈkæməˌmaɪl] [ti] n.（美／英）洋甘菊茶
- chrysanthemum tea [krɪˈsænθəməm][ti] n. 菊花茶
- Chinese herb tea [ˈtʃaɪˈniz][ɝb][ti]n. 青草茶
- jasmine tea [dʒæsmɪn][ti] n. 茉莉花茶
- maté [ˈmateɪ] n. 瑪黛茶
- mint tea [mɪnt][ti] n. 薄荷茶
- osmanthus oolong n. 桂花烏龍茶
- rooibos [ˈrɔɪbɔs] n. 博士茶、南非國寶茶
- toffee black tea [ˈtɔfɪ][blæk] [ti] n. 太妃糖紅茶
- roselle tea [roˈzɛl][ti] n. 洛神花茶

★奶茶★

- boba tea [ˈbəubə][ti] n. 波霸奶茶
- bubble tea [ˈbʌbl][ti], pearl tea [pɝl] [ti] n. 珍珠奶茶
- chai [tʃʌɪ] n.（加了香料的）印度甜茶
- masala chai, chai latte n. 印度香料奶茶
- milk tea [mɪlk][ti] n. 奶茶
- yak butter tea n.（西藏）酥油茶

★茶飲★

- ginger tea [ˈdʒɪndʒɚ][ti] n. 薑茶
- lei cha,ground tea) n.（客家）擂茶

咖啡

- arabica [əˈrabɪkə] n. 阿拉比卡豆（兩大咖啡品種之一）
- coffee [ˈkɔfɪ] n. 咖啡
- coffee bean [ˈkɔfɪ͵bin] n. 咖啡豆
- coffee cupping [ˈkɔfɪ͵kʌpɪŋ] n. 杯測

字辨

coffee cupping 與 cupping

coffee cupping：杯測，指專業杯測師（cupper）品評咖啡豆的方式。
cupping：拔罐、拔火罐。

- coffee grounds [ˈkɔfɪ][graʊndz] n. 咖啡渣
- coffee powder [ˈkɔfɪ][paʊdɚ] n. 咖啡粉
- creamer [ˈkrimɚ], non-dairy creamer n. 奶精
- crema [ˈkreɪmə] n. 咖啡脂層（指浮在義式濃縮咖啡表層極細緻的泡沫狀油脂）
- decaf, decaff [ˈdi͵kæf] n. 低咖啡因咖啡
- decaffeinated [diˈkæfɪ͵netɪd] a.（咖啡或茶）低咖啡因的
- foam [fom] n. 奶泡
- ground coffee [ˈgraʊnd͵kɔfɪ] n. 研磨咖啡
- instant coffee [ˈɪnstənt][kɔfɪ] n. 即溶咖啡
- latte art [ˈlateɪ][ɑrt] n. 拉花
- single origin [ˈsɪŋg!][ˈɔrədʒɪn] n. 單品（出自單一國家或莊園的某種咖啡豆）
- blend [blɛnd] n. 綜合（數款咖啡豆混合而成）

- robusta [rəˈbʌstə] n. 羅布斯塔豆（兩大咖啡品種之一）
- skinny [ˈskɪnɪ] a.（美）（非正式）低脂肪的 a skinny latte 低脂拿鐵咖啡

★ 單品咖啡 ★

- Blue Mountain n. 藍山咖啡
- Brazilian coffee n. 巴西咖啡
- Colombia n. 哥倫比亞咖啡
- Cuban coffee n. 古巴咖啡
- Mandeling, Mandheling n. 曼特寧咖啡
- single estate [ˈsɪŋg!][ɪsˈtet] n. 單品咖啡（只用單一產區咖啡豆沖煮的咖啡）

★ 咖啡飲品：熱飲 ★

〔以義式濃縮咖啡為基底，不加奶〕

- americano [ə͵mɛriˈkanoʊ] n. 美式咖啡
- espresso [ɛsˈprɛso] n. 義式濃縮咖啡（一般使用深焙豆，用蒸氣高壓萃取出濃厚咖啡）
- lungo [ˈlungo] n. 淡味義式濃縮咖啡
- ristretto [rɪˈstrɛtoʊ] n. 芮斯崔朵、短萃取濃縮咖啡、特濃義式濃縮咖啡

〔以義式濃縮咖啡為基底，加奶〕

- caffe breve [kæfˈeɪ][briv] n. 布雷衛（義式濃縮咖啡加蒸過的 half-and-half）
- cappuccino [͵kapəˈtʃino] n. 卡布奇諾（義式濃縮咖啡加蒸氣奶泡）
- espresso con panna n. 康寶藍（義式濃縮咖啡加鮮奶油）
- flat white [flæt][hwaɪt] n. 鮮奶濃縮咖啡、澳式白咖啡

- latte [ˈlateɪ] n. 拿鐵（義式濃縮咖啡加蒸氣牛奶）
- macchiato [ˌmakɪˈɑtəʊ] n. 瑪奇雅朵（義式濃縮咖啡加少許蒸氣奶泡。奶泡量較卡布奇諾少）
- mocha [ˈmokə] n. 摩卡咖啡（拿鐵加巧克力醬）
- mochaccino [ˌmokəˈtʃino] n. 摩卡奇諾（卡布奇諾加巧克力醬）
- Vienna coffee n. 維也納咖啡（兩份義式濃縮咖啡加打發鮮奶油）

〔 非以義式濃縮咖啡為基底 〕

- black coffee [ˈblæk][ˈkɔfɪ] n. 黑咖啡、咖啡不加牛奶
- café au lait [kəˈfe əʊ ˈle] n. 咖啡歐蕾（一般手沖咖啡加熱牛奶）
- white coffee [ˈhwaɪt][ˈkɔfɪ] n. 白咖啡（黑咖啡加牛奶或鮮奶油）

〔 特調咖啡 〕

- flavored coffee [ˈflevəd][ˈkɔfɪ] n. 特調咖啡、加味咖啡、風味咖啡
- syrup [ˈsɪrəp] n. 糖漿（果露）almond / caramel / hazelnut / vanilla flavored syrup

杏仁／焦糖／榛果／香草糖漿

- Turkish coffee [ˈtɚkɪʃ][ˈkɔfɪ] n. 土耳其咖啡（通常會加糖，有時會加香料同煮）
- chicory [ˈtʃɪkərɪ] n. 菊苣（根部烘烤磨碎後可作咖啡代用品）

〔 含酒花式咖啡 〕

- café royale [ˌkafeɪ][rɔɪəl] n. 皇家咖啡（咖啡加白蘭地）
- Irish coffee [ˈaɪrɪʃ][ˈkɔfɪ] n. 愛爾蘭咖啡（咖啡加威士忌和奶油）

★ 咖啡飲品：冷飲 ★

- café frappé [kəˈfe ˈfrapeɪ] n. 咖啡冰沙
- cold brew coffee [kold][bru][ˈkɔfɪ] n. 冷萃咖啡、冷泡咖啡
- frappuccino n. 法布奇諾、星冰樂（星巴克註冊商品）
- ice drip coffee [aɪs][drɪp][ˈkɔfɪ] n. 冰滴咖啡
- iced coffee [aɪst][ˈkɔfɪ] n. 冰咖啡
- nitro coffee, nitro cold brew coffee [ˈnaɪtrə][kold][bru][ˈkɔfɪ][ˈnaɪtrə][ˈkɔfɪ] n. 氮氣咖啡、氮氣冷萃咖啡

心・得・筆・記

延伸例句

▶▶▶ Do you fancy a cup of tea?
你想喝杯茶嗎？

▶▶▶ We walked into a café and Paul ordered me a freshly-squeezed grapefruit juice.
我們走進一家咖啡館，保羅為我點了杯現榨葡萄柚汁。

▶▶▶ Is it for here or to go?
內用還是外帶？

▶▶▶ We have three sizes for coffee: small, medium and large. Which one do you prefer?
我們的咖啡分為大杯、中杯、小杯三種容量，請問你想喝哪一種？

▶▶▶ He downed the coffee in one gulp.
他一口喝下整杯咖啡。

─ 心·得·筆·記 ─

How

怎麼吃

/ 如何料理
/ 如何品嚐
/ 如何形容

一、如何料理

情境對話

Jamie is tired of eating out but she knows nothing about cooking. Her mother is teaching her how to make scrambled eggs with tomatoes.
潔咪厭倦了外食，可是她對烹飪一竅不通。她的媽媽教她怎麼做番茄炒蛋。

Jamie：Should I start with tomatoes?
先從番茄開始處理嗎？

Mom：Yes, peel all tomatoes first. If you skip this step, the tomato skin can create an unappealing texture in an otherwise lovely dish.
對，首先給番茄去皮。如果妳跳過這個步驟，番茄皮會給這道美味的菜餚帶來不好吃的口感。

Jamie：Ok, how could I peel tomatoes?
好，我該怎麼給番茄剝皮呢？

Mom：Place a pot of water on the stove and bring it to boil. Fill a bowl of ice water and put it aside. Meanwhile, score a shallow X on the bottom of all tomatoes with a sharp knife. Drop all tomatoes into the boiling water and cook for 30 seconds or when the skin begins to peel. Then move them into the bowl of ice water with a slotted spoon. The skin should slide right off.
在瓦斯爐上煮滾一鍋水。裝一碗冰水放旁邊備用。同時，用鋒利的刀在所有番茄底部畫上一道淺淺的 X。把番茄全放進滾開的沸水中，煮三十秒或煮到皮開始綻開。接著用漏勺撈起番茄，放進冰水中。番茄皮應該會立刻與果肉分離。

(After 5 minutes…)
（五分鐘後）

Jamie：I'm finished.
我剝好了。

Mom : Now cut each tomato into quarters, then in half the other direction. Slice the onion, and chop the scallion into 2 inches pieces. Then crack two eggs into a bowl and add a dash of salt and ground pepper before whisking.

現在把番茄縱切四等份後再橫切為二，洋蔥切片，青蔥切成兩英寸長的小段。打兩個蛋到碗裡，加一點鹽和胡椒粉調味，蛋打散備用。

(After a few minutes…)

（幾分鐘過後……）

Mom : Heat up the wok, add 1 tablespoon oil, use the medium-low heat to scramble eggs. As soon as the eggs just barely start to set, take out the scrambled eggs and set it aside.

起熱鍋，加一大匙油，用中小火炒蛋。等蛋液快要開始凝固，取出炒蛋備用。

Jamie : What's next?

接下來呢？

Mom : Heat up the wok, add 2 tablespoons oil, use the medium heat to sauté the white part of scallion, add in all tomatoes, some sugar, soy sauce, ketchup, then close the lid and cook for 8 minutes.

起熱鍋，加兩大匙油，中火爆香蔥白，放入全部的番茄，加點糖、醬油、番茄醬，然後蓋上鍋蓋煮八分鐘。

Jamie : And then add the scrambled egg?

接著加入炒蛋？

Mom : Yes, add the scrambled egg, sliced onion, and the green part of scallion. Stir well. Taste it and adjust the flavor if necessary. Scrambled eggs with tomatoes is ready to serve now!

沒錯，把炒蛋、洋蔥和青蔥段放進去翻炒均勻。試試味道。然後番茄炒蛋就準備上桌啦！

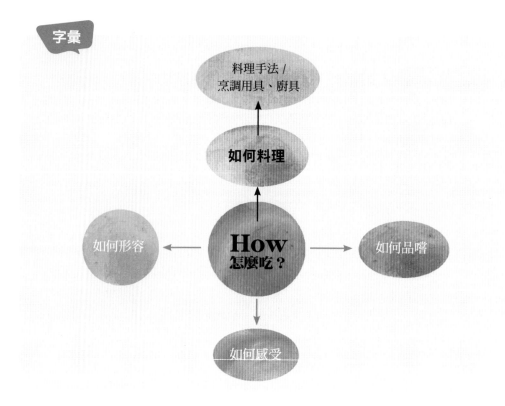

料理手法 /
烹調用具、廚具

如何料理

How
怎麼吃？

如何形容

如何品嚐

如何感受

如何料理

★料理手法☆

- add [æd] v. 添加、摻入
- age [edʒ] v. ❶ 使（酒的味道）變醇；❷ 熟成（讓動物天然的酵素分解僵硬的肌肉纖維，增加風味與嫩度）
- bard [bɑrd] v. 包油（用肥肉片或培根包住瘦肉或野味，讓肉塊在烹調過程中保持濕潤）
- beat [bit] v. ❶ 攪拌；❷ 連續多次拍打（尤指用棍棒）

- blend [blɛnd] v. 混合
- brine [braɪn] v. 用濃鹽水處理（或浸泡）
- brown [braʊn] v. 使⋯產生褐變
- butter [ˈbʌtɚ] v. 塗奶油於⋯⋯
- caramelize [ˈkærəmḷˌaɪz] v. 使成焦糖（色）、焦糖化
- churn [tʃɝn] v.（劇烈地）攪動
- clarify [ˈklærəˌfaɪ] v. 淨化、澄清（除去液體中的雜質）
- coat [kot] v. 在⋯⋯上塗、沾、蓋
- cook [kʊk] v. 烹調、煮、做飯、燒菜
- cool [kul] v. 冷卻、放涼
- crack [kræk] v. 砸開、撬開（如椰子）、敲開（如蛋）

- crush [krʌʃ] v. 壓碎、碾碎
- cure [kjʊr] v.（用鹽漬、煙燻、乾燥等方式）保存（食物）
- defrost [diˈfrɔst] v. 使（食物）解凍
- deglaze [dɪˈglez] v. 洗鍋底收汁（以酒或高湯沖刮鍋邊及鍋底的焦香殘渣，烹煮收汁後即為醬汁）
- dilute [daɪˈlut] v. 稀釋
- dissolve [dɪˈzɑlv] v. 溶解
- divide [dəˈvaɪd] v. 分開、分割
- drain [dren] v. ❶ 瀝乾、濾去；❷ 喝光、喝乾（容器中的所有液體）
- dredge [drɛdʒ] v. 撒（糖或麵粉）在……上
- dress [drɛs] v. 給（沙拉）調味
- drizzle [ˈdrɪzl] v.（像下毛毛雨似地在食物上）灑（少量液體）
- dry-cure [draɪˌkjur], dry-salt[draɪˌsɔlt] v. 曬乾醃藏（魚肉等）
- ferment [ˈfɝmɛnt] v. 發酵
- fill [fɪl] v. 裝滿、填滿、注滿、使充滿
- fix [fɪks] v.（主美）準備（食物或飲料）
- filter [ˈfɪltɚ] v. 過濾、濾除
- flavor/flavour [ˈflevɚ] v.（美／英）給……調味；給……添加味道
- flatten [ˈflætn] v. 把…弄平
- freeze [friz] v. 冷凍
- garnish [ˈgɑrnɪʃ] v. 裝飾（菜餚、飲料）
- glaze [glez] v. 給……塗上光亮的表面；淋糖漿於……
- grate [gret] v. 磨碎、刨絲
- grind [graɪnd] v. 研磨、磨碎、碾碎；絞
- heat [hit] v. 加熱

字辨

grate、grind 與 mill

grate：用搓磨的方式，將食材磨碎、刨絲。

grind：利用機器或兩個硬物夾住食材輾壓研磨，讓食材碎裂成泥或粉狀。

mill：利用兩個硬物夾住食材輾壓研磨，讓食材碎裂成泥或粉狀。

- infuse [ɪnˈfjuz] v. 浸漬（將芳香的材料浸泡在液體內，為液體增添風味）
- juice [dʒus] v. 榨（果汁或蔬菜汁）
- lard [lɑrd] v. 穿油（將長條狀豬脂肪插入、埋進瘦肉中，讓成品變得更多汁）
- liquidize / liquidise [ˈlɪkwəˌdaɪz] v.（美／英）（把食物，尤指水果或蔬菜）榨成汁
- macerate [ˈmæsəˌret] v.（把……）泡軟
- Maillard reaction [ˈmeɪləd rɪˈækʃən] n. 梅納反應（利用食物表面天然的糖分和胺基酸焦化後，製造出酥脆的口感）

字辨

Maillard reaction 與 caramelization

兩者都是褐變，但

Maillard reaction：指食物中蛋白質和碳水化合物在大約110℃會發生褐變作用，引發大量複雜香氣。如牛排焦香的外層、麵包的脆皮、烤雞金黃酥脆的外皮……等。

caramelization：指糖的褐變，溫度約148℃。

- marinate [ˈmærəˌnet] v. 醃（肉）、醃漬、浸泡在滷汁中
- mash [mæʃ] v. 搗成糊狀、弄碎（食物）
- melt [mɛlt] v. 使融化
- mill [mɪl] v. 碾碎、研磨
- mix [mɪks] v. 混合、攪拌
- pestle [ˈpɛstl] n.（用杵）搗碎、研碎
- pick [pɪk] v. 揀、摘
- pickle [ˈpɪkl] v.（用醋或鹽水）醃製、醃漬
- poke [pok] v. 戳、捅、撥弄
- pour [por] v. ❶ 傾倒、倒、淋；❷ 斟茶
- preheat [priˈhit] v. 預熱（烤爐、烤箱）
- prepare [prɪˈpɛr] v. 做（飯菜）、準備、調製
- preserve [prɪˈzɝv] v. 醃（肉）、漬（果物）、把……做成罐頭
- press [prɛs] v. ❶ 壓、按；❷ 榨（汁）、榨（油）
- prick [prɪk] v.（在食材表皮）戳洞
- purée [pjʊˈre] v. 研磨、搗成泥
- quick-pickle [ˈkwɪk pɪkl] v. 淺漬
- reduce [rɪˈdjus] v. 濃縮變稠、（將醬汁）收乾
- refresh [rɪˈfrɛʃ] v. 冰鎮降溫定色、保翠綠
- refrigerate [rɪˈfrɪdʒəˌret] v. 冷藏
- reheat [riˈhit] v. 再加熱、復熱
- render [ˈrɛndɚ] v. 熬煉（脂肪）、逼出油脂
- rinse [rɪns] v. 沖洗、清洗
- rip [rɪp] v. 撕
- sample [ˈsæmpl] v. 品嘗、試吃
- saw [sɔ] v. 鋸開
- scoop [skup] v. 挖出、舀出
- scrape [skrep] v. ❶ 刮、擦；❷（英）給（蔬果）削皮

- screw [skru] v. 旋緊
- scrub [skrʌb] v. 擦洗、刷洗
- season [ˈsizn̩] v. ❶ 給……調味；❷ 養（鍋）
- seed [sid] v. 給……脫籽、去籽
- shell [ʃɛl] v. 剝去（豆類、白煮蛋、蝦貝）外殼
- shuck [ʃʌk] v.（美）去（牡蠣、蛤蜊）殼、去（玉米）皮、去（豌豆、菜豆）豆莢
- sieve [sɪv] v. 篩、濾（液體或混合物）
- sift [sɪft] v. 過篩、濾（非液體的物質）
- skim [skɪm] v. 撇去（液體表面的浮物）
- skin [skɪn] v. 剝去（動物、水果或蔬菜的）表皮
- soak [sok] v. 浸泡、弄溼、浸漬
- souse [saʊs] v. ❶（用鹽水、醋水）醃漬、醃；❷ 把水潑在……上，使濕透
- spatchcock [ˈspætʃˌkɑk] v. 去脊骨壓平（最適合用於小型禽鳥上。藉由壓平的方式，讓禽鳥的整體厚度變得一致）
- spike [spaɪk] v. 把烈酒偷偷攙入（飲料或食物中）；（在食物或飲料中）增添強烈的風味
- split [splɪt] v. 切開、劈開
- spoon [spun] v. 用湯匙或勺子舀、舀取、用湯匙吃（或喝）
- spray [spre] v. 噴、噴灑

字辨

mix、blend 與 stir

mix：把食材混合。

blend：運用果汁機（blender）將食材絞碎、打出汁液或成糊狀後拌合。

stir：用湯匙、棒子攪拌，或使用鏟子翻炒。

- sprinkle [ˈsprɪŋkl̩] v. 灑（液體）、撒（粉末狀物）
- squeeze [skwiz] v. 擠出、榨出（液體等）
- stab [stæb] v. 刺、戳、捅
- steep [stip] v. 浸泡、浸透

字辨

sieve、strain 與 sift

sieve：濾、篩。

strain：濾除多餘水分，或分離固體與液體。

sift：過篩，目的是濾除粉類（如麵粉或糖粉）當中結塊或顆粒較大的雜質，或是讓成品更細膩（如過濾卡士達醬、布丁液）。

- stir [stɝ] v. 攪拌
- stoneground [ˈstonˌɡraʊnd] a. （穀物）以石磨研磨的
- strain [stren] v. 濾除、過濾（濾除多餘水分或分離固體與液體）
- stuff [stʌf] v. 鑲餡、填料
- sun-baked [ˈsʌnˌbekt] a.（經日曬）曬乾的
- taste [test] v. 嚐、品嚐
- tear [tɛr] v. 撕
- tenderize [ˈtɛndəˌraɪz] v. 軟化（搥軟、嫩精、醃泡）
- thaw [θɔ] v. 解凍
- toss [tɔs] v. 拋翻（薄餅）；（用液體）攪拌（食物，使食物表面覆蓋液體）
- trim [trɪm] v. 修整（形狀）、切除（多餘部分，如蒂頭、粗絲）
- unscrew [ʌnˈskru] v. 旋開（蓋子等）

- wash [wɑʃ] v. 洗、洗滌
- weigh [we] v. 稱重
- whet [hwɛt] v. 磨、把…磨鋒利
- whip [hwɪp] v. 攪打（蛋、奶油）、打發
- whisk [hwɪsk] v. 攪拌、打（蛋等）
- wrap [ræp] v. 包

字辨

beat、whip 與 whisk

beat：以旋轉手腕的手勢快速攪打，把液態的材料和得均勻滑順。

whip：高速攪打，直到形成堅挺的泡沫。

whisk：輕柔地迅速攪拌，盡量把空氣打進蛋液或鮮奶油裡，以便形成蓬鬆的泡沫。

★ 刀工 ★

- batonet [bæˈtṇe] n. 條狀、棒狀
- brunoise [brunˈvɑrz] n. 細丁
- butterfly [ˈbʌtɚˌflaɪ] v. 切蝴蝶片（將食材橫剖但不要切斷。攤開後就像蝴蝶的形狀）
- carve [kɑrv] v. 切割肉類、分切（火雞）
- chiffonade [ˌʃɪfəˈnɑd] n. 細切的蔬菜（用來裝飾湯品）（先將香草葉或菜葉疊放，捲成圓筒狀後拉刀切成細絲）
- chop [tʃɑp] v. 切成小塊、切碎、砍、剁
- core [kor] v. 去掉……的果核、去心
- cube [kjub] v. 切成小立方塊
- cut [kʌt] v. 切、割、剪、削、砍
- devein [dɪˈven] v. 去（蝦）腸泥

- diagonally cut [daɪˋægənəlɪ] [kʌt] n. 斜切
- dice [daɪs] v. 切丁、小方塊
- fillet [fɪˋlɪt] v. 把（魚或肉）去骨切片
- gut [gʌt] v. 清除、取出（魚的）內臟
- hack [hæk] v. 劈、砍
- halve [hæv] v. 對半切
- julienne [ˌdʒulɪˋɛn] v. 切絲、切成細長條
- lengthwise [ˋlɛŋθˌwaɪz] adv. 縱長地
- mince [mɪns] v. 剁碎、絞碎、切末
- paysanne cut n. 丁片（切成方形片狀，約 1/2”*1/2”*1/8” 厚，常用於盤飾）
- peel [pil] v. 削皮、剝皮、剝（蝦）殼
- pit [pɪt] v. 去除……的果核、去籽
- rock [rɑk] v. 來回擺盪
- roll cut [rol][kʌt], oblique cut [əbˋlik][kʌt] n. 滾刀塊
- rondelle [rɑnˋdɛl] n. 圓片
- scale [skel] v. （刮）去（魚）鱗
- score [skor] v. 在……上畫切刀痕
- shave [ʃev] v. 削下薄片
- shred [ʃrɛd] v. 切成帶狀、條狀；切絲
- slice [slaɪs] v. 切片、切成薄片
- snip [snɪp] v. （將香草植物或葉菜）剪碎
- stem [stɛm] v. 去梗、去莖
- stick [stɪk] n. 棒狀物、條
- wedge [wɛdʒ] n. 三角塊狀

★ 烹調方式 ★

- bain-marie [ˌban məˋri] n. 隔水加熱
- bake [bek] v. 烘烤
- barbecue [ˋbɑrbɪkju] v. （在戶外）燒烤、炭烤

- baste [best] v. （烹調時在食材上）澆抹油脂、肉汁（以增添風味與保濕）
- blanch [blæntʃ] v. 汆燙
- boil [bɔɪl] v. ❶ 燒開、煮沸；❷ 用沸水煮、水煮
- braise [brez] v. 燜、燴、滷、煨（迅速油煎食材後加入少量液體，加蓋慢煮）
- brochette [broˋʃɛt] n. 串烤（用金屬烤肉叉或木籤串起食物後燒烤）
- broil [brɔɪl] v. （美）燒烤、炙烤；烘烤（用烤箱，熱源來自上方）
- casserole [ˋkæsəˌrol] v. 小火慢燉
- charbroil [ˋtʃɑrˌbrɔɪl] v. （主美）炭烤
- chargrill [ˋtʃɑrˌgrɪl] v. 炭烤
- coddle [ˋkɑdl̩] v. 用文火水煮（雞蛋）
- confit [ˋkɑnfɪ] n. （法）油封（油泡低溫烹煮）
- decoct [dɪˋkɑkt] v. 熬煮、煎（藥）
- deep fry [ˋdip ˌfraɪ] v. 油炸（使用能完全蓋過食材的足量油品烹調食材）
- dry-fry [ˋdraɪ ˌfraɪ] v. （不加油）乾煸、乾炒
- dry-roasted [ˌdraɪˋrostɪd] a. 乾烤的（不加油，直接送進烤箱烘烤）
- en papillote a. （法）用紙包著食材烘烤的 fish en papillote 紙包魚
- flambé [flɑmˋbe] v. （法）焰燒（將白蘭地之類的酒飲澆淋在食物上並點燃）
- fry [fraɪ] v. （在油裡）煎、炸、炒
- gratin [ˋgrætæŋ] n. （法）焗烤
- grill [grɪl] v. （英）炙烤、燒烤；火烤（在烤架上用火烤，熱源來自下方）
- microwave [ˋmaɪkroˌwev] v. 用微波爐烹調食物、用微波爐熱食物
- nuke [njuk] v. （非正式）用微波爐加熱、烹調

grill 與 barbecue

grill：利用乾燥和高熱將食物的表面烤成褐色，但保持內部多汁且質地柔軟。

barbecue：與 grill 幾乎相同，差別在於 barbecue 多在戶外進行，燃燒木柴或木炭加熱食物，因而通常帶著煙燻風味。

- pan-fry [ˈpænˌfraɪ] v. 油煎（＝sauté，以少量熱油烹煮食物）
- pan-roast [ˈpænˌrost] v. 煎烤（先用平底鍋煎至褐變，再連鍋帶肉放進烤箱慢慢烤熟）
- parboil [ˈparˌbɔɪl] v.（把食物）煮到半熟
- poach [potʃ] v. 水波煮（加熱時水溫很高，但未達沸騰的程度，僅微開）
- pop [pɑp] v. 爆（玉米花）
- pot roast [pɑt][rost] v. 燉（肉）、燜（肉）
- pressure-cook [ˈprɛʃɚˌkʊk] v. 以高壓烹調
- red-cooking [rɛd ˈkʊkɪŋ] v.（中式）紅燒
- roast [rost] v. 爐烤（用烤箱）、烘烤、火烤

- rolling boil [ˈrolɪŋ][bɔɪl] v. 滾煮
- salt-bake [sɔltˈbek], bake in a salt crust v. 鹽焗
- sauté [ˈsoʊteɪ] v.（法）油煎、嫩煎（＝pan-fry，在少量熱油中迅速烹煮食物）
- scald [skɔld] v. 把（牛奶或其他液體）加熱至接近沸騰
- scramble [ˈskræmbl̩] v. 炒（蛋）
- sear [sɪr] v. 煎封、大火香煎（以極高溫快速燒炙食材表面）
- shallow-fry [ˈʃæloˌfraɪ] v. 半煎炸（使用較油炸量少的油烹調食材）
- simmer [ˈsɪmɚ] v. 煨、煲（用微火慢慢燒煮）
- smoke [smok] v. 煙燻、燻製
- sous vide [ˌsu ˈvid] n.（法）真空低溫烹調、舒肥
- spit-roast [spɪtrost] v.（在爐火上）叉烤
- steam [stim] v. 蒸煮
- stew [stju] v.（用小火）燉、煨、燜、熬煮
- stir-fry [ˈstɚˌfraɪ] v. 快炒、拌炒、翻炒、爆（在熱油中快速炒動食物）

poach 與 coddle

兩者都是在未達沸點的熱水中煮蛋，且成品通常半生不熟。

poach：把蛋直接打進水裡，煮到蛋白剛好凝固成形，但蛋黃仍是流動的。

coddle：將蛋打進一個內面塗油、名叫燉蛋罐（coddler）的容器後，蓋上蓋子，放進熱水中。水深應不高過罐身的一半，以文火慢燉至個人偏好的熟度。

braise 與 stew

這兩種手法特別適合烹煮質地較柴的肉塊或多纖維的蔬菜。燜煮與燉煮的技法幾乎完全相同，主要的差別在於

braise：使用的液體量較少，煮的是全雞或較大的肉塊，而且通常會先嫩煎使食材產生褐變後，才加蓋慢煮。

stew：煮的是切成較小塊的肉塊，使用的液體量至少得完全蓋過食材。

- sweat [swɛt] v. 出水（使用少許油，以極小火慢煮切塊蔬菜，植物細胞被破壞後會流出汁液）
- teriyaki [ˌtɛrɪˈjɑkɪ] n.（日本）照燒
- toast [tost] v. 烘、烤（食品）
- water bath [ˈwɔtɚ ˈbæθ] n. 水浴
- zap [zæp] v.（非正式）（用微波爐）烹調

★ 飲品調製 ★

- brew [bru] v. 泡（茶）、沖煮（咖啡）；釀（啤酒）
- cold-brew [ˈkoldˌbru], cold-press [ˈkoldˌprɛs] a. 冷萃、冷泡、冰釀（將茶葉或咖啡粉長時間浸泡在冷水中，使味道緩緩釋出）
- cold-drip [ˈkoldˌdrɪp], ice-drip [ˈaɪsˌdrɪp] a. 冰滴（將冰水極緩慢地滴入咖啡粉，萃取濾滴出咖啡液）
- decant [dɪˈkænt] v. 將葡萄酒注入另一容器（以清除酒渣及醒酒）
- froth [frɑθ] v. 使起泡沫 froth milk 打奶泡
- grind [graɪnd] v. 磨碎、磨粉
- infuse [ɪnˈfjuz] v. 沖泡（茶葉）
- lace [les] v.（給飲料或食物）摻（某種成分，尤其是酒，以增添風味）
- make [mek] v. 沏（茶）、煮（咖啡）、製作
- nel drip, flannel drip [ˈflænl̩][drɪp] n. 法蘭絨濾布手沖法
- paper drip [ˈpepɚˌdrɪp] n. 濾紙手沖法
- percolate [ˈpɝkəˌlet] v. 濾煮（咖啡）
- pour [por] v.❶ 傾倒、倒、淋；❷ 斟茶
- pour-over [ˈporˌouvɚ], manual drip [ˈmænjuəlˌdrɪp] n. 手沖法
- refill [riˈfɪl] v. 重新加滿、續杯

- roast [rost] v. 烘（豆）
- serve [sɝv] v. 端上、擺出（食物和飲料）
- steep [stip] v. 泡、浸泡

〔調酒〕

- blend [blɛnd] v.（電動攪拌）混合法
- build [bɪld] v. 直接注入法、直調法
- garnish [ˈgɑrnɪʃ] v. 裝飾
- roll [rol] v. 滾動法
- shake [ʃek] v. 搖盪法
- stir [stɝ] v. 攪拌法

★ 烘焙手法 ★

- bake sth. blind v. 空烤、空烤酥皮（烘烤空殼）
- braid [bred] v. 把⋯⋯編成辮子狀
- dip [dɪp] v. 蘸、浸一下
- dust [dʌst] v. 在⋯⋯上撒一層粉末、粉飾
- flour [flaʊr] v. 撒粉
- fold [fold] v. 折疊、對折
- frost [frɑst] / ice [aɪs] v.（美／英）在（糕餅上）塗糖衣或撒糖霜、霜飾

字辨

ferment 與 leaven

ferment：指酵母將糖轉變成二氧化碳與酒精的過程。也可指細菌產生乳酸的過程（如製作優格、醃菜、德國泡菜）。

leaven：以酵母、小蘇打或泡打粉等方式發酵、膨脹起來。

- grease [gris] v. 刷、塗抹油脂

- knead [nid] v. 揉（麵團）

- leaven[ˈlɛvən] v.（加酵母）使發酵、使鼓起

- pipe [paɪp] v.（用特製的管子）擠壓出（用來裝飾的奶油或糖霜）、擠花

- press [prɛs] v. 壓、按

- rise [raɪz] v.（麵包、蛋糕等）發酵膨脹起來

- roll [rol] v.❶ 捲；❷ 擀

- rub in [rʌb] [ɪn] v. 油搓粉（將油脂搓揉進麵粉中）

- scrape [skrep] v. 刮、擦

- shape [ʃep] v. 塑形

- spread [sprɛd] v. 塗抹

- stretch [strɛtʃ] v. 抻（麵團）

- unmold / unmould [ʌnˈmold] v. 脫模（美／英）

- unroll [ʌnˈrol] v.（把捲起的東西）展開

- whip [hwɪp] v. 攪打（蛋、奶油）、打發

- whisk [hwɪsk] v. 攪拌、打（蛋等）

★ 調理程度 ★

〔 爐火大小 〕

- high heat [haɪ][hit] n. 大火

- medium-high heat [ˈmidɪəmhaɪ][hit] n. 中大火

- medium heat [midɪəm][hit] n. 中火

- medium-low heat [ˈmidɪəm lo][hit] n. 中小火

- low heat [lo][hit] n. 小火

〔 咖啡豆烘焙深淺度 〕

- Light [laɪt] n. 極淺焙（最淺的烘焙度。咖啡香氣與醇度都不足，不太適合飲用，通常用於試烘）

- Cinnamon [ˈsɪnəmən] n. 淺焙（酸味濃烈，沒有苦味。適合煮成黑咖啡）

- Medium [midɪəm] n. 中焙（酸味仍強，苦味微弱，口感輕盈。適合煮成美式咖啡）

- High [haɪ] n.中深焙（標準焙度。酸味、苦味、甜味都很均勻。適合煮成單品咖啡）

- City [ˈsɪtɪ] n. 深焙（標準焙度。苦味、醇味勝於酸味。適合煮成單品咖啡）

- Full City [ful][sɪtɪ] n. 極深焙（苦味比酸味更強一些。豆子表面會滲出油脂。適合煮成冰咖啡或義式濃縮咖啡）

- French [frɛntʃ] n. 法式烘焙（幾乎不帶酸味，苦味與醇味非常明顯。適合加牛奶煮成咖啡歐蕾）

- Italian [ɪˈtæljən] n. 義式烘焙（極度深焙，是最深的烘焙度。可嚐到濃厚的苦味與香氣，適合煮成義式濃縮咖啡與卡布奇諾）

〔 咖啡研磨粗細度 〕

- finest [ˈfaɪnɪst], Turkish [ˈtɝkɪʃ] a. 極細研磨（適合用土耳其咖啡壺沖泡）

- finer[faɪnə], espresso [ɛsˈprɛso] a.濃縮咖啡式研磨（適合義式濃縮咖啡機沖泡法）

- fine [faɪn] a. 細研磨（適合錐狀濾壺的滴濾式咖啡）

- medium [midɪəm] a. 中度研磨（適合錐狀濾壺的滴濾式咖啡）

- coarse [kors] a.粗研磨（適合用法式濾壓壺沖泡）

★ 計量與分量 ★

- catty [ˈkætɪ] n. 台斤

- fluid ounce [ˋfluɪd][aʊns] n. 液體盎司（縮寫為 fl oz）

- gram [græm] n. 公克（縮寫為 g 或 gm）

- liter, litre [ˈlitə] n. 公升（縮寫為 l）

163

- milliliter [ˈmɪlɪˌlitɚ] n. 毫升（縮寫為 ml）

- ounce [aʊns] n. 盎司（縮寫為 oz）

- pint [paɪnt] n. 品脫（縮寫為 pt）

- tael [tel] n. 台兩

- dab [dæb] n. 少量、一點點

- dash [dæʃ] n. 少量、一點點

- drop [drɑp] n. 一點點、微量

- pinch [pɪntʃ] n. 一小撮、微量

- smidgin, smidgen [ˈsmɪdʒɪn] n.（非正式）少許、一點點

- bite [baɪt] n.（食物）一口之量

- bite-sized [ˈbaɪtsaɪzd] a. 能一口吃下的、適合入口大小的

- mouthful [ˈmaʊθfəl] n.（食物或飲料的）一口

- nibble [ˈnɪbl̩] n. 咬一小口的量、少量

- helping [ˈhɛlpɪŋ] n.（食物的）一份、一客

- portion [ˈporʃən] n.（食物的）一份、一客

- serving [ˈsɝvɪŋ] n.（食物的）一份、一客

〔食物的計量單位〕

- bag [bæg] n. 一袋

- bar [bɑr] n. 一條、一塊（巧克力等）

- basket [ˈbæskɪt] n. 一籃、一簍、一筐

- bowl [bol], bowlful [bolfʊl] n. 一碗的量

- box [bɑks] n. 一箱、一盒

- bunch [bʌntʃ] n. 一串（香蕉、葡萄、櫻桃）、一把（菠菜）

- bundle [ˈbʌndl̩] n. 一把、一捆（蔬菜）

- carton [ˈkɑrtn̩] n. 一（紙）箱（水果）

- chunk [tʃʌŋk] n. 大塊、厚片（肉、麵包等）

- clove [klov] n.（蒜）瓣

- crate [kret] n. 一箱（水果、瓶裝飲料）

- dessertspoon [dɪˈzɝtˌspun], dessertspoonful [dɪˈzɝtˌspunfʊl] n. 一中匙的量

- ear [ɪr] n. 一穗、一根（玉米）

- fistful [ˈfɪstˌfʊl] n. 一把（＝handful）

- forkful [ˈforkˌfʊl] n. 一叉的量

- handful [ˈhændfəl] n. 一把、一握（＝fistful）

- head [hɛd] n.❶（蔬菜、植物的）（一）顆、棵、株，❷（牛羊等的）頭數

- jar [dʒɑr] n. 一罐

- loaf [lof] n. 一條（土司）

- lump [lʌmp] n.❶（不定形的）塊（乳酪、奶油、肉）；❷顆（方糖）

- packet [ˈpækɪt] n. 一小包、一小袋（零食）

- piece [pis] n. 一個、一張、一塊、一片

- plate [plet], plateful [ˈpletˌfʊl] n. 一盤之量

- potful [ˈpɑtfʊl] n. 一鍋、一壺之量

- sack [sæk], sackful [ˈsækˌfʊl] n. 一大袋的量

- saucer [ˈsɔsɚ] n. 一碟

- scoop [skup], scoopful [ˈskupˌfʊl] n. 一球、一勺之量

- slab [slæb] n. 大塊（食物）slab of cake / chocolate / meat

- slice [slaɪs] n. 一（薄）片

- spoonful [ˈspunˌfʊl] n. 一匙的量

- sprig [sprɪg] n. 小枝、嫩枝

- stack [stæk] n. 一疊、一堆（盤子、煎餅等）

- stick [stɪk] n. 一支、一條、一串

- teaspoon [ˈtiˌspun], teaspoonful [ˈtispunˌfʊl] n. 一茶匙之量、一小匙之量

〔飲品的計量單位〕

- barrel [ˈbærəl] n.（中間粗兩端細的）大桶
- bottle [ˈbɑtḷ] n. 瓶
- can [kæn] n. 罐
- carafe [kəˈræf] n. 瓶（用餐時盛酒或水的廣口玻璃瓶）
- cask [kæsk] n.（裝液體的）桶、酒桶
- crate [kret] n. 一箱（水果、瓶裝飲料）
- cup [kʌp] n. 杯
- draft / draught [dræft] n.（美／英）一口吞下的液體量
- drink [drɪŋk] n.（飲料的）一杯、一份
- glass [glæs] n. 杯
- keg [kɛg] n. 桶（盛啤酒等飲料的小圓桶）
- mouthful [ˈmaʊθfʊl] n.（食物或飲料的）一口
- nip [nɪp] n.（烈酒）一小口、少量
- noggin [ˈnɑgɪn] n.（酒）少量、小杯（常指 ¼ 品脫）
- pint [pent] n. 品脫（常指一品脫啤酒）
- pitcher [ˈpɪtʃɚ] n. 壺
- shot [ʃɑt] n.❶（烈酒）一小杯，一小口；❷（濃縮咖啡）一份、一次量
- sip [sɪp] n.（液體）一小口

- six-pack [ˈsɪksˌpæk] n. 六罐（瓶）裝（的飲料，尤指啤酒）
- slug [slʌg] n.（非正式）一口烈酒
- squeeze [skwiz] n. 擠出來的少量（液體）

廚房烹調用具

- kitchenware [ˈkɪtʃɪnˌwɛr] n. 廚房用具（統稱）
- utensil [juˈtɛnsḷ] n.（烹調／進食）用具、器皿
- appliance [əˈplaɪəns] n. 家用電器；（用於特定目的的）器具、器械、裝置
- ovenware [ˈʌvənˌwɛr] n. 烤箱用器皿

★刀具★

〔刀的各部位〕

- blade [bled] n. 刀身（刀面、刀腹）
- blunt [blʌnt] a. 不尖的、不鋒利的
- bolster [ˈbolstɚ] n. 刀肩
- cutter [ˈkʌtɚ] n. 刀具、切割工具

刀的各部位

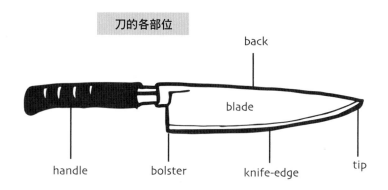

back

blade

handle   bolster   knife-edge   tip

- dull [dʌl] a.（刀口）不鋒利的、鈍的（＝blunt）
- handle [ˈhændḷ] n. 刀柄
- heel [hil] n. 刀跟
- knife-edge [ˈnaɪfˌɛdʒ] n. 刀刃、刀口
- sharp [ʃɑrp] a. 鋒利的、尖的
- tip [tɪp] n. 刀尖

〔 **刀的種類** 〕

- boning knife [ˈboʊnɪŋ][naɪf] n. 剔骨刀、去骨刀（用來分割肉和骨頭，強韌的刀片長 5-7 吋）
- bread knife [brɛd][naɪf] n. 麵包刀
- butcher knife [ˈbʊtʃɚ][naɪf] n. 剁刀
- carving knife [ˈkɑrvɪŋ][naɪf] n. 切肉餐刀（適合為烹調後還呈高溫狀態的肉塊，比如烤肉，切片）

各種刀

knife

paring knife

boning knife

fillet knife

mezzaluna

chef's knife

butcher knife

bread knife

- chef's knife [ʃefs][naɪf] n. 主廚刀（多功能，可切塊、切片、切丁、切末，刀長 8-14 吋）
- cleaver ['klivɚ] n. 切肉刀、長方形剁刀
- egg slicer [ɛg]['slaɪsɚ] / apple slicer ['æpl] ['slaɪsɚ] n.（水煮蛋）切蛋器／蘋果切片器
- fillet knife ['fɪlɪt][naɪf] n. 魚片刀（用來片魚，柔韌的刀片長 5-8 吋）
- Granton (edge) knife n. 刀面帶凹槽刻痕的刀（Granton 是英國雪菲爾刀廠名字）
- grater ['gretɚ] n.（將乳酪、蔬菜、巧克力等磨碎的）刨絲器、磨碎器
- knife [naɪf] n. 餐刀、廚刀
- mezzaluna [ˌmɛtsə'lunə] n. 半月刀、半月形切碎刀
- paring knife ['pɛrɪŋ][naɪf] n. 削皮刀、蔬果刀（刀片長 2-4 吋，用來切蔬果，形狀類似主廚刀）
- peeler ['pilɚ] n.（水果、蔬菜的）削皮刀
- santoku knife n. 三德刀（切片、切塊、切碎）
- serrated knife ['sɛretɪd][naɪf] n. 麵包刀、鋸齒刀（刀刃呈鋸齒狀，刀片長 12-14 吋，用來切麵包和番茄）
- zester ['zɛstɚ] n. 檸檬皮刨絲刀

〔 輔助用具 〕

- carving fork ['kɑrvɪŋ][fɔrk] n. 切肉餐叉（通常和切肉餐刀一起使用）
- chopping block ['tʃɔpɪŋ][blɑk] / chopping board ['tʃɔpɪŋ][bord] , cutting board ['kʌtɪŋ][bord] n.（美／英）砧板
- knife block [naɪf][blɑk] n. 刀座
- mortar ['mɔrtɚ] n. 研缽、臼

- pestle ['pɛstl] n. 杵
- steel [stil] n. 磨刀棒
- whetstone ['hwɛtˌston] n. 磨刀石

★ 鍋 ★

〔 鍋的各部位 〕

- base [bes] n. 鍋底
- handle ['hændl] n. 鍋柄
- lid [lɪd] n. 鍋蓋

〔 鍋具種類 〕

- billy ['bɪlɪ], billycan ['bɪlɪˌkæn] n.（英）（野炊時用的）洋鐵皮罐
- casserole ['kæsəˌrol] n.（燒菜兼上菜用的）燉鍋、砂鍋、烤盤
- cauldron ['kɔldrən] n. 大鐵鍋（西洋故事中巫婆用的那種大鍋）
- chip pan [tʃɪp][pæn] n.（英）（內附網籃、炸薯條等用的）深平底鍋
- double boiler ['dʌbl]['bɔɪlɚ] n. 雙層蒸鍋
- Dutch oven [dʌtʃ]['ʌvən] n.（帶蓋的）荷蘭燉鍋
- fish kettle [fɪʃ]['kɛtl] n.（長方形或橢圓形、有相當深度且有蓋的）煮全魚專用鍋
- frying pan ['fraɪɪŋ][pæn] n. 平底煎鍋
- frypan ['fraɪpæn] n.（美）平底煎鍋（＝frying pan）
- griddle ['grɪdl] n.（煎餅用）平底淺鍋、圓形鐵板
- grill pan [grɪl][pæn] n.（英）平底烙烤鍋（有條紋，常用來煎牛排）
- hotplate ['hɑtplet] n.（爐灶上供燒煮食物或保溫用的）鐵板、加熱板

各種鍋子

stockpot

fish kettle

wok

Dutch oven

double boiler

grill pan

saucepan

frying pan, frypan, skillet

billy

chip pan

poacher

- pan [pæn] n. 平底鍋
- poacher [ˈpotʃɚ] n.（英）煮水波蛋用的鍋
- pot [pɑt] n. 鍋子、深鍋、壺、罐
- pressure cooker [ˈprɛʃɚ][ˈkʊkɚ] n. 壓力鍋
- saucepan [ˈsɔsˌpæn] n.（長柄有蓋的）平底深鍋
- skillet [ˈskɪlɪt] n.（美）長柄平底煎鍋（＝frying pan, frypan）
- steamer [ˈstimɚ] n. 蒸鍋、蒸籠
- stockpot [ˈstɑkˌpɑt] n.（熬煮高湯用的）湯鍋
- wok [wɑk] n.（帶把的）中式炒菜鍋、鑊

★勺匙、夾、鏟、叉★

- carving fork [ˈkɑrvɪŋ][fɔrk] n. 切肉餐叉
- ice cream scoop [ˈaɪskrim][skup] n. 冰淇淋勺
- ladle [ˈledl̩] n. 長柄勺
- melon baller [ˈmɛlən][ˈbɔlə] n. 水果挖球器
- scoop [skup] n. 勺、球形勺
- skewer [skjuɚ] n.（金屬或木竹）串肉籤、烤肉叉
- slotted spoon [ˈslɑtɪd][spun] n. 漏勺
- spatula [ˈspætʃələ] n. 鍋鏟、抹刀、刮刀
- spit [spɪt] n. 烤肉鐵叉、炙叉
- spoon [spun] n. 湯匙、勺子、調羹
- toasting fork [tostɪŋ][fɔrk] n.（烤麵包用的長柄）烤叉
- tongs [tɔŋz] n. 夾子、鉗子
- wooden spoon [ˈwʊdn̩][spun] n.（烹調用的）木匙

★測量器具★

- candy thermometer [ˈkændi][θɚˈmɑmətɚ] / meat thermometer [mit][θɚˈmɑmətɚ] n. 煮糖用／肉類溫度計
- digital scale [ˈdɪdʒɪtl̩][skel] n. 電子秤
- egg-timer [ˈɛgˌtaɪmɚ] n. 煮蛋計時器
- heaping [ˈhipɪŋ] / heaped [hipt] a.（美／英）（勺、匙）盛得滿滿的
- heaping teaspoon [ˈhipɪŋ][ˈtiˌspun], heaped teaspoon [hipt][ˈtiˌspun], heaping tablespoon [ˈhipɪŋ][ˈteblˌspun], heaped tablespoon [hipt][ˈteblˌspun] 滿匙
- level [ˈlɛvəl] a. 平坦的
- level teaspoon [ˈlɛvəl][ˈtiˌspun] / level tablespoon [ˈlɛvəl][ˈteblˌspun] 平匙
- measuring cup [ˈmɛʒrɪŋ][kʌp] / measuring jug [ˈmɛʒrɪŋ][dʒʌg] n.（美／英）量杯（衡量液體用）
- measuring spoon [ˈmɛʒrɪŋ][spun] n. 量匙
- scale [skel] n. 磅秤
- thermometer [θɚˈmɑmətɚ] n. 溫度計
- timer [ˈtaɪmɚ] n. 計時器

★過濾器、網篩★

- colander [ˈkʌləndɚ] n.（鍋型或碗型、過濾淘洗食物用的）濾盆、濾鍋
- sieve [sɪv] n.（圓形的）篩子、濾網
- sifter [ˈsɪftɚ] n. 篩粉器（一容器底部有孔，可濾除麵粉中較大顆粒或混合麵粉與其他乾燥材料）
- skimmer [ˈskɪmɚ] n. 油切濾網（撇取液面浮沫油渣的器具）
- strainer [ˈstrenɚ] n. 濾網、過濾器（用來分離固體與液體）

★ 攪拌、混合 ★

- beater [ˈbitɚ] n. 攪拌器

- eggbeater [ˈɛgˌbitɚ] n. 打蛋器、攪拌器

- mixing bowl [ˈmɪksɪŋ][bol] n. 攪拌盆、攪拌缽

- whisk [hwɪsk] n.（雞蛋、奶油等的手動）打蛋器／攪拌器

★ 廚房家電 ★

- blender [ˈblɛndɚ] n.果汁機（＝liquidizer）

- combination oven [ˌkɑmbɪˈneɪʃn][ˈʌvən] n. 微波爐烤箱

- convection oven [kənˈvɛkʃən][ˈʌvən] n. 旋風烤箱、對流加熱烤箱

- deep-fat fryer [dip fæt][ˈfraɪɚ], deep fryer [dip][ˈfraɪɚ] n.（電）油炸鍋

- dishwasher [ˈdɪʃˌwaʃɚ] n. 洗碗機

- food processor [fud][ˈprasɛsɚ] n. 食物調理機

- freezer [ˈfrizɚ] n.❶ 冷凍櫃、冰櫃 ❷（美）電冰箱的冷凍室（＝freezer compartment）

- freezer compartment [ˈfrizɚ][kəmˈpartmənt] n.（英）電冰箱的冷凍室（＝freezer）

- fridge [frɪdʒ] n.（英）電冰箱

- fridge-freezer [ˌfrɪdʒˈfrizɚ] n.（英）電冰箱（冷藏室與冷凍室分開的）

- garbage disposal [ˈgarbɪdʒ][dɪˈspozl] / waste disposal [west][dɪˈspozl] n.（美／英）廚餘絞碎機

- juicer [ˈdʒusɚ] n.（電動）榨汁機

- liquidizer [ˈlɪkwəˌdaɪzɚ] n.（英）果汁機（＝blender）

- meat grinder [mit][ˈgraɪndɚ] n.（美）絞肉機（＝mincer）

- microwave [ˈmaɪkroˌwev], microwave oven [ˈmaɪkroˌwev][ˈʌvən] n. 微波爐

- mill [mɪl] n.（磨咖啡、胡椒用的）磨粉機、研磨機

- mincer [ˈmɪnsɚ] n.（英）絞肉機（＝meat grinder）

- mixer [ˈmɪksɚ] n. 電動攪拌器

- oven [ˈʌvən] n. 烤箱、烤爐

- range hood [rendʒ][hʊd] / cooker hood [ˈkʊkɚ][hʊd] n.（美／英）抽油煙機

- refrigerator [rɪˈfrɪdʒəˌretɚ] n. 電冰箱

- rice cooker [raɪs][ˈkʊkɚ] n. 電鍋

- rotisserie [roˈtɪsərɪ] n. 電熱旋轉烤肉器

- slow cooker [sloʊ][ˈkʊkɚ] n. 慢燉鍋、煲湯鍋

- toaster [ˈtostɚ] n. 烤麵包機

- waffle iron [ˈwafl][ˈaɪɚn] n. 鬆餅機

★ 其他廚房用具 ★

- apron [ˈeprən] n. 圍裙

- barbecue[ˈbarbɪkju] n.（室外烤食物用的）烤肉架、炙烤用的鐵架

- bottle opener [ˈbatl][ˈopənɚ] n. 開瓶器

- can opener [kæn][ˈopənɚ] n. 開罐器

- corer [ˈkorɚ] n.（水果果實）去心器

- garlic press [ˈgarlɪk][prɛs] n. 壓蒜器、蒜蓉鉗

- grinder [ˈgraɪndɚ] n.（尤指磨咖啡、胡椒及絞肉用的）研磨機

- ice cube tray [aɪs][kjub][tre] n. 製冰盒

- kitchen foil [ˈkɪtʃɪn][fɔɪl] n.（英）鋁箔紙

- kitchen roll [ˈkɪtʃɪn][rol] n.（英）廚房用紙巾
- kitchen scissors [ˈkɪtʃɪn][ˈsɪzɚz] n. 廚房剪刀、料理剪
- meat mallet [mit][ˈmælɪt], meat pounder [mit][ˈpaʊndɚ], meat tenderizer [mit] [ˈtɛndəˌraɪzɚ] n. 肉槌
- oven mitt [ˈʌvən][mɪt], oven glove [ˈʌvən] [glʌv] n. 厚實的烤箱用隔熱手套
- pepper mill [ˈpɛpɚ][mɪl] n. 胡椒研磨器
- plastic wrap [ˈplæstɪk][ræp] / clingfilm [klɪŋˈfɪlm] n.（美／英）食物保鮮膜
- potato peeler [pəˈteto][ˈpilɚ] n. 馬鈴薯削皮器
- potholder[ˈpɑtˌholdɚ] n.（端熱鍋時用的）防燙隔熱墊
- squeezer [ˈskwizɚ] n.（用手加壓從水果榨出汁液的）榨汁器
- stove [stov] / cooker [ˈkʊkɚ] n.（美／英）廚灶、爐具、火爐、電爐
- tin opener [tɪn][ˈopənɚ] n.（英）開罐器
- tinfoil [ˈtɪnˌfɔɪl] n.（包裹食物的）錫箔紙
- tweezers [ˈtwizɚz] n. 鑷子（拔除魚肚刺、豬毛等）

★ 咖啡器具 ★

- AeroPress n. 愛樂壓咖啡濾壓器（和法式濾壓壺原理相同，但使用濾紙）
- cafetière [ˌkæfəˈtjer] n.（英）濾壓壺
- capsule coffee machine [ˈkæpsl̩][ˈkɔfɪ] [məˈʃin] n. 膠囊咖啡機
- cloth filter [klɔθ][ˈfɪltɚ] n. 咖啡濾布
- cold dripper [kold][ˈdrɪpɚ] n. 冰滴壺
- coffee dripper [ˈkɔfɪ][ˈdrɪpɚ] n.（手沖）咖啡濾杯

- coffee grinder [ˈkɔfɪ][ˈgraɪndɚ] n. 磨豆機（電動的較常使用這名稱）（＝coffee mill）
- coffee maker [ˈkɔfɪ][ˈmekɚ] n.咖啡機（通常指濾滴式咖啡機）
- coffee mill [ˈkɔfɪ][mɪl] n. 磨豆機（手動的較常使用這名稱）（＝coffee grinder）
- coffee pot [ˈkɔfɪ][pɑt] n. 咖啡壺
- coffee roaster [ˈkɔfɪ][ˈrostɚ] n. 烘豆機
- cupping bowl [ˈkʌpɪŋ][bol] n. 杯測杯
- cupping spoon [ˈkʌpɪŋ][spun] n. 杯測匙
- espresso machine [ɛsˈprɛso][məˈʃin] n. 義式濃縮咖啡機
- French press [frɛntʃ][prɛs] n. 法式濾壓壺（使用粗目金屬濾網）
- gooseneck kettle [ˈgusˌnɛk][ˈkɛtl̩] n.（細口、長頸）手沖壺
- ibrik, Turkish coffee pot [ˈtɝkɪʃ][ˈkɔfɪ] [pɑt] n. 土耳其咖啡壺
- kettle [ˈkɛtl̩] n. 燒水壺（＝teakettle）
- mesh filter [mɛʃ][ˈfɪltɚ] n. 咖啡濾網
- milk foamer [mɪlk][ˈfomər], milk frother [mɪlk][ˈfrɑðər] n. 奶泡器
- milk pitcher [mɪlk][ˈpɪtʃɚ] n. 拉花杯
- moka pot [ˈmoka][pɑt] n. 摩卡壺
- paper filter [ˈpepɚ][ˈfɪltɚ] n. 咖啡濾紙
- percolator [ˈpɝkəˌletɚ] n. 過濾式咖啡壺
- pour-over brewer [ˈporˌovɚ][ˈbruɚ], manual drip brewer [ˈmænjʊəl][drɪp] [ˈbruɚ] n. 手沖壺
- siphon / syphon [ˈsaɪfən] n. 賽風壺、虹吸式咖啡壺
- shot glass [ʃɑt][glæs] n. 一口杯、盎司杯
- teakettle [ˈtiˌkɛtl̩] n.（美）燒水壺

各種咖啡壺

ibrik

cafetière

siphon/syphon

moka pot

pour-over brewer,
manual drip brewer

gooseneck kettle

★茶具★

- dish towel [dɪʃ][ˈtaʊəl] / tea towel [ti] [ˈtaʊəl], tea cloth [ti][klɔθ] n.（美／英）（擦乾碟、杯的）拭布、茶巾

- samovar [ˈsæməˌvɑr] n. 俄式茶炊（一種金屬燒水器具）

- sugar tongs [ˈʃʊgɚ][tɔŋz] n. 糖鉗

- tea ball [ti][bɔl] , mesh ball [mɛʃ][bɔl] n. 球型濾茶器

- tea caddy [ti][ˈkædɪ] n. 茶葉盒、茶葉罐

- tea cart [ti][kɑrt], tea wagon [ti][ˈwægən] / tea trolley [ti][ˈtrɑlɪ] n.（美／英）茶點推車、（有輪的）茶具台、泡茶車

- tea cosy [ti][ˈkozɪ] n. 茶壺保溫套

- tea strainer [ti][ˈstrenɚ] n. 濾茶器

- tea tray [ti][tre] n. 茶盤

- tea urn [ti][ɝn] n. 大茶壺、大水壺

★ 調酒用具 ★

- bar knife [bɑr][naɪf] n. 吧檯小刀
- bar spoon [bɑr][spun] n. 吧匙、吧叉匙
- chinois [ʃinˈwa] n. 錐形過濾器（常用於過濾湯汁、醬汁）
- cocktail shaker [ˈkɑkˌtel][ˈʃekɚ], shaker [ˈʃekɚ] n.（雞尾酒的）雪克杯、搖酒杯、調酒器
- cocktail stick [ˈkɑkˌtel][stɪk] n.（英）雞尾酒籤（插串水果）、取食籤（插取小塊開胃菜食物）
- corkscrew [ˈkɔrkˌskru] n. 軟木塞拔、拔塞鑽（葡萄酒開瓶器）、螺旋開瓶器
- ice bucket [aɪs][ˈbʌkɪt] n. 冰桶
- ice pick [aɪs][pɪk] n. 碎冰錐
- jigger [ˈdʒɪgɚ] n. 調酒量杯（美規容量為1.5oz，亦即44ml）
- lemon squeezer [ˈlɛmən][ˈskwizɚ] n. 檸檬榨汁器、檸檬壓汁器
- measure cup [ˈmɛʒɚ][kʌp] n. 量酒器（一般型組合式小杯30ml，大杯45ml）
- mixing glass [ˈmɪksɪŋ][glæs] n. 調酒杯
- strainer [ˈstrenɚ] n. 隔冰器、過濾器
- swizzle stick [ˈswɪzl̩][stɪk] n. 調酒棒、攪拌棒
- wine cooler [waɪn][ˈkulɚ] n. 冰酒器、冰酒桶、酒櫃

★ 烘焙用具 ★

〔模具〕

- pan [pæn] / tin [tɪn] n.（美／英）烤模、烤盤

- cookie cutter [ˈkʊki][ˈkʌtɚ] n.（美）餅乾壓模
- cake pan [kek][pæn] n.（美）蛋糕模（＝cake tin）
- cake tin [kek][tɪn] n. ❶（英）蛋糕模（＝cake pan）；❷（金屬材質、有蓋的）糕餅盒
- ramekin [ˈræməkɪn] n.（單人份）烤皿
- mold, mould [mold] n. 模子、模型

〔其他用具與配件〕

- angled spatula [ˈæŋgld][ˈspætjələ] n. L型抹刀
- baking beans [ˈbekɪŋ][ˈbinz] n. 鎮石、重石（用於空烤酥皮時）（＝pie weights）
- baking mat [ˈbekɪŋ][mæt] n. 烘焙墊
- baking parchment [ˈbekɪŋ][ˈpartʃmənt] n. 烤盤紙
- baking sheet [ˈbekɪŋ][ʃit] n. 烤盤（＝baking tray）
- baking tray [ˈbekɪŋ][tre] n.（英）烤盤（＝baking sheet）
- blowlamp [ˈbloˌlæmp] n.（英）噴燈、噴槍（＝blowtorch）
- blowtorch [ˈbloˌtɔrtʃ] n. 噴槍、噴燈（＝blowlamp）
- bowl scraper [bol][ˈskrepɚ], dough scraper [do][ˈskrepɚ], pastry scraper [ˈpestrɪ][ˈskrepɚ] n. 刮板、麵糰切刀、切麵刀
- cake slice [kek][slaɪs] n. 蛋糕鏟
- cookie sheet [ˈkʊki][ʃit] n.（美）平底烤盤（＝baking tray）
- cooling rack [ˈkulɪŋ][ræk] n. 散熱架、冷卻架

烘焙用具

pastry wheel

spatula

cake slice

angled spatula

- doily [ˈdɔɪlɪ] n.（放糕餅、三明治或墊杯盤的）鏤空雕花小飾巾

- palette knife [ˈpælɪt][naɪf] n. 抹刀（用來翻面或移動魚肉等平坦的食物或餅乾，還有塗抹裝飾用的霜飾）

- pastry blender [ˈpestrɪ][ˈblɛndɚ], pastry cutter [ˈpestrɪ][ˈkʌtɚ], dough blender [do][ˈblɛndɚ] n. 奶油切刀（握柄前端有銳利鋼條可切割油脂）

- pastry brush [ˈpestrɪ] [brʌʃ] n. 毛刷

- pastry wheel [ˈpestrɪ] [hwil] n. 輪刀

- petit four case [ˈpɛtɪ][for][kes] n. 花式小點心紙殼

- pie bird [paɪ][bɝd], pie funnel [paɪ][ˈfʌnl̩] n. 派鳥（不僅可支撐麵皮，還有助於排出蒸氣）

- pie dish [paɪ][dɪʃ] n. 派盤

- pie weights [paɪ][weɪts] n. 鎮石、重石（用於空烤酥皮時）（＝baking beans）

- piping bag [ˈpaɪpɪŋ][bæg] n. 擠花袋

- piping nozzle [ˈpaɪpɪŋ][ˈnɑzl̩] n. 擠花嘴

- pudding basin [ˈpʊdɪŋ][ˈbesn̩] n.（英）（圓且深的）布丁盤

- rolling pin [ˈrolɪŋ][pɪn] n. 擀麵棍

- spatula [ˈspætjələ] n. 抹刀、刮刀、鍋鏟

- waxed paper [wækst][ˈpepɚ] / greaseproof paper [ˈgris͵pruf][ˈpepɚ] n.（美／英）（烹飪或包食物用的）防油紙

延伸例句

▶▶▶ Do you want your coffee beans ground?
您的咖啡豆要不要磨？

▶▶▶ Please grind them for brewing in a French press.
麻煩磨成適合法式濾壓壺的細度。

▶▶▶ How long should I bake the fish?
魚要烤多久？

▶▶▶ Please preheat the oven at 200°C。
請把烤箱預熱至攝氏 200 度。

▶▶▶ I press the pastry in the pie dish and prick it with a fork.
我把油酥麵團放進派盤裡，用叉子在麵團上戳洞。

▶▶▶ Boiling the cauliflower in water with lemon juice can keep its original white color
把花椰菜放進加了檸檬汁的水裡煮可以保持它原有的白色。

▶▶▶ I use some simple shortcuts to create a spinach lasagna that tastes like I made it from scratch.
我用了幾招簡單的偷吃步，做出一道吃起來像是從頭做起的菠菜千層麵。

▶▶▶ Please transfer those onion rings to a plate.
請把那些洋蔥圈盛到盤子上。

▶▶▶ I need a flour sieve to sift this powdered sugar.
我需要麵粉篩來篩這些糖粉。

▶▶▶ Can you scrape the dirt off these potatoes for me?
你能幫我把這些馬鈴薯上頭的泥土刮掉嗎？

▶▶▶ I like to grate some cheese over the potatoes before serving.
我喜歡在馬鈴薯上桌前加一些磨碎的起司。

▶▶▶ Reduce the heat and continue simmering until the sauce is thick.
把火力調小，持續燉煮到醬汁變濃稠。

二、如何品嚐

情境對話

Eric is a college sophomore. He lives with his elder brother, Simon. Eric just arrived home after his class.
艾瑞克是個大二生。他與哥哥賽門住在一起。艾瑞克下課後剛回到家。

Eric : I'm really thirsty. I could murder a pitcher of watermelon juice.
我好渴。真想喝一大壺西瓜汁。

Simon : There is only beer in the fridge. (Eric fetches one bottle and chugs it down.)
冰箱裡只有啤酒。（艾瑞克拿來一瓶啤酒，一口氣喝光。）

Eric : When do we eat? I'm starving.
什麼時候開飯？我好餓。

Simon : I'll fix dinner. You could eat an apple first.
我來做晚餐。你先吃顆蘋果吧。

Eric : Hum, I'd rather munch on a few chocolate cookies.
嗯，我寧願吃幾片巧克力餅乾。

Simon : Don't snak too much. Or they will fill you up and ruin your dinner.
別吃太多零食。否則它們會填飽你的肚子，讓你吃不下晚餐。

Simon : Whoa whoa whoa, stop inhaling your food. You know there is still plenty of curry in the pot.
慢點慢點，別狼吞虎嚥。你知道鍋子裡還有很多咖哩喔。

Eric : I couldn't stop nomming. This is the most delicious beef curry I've ever had in my whole life.
我吃得欲罷不能啊。這真是我有生以來吃過最美味的牛肉咖哩。

Simon : That's nice of you to say. But you'd better chew some more before swallowing.
謝謝你這麼說。可是在你吞下食物前，最好能多嚼幾下。

Eric : Why bother?
何必多此一舉？

Simon : Chewing can help digestion and notify the brain that you're full, preventing you from taking too much calories.
咀嚼可以幫助消化，並通知大腦說你吃飽了，免得你攝取過多卡路里。

Eric : Ok, whatever you say, boss. Are you not feeling well?
好，就照你說的辦，老大。你是不是身體不舒服？

Simon : Why do you say that?
為什麼這麼說？

Eric : Because you only pecked at your dinner.
因為你晚餐只吃了幾口。

Simon : I just doing more talking than eating.
我只是顧著講話，吃得慢。

心·得·筆·記

字彙

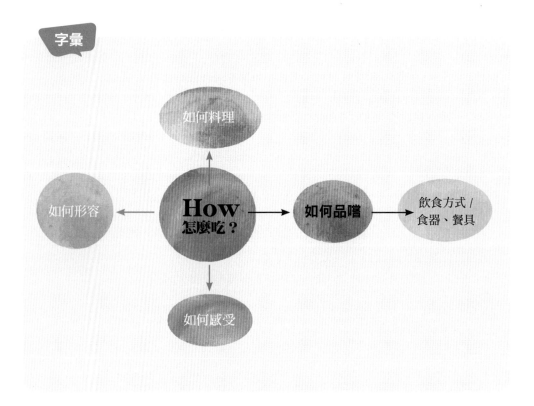

如何料理

如何形容 ← **How 怎麼吃？** → 如何品嚐

飲食方式 / 食器、餐具

如何感受

★ 品嚐方式 ★

- bite [baɪt] v. 咬、啃
- burp [bɝp] v. 打嗝、打飽嗝
- chew [tʃu] v. 嚼、咀嚼
- choke [tʃok] v. 噎住、窒息
- chow down [tʃaʊ] [daʊn]
  v.（美，非正式）吃
- consume [kənˈsjum] v.（正式）吃、喝
- dine [daɪn] v. 吃晚餐
- dip [dɪp] v. 浸一下、蘸一下（醬料）
- dunk [dʌŋk] v. 泡、浸，食用前將（蛋糕、麵包等）浸泡在飲料中
- eat [it] v. 吃、喝

- feed [fid] v. 餵食、餵奶
- gag [gæg] v. 噎住、噎得想吐
- gnaw [nɔ] v.（不停地）咬、啃
- graze [grez] v. 經常吃零食（代替正餐）
- have [hæv] v. 吃、喝
- lick [lɪk] v. 舔
- lunch [lʌntʃ] v. 吃午餐
- manage [ˈmænɪdʒ] v. 設法吃完、設法喝完
- masticate [ˈmæstəˌket] v.（正式）咀嚼
- nip [nɪp] v. 輕咬一口
- nom [nɑm] v.（非正式）津津有味地吃
- nosh [nɑʃ] v.（非正式）吃
- partake [pɑrˈtek] v.（正式）吃、喝

- sample [ˈsæmpl̩] v. 品嘗（食物或飲料）

- savor / savour [ˈsevɚ] v. 品嘗、欣賞、品味

- snack [snæk] v.（在正餐以外）吃點心、吃零嘴、吃小吃

- spit [spɪt], spit out [spɪt][aʊt] v. 吐出（食物或飲料）

- spoon [spun] v. 用湯匙舀、舀取、用湯匙吃（或喝）

- spoon-feed [ˈspunˌfid] v. 用湯匙餵食

- stomach [ˈstʌmək] v. 能吃（吃了沒有反感或不適）

- suck [sʌk] v. 吸、吮、啜

- swallow [ˈswɑlo] v. 吞下、嚥下

- taste [test] v. 嚐、辨（味）

- upchuck [ˈʌpˌtʃʌk] v.（美，非正式）嘔吐（＝vomit）

- vomit [ˈvɑmɪt] v. 嘔吐

- wash down [wɑʃ][daʊn] v. 用水（或飲料）送下（食物或藥物）

★ 進食 ★

〔吃東西發出聲音〕

- champ [tʃæmp] v.（英）大聲地嚼、出聲地吃

- chomp [tʃɑmp] v.（非正式）吃、大聲咀嚼、用力咀嚼

- crunch [krʌntʃ] v. 嘎吱作響地咬嚼（質地堅硬的食物）

- munch [mʌntʃ] v. 用力咀嚼、大聲嚼（通常用於吃的人很享受自己食物）

- slurp [slɚp] v.（非正式）出聲地吃（麵）喝（湯）

〔吃得很急、狼吞虎嚥〕

- bolt [bolt], bolt down [bolt][daʊn] v. 匆匆嚥下、狼吞虎嚥（＝gobble）

- demolish [dɪˈmɑlɪʃ] v.（英，非正式）很快吃光

- devour [dɪˈvaʊr] v.（因為很餓，所以）狼吞虎嚥地吃、吞食、吃光

- down [daʊn] v. 迅速吃下、喝下

- gobble [ˈgɑbl̩], gobble up [ˈgɑbl̩][ʌp] / gobble down [ˈgɑbl̩][daʊn] v.（非正式）（以粗魯或貪婪的姿態）狼吞虎嚥（＝wolf）

- grab [græb] v.（非正式）趕緊、匆忙地（吃東西）

- gulp [gʌlp] v. 狼吞虎嚥、大口牛飲（＝bolt）

- inhale [ɪnˈhel] v.（美，非正式）吃得很快

- scarf [skɑrf], scarf down [skɑrf][daʊn] / scarf up [skɑrf][ʌp] v.（美，非正式）非常迅速地吃東西

- scoff [skɔf] v.（英，非正式）狼吞虎嚥地吃喝（帶有貪婪的意味）

- snarf [snɑf] v.（美，非正式）三兩下迅速吃完東西（通常會發出聲音且吃得亂糟糟）

- tuck [tʌk] v.（英，非正式）津津有味地大口吃、大口喝

- wolf [wʊlf], wolf down [wʊlf][daʊn] v. 狼吞虎嚥（通常是很餓或很趕）

〔吃很多、暴飲暴食〕

- binge [bɪndʒ] v. 暴飲暴食

- feast [fist] v.（為慶祝而）大吃大喝

- fill (yourself) up [fɪl][jʊɚˈsɛlf][ʌp], fill up with [fɪl][ʌp][wɪð], fill up on [fɪl][ʌp][ɑn] v.（使）吃飽、吃撐

- gorge [gɔrdʒ] v. 拚命吃喝（直到再也吃喝不下才罷手）
- guzzle [ˈgʌzl] v.（非正式）牛飲、暴食（通常帶有不贊同的意味）
- overeat [ˈovəˈit] v. 吃得過多、過飽
- pig out (on) [pɪg][aʊt][ɑn] v. 狼吞虎嚥地大吃
- stoke up on something [stok][ʌp][ɑn] [ˈsʌmθɪŋ] / stoke up with something [stok][ʌp][wɪð][ˈsʌmθɪŋ] 大吃特吃（比如因為接下來有好一段時間沒辦法吃東西）
- stuff [stʌf] v.（非正式）暴食、吃得過飽

〔吃很少或完全不吃〕

- diet [ˈdaɪət] v. 忌食、節食、（給病人）吃規定的飲食
- fast [fæst] v. 禁食、齋戒（通常是為了宗教理由）；斷食
- go on a hunger strike [go][ɑn][ə][ˈhʌŋgə] [straɪk] 絕食抗議
- nibble [ˈnɪbl] v. 小口咬、輕咬、啃、一點一點地咬
- peck at [pɛk][æt] v.（勉強地）吃一點點（因為不餓或對那食物不感興趣）
- pick at [pɪk][æt] v.（勉強地）吃一點點（因為不餓或不喜歡那食物）

〔吃光光〕

- clean one's plate [klin][wʌns][plet] 吃得盤底精光、一掃而空

〔吃得很勉強〕

- choke down [tʃok][daʊn] v. 勉強嚥下
- force something down [fors][ˈsʌmθɪŋ] [daʊn] v.（雖然不想，卻）勉強自己吃下或喝下

- force-feed [ˈfors‚fid] v. 強迫進食、強迫灌食

★品飲★

- booze [buz] v.（非正式）喝酒（尤指喝很多）
- drink [drɪŋk] v. 喝、飲；舉杯祝福、乾杯
- imbibe [ɪmˈbaɪb] v. 喝、飲
- sink [sɪŋk] v.（英，非正式）喝酒（尤指喝很多）
- sup [sʌp] v. 喝
- refresh somebody's drink [rɪˈfrɛʃ] [ˈsʌm‚badɪs][drɪŋk] / top somebody up [tap][ˈsʌm‚badɪ][ʌp]（美／英）把酒斟滿、加滿

〔祝酒〕

- drink a toast [drɪŋk][ə][tost], propose a toast (to somebody) [prəˈpoz][ə][tost][tu] [ˈsʌm‚badɪ] v. 舉杯為……祝福
- toast [tost] v. 祝酒、乾杯

〔飲用時發出聲音〕

- slurp [slɜp] v.（非正式）出聲地吃（麵）喝（湯）

〔喝很多很多〕

- binge drinking [bɪndʒ][drɪŋkɪŋ] n. 牛飲、狂喝濫飲
- carouse [kəˈraʊz] v. 狂歡、痛飲、鬧酒
- guzzle [ˈgʌzl] v.（非正式）牛飲、暴食（通常帶有不贊同的意味）
- scoff [skɔf] v. 貪婪地吃喝、暴飲暴食

〔一口氣喝光〕

- chug [tʃʌg], chug-a-lug [ˈtʃʌgəlʌg] v.（美，非正式）一飲而盡、咕嘟咕嘟地喝
- drain [dren] v.❶ 喝光、喝乾（容器中的所有液體）；❷ 瀝乾、濾去

〔喝得很快很急〕

- down [daʊn] v. 迅速喝下、吞下
- gulp [gʌlp] v. 大口牛飲、狼吞虎嚥
- knock back [nɑk][bæk] v.（酒）快速地喝（＝quaff）
- quaff [kwæf] v. 大口豪飲、狂飲、痛飲（＝knock back）
- slug [slʌg], slug back [slʌg][bæk] v. 大口喝、狂飲
- swig [swɪg] v.（非正式）大口喝、痛飲
- swill [swɪl], swill down [swɪl][daʊn] v.（非正式）大口喝、牛飲

〔小口小口慢慢喝〕

- nurse [nɝs] v.（非正式）慢慢地喝、啜飲（通常指酒精飲料）
- sip [sɪp] v. 小口地喝、慢慢啜飲

食器、餐具

- crockery [ˈkrɑkərɪ] n.（英）陶製餐具（指杯、盤、碗等）
- cutlery [ˈkʌtlərɪ] n.（主英）餐具（如刀、叉、匙）（＝silverware）
- disposable [dɪˈspozəbl] a. 用完即丟的、拋棄式的

- silverware [ˈsɪlvəˌwɛr] n.❶（美）金屬餐具（＝cutlery）；❷ 銀器、（尤指）銀餐具
- tableware [ˈteblˌwɛr] n. 餐具

★ 刀、叉、匙、筷、夾 ★

〔刀〕

- bread knife [brɛd][naɪf] n. 麵包刀
- butter knife [ˈbʌtə][naɪf] n. 奶油刀（塗奶油的餐刀）
- fish knife [fɪʃ][naɪf] n. 吃魚用刀、食魚刀
- knife [naɪf] n. 餐刀、廚刀
- steak knife [stek][naɪf] n. 牛排刀

〔叉〕

- fork [fɔrk] n. 叉子
- prong [prɔŋ] n. 尖齒（尤指叉子的尖頭）four-pronged fork 四尖調理叉
- tine [taɪn] n.（叉、耙的）尖齒

〔匙〕

- dessertspoon [dɪˈzɝtˌspun] n. 點心匙、中型匙
- ladle [ˈledl] n. 長柄勺
- soup spoon [sup][spun] n. 湯匙
- spoon [spun] n. 湯匙、勺子、調羹
- tablespoon [ˈteblˌspun] n. 大湯匙、大調羹
- teaspoon [ˈtiˌspun] n. 茶匙、小匙

〔筷〕

- chopsticks [ˈtʃɑpˌstɪks] n. 筷子
- chopsticks rack [ˈtʃɑpˌstɪks][ræk], chopsticks rest [ˈtʃɑpˌstɪks][rɛst] n. 筷架、筷托

- serving chopsticks [ˈsɝvɪŋ][ˈtʃɑpˌstɪks] n. 公筷、分菜筷

〔夾〕

- tongs [tɔŋz] n. 夾子、鉗子；叉子前端

★碗、缽、盆★

- bowl [bol] n. 碗、缽、盆
- finger bowl [ˈfɪŋgɚ][bol] n.（放在餐桌上供人清潔手指的）洗手盅
- fruit bowl [frut][bol] n. 水果盆、水果缽
- punchbowl [pʌntʃbol] n. 雞尾酒缸
- sauce boat [sɔs] [bot] n.（英）（有柄）船形醬汁容器、醬料盅
- tureen [tjʊˈrin] n. 有蓋大湯碗

★壺、瓶、罐★

- bottle [ˈbɑtl̩] n. 瓶
- canteen [kænˈtin] n.（攜帶式）水壺
- carafe [kəˈræf] n.（用餐時盛酒或水的）廣口玻璃瓶
- coffee pot [ˈkɔfɪ][pɑt] n. 咖啡壺
- cookie jar [ˈkʊki][dʒɑr] n.（主美）餅乾罐
- decanter [dɪˈkæntɚ] n. 盛酒瓶（斟酒前盛酒用的玻璃瓶）、醒酒瓶、醒酒器
- flagon [ˈflægən] n.（尤指裝葡萄酒、啤酒的）有柄大壺
- jar [dʒɑr] n. 罐、罈、（寬口）瓶
- jug [dʒʌg] n.（英）水壺
- kettle [ˈkɛtl̩] n. 燒水壺（＝teakettle）
- magnum [ˈmægnəm] n.（容量約 1.5 公升的）大酒瓶
- Mason jar [ˈmesən][dʒɑr], Kilner jar [ˈkɪlnɚ][dʒɑr] n. 玻璃儲藏密封罐
- pitcher [ˈpɪtʃɚ] n.（美）（一側有柄，一側有口的）水壺（＝jug）
- sugar jar [ˈʃʊgɚ][dʒɑr] , sugar bowl [ˈʃʊgɚ][bol] n. 糖罐
- teakettle [ˈtiˌkɛtl̩] n.（美）燒水壺
- teapot [ˈtiˌpɑt] n. 茶壺
- water bottle [ˈwɔtɚ][ˈbɑtl̩] n. 水瓶

字辨

jug 與 pitcher

有兩種裝盛液體的容器，一種是壺身容量大，頂端有細窄的開口，還有握把。這種容器在美國叫做jug，在英國稱為pitcher。

還有一種是一側有柄（握把），另一側有開口的水壺。通常開口寬且呈波浪狀。這種容器在美國叫做 pitcher，在英國稱為 jug。

★碟、盤★

- dinner plate [ˈdɪnɚ][plet] n. 主菜盤
- plate [plet] n. 盤子、碟子
- platter [ˈplætɚ] n.（主美）（圓形或橢圓形的）大淺盤
- salver [ˈsælvɚ] n.（端食物或飲料用的）金屬托盤
- saucer [ˈsɔsɚ] n. 茶碟、茶托；咖啡杯托；小盤子
- side plate [saɪd][plet] n. 配菜盤（尺寸小於主菜盤，用來裝盛麵包或配菜）
- soup plate [sup][plet] n. 湯盤

★ 杯 ★

- beaker [ˈbikɚ] n. ❶（英）杯子（杯身筆直、無握把，通常是塑膠製）；❷ 燒杯
- chalice [ˈtʃælɪs] n. 高腳酒杯（尤指聖餐杯）
- cup [kʌp] n. 杯子
- eggcup [ˈɛɡˌkʌp] n. 蛋杯（用來盛放煮熟的蛋）
- glass [ɡlæs] n. 玻璃杯
- mug [mʌɡ] n. 馬克杯

〔茶杯、咖啡杯〕

- café au lait bowl [kəˈfe əʊ ˈleɪ][bol] n. 拿鐵杯（沒有握把，碗狀的咖啡杯）
- coffee cup [ˈkɔfɪ][kʌp] n. 咖啡杯
- demitasse [ˈdɛmɪtæs] n. 小型咖啡杯（容量約為標準咖啡杯的一半，通常用於裝盛土耳其咖啡或濃縮義式咖啡）
- teacup [ˈtiˌkʌp] n. 茶杯、茶碗

〔啤酒杯〕

- beer glass [bɪr][ɡlæs] n. 啤酒杯
- beer mug [bɪr][mʌɡ] n. 有耳啤酒杯
- pilsner glass [ˈpɪlzənɚ][ɡlæs] n. 細長玻璃杯（適合襯托皮爾森型拉格啤酒）
- pint glass [paɪnt][ɡlæs] n. 品脫杯
- stein [staɪn] n. 大啤酒杯（容量約1品脫）
- tankard [ˈtæŋkɚd] n.（有把手的、金屬製）大啤酒杯
- tulip glass [ˈtjuləp][ɡlæs] n. 鬱金香杯

〔葡萄酒杯〕

- wine glass [waɪn][ɡlæs] n. 葡萄酒杯、高腳玻璃杯

〔調酒杯〕

- champagne coupe [ʃæmˈpen][kupe] n. 寬口香檳杯、碟形香檳杯
- cocktail glass [ˈkɑkˌtel][ɡlæs] n. 雞尾酒杯
- collins glass [ˈkɑlɪnz][ɡlæs] n. 可林杯
- coupe [ˈkupe] n. 淺口酒杯
- flute [flut], champagne flute [ʃæmˈpen][flut] n. 細長香檳酒杯、笛型香檳杯
- goblet [ˈɡɑblɪt] n. 雞尾酒杯、高腳杯
- highball glass [ˈhaɪˌbɔl][ɡlæs] n. 高球杯、海波杯
- hurricane glass [ˈhɝɪˌken][ɡlæs] n. 颶風杯
- liqueur glass [lɪˈkɝ][ɡlæs] n. 利口酒杯、香甜酒杯
- margarita glass [ˌmɑrɡəˈritɑ][ɡlæs] n. 瑪格麗特杯
- martini glass [mɑrˈtini][ɡlæs] n. 馬丁尼杯
- old-fashioned glass [ˈoldˈfæʃənd][ɡlæs] n. 古典杯、威士忌杯（＝rock glass）
- rock glass [rɑk][ɡlæs] n. 洛客杯、古典杯（＝old-fashioned glass）
- shot glass [ʃɑt][ɡlæs] n. 一口杯、烈酒杯（1-2 盎司）
- snifter [ˈsnɪftɚ] n.（美）白蘭地酒杯
- sour glass [ˈsaʊr][ɡlæs] n. 酸酒杯、酸味酒杯
- tumbler [ˈtʌmblɚ] n. 威士忌杯、平底無腳酒杯

★ 特殊器具 ★

- beer mat [bɪr][mæt] n.（英）啤酒杯墊
- bottle opener [ˈbɑtl][ˈopənɚ] n.（打開瓶蓋的）開瓶器
- breadbasket [ˈbrɛdˌbæskɪt] n. 麵包籃
- breadboard [ˈbrɛdˌbord] n. 切麵包板

各種酒杯

old-fashioned glass
rock glass

highball glass

collins glass

shot glass

goblet

margarita glass

sour glass

wine glass

martini glass

tulip glass

snifter

champagne coupe

flute

hurricane glass

beer glass

- breadbox [ˈbrɛdbɑks] / bread bin [brɛd] [bɪn] n.（美／英）（存放麵包的）麵包盒、麵包箱
- cake stand [kek][stænd] n. 蛋糕架
- can opener [kæn][ˈopənɚ] n.（罐頭的）開罐器
- coaster [ˈkostɚ] n. 杯墊
- cooler [ˈkulɚ] / coolbox [ˈkulbɑks] n.（美／英）（存放野餐、露營用食物飲品的）保冷冰桶
- corkscrew [ˈkɔrkˌskru] n.（拔開軟木塞的）開瓶器、拔塞鑽
- cruet [ˈkruɪt] n. 調味瓶
- cup sleeve [kʌp][sliv] n. 杯套
- doggy bag [ˈdɔgɪ][bæg] n. 打包袋（餐廳提供給客人打包未吃完食物的袋子）
- food tray [fud][tre] n. 食物托盤
- honey dipper [ˈhʌnɪ][ˈdɪpɚ] n. 蜂蜜勺
- ice bucket [aɪs][ˈbʌkɪt] n. 冰桶
- lazy Susan [ˈlezɪ][ˈsuzn̩] n. 轉盤
- melon baller [ˈmɛlən][ˈbɔlɚ] n. 水果挖球器、瓜球勺
- napkin [ˈnæpkɪn] n. 餐巾
- napkin ring [ˈnæpkɪn][rɪŋ] n. 餐巾環
- nutcracker [ˈnʌtˌkrækɚ] n. 胡桃鉗
- pepper shaker [ˈpɛpɚ][ˈʃekɚ] / pepper pot [ˈpɛpɚ][pɑt] n.（美／英）胡椒罐
- place mat [ples][mæt] n. 餐具墊、餐墊
- salt shaker [sɔlt][ˈʃekɚ] / salt cellar [sɔlt] [ˈsɛlɚ] n.（美／英）鹽罐
- seafood pick [ˈsiˌfud][pɪk] n. 蟹針
- serviette [ˌsɝvɪˈɛt] n.（英）餐巾（＝table napkin）
- shaker [ˈʃekɚ] n. 蓋子上有孔的調味料瓶；（雞尾酒的）雪克杯、搖酒杯、調酒器
- sipping lid [sipɪŋ][lɪd] n. 有飲用口的上蓋
- stirrer [ˈstɝɚ] n. 攪拌棒
- straw [strɔ] n. 吸管
- swizzle stick [ˈswɪzl̩ˌstɪk] n. 調酒棒、攪拌棒
- table mat [ˈtebl̩][mæt] n.（英）餐墊
- tea cosy [ti][ˈkozɪ] n. 茶壺保溫套
- tea service [ti][ˈsɝvɪs], tea set [ti][sɛt] n.（一套）茶具
- tin opener [tɪn][ˈopənɚ] n.（英）開罐器（＝can opener）

toothpick [ˈtuθˌpɪk] n. 牙籤

心·得·筆·記

延伸例句

▶▶▶ I'd like to propose a toast to the bride and groom.
我想邀請大家一同敬新郎與新娘。

▶▶▶ He drained his beer and smacked his lips.
他喝光他的啤酒,滿意地砸舌。

▶▶▶ I forced down a piece of stale bread.
我勉強吞下一片不新鮮的麵包。

▶▶▶ During the month of Ramadan, Muslims fast from sunrise to sunset.
在齋戒月,穆斯林從日出到日落都得禁食。

▶▶▶ We gorged ourselves on fresh mangoes and lychees.
我們大啖新鮮的芒果與荔枝。

▶▶▶ If you want to have some healthy snacks to satisfy your hunger between meals, why not just nibble on carrot sticks?
如果你想吃些健康的零嘴滿足正餐間的飢餓感,何不啃點胡蘿蔔條呢?

▶▶▶ Evelyne sat down for a break, picking up her tea cup and sipping it daintily.
伊芙琳坐下來休息片刻,拿起茶杯優雅地啜飲。

▶▶▶ Come on, eat up all your green peppers. You'll be late for school.
快點,把你的青椒全吃完。你上學要遲到了。

▶▶▶ Would you risk a few stares and slurp your soup in public?
你願意冒著被瞪的風險當眾大聲喝湯嗎?

▶▶▶ I am on the wagon. Not a drop of liquor has passed my lips since the day I made up my mind to quit drinking.
我戒酒了。打從決心戒酒那天起,就滴酒不沾了。

▶▶▶ I always ask for a doggie bag when I can't finish my meal.
無法吃光餐點時,我總會請餐廳打包。

三、如何感受

情境對話

Helen and Denis go on a cruise vacation. They are ready to enjoy their buffet lunch.
海倫與丹尼斯搭郵輪度假。他們準備享用自助式午餐。

Helen : Wow! Sushi, roast beef, shrimps, oysters, cheeses, cakes and ice cream… This restaurant offers a very wide range of food.
哇！壽司、烤牛肉、鮮蝦、生蠔、起司、蛋糕和冰淇淋……這間餐廳提供好多種食物可選擇啊。

Denis : And it's all-you-can eat. I'd like to have a manhattan to quench my thirst. What would you care for?
而且它是吃到飽。我想來杯曼哈頓解解渴。妳要喝什麼？

Helen : I feel like having a freshly-squeezed orange juice. My stomach is rumbling. I'll go get some salad.
我想要一杯現榨柳橙汁。我肚子餓得咕嚕咕嚕叫。我先去拿些沙拉。

(After 40 minutes…)
（四十分鐘後）

Denis : A plate of salad, a dozen of oysters, 6 pieces of salmon sashimi, 10 rolls of otoro sushi, and a bowl of katsu don… I swear you must have hollow legs!
一盤沙拉、一打生蠔、六片鮭魚生魚片、十貫鮪魚肚壽司，還有一碗豬排飯……我敢說 妳肯定是大胃王！

Helen : No, the one who has a hollow leg is YOU. Why do you have head as clear as morning dew after heavy drinking?
不，你才是大胃王（千杯不醉）。你為什麼能喝了這麼多酒，腦袋瓜還像晨露般清晰？

187

Denis : Ha! Because I have good genes!
哈！因為我基因好啊！

Helen : Yeah, right!
最好是啦。

Denis : Joking aside, I know how to pace myself—that's my secret.
說正經的，我知道怎麼調配喝酒的節奏——那才是我的祕訣。

Helen : You drink like a fish, but eat like a bird. Aren't you feeling well?
你猛喝酒卻沒怎麼吃東西。你身體不舒服嗎？

Denis : No, I skip food to save calories for the alcohol. I'm gaining quite a bit of weight recently.
沒事，我不吃就能把卡路里省下來喝酒。我最近胖了很多。

Helen : I'm sorry, what did you say? I feel myself slip into a food coma.
對不起，你剛才說什麼？我感覺自己肚皮飽，眼皮就鬆了。

Denis : You'd better return to our cabin and take a nap. I'll take a walk on the deck and get some fresh air to sober up.
妳最好回艙房睡個午覺。我去甲板散步，吹吹風讓自己清醒。

心·得·筆·記

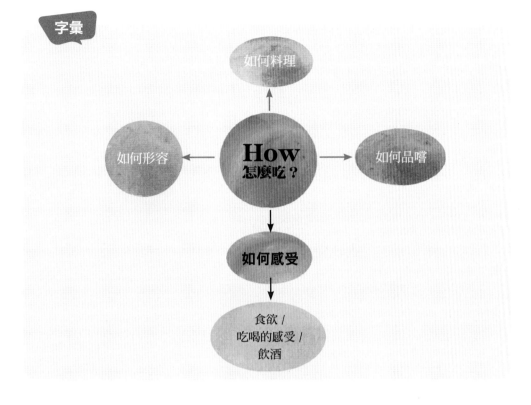

★食欲★

〔 食欲、食量 〕

- a light eater [ə][laɪt][ˈitɚ] a.（人）食量不大的

- abstemious [æbˈstimɪəs] a.（對吃喝飲食）有節制的

- appetite [ˈæpəˌtaɪt] n. 食欲、胃口

- big appetite [bɪg][ˈæpəˌtaɪt], huge appetite [hjudʒ][ˈæpəˌtaɪt], enormous appetite [ɪˈnɔrməs][ˈæpəˌtaɪt] 胃口大、吃很多

- eat like a bird [it][laɪk][ə][bɝd] 吃得很少、食量很小

- eat like a horse [it][laɪk][ə][hɔrs] 吃得很多、食量很大

- good appetite [gʊd][ˈæpəˌtaɪt], healthy appetite [ˈhɛlθɪ][ˈæpəˌtaɪt] 胃口好

- palate [ˈpælɪt] n. 味覺、口感

- poor appetite [pʊr][ˈæpəˌtaɪt], loss of appetite [lɔs][ɑv][ˈæpəˌtaɪt], lack of appetite [læk][ɑv][ˈæpəˌtaɪt] 食欲不振、胃口差

- reduce one's appetite [rɪˈdjus][wʌns][ˈæpəˌtaɪt], kill one's appetite [kɪl][wʌns][ˈæpəˌtaɪt] 降低／扼殺食欲

- ruin one's palate [ˈrʊɪn][wʌns][ˈpælɪt] 倒胃口

- small appetite [smɔl][ˈæpəˌtaɪt] 胃口小

- suit one's palate [sut][wʌns][ˈpælɪt] 合某人的口味

189

- spoil your appetite [spɔɪl][jʊɚ][ˈæpəˌtaɪt], ruin your appetite [ˈrʊɪn][jʊɚ][ˈæpəˌtaɪt] 壞了胃口、影響食欲
- stomach [ˈstʌmək] n.（常用於否定句）食欲、胃口
- whet one's appetite [hwɛt][wʌns][ˈæpəˌtaɪt] , work up an appetite [wɝk][ʌp][æn][ˈæpəˌtaɪt] 增強食欲

〔挑食〕

- dainty [ˈdentɪ] a.（尤指對食物）愛挑剔的、難討好的、過分講究的
- finicky [ˈfɪnɪkɪ] a.（吃穿）愛挑剔的、過分講究的
- fussy [ˈfʌsɪ] a. 過分挑剔的
- picky [ˈpɪkɪ] a.（非正式）吹毛求疵、愛挑剔的（＝fussy）

〔貪吃〕

- crave [krev] v. 渴望、渴求
- epicurean [ˌɛpɪkjuˈriən] a.（正式）好美酒美食的、貪口腹之欲的、講究飲食的
- gluttonous [ˈglʌtn̩əs] a. 貪嘴的
- greedy [ˈgridɪ] a. 貪吃的、嘴饞的
- rapacious [rəˈpeʃəs] a.（非常正式）貪婪的、毫不節制的
- voracious [voˈreʃəs] a. 食量大的、貪吃的

〔貪杯〕

- bibulous [ˈbɪbjələs] a. 嗜酒的
- drown your sorrows [draʊn][jʊɚ] [ˈsaroz] 借酒澆愁
- hard-drinking [ˈhardˌdrɪŋkɪŋ] a. 大量飲酒的、酗酒的

- hit the bottle [hɪt][ðə][ˈbatl̩], take to the bottle [tek][tu][ðə][ˈbatl̩]（非正式）開始酗酒
- hold one's drink [hold][wʌns][drɪŋk], hold one's liquor [hold][wʌns][ˈlɪkɚ], hold one's alcohol [hold][wʌns][ˈælkəˌhɔl] 酒量好
- intemperate [ɪnˈtɛmpərɪt] v. 縱酒的、酗酒的
- to have hollow legs [tu][hæv][ˈhalo][ˈlegz], to have a hollow leg [tu][hæv][ə][ˈhalo][leg]（非正式）海量、千杯不醉、大胃王（多用複數形式）

★ 吃、喝的感受 ★

〔感覺飽〕

- full [fʊl] a. 吃飽喝足的
- replete [rɪˈplit] a. 飽食的、吃飽的、喝足的
- stuffed [stʌft] a.（非正式）吃飽的、吃撐的

〔感覺餓〕

- famished [ˈfæmɪʃt] a. 非常飢餓（尤指因久未進食）
- hungry [ˈhʌŋgrɪ] a. 飢餓的
- peckish [ˈpɛkɪʃ] a.（英，非正式）有點餓（尤指未到吃飯時間就覺得餓）
- ravenous [ˈrævɪnəs] a. 餓極了（尤指因久未進食或進行長時間體力勞動）
- rumble [ˈrʌmbl̩] v.（肚子因飢餓而）咕嚕咕嚕叫
- starved [starvd] a.（非正式）飢餓的、挨餓的
- starving [ˈstarvɪŋ] a. 餓壞了、餓得發慌、飢腸轆轆

〔感覺渴〕

- gasping [ˈɡæspɪŋ] a.（英，口語）非常口渴；很渴望……的
- parched [pɑrtʃt] a.（非正式）焦渴的
- quench [kwɛntʃ] v.（正式）壓制、抑制 quench your thirst 解渴
- slake [slek] v.（文）消解、平息 slake your thirst 解渴
- thirsty [ˈθɝstɪ] a. 口渴的

〔身體反應〕

- allergic [əˈlɝdʒɪk] a. 過敏的
- belch [bɛltʃ] v. 打飽嗝（＝burp）
- bloated [ˈblotɪd] a.（因吃喝過多而）肚子發脹的
- burp [bɝp] v. 打飽嗝（＝belch）
- bursting [ˈbɝstɪŋ] a.（英，非正式）尿急的
- diarrhea / diarrhoea [ˌdaɪəˈriə] n.（美／英）腹瀉
- disgusting [dɪsˈɡʌstɪŋ] a. 令人作嘔的、令人厭惡的
- food coma [fud][ˈkomə] n. 餐後嗜睡、食物昏迷、飯氣攻心（指用餐後昏昏欲睡的狀態）
- heartburn [ˈhɑrtˌbɝn] n.（消化不良的）胃灼熱、心口灼熱
- hiccup, hiccough [ˈhɪkəp] v.（因吃太快或喝太快而）打嗝
- liverish [ˈlɪvərɪʃ] a.（英）（因暴飲暴食而）身體不適的
- the runs n.（非正式）腹瀉、拉肚子
- wired [waɪrd] a.（美，非正式）（喝太多咖啡或吸毒而）極度興奮的

★飲酒的感受★

〔清醒、滴酒未沾〕

- sober [ˈsobɚ] a. 清醒的、沒喝醉的
- sober [ˈsobɚ], sober up [ˈsobɚ][ʌp] v. 酒醒、（酒醉後）清醒
- stone-cold sober [ˈstonˈkold][ˈsobɚ] a. 完全清醒的、滴酒未沾的

〔微醺、有點醉意的〕

- merry [ˈmɛrɪ] a.（英，非正式）微醉的（＝tipsy）
- tiddly [ˈtɪdl̩ɪ] a.（英，非正式）微醉的（＝tipsy）
- tipsy [ˈtɪpsɪ] a.（非正式）微醺、有點醉意的

〔酒醉、喝醉的〕

- beered-up / beered up [bɪrd][ʌp] a.（美／英，非正式）喝（太多啤酒而酒）醉的
- crocked [krɑkt] a.（美，非正式）喝醉的
- drunk [drʌŋk] a. 喝醉（酒）的
- inebriated [ɪnˈibrɪˌetɪd] a. 酒醉的
- intoxicated [ɪnˈtɑksəˌketɪd] a.（正式）喝醉了的
- pissed [pɪst] a.（英，非正式，口頭表達中常用但無禮的說法）酒醉的
- sloshed [slɑʃt] a.（非正式）喝醉酒的
- sozzled [ˈsɑzl̩d] a.（英，非正式）酒醉的、爛醉的
- tanked [tæŋkt] / tanked up [tæŋkt][ʌp] a.（美／英，非正式）酒醉的

〔爛醉〕

- bladdered [ˈblædərd] a.（英，非正式）爛醉的

- blind drunk [blaɪnd][drʌŋk] a.（英，非正式）爛醉的
- blotto [ˈblɑto] a.（非正式）爛醉的
- boozy [ˈbuzɪ] a.（非正式）狂飲的、喝醉的
- drunk as a skunk [drʌŋk][æz][ə][skʌŋk], drunk as a lord [drʌŋk][æz][ə][lɔrd] 爛醉如泥、酩酊大醉
- far gone [fɑr][gɔn] a.（非正式）爛醉的
- hammered [ˈhæmɚd] a.（非正式）爛醉的、喝得神智不清的
- legless [ˈlɛglɪs] a.（英，非正式）爛醉的
- loaded [lodɪd] a.（英，非正式）醉醺醺的、爛醉如泥的
- mashed [mæʃt] a.（英，非正式）爛醉的
- paralytic [ˌpærəˈlɪtɪk] a.（英，非正式）大醉的
- plastered [ˈplæstɚd] a.（非正式）爛醉如泥、酩酊大醉的
- rat-arsed [ˈrætɑrst] a.（英，非正式）爛醺醺的
- skinful [ˈskɪnfʊl] n.（英）（非正式）滿滿一皮囊（酒）have a skinful 爛醉
- slaughtered [ˈslɔtɚd] a.（英，非正式）爛醉的（＝plastered）
- smashed [smæʃt] a.（非正式）醉醺醺的、酩酊大醉的
- steaming [stimɪŋ] a.（蘇格蘭，非正式）爛醉的
- stewed [stjud] a.（非常不正式）爛醉的
- stinking drunk [ˈstɪŋkɪŋ][drʌŋk] a.（非正式）爛醉的
- three sheets to the wind [θri][ʃits][tu][ðə][wɪnd]（非正式）爛醉、大醉
- trashed [træʃt] a.（英，非正式）醉醺醺的、爛醉如泥的
- trolleyed [ˈtrɑlɪd] a.（英，非正式）酩酊大醉的
- wasted [ˈwestɪd] a.（非正式）爛醉、醉倒
- wrecked [ˈrɛkt] a.（英，非正式）爛醺醺的

〔宿醉與戒酒〕

- hangover [ˈhæŋˌovɚ] n. 宿醉
- hungover [ˈhʌŋˌovɚ] a. 宿醉的、因宿醉感到難受的
- be on the wagon [bi][ɑn][ðə][ˈwægən] / go on the wagon [go][ɑn][ðə][ˈwægən]（非正式）戒酒
- fall off the wagon [fɔl][ɔf][ðə][ˈwægən]（非正式）開酒戒、破酒戒

〔酒態〕

- be out of your box [bi][aʊt][ɑv][jʊɚ][bɑks] a.（非正式）（因吸毒或喝酒而）精神恍惚的
- bombed [bɑmd] a.（非正式）（因吸毒或喝酒而）精神恍惚的（＝stoned）
- drowsy [ˈdraʊzɪ] a. 昏昏欲睡的
- light-headed [ˈlaɪtˈhɛdɪd] a.（飲酒後）腳步不穩的、頭暈目眩的
- maudlin [ˈmɔdlɪn] a.（酒後）傷感的
- mellow [ˈmɛlo] a.（喝酒後）放鬆而愉悅的
- muzzy [ˈmʌzɪ] a.（英，非正式）（由於生病、疲勞或受酒精影響而）頭腦糊塗的、昏昏沉沉的、醉得不省人事的
- nauseous [ˈnɔʃɪəs] a. 噁心的、想吐的
- reel [ril] v. 踉蹌、搖搖晃晃地走
- roaring drunk [ˈrorɪŋ][drʌŋk] a.（英，非正式）喝得爛醉又大吵大鬧、鬧酒
- stagger [ˈstægɚ] v. 蹣跚、搖搖晃晃地走
- stoned [stond] a.（服用毒品後）飄飄然的、精神恍惚的；（非正式）爛醉的

延伸例句

▶▶▶ I'm tipsy.
我有點醉了。

▶▶▶ I've got a terrible hangover.
我宿醉很嚴重。

▶▶▶ Sam catches a bad cold. Therefore, he doesn't have the stomach to eat anything.
山姆得了重感冒,因此沒有丁點食欲。

▶▶▶ I only had a cup of coffee for breakfast this morning so I am a little peckish.
早上我只喝了杯咖啡當早餐,現在有點餓。

▶▶▶ The drunkard was hammered. He slurred his words, staggered around, and eventually passed out.
那醉漢喝得神智不清。他說話含糊不清,搖搖晃晃地四處亂走,最後暈了過去。

▶▶▶ The earthy flavor of Sumatra coffee doesn't suit my palate.
蘇門達臘咖啡的土味不合我的胃口。

▶▶▶ Don't buy me a drink. I am on the wagon.
別請我喝酒。我正在戒酒。

▶▶▶ Ellen is gluttonous but she doesn't eat broccoli. She is a picky eater.
艾倫很貪吃,可是她不吃青花菜。她挑食。

▶▶▶ Swimming always makes me ravenous.
游泳總讓我飢腸轆轆。

▶▶▶ Peter let out a loud belch after chugging a whole glass of cola.
彼得一口氣喝光一整杯可樂後,打了個響亮的嗝。

四、如何形容

情境對話

Cooper is a die-hard baseball fan. Today he takes his colleague, Tars, to a game. This is the first time Tars visiting a baseball stadium.
庫柏是棒球鐵粉。今天他帶同事塔斯來看球賽。這是塔斯第一次造訪棒球場。

Cooper : Let's go grab some food first. You must try their barbecue pork ribs.
咱們先去張羅點食物吧。你一定要試試他們的炭烤肋排。

Tars : BBQ ribs? I thought they only offer hot dogs.
炭烤肋排?我以為他們只提供熱狗呢。

Cooper : Nay, though hot dogs and Cracker Jacks are standard ballpark food, nowadays many ballparks serve up wider variety of food.
不是這樣的。雖然熱狗與焦糖花生爆米花是標準球場美食,但如今許多棒球場提供更多種類的食物。

Tars : Mmm… The fall-off-the-bone ribs are tender and succulent. No wonder it is a must-eat stadium dish.
嗯……這肋排軟嫩多汁、骨肉分離,無怪乎是球場必吃美食。

Cooper : Now try this Churro Dog.
接下來,嚐嚐這個吉拿棒熱狗堡。

Tars : Churro Dog? Eww, that doesn't sound very appetizing.
吉拿棒熱狗堡?呦,聽起來不是讓人很想吃。

Cooper : Far from it! It's a dessert mashup inspired by the perma-classic ballpark food, hot dog.
才不會呢。這是一種混搭甜點,靈感來自永遠的球場經典食物──熱狗。

Tars : Wow, soft and fluffy donut bun is stuffed with a crispy cinnamon churro, topped with whipped cream, frozen yogurt, then dressed with caramel and chocolate sauce–sinful delights!

哇，鬆軟的甜甜圈夾著酥脆的肉桂吉拿棒，配上打發鮮奶油、優格冰淇淋，
再淋上焦糖與巧克力醬——好邪惡的美食！

Cooper : Ah, I'm thirsty. I'll go get some beers from a concession stand. What
do you care for?

啊，我有點渴。我要去販賣部買點啤酒。你想喝什麼？

Tars : I'd love to have a can of coke and a bag of Cracker Jack.

我想要一罐可樂和一包焦糖花生爆米花。

Cooper : Fine, I'll be right back.

好。我馬上回來。

心·得·筆·記

字彙

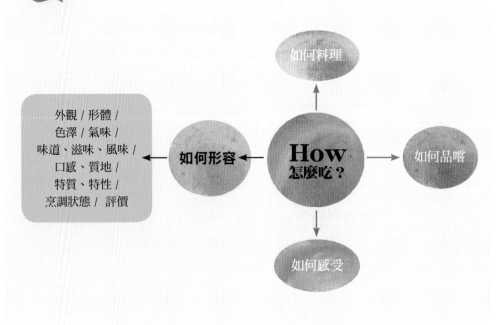

外觀 / 形體 /
色澤 / 氣味 /
味道、滋味、風味 /
口感、質地 /
特質、特性 /
烹調狀態 / 評價

如何形容

How
怎麼吃？

如何料理

如何品嚐

如何感受

★ 形容外觀 ★

- appearance [əˈpɪrəns] n. 外觀

- big [bɪg] a. 大的

- bloom [blum] n.（果實表皮）果粉、粉衣；（因保存不當使可可脂浮上巧克力表面，形成一層像粉筆灰的）白霜

- bloomy [ˈblumɪ] a.（果實、起司外皮）有粉衣的

- boneless [ˈbonlɪs] a. 去骨的、無骨的

- bony [ˈbonɪ] a. 多骨的、多魚刺的

- chunky [ˈtʃʌŋkɪ] a. 厚的、四方形厚塊的；含厚塊的

- crusted [ˈkrʌstɪd] a.（葡萄酒）生了酒垢的

- fleshy [ˈflɛʃɪ] a.（蔬果等）柔軟肥厚的、肉質多的

- fuzzy [ˈfʌzɪ] a.（表面）有絨毛的

- large [lɑrdʒ] a. 尺寸大的、數量多的

- layered [ˈleəd] a. 分層的、有層次的

- limp [lɪmp] a.（蔬菜）軟綿綿的、鬆軟的

- pitted [ˈpɪtɪd] a.（水果）去核的、無核的

- plump [plʌmp] a. 多肉飽滿的、又大又圓的

- puffy [ˈpʌfɪ] a. 蓬鬆的

- seedless [ˈsidlɪs] a. 無籽的

- skinless [ˈskɪnlɪs] a.（肉）去皮的、無皮的

- small [smɔl] a. 小的

- squashed [skwɑʃt] a. 壓爛的、擠碎的
- stoned [stond] a.（水果）去核的
- streaky [ˈstrikɪ] a. 有條紋的、有紋理的
- thick [θɪk] a. 厚的
- thin [θɪn] a. 薄的
- wafer-thin [ˈwefɚˌθɪn] a. 極薄的
- wilted [wɪltɪd] a. 枯萎、萎蔫
- wizened [ˈwɪznd] a.（水果）乾癟的、皺縮的
- worm-eaten [ˈwɝmˌitn] a. 蟲蛀的

★ 形容形狀、形體 ★

- circular [ˈsɝkjələ] a. 圓形的、環形的
- conical [ˈkɑnɪkl] a. 圓錐形的
- crinkle-cut [ˈkrɪŋklˌkʌt] a. 波浪狀、帶波浪紋的
- cruciform [ˈkrusəˌfɔrm] a. 十字形的
- cuboid [ˈkjubɔɪd] a. 立方體的
- domed [domd] a. 半球形的
- flat [flæt] a. 扁平的、平坦的
- hooked [hʊkt] a. 鉤狀的
- oval [ˈovl] a. 卵形的、橢圓形的
- ovoid [ˈovɔɪd] a.（正式）卵形的、卵圓形的
- pear-shaped [ˈpɛrˌʃept] a. 梨形的
- rectangular [rɛkˈtæŋgjələ] a. 矩形的、長方形的
- rhombic [ˈrɑmbɪk] a. 菱形的
- round [raʊnd] a. 圓形的、球形的
- square [skwɛr] a. 正方形的
- starry [ˈstɑrɪ] a. 星形的
- triangular [traɪˈæŋgjələ] a. 三角形的
- wavy [ˈwevɪ] a. 波浪狀的、起伏的

★ 形容色澤 ★

- caramel [ˈkærəml] a. 焦糖色的、淡褐色的
- deep gold [dip][gold] a. 深金黃色（用於形容白葡萄酒）
- deep ruby red [dip][ˈrubɪ][rɛd] a. 深寶石紅色（用於形容紅葡萄酒）
- opaque purple [oˈpek][ˈpɝpl] a. 不透明的紫色（用於形容紅葡萄酒）
- pale lemon [pel][ˈlɛmən] a. 淺檸檬色（用於形容白葡萄酒）

★ 形容氣味 ★

- aroma [əˈromə] n.（植物、菜餚、酒等的）香氣、香味
- bouquet [buˈke] n.（指葡萄酒在熟成期間慢慢累積的獨特）香醇氣味
- fragrant [ˈfregrənt] a.（聞起來）香的、芬芳的
- heady [ˈhɛdɪ] a.（氣味）濃烈的、令人陶醉的
- nauseating [ˈnɔsɪetɪŋ] a.（尤指氣味）令人噁心的、令人作嘔的
- odorless / odourless [ˈodɚlɪs] a.（美／英）沒有氣味的
- odor / odour [ˈodɚ] n. 氣味（尤指臭味）
- odorous [ˈodərəs] a. 氣味很濃很顯著的、難聞的
- ripe [raɪp] a.❶（乳酪或葡萄酒）氣味濃烈的；❷（非正式）（氣味）刺鼻的、難聞的
- smell [smɛl] n.（鼻聞的）氣味
- smelly [ˈsmɛlɪ] a. 有臭味的、發臭的
- stinking [ˈstɪŋkɪŋ] a. 臭的、發惡臭的
- stinky [ˈstɪŋkɪ] a. 臭的、發惡臭的

★ 形容味道、滋味、風味 ★

- flavor / flavour [ˈflevɚ] n.（美／英）（食物或飲料的）味道、滋味、風味
- taste [test] n.（舌嚐的）味道、滋味

〔食物〕

- acid [ˈæsɪd] a. 酸的、有酸味的
- acrid [ˈækrɪd] a.（味道或氣味）刺激的、辣的、苦的
- aromatic [ˌærəˈmætɪk] a. 清香的、芳香的
- astringent [əˈstrɪndʒənt] a. 味澀的
- bitter [ˈbɪtɚ] a. 苦的、有苦味的
- bittersweet [ˈbɪtɚˌswit] a. 苦甜的、甜蜜又帶點苦味
- bland [blænd] a.（食物）清淡的、無味的
- cheesy [ˈtʃizɪ] a. 味似乳酪的、乳酪味的
- chocolatey [ˈtʃɔkəlɪtɪ] a. 含巧克力的、有巧克力味的
- clean [klin] a.（氣味、味道、顏色）清新的、清爽的
- cloying [ˈklɔɪɪŋ] a. 甜膩的
- delicate [ˈdɛləkət] a.（味道或氣味）淡雅的、清淡可口的
- deviled / devilled [ˈdɛvl̩d] a.（美／英）（食物）辣的
- fiery [ˈfaɪərɪ] a.（食物）辛辣的、火辣的、（烈酒）辛辣的、嗆辣的
- fishy [ˈfɪʃɪ] a.（氣味、味道）像魚的、有魚腥味的
- flavored / flavoured [ˈflevɚd] a.（美／英）有……味道的、添加……味道的
- floury [ˈflaʊrɪ] a.（嚐起來）有（麵）粉味的

- foul [faʊl] a. 惡臭的、難聞的、難吃的、（食物）腐敗的（＝disgusting）
- fresh [frɛʃ] a.（氣味或味道）清新的、爽口的
- fruity [ˈfrutɪ] a. 有果味的
- full [fʊl] a.（味道）濃烈的、濃郁的；（酒）醇厚的
- funky [ˈfʌŋkɪ] a.（美）有怪味的、有惡臭的
- gamey, gamy [ˈgemɪ] a. 帶明顯野味的、鳥獸味道強烈的、野生動物氣味濃烈的
- garlicky [ˈgɑrlɪkɪ] a. 有大蒜味的
- gingery [ˈdʒɪndʒərɪ] a. 薑味的、辛辣的
- honeyed [ˈhʌnɪd] a. 甜的、如蜜的
- hot [hɑt] a. 辣的、辛辣的
- insipid [ɪnˈsɪpɪd] a.（食物）清淡的、無味的
- lemony [ˈlɛmənɪ] a. 有檸檬味的
- light [laɪt] a.（食物）清淡的、（酒）淡的、不烈的
- meaty [ˈmitɪ] a. 有肉味的
- metallic [məˈtælɪk] a. 有金屬腥味的
- mild [maɪld] a.（食物）味道溫和的、味道不重的、不濃烈的、味淡的
- minty [ˈmɪntɪ] a. 有薄荷香的、有薄荷味的
- nasty [ˈnæstɪ] a.（氣味或味道）令人作嘔的、令人厭惡的
- nutty [ˈnʌtɪ] a. 有堅果味的
- peppery [ˈpɛpərɪ] a. 有胡椒味的
- piquant [ˈpikənt] a. 辛辣的、開胃的
- pungent [ˈpʌndʒənt] a.（味道或氣味）刺激的、刺鼻的、辛辣的
- rancid [ˈrænsɪd] a.（食物中的油脂成分已經）不新鮮的、腐敗變質的

- revolting [rɪˈvoltɪŋ] a. 令人作嘔的、討厭的
- rich [rɪtʃ] a.（氣味或味道）濃郁的、（酒）口感醇厚、香氣濃郁
- robust [rəˈbʌst] a.（食物或飲料）味濃的、醇厚的
- salty [ˈsɔltɪ] a. 含鹽的、鹹的
- savory / savoury [ˈsevərɪ] a.（美／英）鹹香的、香辣；（聞起來或嚐起來）芳香的、可口的、美味的
- seasoned [ˈsiznd] a. 調過味的
- semisweet [ˌsɛmɪˈswit] a.（美）半甜的、低甜度的、不很甜的
- sharp [ʃarp] a.（味道）濃烈的、衝的
- sickly [ˈsɪklɪ] a.（主英）令人作嘔的、使人厭惡的
- smoky [ˈsmokɪ] a. 有煙燻味的
- sour [ˈsaʊr] a.酸的、酸味的、酸腐的、餿的
- spicy [ˈspaɪsɪ] a.（食物）辛辣的、（酒）辛香的
- stale [stel] a. 不新鮮的、走味的
- strong [strɔŋ] a.（味道、氣味）濃的、強烈的、濃郁的、（酒）烈性的
- sugary [ˈʃʊgərɪ] a. 含糖的、甜的
- sweet [swit] a. 甜的

字辨

acid, sour 與 tart

acid：指某物本質上帶有酸味。
sour：因發酵或腐敗而產生的酸味。
tart：指某物的酸味給味覺帶來刺激的快感。

- sweet-and-sour [ˌswitənˈsaʊɚ] a. 糖醋的、酸甜的
- sweetish [ˈswitɪʃ] a. 微甜的、稍帶甜味的
- tangy [ˈtæŋɪ] a. 味道濃烈的、氣味強烈刺激的
- tart [tart] a.（食物或飲料）酸的
- tasteless [ˈtestlɪs] a. 沒味道的、味道差的、乏味的
- umami [uˈmamɪ] a.（味道）鮮的、鮮甜的
- unsweetened [ʌnˈswitənd] a. 未加糖的、不甜的
- vinegary [ˈvɪnɪgərɪ] a. 醋味的、酸的

★ 飲品 ★

- corked [kɔrkt] a.（酒因軟木塞損壞、讓細菌進入而）有軟木塞味的、味道不佳的
- flat [flæt] a.（飲料）走了氣的、走了味的
- full [fʊl] a.（味道）濃烈的、濃郁的；（酒）醇厚的
- light [laɪt] a.（食物）清淡的、（酒）淡的、不烈的
- mellow [ˈmɛlo] a.（酒或咖啡）味道香醇的、芳醇的
- potent [ˈpotnt] a.（酒）烈的、後勁強的
- robust [rəˈbʌst] a.（食物或飲料）味濃的、醇厚的
- smoky [ˈsmokɪ] a. 有煙燻味的
- smooth [smuð] a.（酒或咖啡）口感圓潤、醇和、不烈、不苦
- stewed [stjud] a.（英）（茶因久泡而）又濃又苦的
- straight [stret] a.（酒）不加冰塊或其他飲料的、純的

199

〔氣泡酒與香檳的甜度〕

- brut [brut] a.（法）完全不甜（甜度 1.2% 以下）
- sec [sɛk] a.（法）不甜（甜度 1.7~3.2%）
- demi-sec [dɛmɪˈsɛk] a.（法）微甜（甜度 3.2~5.0%）
- doux [du] a.（法）甜（甜度 5.0% 以上）

〔葡萄酒的甜度〕

- dry [draɪ] a.（酒）完全不甜、無甜味的、不含糖的
- medium-dry, [ˈmidɪəmdraɪ] , off-dry [ˈɔfdraɪ] a.（酒）微甜
- semi-sweet[ˌsɛmɪˈswit], medium [ˈmidɪəm] a.（酒）半甜
- sweet [swit] a.（酒）甜的

〔葡萄酒的酒體〕

- body [ˈbɑdɪ] n.（酒）酒體（酒的口感與質感）在口中的醇厚度
- full-bodied [fʊlˈbɑdɪd] a.（酒）酒體豐滿厚重，味道濃郁飽滿
- light-bodied [laɪtˈbɑdɪd] a.（酒）酒體輕盈，味道清瘦
- medium-bodied [ˈmidɪəmˈbɑdɪd] a.（酒）酒體中等，介於厚重和輕盈之間

★形容口感、質地★

- aftertaste [ˈæftɚˌtest] n. 餘韻、喉韻
- mouthfeel [ˈmaʊθfil] n. 口感
- palate [ˈpælɪt] n. 味覺（尤指享受食物或評判好壞的能力）
- texture [ˈtɛkstʃɚ] n. 口感、質地

〔食物〕

- brittle [ˈbrɪtl] a. 脆的、易碎的（餅乾）
- chalky [ˈtʃɔkɪ] a. 有白粉狀的、易粉碎的
- chewy [ˈtʃuɪ] a. 耐嚼的、有嚼勁的、Q彈的
- chunky [ˈtʃʌŋkɪ] a. 含厚塊的
- creamy [ˈkrimɪ] a. 柔滑的、糊狀的
- crisp [krɪsp] a.（食物）脆的、酥的、鬆脆的、清脆的（↔soggy）
- crispy [ˈkrɪspɪ] a.（食物）酥脆的（↔soggy）
- crumbly [ˈkrʌmblɪ] a. 脆的、易碎的
- crunchy [ˈkrʌntʃɪ] a. 鬆脆的、爽脆的、咀嚼時嘎吱作響的

字辨

crisp / crispy 與 crunchy

crisp / crispy：通常指薄片狀食物經烹調直到變成褐色，帶有宜人的脆度，咀嚼時會發出聲響。例：**crispy bacon** 酥脆的培根

crunchy：通常指新鮮的食物（如水果、蔬菜、堅果）咀嚼時會發出聲響。例：a **crunchy salad**

- crusty [ˈkrʌstɪ] a.（麵包）脆皮的、皮硬而厚的
- dry [draɪ] a.（食物）沒有脂肪、沒有汁的、乾巴巴的
- fatty [ˈfætɪ] a. 油膩的、多脂肪的
- firm [fɝm] a.（蔬果）結實飽滿的
- flaky [ˈflekɪ] a. 易碎成薄片的
- fluffy [ˈflʌfɪ] a.（食物）鬆軟的

- glutinous [ˈglutɪnəs] a. 黏稠的

- gooey [ˈguɪ] a.（非正式）又黏又軟的

- grainy [ˈgrenɪ] a.有大顆粒的、粗粒的、粒狀的

- greasy [ˈgrizɪ] a. 油膩的

- hard [hɑrd] a. 堅硬的

- heavy [ˈhɛvɪ] a.（飯菜）不易消化的

- juicy [ˈdʒusɪ] a.（食物）多汁的

- lean [lin] a.（肉）瘦的、少脂肪的

- light [laɪt] a.（蛋糕、麵包）鬆軟的

- lumpy [ˈlʌmpɪ] a. 結塊的、有許多凝塊的

- mealy [ˈmilɪ] a.（水果和蔬菜）乾軟難吃的

- meaty [ˈmitɪ] a. 多肉的

- mellow [ˈmɛlo] a.（水果）熟的、軟而甜的、甘美多汁的

- moist [mɔɪst] a. 溼潤的、鬆軟的

- mushy [ˈmʌʃɪ] a. 軟綿的、爛糊的、糊狀的

- oily [ˈɔɪlɪ] a. 含油的、多油的

- rare [rɛr] a.（肉）半熟的

- rich [rɪtʃ] a.（食物）油膩的

- rubbery [ˈrʌbərɪ] a.（尤指肉）太硬太韌跟橡膠一樣難切斷

- silky [ˈsɪlkɪ] a. 柔軟的、光滑的

- slimy [ˈslaɪmɪ] a. 黏糊糊的、黏滑的

- smooth [smuð] a. 滑順的

- soft [sɔft] a. 柔軟的

- soggy [ˈsɑgɪ] a. 溼軟的、溼答答的、潮溼的（↔crisp, crispy）

- soupy [ˈsupɪ] a. 像羹湯般濃稠的

- spongy [ˈspʌndʒɪ] a. 輕而多孔的、鬆軟有彈性的

- sticky [ˈstɪkɪ] a. 黏的、黏糊糊的

- stodgy [ˈstɑdʒɪ] a.（食物）稠厚易飽但不可口的

- stringy [ˈstrɪŋɪ] a. 多纖維的、多筋的、（起司）會牽絲的

- succulent [ˈsʌkjələnt] a. 汁多味美的（尤指水果、蔬菜、肉）

- syrupy [ˈsɪrˈəpɪ] a. 糖漿狀的、甜而黏稠的

- tender [ˈtɛndɚ] a. 軟嫩的

- thick [θɪk] a. 濃郁的、濃稠的

- thin [θɪn] a. 稀的、淡的

- tough [tʌf] a.（尤指肉類等食物）老的、咬不動的、難切的、難嚼的

- velvety [ˈvɛlvɪtɪ] a. 像天鵝絨般柔軟光滑的

- watery [ˈwɔtərɪ] a.（食物或飲料）水分太多的、稀的

〔飲品〕

- bubbly [ˈbʌblɪ] a. 充滿氣泡、泡沫的

- effervescent [ˌɛfɚˈvɛsnt] a.（液體）冒泡的

- fizzy [ˈfɪzɪ] a.（液體）冒氣泡的、起泡沫的

- gassy [ˈgæsɪ] a.（英）（飲料）充滿氣體的、產生很多氣體的、含氣多的

- sparkling [ˈspɑrklɪŋ] a.（飲料）充滿氣泡的、起泡的

- velvety [ˈvɛlvɪtɪ] a.（酒）醇和的、可口的

- watery [ˈwɔtərɪ] a.（食物或飲料）水分太多的、稀的

- weak [wik] a.（飲料）淡的、稀薄的

★ 質性、特性 ★

〔冷熱〕

- chilled [tʃɪld] a. 冰藏的、冷凍的

- cold [kold] a.（食物）冷食的

- frappé [ˈfrapeɪ] a. 冰鎮的、冰凍的

- frozen [ˈfrozn̩] a. 冷凍的

- freeze burn [friz][bɝn] n. 凍燒（冷凍食物若未經妥善包裝或儲放太久會脫水變色且走味）
- hot [hɑt] a. 熱的
- ice-cold [ˈaɪsˌkold] a. 冰冷的
- iced [aɪst] a.❶（飲料）冰鎮的；❷（英）（蛋糕或餅乾）灑滿糖霜的
- lukewarm [ˌlukˈwɔrm] a. 溫的、不冷不熱的
- piping hot [ˈpaɪpɪŋ][hɑt] a.（食物或水）滾燙的
- tepid [ˈtɛpɪd] a. 溫的、（該熱卻）不夠熱的、（該冷卻）不夠冷的
- warm [wɔrm] a. 暖的

〔乾溼〕

- desiccated [ˈdɛsəˌketɪd] a.（食物）脫水的
- dried [draɪd] a.（食物、牛奶等）去除水分的、乾的
- freeze-dried [ˈfrizˌdraɪd] a.（食物）急凍保存的、經過冷凍乾燥的
- sun-dried [ˈsʌnˌdraɪd] a. 曬乾的

〔生熟〕

- cook-chill [ˌkʊkˈtʃɪl] a.（英）（菜餚）預煮速冷的
- cooked [kʊkt] a. 熟的、烹調過的
- done [dʌn] a. 煮熟的
- overripe [ˌovɚˈraɪp] a.（水果）過熟的
- raw [rɔ] a. 生的、未經烹調的
- ripe [raɪp] a.（水果或農作物）成熟的
- rotten [ˈrɑtn̩] a. 腐爛的、腐敗的、發臭的
- uncooked [ʌnˈkʊkt] a. 未烹調的、生的
- unripe [ʌnˈraɪp] a.（水果、穀物）未熟的

〔其他：食物〕

- aphrodisiac [ˌæfrəˈdɪzɪˌæk] a. 催情的（食物、飲品、藥物）
- bad [bæd] a.（食物）不新鮮的、變質的、腐壞的
- candied [ˈkændɪd] a.（水果）糖漬的、糖煮的、做成蜜餞的
- canned [kænd] / tinned [tɪnd] a.（美／英）（食品）罐裝的
- caramelized / caramelised [ˈkærəmḷˌaɪzd] n.（美／英）（食物）淋上焦糖的
- choice [tʃɔɪs] a. 上等的、優質的、精選的
- clean [klin] a. 清潔的、乾淨的
- condensed [kənˈdɛnst] a. 濃縮的
- crystallized [ˈkrɪstḷˌaɪzd] a.（水果或甜食）裹有糖霜的
- curried [ˈkɝɪd] a.（食物）用咖哩粉烹調的
- diet [ˈdaɪət] n. 低糖的、低脂的
- digestible [daɪˈdʒɛstəbḷ] a.（食物）易消化的
- dry [draɪ] a.（麵包）未塗奶油、果醬的
- eatable [ˈitəbḷ] a. 可以吃的、可食用的
- edible [ˈɛdəbḷ] a. 可以吃的、適於食用的
- extra virgin [ˈɛkstrə][ˈvɝˈdʒɪn] a.（橄欖油）特級的
- fancy [ˈfænsɪ] a.（美）（食物）特級的、精選的
- fattening [ˈfætənɪŋ] a. 使人發胖的
- floury [ˈflaʊrɪ] a. 粉狀的、蓋滿麵粉的
- fried [fraɪd] a. 油煎的、油炸的
- frosted [ˈfrɔstɪd] a.（美）（蛋糕或餅乾）灑滿糖霜的
- full-fat [ˌfʊlˈfæt] a.（英）全脂的
- glacé [ˈglæseɪ] a. 糖漬的

字辨

edible 與 eatable

edible：指食物安全可食或適合食用的。反義字為 inedible。

如：These mushrooms are edible, but those are poisonous. 這些菇可以吃，那些則有毒。

eatable：可吃的，主要用來表達食物的品質。

如：My boyfriend is a bad cook. His food is edible, but barely eatable.

我的男友廚藝不佳。他煮的食物雖然可以吃，卻簡直不能吃（很難吃）。

- heaped [hipt] a.（英）（匙、勺）盛得滿滿的、（盤）堆得高高的

- heaping ['hipɪŋ] a.（美）（匙、勺）盛得滿滿的、（盤）堆得高高的

- high [haɪ] a.（英）（肉或乳酪等）開始變質的、不新鮮的

- iced [aɪst] a.❶（英）（蛋糕或餅乾）灑滿糖霜的；❷（飲料）冰鎮的

- instant ['ɪnstənt] a.（食品）即食的、即溶的

- lite [laɪt] , light [laɪt] a.（食物）清淡的、低糖、低鹽、低卡路里的

- lo-cal [ˌloˈkɑl] a. 低卡路里的、低熱量的（＝low calorie）

- low-fat [ˌloˈfæt] a.（食物）低脂的

- moldy / mouldy ['moldɪ] a.（美／英）發霉的

- nutritious [njuˈtrɪʃəs] a. 營養豐富的、有營養的

- organic [ɔrˈgænɪk] a. 有機的

- pickled ['pɪkl̩d] a.（用醋或鹽水）醃製的

- pure [pjʊr] a. 純的

- seasonal ['sizn̩əl] a.（蔬果）當令的

- slimline ['slɪmlaɪn] a.（英）（食物或飲料）低卡路里的

- starchy ['stɑrtʃɪ] a.（食物）含大量澱粉的

- sugar-coated [ˌʃʊgɚˈkotɪd] a. 包糖的、裹糖的、有糖衣的

- sugar-cured ['ʃʊgɚkjʊrd] a.（火腿、燻豬肉）用糖、鹽、硝等醃製的，甜味醃製的

- unleavened [ʌnˈlɛvənd] a.（麵包等）未經發酵的

- well-balanced ['wɛlˈbælənst] a. 均衡的

〔其他：飲品〕

- black [blæk] a.（茶或咖啡）不加牛奶和糖的

- daught [dræft] a.（啤酒）當場從桶中汲取的

- decaffeinated [dɪˈkæfɪˌnetɪd] a.（咖啡或茶）低咖啡因的

- delicate ['dɛləkət] a.（茶性）細緻的

- drinkable ['drɪŋkəbl̩] a.❶ 可飲用的（＝potable）；❷ 味道好的、適飲、易飲的

- fat-free [ˌfætˈfri] a. 不含脂肪的、脫脂的

- full-cream [ˌfʊlˈkrim] a.（英）（牛奶）全脂的

- heady ['hɛdɪ] a.（酒）讓人頭暈的、使人酒醉的

- lite [laɪt], light [laɪt] a. 淡的（指啤酒低卡路里低酒精濃度）

- low-carb [ˌloˈkɑrb] n.（酒）低糖質的（碳水化合物含量較低）

- mature [məˈtjʊr] a.（起司、酒）發酵成熟的、釀熟的

- neat [nit] a.（主英）（酒）純的、不加冰的、不摻兌的（＝straight）

- non-alcoholic [ˌnɑn ælkəˈhɔlɪk] a.（飲料）無酒精的、不含酒精的

- potable [ˈpotəbl̩] a.（水）可飲用的、適合飲用的（＝drinkable）

- robust [rəˈbʌst] a.（茶性）粗獷的

- semi-skimmed [ˌsɛmɪˈskɪmd] a.（英）（牛奶）半脫脂的

- skimmed [ˈskɪmd] a.（英）（牛奶）脫脂的

★形容食物烹調狀態★

- al dente [al][dɛnteɪ] a. 有嚼勁、彈牙的（指食物，尤其是義大利麵烹煮的熟透程度）

- burnt [bɜnt] a. 燒焦的、烤焦的

- overcooked [ˌovɚˈkʊkt] a.煮過頭的、煮太久的、煮得太老的

- overdone [ˌovɚˈdʌn] a.（食物）煮過頭的、食材變太老

- undercooked [ˌʌndɚˈkʊkt] a.還太生的、未煮熟的、未煮透的

- underdone [ˌʌndɚˈdʌn] a.（食物）未煮透（或熟）的、半生不熟的

〔牛排的生熟度〕

- doneness [ˈdʌnɪs] n.（肉的）煮熟度

- raw [rɔ] a.生的、未烹調過的（口感柔軟耐嚼而糊爛，半透明狀）

- rare [rɛr] a. 一分熟（稍微堅實而柔軟多汁。裡面的肉色非常鮮紅，微溫）

- medium rare [ˈmidɪəm][rɛr] a. 三分熟（比較堅實，非常多汁。裡面的肉色是紅的，整個是溫的）

- medium [ˈmidɪəm] a.五分熟（堅實而多汁。裡面的肉色是紅的，周圍帶點粉紅，熱的）

- medium well [ˈmidɪəm][wɛl] a.七分熟（開

始出現乾澀感，沒那麼多汁。裡面的肉色是粉紅的，熱的）

- well-done [ˌwɛlˈdʌn] a.全熟（又乾又老。裡面的肉是灰棕色的，整個是熱的）

〔蛋的烹調狀態〕

- hard-boiled [ˌhɑrdˈbɔɪld] a.（水煮蛋）煮得老的、全熟的

- soft-boiled egg [ˌsɔftˈbɔɪld] a.（水煮蛋）煮得半熟的、溏心的

- sunny-side up [ˈsʌniˌsaɪd][ʌp] a.（美）（荷包蛋）半熟單面煎的、太陽蛋

- over-easy [ˌovɚˈizɪ] a.（美）（荷包蛋）半熟兩面煎的

- over-hard [ˈovɚhɑrd] a.（美）（荷包蛋）全熟兩面煎的

★形容餐點★

〔正面評價〕

- acceptable [əkˈsɛptəbl̩] a. 令人滿意的

- all right [ɔl][raɪt], OK [ˈoˈke] a.還不錯的、相當好的

- appetizing / appetising [ˈæpəˌtaɪzɪŋ] a.（美／英）（食物看起來或聞起來）讓人胃口大開的

- authentic [ɔˈθɛntɪk] a. 道地的、正宗的

- dainty [ˈdentɪ] a.（食物）精緻小巧且滋味美好

- decent [ˈdisn̩t] a. 還不錯的、像樣的、得體的

- delectable [dɪˈlɛktəbl̩] a. 美味可口的

- delicious [dɪˈlɪʃəs] a. 美味的、可口的、好吃的、香噴噴的

- flavorful / flavourful [ˈflevɚfəl] a.（美／英）可口的、具濃烈美味的

- flavorsome / flavoursome [ˈflevɚsəm]

a.（美／英）美味可口的、味濃的

- fresh [frɛʃ] a.（食物）新鮮的、新採摘的

- hearty [ˈhɑrtɪ] a.（飯菜）豐盛的、大分量的

- luscious [ˈlʌʃəs] a.（食物）香甜的、美味的

- moreish [ˈmɔrɪʃ] a.（英，口語）好吃到讓人還想再多吃的

- mouth-watering [ˈmaʊθ ˌwɔtərɪŋ] a.（食物看起來或聞起來）令人垂涎的

- palatable [ˈpælətəbḷ] a. 美味的、可口的

- passable [ˈpæsəbḷ] a.（指食物或飲料的品質）尚可、過得去的

- reasonable [ˈriznəbḷ] a. 尚好的、過得去的

- satisfactory [ˌsætɪsˈfæktərɪ] a. 令人滿意的

- scrumptious [ˈskrʌmpʃəs] a.（食物）味道極好的、美味的

- spectacular [spɛkˈtækjələ] a. 突出的、引人注目的

- square meal [skwɛr][mil] n.豐盛的一餐、大餐、飽餐

- superb [sʊˈpɝb] a.（品質）極好的、極佳的

- tasty [ˈtestɪ] a.（非正式）可口的、美味的、好吃的

- yummy [ˈjʌmɪ] a.（非正式）（食物）美味的、可口的、好吃的

〔負面評價〕

- awful [ˈɔfʊl] a. 極討厭的、極壞的

- bad [bæd] a. 腐壞的、腐爛的、變質的

- disgusting [dɪsˈgʌstɪŋ] a. 令人作嘔、令人厭惡的

- horrible [ˈhɔrəbl̩] a.（口語）極討厭的、糟透了

- lousy [ˈlaʊzɪ] a.（口語）差勁的、糟糕的

- unpalatable [ʌnˈpælətəbḷ] a.難吃的、味道差的

〔價格〕

- affordable [əˈfɔrdəbḷ] a. 平價的、價廉的、負擔得起的

- budget [ˈbʌdʒɪt] a. 價格低廉的

- cheap [tʃip] a. 便宜的、價廉的

- competitive [kəmˈpɛtətɪv] a.（價格）有競爭力的、以優惠價格提供的

- dear [dɪr] a.（英，口語）昂貴的

- dirt cheap [dɝt][tʃip] a.（非正式）非常便宜的

- economical [ˌikəˈnɑmɪkl̩] a. 經濟實惠的、便宜的、省錢的

- expensive [ɪkˈspɛnsɪv] a. 昂貴的、高價的

- frugal [ˈfrugl̩] a.（一餐飯）簡單便宜的

- high [haɪ] a.（價格）高的

- inexpensive [ˌɪnɪkˈspɛnsɪv] a.價格低廉的、花費不多的

- low [lo] a.（價格）低的

- overpriced [ˌovəˈpraɪst] a. 定價過高的

- pricey[ˈpraɪsɪ] a.（非正式）高價的、昂貴的

- reasonable [ˈriznəbḷ] a.（價錢）公道的、不貴的

- value for money [ˈvælju][fɔr][ˈmʌnɪ] 物有所值

延伸例句

▶▶▶ £5.00 seems rather dear for a cup of coffee.
一杯咖啡五英鎊好像滿貴的。

▶▶▶ My steak is slightly underdone, but it got great flavor and perfect char.
我的牛排稍微生了點，不過它滋味美妙，帶有完美的焦香。

▶▶▶ Don't be shy from eating durians for its tangy smell. Its taste is one-of-a-kind and just heavenly.
別因榴槤異香撲鼻而不敢吃它。它的滋味獨一無二，只應天上有。

▶▶▶ Our favorite blend coffee has chocolatey notes and a robust flavor, with a velvet-smooth finish.
我們最愛的綜合咖啡有巧克力的香氣、醇厚的滋味及絲滑的餘韻。

▶▶▶ What shall I do to rescue a grainy or lumpy white sauce?
我該怎麼做才能拯救顆粒狀或結塊的白醬？

▶▶▶ To prevent wilt, refrigerate fresh vegetables and keep these produce in plastic bags.
要防止新鮮蔬菜萎蔫，可以把這些農產品放進塑膠袋中冷藏。

▶▶▶ I'd like to take a glass of extra dry white wine to go with lobster. What would you recommend?
我想點一杯不甜的白酒搭配龍蝦。你會推薦哪支酒？

▶▶▶ This white wine doesn't taste right. It smells like a wet newspaper and tastes flat and dull. It could be a corked wine.
這白酒的味道不對。它聞起來像溼報紙，嚐起來平淡無味。它可能是軟木塞被汙染的葡萄酒。

▶▶▶ Steeping the tea leaves in the pot for too long results in stewed tea, which tastes unpleasantly strong and bitter.
茶葉在茶壺裡泡太久會導致茶湯汁濃味苦。

▶▶▶ This water glass has a lipstick smudge on it. Can I have another one?
這只水杯上頭有口紅印，可以幫我換一個嗎？

心·得·筆·記

Where

在哪裡吃

/ 各國菜餚
/ 用餐場所
/ 生產食物與買賣食物的地方
/ 環境、服務

一、各國菜餚

情境對話

Natasha : What is your favorite dish in the restaurant?
你最喜歡這間餐廳的哪一道菜？

Hulk : I really love its beef stir-fry with scallions. It's spicy and delicious!
我真的很愛它的蔥爆牛肉，又辣又美味！

Natasha : Then you must like bulgogi or semur, too. They are also very flavorful.
那你一定也喜歡韓式烤薄牛肉片和印尼燉牛肉吧，也是香氣四溢。

Hulk : That's right! How about you?
沒錯！那妳呢？

Natasha : Its drunken chicken tastes special.
醉雞的味道很特別。

Hulk : It's cooked in Shaoxing wine, which gives it a unique flavor.
那是用紹興酒煮的，所以有獨特的味道。

Natasha : Is it also the kind of wine used in wine-cooked chicken?
燒酒雞也是用這種酒煮的嗎？

Hulk : No, it's stewed in rice wine with some herbs.
不是，用米酒和中藥煮的。

Natasha : Wow, it sounds interesting.
哇，聽起來很有意思。

Hulk : Ginger duck is another famous dish cooked in wine. Let's have it some other time.
薑母鴨是另一道用酒煮的有名菜餚，改天來吃吃看吧！

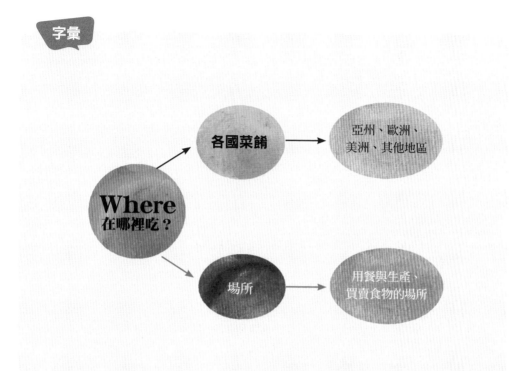

★亞洲★

- abgoosht n.（伊朗）燉羊肉湯

- agwi-jjim n.（韓）辣燉鮟鱇魚

- alinazik kebab n.（土耳其）阿里那茲克
  烤肉

- Andong jjimdak n.（韓）安東燉雞

- stir-fried bean threads with ground pork,
  Ants Climbing a Tree n. 螞蟻上樹

- arsik n.（印尼）炸金魚

- ayam bakar n. 馬來烤雞

- babi kecap n.（印尼）醬燒豬肉

- bak kut the n. 肉骨茶

- bakso n.（印尼）牛丸粉

- beef ball [bif][bɔl] n. 牛肉丸

- beef chow fun n. 乾炒牛河

- beef noodles [bif]['nudl̩z] n. 牛肉麵

- beef stir-fry with scallions [bif]['stɚˌfraɪ]
  [wɪθ]['skæljənz] n. 蔥爆牛肉

- beshbarmak n.（哈薩克）別什巴爾馬克
  （羊肉麵）

- biryani [bɪri'ɑnɪ] n.（印度）香飯

- bitter gourd with salted eggs ['bɪtɚ][gord]
  [wɪθ]['sɔltɪd][egz] n. 鹹蛋苦瓜

- bitter gourd pineapple chicken soup
  ['bɪtɚ][gord]['paɪnˌæpl̩]['tʃɪkɪn][sup]
  n. 苦瓜鳳梨雞

- balut ['bælət] n.（東南亞）鴨仔蛋

- black pepper crab [blæk][ˈpɛpɚ][kræb] n.（新）黑胡椒蟹
- bò 7 món, seven courses of beef [ˈsɛvən][ˈkɔsɪz][ʌv][bif] n.（越）牛肉七味
- bún riêu, vermicelli and sour crab soup [ˌvɝmɪˈtʃeli][ænd][saʊr][kræb][sup] n.（越）螃蟹番茄米粉湯
- braised pig's knuckles [breɪzd][pɪgz][ˈnʌklz] n. 紅燒蹄膀
- steamed abalone with shark's fin and fish maw in broth, steamed assorted meats in Chinese Casserole, Buddha Jumps Over the Wall n. 佛跳牆
- buldak n.（韓）辣雞
- bulgogi n.（韓）烤薄牛肉片
- bún bò Huế, Vietnamese spicy beef noodle soup [ˌvjetnəˈmiz][ˈspaɪsi][bif][ˈnudl̩][sup] n.（越）順化牛肉粉
- bún riêu n.（越）番茄湯米粉
- butter chicken [ˈbʌtɚ][ˈtʃɪkɪn] n.（印度）奶油咖哩雞
- cart noodles [kɑrt][ˈnudl̩z] n. 車仔麵
- cashew chicken [ˈkæʃu][ˈtʃɪkɪn] n. 腰果雞丁
- chả giò, Vietnamese fried spring roll [ˌvjetnəˈmiz][fraɪd][sprɪŋ][rol] n.（越）炸春捲
- Vietnamese pork sausage [ˌvjetnəˈmiz][pɔrk][ˈsɔsɪdʒ] n.（越）扎肉
- cha siu bao, BBQ pork bun n. 叉燒包
- chanpuru n. 沖繩雜炒
- chạo tôm, Vietnamese grilled shrimp on sugarcane [ˌvjetnəˈmiz][grɪld][ʃrɪmp][ɑn][ˈʃʊgɚˌken] n.（越）甘蔗蝦
- char siu pork n. 叉燒肉
- chawanmushi n.（日）茶碗蒸

- chicken curry [ˈtʃɪkɪn][ˈkɝɪ] n.（東南亞）咖哩雞
- chicken rendang n.（印尼）巴東雞肉
- chicken tikka masala [ˈtʃɪkɪn][ˈtɪkə][məˈsalə] n.（印度）瑪沙拉雞
- chikuzenni n.（日）筑前煮
- chilli crab [ˈtʃɪli][kræb] n.（新）辣椒蟹
- chow mein, stir-fried noodles [ˈstɚˌfraɪd][ˈnudl̩z] n. 炒麵
- clams with loofah [klæmz][wɪθ][ˈlufə] n. 絲瓜蛤蜊
- congee with pork and century egg [ˈkɑndʒi][wɪθ][pɔrk][ænd][ˈsɛntʃʊrɪ ɛg] n. 皮蛋瘦肉粥
- crispy pata n.（菲）脆皮蹄膀
- dahl n.（印度）扁豆咖哩
- dak-galbi n.（韓）辣炒雞
- dal bhat n.（尼泊爾）達八
- dinuguan n.（菲）燉豬血
- Dongpo pork n. 東坡肉
- dried radish omelet [draɪd][ˈrædɪʃ][ˈɑmlɪt] n. 菜脯蛋
- drunken chicken [ˈdrʌŋkən][ˈtʃɪkɪn] n. 醉雞
- egg bhurji n.（印度）香料炒蛋
- falafel [fəˈlɑfəl] n.（中東）油炸鷹嘴豆餅
- fermented tofu chicken [fəˈmentid][ˈtofu][ˈtʃɪkɪn] n. 豆乳雞
- fish head casserole [fɪʃ][hɛd][ˈkæsəˌrol] n. 砂鍋魚頭
- fish head curry [fɪʃ][hɛd][ˈkɝɪ] n. 咖哩魚頭
- si wu chicken n. 四物雞
- fried oysters [fraɪd][ˈɔɪstəz] n. 蚵仔酥
- fried rice [fraɪd][raɪs] n. 炒飯

- fried shrimp rolls [fraid][ʃrɪmp][rolz] n. 炸蝦捲

- fried sauce noodles [fraid][sɔs][ˈnudl̩z] n. 炸醬麵

- galbi n.（韓）牛小排

- ginger duck [ˈdʒɪndʒɚ][dʌk][stu] n. 薑母鴨

- Hainanese chicken rice n.（新）海南雞飯

- Hakka-style fry n. 客家小炒

- hamburger steak [ˈhæmˌbɚgɚ][stek] n.（日）漢堡排

- Hayashi rice n.（日）牛肉燴飯

- hot and sour soup [hɑtænd][saʊr][sup] n. 酸辣湯

- Japanese croquette [ˌdʒæpəˈniz][kroʊˈket], korokke n.（日）可樂餅

- Jerusalem mixed grill [dʒɚˈrʊsələm][mɪkst] [grɪl] n. 耶路撒冷混合燒烤

- Jinhua ham n. 金華火腿

- kaeng som n.（泰）酸咖哩

- kakuni n.（日）角煮

- kebab [kəˈbɑb] n.（中東）烤串

- khai yat sai n.（泰）蛋包

- kimchi-jjigae n.（韓）泡菜鍋

- Korean fried chicken [kəˈriən][fraid] [ˈtʃɪkɪn] n. 韓式炸雞

- korma [ˈkɔrmə] n.（印度）拷瑪咖哩

- kuku n.（伊朗）煎蛋餅

- kung pao chicken n. 宮保雞丁

- kushikatsu n.（日）串炸

- kushiyaki n.（日）串燒

- laksa [ˈlɑksə] n.（馬）叻沙

- Braised pork ball in brown sauce [breɪzd] [pɔrk][bɔl][ɪn][braʊn][sɔs] n. 獅子頭

- lontong n.（東南亞）什錦菜

- maeun-tang n.（韓）辣魚湯

- Manchu Han Imperial Feast n. 滿漢全席

- mapo tofu n. 麻婆豆腐

- menemen n.（土耳其）番茄炒蛋

- mohinga n.（緬）魚湯麵

- moo shu pork n. 木須肉

- mutton hotpot [ˈmʌtn̩][ˈhɑtpɑt] n. 羊肉爐

- nasi kandar n.（馬）扁擔飯

- okonomiyaki n.（日）御好燒

- opor ayam n.（印尼）椰汁雞

- oyster omelet [ˈɔɪstɚ][ˈɑmlɪt] n. 蚵仔煎

- pakora n.（印度）炸蔬菜

- Peking duck [ˈpeˈkɪŋ][dʌk] n. 北京烤鴨

- Peking pork [ˈpeˈkɪŋ][pɔrk] n. 京都排骨

- stir-fried pork with green peppers [ˈstɚ- fraid][pɔrk][wɪθ][grin][pɛpəz] n. 青椒肉絲

- steamed pork with pickles [stimd][pɔrk] [wɪθ][ˈpɪklz] n. 瓜仔肉

- pilaf [pɪˈlɑf] n.（中亞、南亞）抓飯

- poached chicken [pəʊtʃt][ˈtʃɪkɪn] n. 白斬雞

- pork meatball soup [pɔrk][ˈmitˌbɔl][sup] n. 貢丸湯

- pork blood soup [pɔrk][blʌd][sup] n. 豬血湯

- pork kidney with sesame oil [pɔrk][ˈkɪdni] [wɪθ][ˈsɛsəmi][ɔɪl] n. 麻油腰花

- pork with pickled cabbage hot pot [pɔrk] [wɪθ][ˈpɪkəld][ˈkæbɪdʒ][hɑt][pɑt] n. 酸菜白肉鍋

- Taiwanese pumpkin rice noodles [ˌtaɪ. wəˈniz][ˈpʌmpkɪn][raɪs][ˈnudl̩z] n. 金瓜米粉

- red braised pork [rɛd][breɪzd][pɔrk] n. 紅燒肉

- red oil wontons n. 紅油炒手

- ribs stewed in medicinal herbs [ˈrɪbz] [stud] [ɪn] [mɪˈdɪsənəl] [ɝ-bz] n. 藥燉排骨
- rogan josh n.（喀什米爾）咖哩羊肉
- sabzi polo n.（伊朗）香草魚飯
- samosa [səˈmosə] n.（印度）咖哩角
- san bei ji n. 三杯雞
- satay [ˈsɑrte] n.（印尼）沙嗲
- seaweed egg drop soup [ˈsiˌwid] [ɛg] [drɑp] [sup] n. 紫菜蛋花湯
- semur n.（印尼）燉牛肉
- sesame oil chicken [ˈsɛsəmi ɔɪl] [ˈtʃɪkɪn] n. 麻油雞
- sesame noodles [ˈsɛsəmi] [ˈnudl̩z] n. 麻醬麵
- sha cha beef n. 沙茶牛肉
- shabu-shabu n.（日）涮涮鍋
- shrimps with pineapple [ʃˈrɪmps] [wɪθ] [ˈpaɪnˌæpl̩] n. 鳳梨蝦球
- shrimps with cashews [ʃˈrɪmps] [wɪθ] [ˈkæʃuz] n. 腰果蝦仁
- si shen soup n. 四神湯
- sliced pork with garlic sauce [slaɪst] [pɔrk] [wɪθ] [ˈgɑrlɪk] [sɔs] n. 蒜泥白肉
- sliced fish soup [slaɪst] [fɪʃ] [sup] n.（新）魚片湯
- smoked duck [smokt] [dʌk] n. 鴨賞
- soto ayam n.（印尼）索多雞湯
- soup dumpling [sup] [ˈdʌmplɪŋ], xiao long bao n. 小籠包
- soy sauce egg [sɔɪ sɔs] [ɛg] n. 滷蛋
- soy sauce chicken [sɔɪ sɔs] [ˈtʃɪkɪn] n. 油雞
- spicy hot pot [ˈspaɪsi] [ˈhɑt] [pɑt] n. 麻辣鍋
- steamed egg [stimd] [ɛg] n. 蒸蛋
- steamed grouper [stimd] [ˈgrupɚ]

n. 清蒸石斑
- steamed pork ribs [stimd] [pɔrk] [ˈrɪbz] n. 粉蒸排骨
- stir-fried water spinach [ˈstɝ fraɪd] [ˈwɔtɚ ˈspɪnɪtʃ] n. 炒空心菜
- sukiyaki [ˌsukiˈjɑki] n.（日）壽喜燒
- sundubu-jjigae n.（韓）豆腐煲
- sweet and sour fish [swit ænd saʊr] [fɪʃ] n. 糖醋魚
- sweet and sour pork [swit ænd saʊr] [pɔrk] n. 咕咾肉
- takoyaki n.（日）章魚燒
- tamagoyaki n.（日）玉子燒
- tea egg [ti] [ɛg] n. 茶葉蛋
- tandoori chicken n.（印度）天多利烤雞
- tempura [ˈtɛmpʊrə] n.（日）天婦羅
- teriyaki chicken n.（日）照燒雞肉
- tikka [ˈtɪkə] n.（印度）提卡烤肉
- tofu with century egg [ˈtofu] [wɪθ] [ˈsɛntʃʊrɪ ɛg] n. 皮蛋豆腐
- tofu with crab roe [ˈtofu] [wɪθ] [kræb roʊ] n. 蟹黃豆腐
- tokneneng n.（菲）炸雞蛋
- tokwa't baboy n.（菲）炸豆腐豬肉拼盤
- tomato and egg soup [təˈmeto] [ænd] [ɛg] [sup] n. 番茄蛋花湯
- tonkatsu n.（日）炸豬排
- twice-cooked pork [twaɪs kʊkt] [pɔrk] n. 回鍋肉
- vindaloo [ˈvɪndəlu] n.（印度）酸咖哩肉
- white boiled shrimp [hwaɪt] [bɔɪld] [ʃrɪmp] n. 白灼蝦
- wine-cooked chicken [waɪn kʊkt] [ˈtʃɪkɪn] n. 燒酒雞

- yakiniku n.（日）燒肉
- yakitori n.（日）烤雞串
- Yangzhou fried rice n. 揚州炒飯
- yin yang hot pot n. 鴛鴦鍋
- yukhoe n.（韓）肉膾

★ 歐洲 ★

- acqua pazza n.（義）水煮魚
- adobo [əˈdobo] n.（西）醬醋雞
- afelia n.（希）紅酒豬肉
- Angels on Horseback [ˈendʒəlz][ɑn] [ˈhɔrsbæk] n.（英）馬背天使（牡蠣培根卷）
- wine-cooked arroz negre n.（西）墨魚飯
- arroz con pollo n.（西）雞肉飯
- bacalhau à brás n.（葡）鹹鱈魚炒馬鈴薯
- bacalhau à gomes de sá n.（葡）鹹鱈魚乾砂鍋
- bacalhau com todos n.（葡）鹹鱈魚乾雜膾
- baccalà alla vicentina n.（義）維琴察式鹹鱈魚
- beef Wellington [bif][ˈwelɪŋtən] n.（英）威靈頓牛排
- bisque [bɪsk] n. 法式濃湯
- bitterballen n.（荷）炸肉丸
- Black Forest ham [blæk][ˈfɔrɪst][hæm] n.（德）黑森林火腿
- blanquette de veau [`blæŋkɛt][de][vo] n.（法）白醬燉小牛肉
- bouillabaisse [ˌbuljəˈbes] n.（法）馬賽魚湯
- bratwurst [ˈbrætwɝst] n.（德）油煎香腸
- bubble and squeak [ˈbʌbəl][ænd][skwik] n.（英）捲心菜煎馬鈴薯
- cacciatore [kɑtʃətˈɔri] n.（義）獵人燴雞

- cannelloni [ˌkænlˈoni] n. 義大利麵卷
- cappon magro n.（義）海鮮沙拉
- carne de porco à alentejana n.（葡）蛤蜊燉豬肉
- carpaccio[kɑrˈpætʃiou] n.（義）薄切生牛肉
- cassoeula n.（義）燉豬肉
- cassoulet [ˌkæsʊˈle] n.（法）卡酥萊砂鍋
- ćevapi n.（巴爾幹半島）切巴契契（肉卷）
- chanakhi n.（喬治亞）查納基（番茄馬鈴薯燉羊肉）
- Chateaubriand steak n. 夏多布里昂牛排
- chicken à la king n.（法）雞皇
- chicken Kiev n.（俄）基輔雞
- chicken Marengo n.（法）馬倫哥雞
- chicken marsala n.（義）馬沙拉雞
- chicken paprikash n.（匈）紅椒燉雞
- chicken parmigiana n.（義）帕馬森起士雞肉
- chicken pie [ˈtʃɪkɪn][paɪ] n.（英）雞肉派
- cioppino n.（義）海鮮湯
- circassian chicken n.（土）牛奶核桃雞沙拉
- cock-a-leekie [ˌkɔk ə ˈliki] n.（蘇）韭菜雞肉湯
- coda alla vaccinara n.（義）屠夫牛尾
- consommé n. 法式清湯
- coq au vin n.（法）紅酒燉雞
- coronation chicken [ˌkɔrəˈneɪʃn][ˈtʃɪkɪn] n.（英）加冕雞
- crappit heid n.（蘇）燉魚頭
- Cullen skink n.（蘇）卡倫濃湯
- curanto n.（智）古蘭多石燒海鮮
- devilled kidneys [ˈdevld][ˈkɪdnɪz] n.（英）香料羊腰子
- dressed herring n.（俄）醃鯡魚沙拉

- eisbein n.（德）水煮豬腳
- escabeche [ˌɛskəˈbɛʃ] n.（西）油煎醃漬魚
- fabada asturiana n.（西）阿斯圖里亞斯豆煲
- fårikål n.（挪）高麗菜燉羊肉
- fish and chips [fɪʃ][ænd][tʃɪps] n.（英）炸魚薯條
- fish pie [fɪʃ][paɪ] n.（英）鮮魚派
- flæskesteg n.（丹）燒肉
- fideuà n.（西）海鮮麵
- fondue [ˈfandu] n.（瑞士）起士火鍋
- frittata [frɪˈtætə] n. 義大利煎蛋
- Gaisburger Marsch n.（德）奧格斯堡進行曲（牛肉麵疙瘩）
- goulash [ˈgulæʃ] n. 匈牙利湯
- hákarl n.（冰）發酵鯊魚肉
- hamburger [ˈhæmbɚgɚ] n. 漢堡
- hash [hæʃ] n. 肉末雜菜
- Hortobágyi palacsinta n.（匈）牛肉可麗餅
- Irish stew [ˈaɪrɪʃ][stu] n. 愛爾蘭墩肉
- jacket potato [ˈdʒækɪt][pəˈteto] n.（英）烤馬鈴薯
- Janssons frestelse n.（瑞典）詹森的誘惑（奶油馬鈴薯鯷魚派）
- jellied veal n.（瑞典）小牛肉凍
- kakavia n.（希）燉魚湯
- kalakukko n.（芬）魚餡餅
- kedgeree [ˌkɛdʒəˈri] n.（英）魚絲咖哩飯
- kotlet schabowy n.（波）炸豬排
- Lancashire hotpot n.（英）蘭開夏羊肉爐
- lasagna [ləˈzɑnjə] n.（義）千層麵
- lutefisk n.（北歐）鹼漬魚
- meatloaf [ˈmitlof] n. 碎肉卷
- medisterpølse n. 丹麥香腸

- mititei n.（羅馬尼亞）米提提（肉腸）
- moules-frites n.（比）貽貝薯條
- moussaka [muˈsakə] n.（希）木莎卡
- mulligatawny [ˌmʌlɪgəˈtɔnɪ] n.（英）咖哩肉湯
- Olivier salad n.（俄）奧利維耶沙拉
- omelet [ˈamlɪt] n. 歐姆蛋
- ossobuco n.（義）燉小牛膝
- paella [pɑˈeljə] n.（西）燉飯
- parmigiana [ˌpɑrmɪˈdʒɑnə] n.（義）焗烤千層茄子
- porchetta n.（義）烤豬肉捲
- quiche [kiʃ] n. 法式鹹派
- ragout [ræˈgu] n.（法）蔬菜燉肉
- rakfisk n.（挪）醃鱒魚
- rissole [ˈrɪsol] n.（葡）炸肉餅
- risotto [rɪˈsoto] n.（義）燉飯
- roulade [ruˈlɑd] n.（德）牛肉卷
- salade niçoise n.（法）尼斯沙拉
- salată de boeuf n.（羅馬尼亞）牛肉沙拉
- saltimbocca [ˌsɑltɪmˈbɔkə] n.（義）跳進嘴裡（小牛肉火腿卷）
- schnitzel [ˈʃnɪtsl] n.（奧）炸肉排
- Scotch broth [skɑtʃ][brɔθ] n. 蘇格蘭濃湯
- Scotch egg [skɑtʃ][ɛg] n. 蘇格蘭蛋
- Scotch pie [skɑtʃ][paɪ] n. 蘇格蘭鹹派
- shepherd's pie [ˈʃɛpɚdz][paɪ] n.（英）牧羊人派
- smalahove n.（挪）燻羊頭
- squab pie [skwɔb][paɪ] n.（英）羊肉餡餅
- stargazy pie [ˈstaˌgeɪzɪ][paɪ] n.（英）仰望星空派（馬鈴薯沙丁魚派）
- steak and kidney pie [stek][ænd][ˈkɪdni][paɪ] n.（英）牛排腰子派

- steak and oyster pie [stek][ænd][ˈɔɪstə-] [paɪ] n.（英）牛排牡蠣派
- steak tartare [stek][tɑrˈtɑr] n.（法）韃靼牛肉
- stegt flæsk n.（丹）烤豬肉
- stovies [ˈstoʊˌviz] n.（蘇）馬鈴薯燉肉
- Sunday roast [ˈsʌnˌdeɪ][roʊst] n.（英）週日烤肉
- svíčková n.（捷）奶油牛里肌肉
- Swiss steak [swɪs] [stek] n. 瑞士牛排
- tafelspitz n.（德、奧）水煮牛肉
- tapas [ˈtapəs] n.（西）塔帕斯
- taramasalata [ˌtɑrəməsəˈlɑtə] n.（希）紅魚子泥沙拉
- tavë kosi n.（阿爾巴尼亞）酸奶砂鍋
- Toad-in-the-hole [tod ɪn ði hol] n.（英）洞中蛤蟆（烤香腸布丁）
- tournedos Rossini n.（法）羅西尼鵝肝菲力牛排
- tripe soup [traɪp][sup] n.（東歐、土耳其）肚湯
- ukha n.（俄）烏哈湯
- vitello tonnato n.（義）鮪魚醬小牛肉
- wallenbergare n.（瑞典）牛肉餅
- waterzooi n.（比）瓦特佐伊
- Wiener schnitzel n.（德）維也納炸牛排
- zrazy n.（東歐）肉卷
- zwieback [ˈtswiˌbɑk] n.（德）烤麵包片

★美洲★

- ackee and saltfish [ˈæki][ænd][ˈsɔltfɪʃ] n.（牙）阿開木煮鹹魚
- bacon explosion [ˈbekən][ɪkˈsploʊʒn] n.（美）培根大爆炸

- Buffalo wing [ˈbʌfəlo][wɪŋ] n.（美）水牛城辣雞翅
- bandeja paisa n.（哥倫比亞）什錦飯
- Bermuda fish chowder [bəˈmjudə][fɪʃ] [ˈtʃaʊdə-] n.（百慕達）魚肉巧達湯
- burrito [bə-ˈrito] n. 墨西哥卷餅
- caldillo de congrio n.（智）燉海鰻
- carnitas n.（墨）豬肉絲
- ceviche n.（南美洲）檸汁醃魚生
- cheeseburger [ˈtʃiz͵bɝgə-] n.（美）起士堡
- chicken Maryland [ˈtʃɪkɪn][ˈmɛrɪlænd] n.（美）馬里蘭雞
- chicken vesuvio [ˈtʃɪkɪn][vəˈsuvɪo] n.（美）火焰燉雞
- chicken-fried steak [ˈtʃɪkɪn fraid][stek] n.（美）炸牛排
- clam chowder [klæm][ˈtʃaʊdə-] n.（美）蛤蜊巧達湯
- coleslaw [ˈkoʊlslɔ] n.（美）高麗菜沙拉
- corned beef [kɔrnd][bif] n.（加）粗鹽醃牛肉
- country captain [ˈkʌntri][ˈkæptən] n.（美）美國隊長（咖哩雞）
- coxinha n.（巴西）炸雞肉包
- crab cake [kræb][kek] n.（美）蟹肉餅
- deviled egg [ˈdevəld][ɛg] n.（美）惡魔蛋
- eggs Benedict [ɛgz][ˈbɛnəˌdɪkt] n.（美）班尼迪克蛋
- fajita [fəˈhitə] n.（墨）法士達（烤肉）
- feijoada n.（巴西）黑豆燉菜
- fish fry [fɪʃ][frai] n.（美）炸魚
- fried chicken [fraid][ˈtʃɪkɪn] n.（美）炸雞
- fried clams [fraid][klæmz] n.（美）炒蛤蜊
- galinhada n.（巴西）雞肉燉飯

- gumbo [ˈgʌmbo] n.（美）秋葵湯
- Hangtown fry [ˈhæŋtaun][fraɪ] n.（美）煎牡蠣蛋餅
- hash browns [hæʃ][bˈraʊnz] n. 馬鈴薯煎餅
- jambalaya [ˌdʒʌmbəˈlaɪə] n.（美）什錦飯
- lomo saltado n.（祕）辣炒牛肉
- menudo n.（墨）牛肚湯
- moqueca n.（巴西）燉魚
- nachos [ˈnætʃoz] n.（墨）烤乾酪辣味玉米片
- paila marina n.（智）海鮮燉湯
- pig roast [pɪg][rost] n.（美）烤全豬
- pork chop [pɔrk][tʃɑp] n.（美）豬排
- pot roast [pɑt][rost] n.（美）紅燒牛肉
- oysters Rockefeller [ˈɔɪstəz][ˈrakəˌfɛləˈ] n.（美）洛克斐勒牡蠣
- submarine sandwich [ˈsʌbməˌrin][ˈsændwɪtʃ] n.（美）潛艇三明治
- sfiha n.（巴西）斯菲亞（羊肉派）
- sloppy joe [slɑpi][dʒoʊ] n.（美）邋遢喬肉醬三明治
- strata [ˈstretə] n.（美）蛋奶烤
- succotash [ˈsʌkəˌtæʃ] n.（美）豆煮玉米
- taco [ˈtɑko] n. 墨西哥夾餅
- tamale [təˈmɑlɪ] n. 墨西哥粽
- tourtière n.（加）肉派

★ 其他地區 ★

- alloco n.（象牙海岸）炸大蕉
- asida n.（北非）雜糧粥
- baba ghanoush n.（敍利亞）茄子芝麻沾醬
- bobotie [bəˈbʊəti] n.（南非）咖哩肉派
- brik n.（突尼西亞）炸三角餅
- fesikh n. 埃及鹹魚
- harira n.（摩洛哥）哈利娜番茄湯
- huli-huli chicken n.（夏威夷）蜜汁烤雞
- injera n.（衣索比亞）因傑拉
- kachumbari n.（非）洋蔥沙拉
- kedjenou n.（象牙海岸）蔬菜燉雞
- kitfo n.（衣索比亞）基特富
- kuku paka n.（肯亞）椰汁咖哩雞
- loco moco n.（夏威夷）米飯漢堡
- mulukhiyah n.（埃）黃麻菜
- pastilla n.（摩洛哥）巴斯提拉派
- shakshouka n.（突尼西亞）辣汁番茄蛋
- tagine [təˈdʒin] n.（摩洛哥）塔吉
- thieboudienne n.（塞內加爾）烤魚番茄飯
- ugali n.（非）烏卡里
- umngqusho n.（南非）雜豆玉米
- waterblommetjiebredie n.（南非）睡蓮燉肉

延伸例句

▶▶▶ Tajine is both a kind of earthenware pot and a Moroccan dish made in the pot.
塔吉既是一種陶土鍋，也是一道用這種鍋煮的摩洛哥菜。

▶▶▶ This all-beef meatloaf is available online.
這種全牛肉碎肉卷可以從網路訂購。

▶▶▶ The restaurant's pork chop is a local favorite.
這間餐廳的豬排是當地人的最愛。

▶▶▶ Mititei is made from ground meat and spices.
米提提是絞肉和香料做成的。

▶▶▶ The beef noodle shop is a constant winner at the annual Beef Noodles Festival.
這間牛肉麵店是每年牛肉麵節的常勝軍。

▶▶▶ Hot and sour soup goes well with dumplings.
酸辣湯和水餃很搭。

▶▶▶ Chawanmushi is a Japanese steamed egg with kamaboko, chicken, and mushroom.
茶碗蒸是有魚板、雞肉和香菇的日式蒸蛋。

▶▶▶ Gumbo is a cross between soup and stew.
美式秋葵湯是湯與燉品的中間物。

▶▶▶ Every country has its own version of pilaf.
每個國家都有自己的抓飯版本。

▶▶▶ Biryani originated from Persia, and became popular throughout India.
香飯源自波斯，風行於整個印度。

▶▶▶ Cassoulet generally features pork sausages and white beans.
卡酥萊砂鍋通常以豬肉腸和白腰豆為主。

二、場所

情境對話

Snoopy : Do you know that a new restaurant is opening on this street?
你知道這條街要開一間新餐廳嗎？

Woodstuck : Really? A family restaurant or a fancy restaurant?
真的嗎？家庭餐廳還是時髦餐廳？

Snoopy : A chain restaurant that became famous for its seafood and décor recently.
最近以海鮮和裝潢聞名的連鎖餐廳。

Woodstuck : Oh, I know that. It has high ratings on almost every review site.
噢，我知道。它在每個評論網站幾乎都有很高的評價。

Snoopy : Yes, they said it has excellent food and is not too pricey.
是啊，他們說它的食材很棒，又不會太貴。

Woodstuck : Let's try it sometime. Hope that it doesn't have long waiting lines.
改天我們也來嚐鮮。希望排隊的人龍不要太長。

Snoopy : I think we can call or make online reservations.
我想我們可以先打電話或網路預約。

Woodstuck : Great. Where is it exactly?
太好了。確切地點在哪裡？

Snoopy : It will open on the site of our favorite bistro.
就在我們最喜愛的平價餐館那裡。

Woodstuck : What? Will the bistro reopen at a new location?
什麼？那間平價餐館會找新地點重新開幕嗎？

Snoopy : I hope so.
希望如此。

字彙

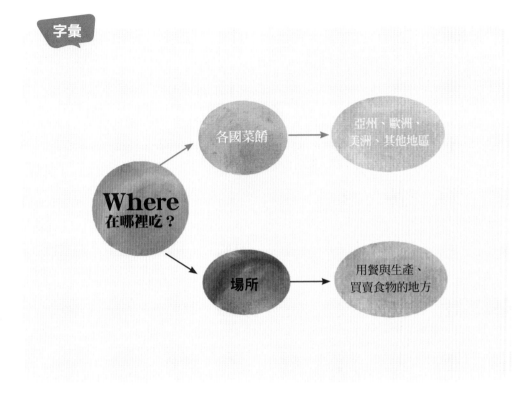

★用餐與生產、買賣食物的地方★

- airline service trolley [ˈerlaɪn][ˈsɝ·vɪs][ˈtralɪ] n. 飛機上的餐飲推車
- alcohol-free bar [ˈælkəhɔl frˈi][bɑr] n. 無酒精吧
- automat [ˈɔtəˌmæt] n. 自動販賣餐廳
- automated restaurant [ˈɔtomeɪtɪd][ˈrɛstərənt] n. 自動化餐廳
- bakery [ˈbekərɪ] n. 麵包店;麵包廠
- banquet hall [ˈbæŋkwɪt][hɔl] n. 宴會廳
- bar [bɑr] n. 酒吧
- barbecue restaurant [ˈbɑrbɪkju][ˈrɛstərənt] n. 烤肉餐廳

- bed and breakfast [bɛd][ænd][ˈbrekfəst] n. 附早餐的民宿
- beer garden [bɪr][ˈgɑrdn] n. 露天啤酒園
- beer hall [bɪr][hɔl] n. 啤酒屋
- bento shop [ˈbɛnto][ʃap] n. 便當店
- beverage store [ˈbɛvərɪdʒ][stor] n. 飲料店
- bistro [ˈbistro] n. 平價餐館
- brasserie [ˌbræsəˈri] n. 法式餐館
- breakfast shop [ˈbrekfəst][ʃap] n. 早餐店
- breastaurant [ˈbrestrant] n. 波霸餐廳
- brewery [ˈbruərɪ] n. 啤酒廠
- bubble tea shop [ˈbʌbəl][ti][ʃap] n. 泡沫紅茶店

221

字辨

bistro、diner、eatery 與 lunch counter

bistro：提供家常菜色的平價餐館，空間通常不大。

diner：有櫃台座位的美式小餐廳，提供普通餐點，有些開在高速公路邊的小餐廳會全天候營業；另也可指火車上的餐車。

eatery：字面上是指提供食物的地方，即餐廳或飯館的泛稱，通常用於不特別指稱哪種餐廳的時候，例如：It's difficult to find an eatery open at night in this area.（在這地區要找到晚上有開的餐館很難）。

lunch counter：類似 diner，為以櫃台座位為主的小餐廳，很小的 lunch counter 可能只有櫃台座位；另從字面可知通常開在中午。

- buffet [ˋbʌfɪt] n. 自助餐餐廳
- café [kəˋfe] n. 咖啡輕食館
- cafeteria [ˏkæfəˋtɪrɪə] n. 自助餐廳
- canteen [kænˋtin] n.（學校、工廠、軍中的）福利社、餐廳
- chophouse [ˋtʃɑpˏhaʊs] n. 排骨店、牛排館
- cider house [ˋsaɪdə][haʊs] n. 蘋果酒屋
- club [klʌb] n. 夜總會
- cocktail lounge [ˋkɑkteɪl][laʊndʒ] n.（飯店、機場等的）酒吧間
- coffeehouse [ˋkɔfɪˏhaʊs], coffee shop [ˋkɔfɪ][ʃɑp] n. 咖啡館
- concession stand [kənˋsɛʃən][stænd] n.（電影院、運動場等的）販賣部

- confectionery store [kənˋfekʃəneri], candy store [ˋkændi][stor] n. 甜點店
- convenience store convenience store [kənˋvinjəns][stor] n. 便利商店
- conveyor belt sushi [kənˋveə][bɛlt][ˋsuʃi] n. 迴轉壽司店
- dai pai dong n.（香港）大排檔
- dairy industry [ˋderi][ˋɪndəstri] n. 乳製品業
- diner [ˋdaɪnə] n. 餐車；小餐廳
- dining car [ˋdaɪnɪŋ][kar], restaurant car [ˋrɛstərənt][kar] n. 餐車
- dining club [ˋdaɪnɪŋ][klʌb] n. 美食俱樂部
- dining hall [ˋdaɪnɪŋ][hɔl] n.（學校、工廠、軍中等的）食堂
- dining room [ˋdaɪnɪŋ][rum] n.（家裡的）飯廳
- dive [daɪv] n. 低級酒館
- doughnut shop [ˋdoˏnʌt][ʃap] n. 甜甜圈店
- drive-in [ˋdraɪvˏɪn] n. 免下車餐館
- eatery [ˋitərɪ] n. 餐館
- eating club [ˋitɪŋ][klʌb] n.（尤指美國大學的）美食社團
- family restaurant [ˋfæmli][ˋrɛstərənt] n. 家庭餐廳

字辨

food cart 與 food truck

food cart：指手推或兩輪的小吃路邊攤，移動範圍小；另也指火車廂裡賣零食飲料的推車，這種推車也叫 food trolley。

food truck：指賣漢堡、三明治、冰淇淋等小吃或速食的貨車或發財車，有時車上會備有小型廚房，可長途移動。

- fast food restaurant [fæst fud][ˈrɛstərənt] n. 速食餐廳
- food service industry [fud][ˈsɝˌvɪs] [ˈɪndəstri], catering industry [ˈkeɪtəˌɪŋ] [ˈɪndəstri] n. 餐飲業
- food booth [fud][buθ], stand [stænd], stall [stɔl] n. 小吃攤
- food cart [fud][kɑrt] n. 街頭小吃餐車； （火車廂的）餐飲推車
- food court [fud][kɔrt] n. 美食街
- food industry [fud][ˈɪndəstri] n. 食品業
- food processing [fud][prəʊˈsesɪŋ] n. 食品 加工
- food service [fud][ˈsɝˌvɪs] n. 食品服務
- food stamp [fud][stæmp] n.（美國政府供 給低收入戶的）食品券
- food street [fud][strit] n. 戶外徒步美食街
- food truck [fud][trʌk] n. 街頭快餐車
- food trolley [fud][ˈtrɑlɪ] n.（火車廂的）餐 飲推車
- free house [fri][haʊs] n. 非專營酒店（相 對於 tied house）
- galley [ˈgælɪ] n.（火車、飛機、船上的） 廚房
- garde manger [gɑrd][ˈmendʒɚ] n.冷盤小 廚房
- gastropub [ˈgæstropʌb] n.（提供高檔食物 與啤酒的）美食吧
- greasy spoon [ˈgrisɪ][spun] n.（口）廉價小 餐館
- grocery store [ˈgrosərɪ][stor] n. 雜貨店
- health food restaurant [hɛlθ][fud] [ˈrɛstərənt] n. 健康養生餐廳
- hole-in-the-wall [hol ɪn ðə wɔl] n. 小吃店
- hot dog stand [hɑt dɔg][stænd] n. 熱狗攤

- hotel [hoˈtɛl] n. 旅館
- ice cream shop [aɪs krim][ʃɑp] n. 冰淇淋店
- inn [ɪn] n. 小旅館；酒館
- internet café [ˈɪntɚnet][kəˈfe], cybercafé [ˌsaɪbɚ kəˈfe] n. 網咖
- izakaya n. 居酒屋
- juice bar [dʒus][bɑr] n. 果汁吧
- karaoke [ˌkɑrɑˈoke] n. 卡拉OK
- kissaten n.（日）喫茶店
- kitchen [ˈkɪtʃɪn] n. 廚房
- liquor store [ˈlɪkɚ][stor] n. 酒類專賣店
- lunch counter [lʌntʃ][ˈkaʊntɚ], luncheonette [ˌlʌntʃəˈnɛt] n. 小餐廳
- lunchroom [ˈlʌntʃˌrʊm] n.（供餐或僅提供 用餐區域的）學校或員工餐廳
- luxury restaurant [ˈlʌkʃərɪ][ˈrɛstərənt] n. 高級餐廳
- market [ˈmɑrkɪt] n. 市場
- meat industry [mit][ˈɪndəstri] n. 肉品業
- meat-packer [mit ˈpækɚ] n. 肉類加工業者
- mess hall [mɛs][hɔl] n.（尤指軍中的）食 堂、飯廳
- microbrewery [ˈmaɪkrobruərɪ] n. 小啤酒廠
- mill [mɪl] n. 磨粉廠
- Mongolian barbecue [mɑŋˈgoljən] [ˈbɑrbɪkju] n. 蒙古烤肉餐廳
- night market [naɪt][ˈmɑrkɪt] n. 夜市
- nightclub [ˈnaɪtˌklʌb] n. 夜店
- noodle house [ˈnudl][haʊs] n. 麵店
- office cafeteria [ˈɔfɪs][ˌkæfəˈtɪriə] n. 員工 餐廳
- osteria [ɔstəˈriə] n. 義式餐飲店
- pancake house [ˈpænˌkek][haʊs] n. 鬆餅屋
- patio [ˈpɑtɪˌo] n. 室外用餐空間

- patisserie [pɑtɪsˋrɪ] n. 法式糕餅店
- pizza parlor [ˋpitsə][ˋparlə-], pizzeria [͵pitsəˋriə] n. 披薩店
- pot-house [ˋpɑt͵haʊs] n. 小酒店
- poultry industry [ˋpoʊltri][ˋɪndəstri] n. 養禽業
- pub [pʌb] n. 英式酒吧
- refectory [rɪˋfɛktərɪ] n.（尤指學校或修道院的）食堂、飯廳
- restaurant [ˋrɛstərənt] n.餐廳、（中式）酒樓
- restaurant business [ˋrɛstərənt][ˋbɪznɪs] n. 餐廳業
- roadhouse [ˋrod͵haʊs] n.（公路旁的）餐館
- salad bar [ˋsæləd][bar] n. 沙拉吧
- saloon [səˋlun] n. 酒館
- school cafeteria [skul][͵kæfəˋtɪriə] n. 學校餐廳
- seafood restaurant [ˋsi͵fud][ˋrɛstərənt] n. 海鮮餐廳、海產店
- servery [ˋsɝvərɪ] n. 備餐台
- serving cart [ˋsɝvɪŋ][kart], server [ˋsɝvə-] n.（餐廳裡的）送菜推車
- shaved ice shop [ʃeivd][aɪs][ʃɑp] n.刨冰店
- shebeen [ʃɪˋbin] n. 無執照的小酒店
- sidewalk café [ˋsaɪd͵wɔk][kəˋfe] n.露天咖啡廳
- slaughterhouse [ˋslɔtə-͵haʊs] n. 屠宰場
- snack bar [snæk][bar] n.快餐櫃台、小吃部
- snack kiosk [snæk][ˋkiɑsk] n.（電影院、運動場等的）販賣部
- so-so a. 馬馬虎虎的
- soda fountain [ˋsodə][ˋfaʊntɪn] n.冷飲櫃台；冷飲小賣部
- steakhouse [ˋstek͵haʊs] n. 牛排館

- sushi train [ˋsuʃɪ][tren] n. 迴轉壽司台
- supermarket [ˋsupə-͵markɪt] n. 超市
- takeaway restaurant [ˋtekə͵we][ˋrɛstrant], take-out restaurant [ˋteɪk͵aʊt][ˋrɛstərənt] n. 外賣餐廳
- taqueria [͵takəˋriə] n. 墨西哥夾餅餐廳
- tavern [ˋtævə-n] n.（可住宿的）酒店
- tea restaurant [ti][ˋrɛstrant] n. 茶餐廳
- tea shop [ti][ʃɑp] n. 茶行
- teahouse [ˋti͵haʊs], tearoom [ˋti͵rum] n. 茶館
- teppanyaki restaurant [tepənjeˋki] [ˋrɛstrant] n. 鐵板燒餐廳
- theme restaurant [θim][ˋrɛstərənt] n.主題餐廳
- tied house [taɪd][haʊs] n.（某啤酒廠的）專賣酒店
- trattoria [͵trattoˋria] n. 義式平價餐館
- vegetarian restaurant [͵vɛdʒəˋtɛriən] [ˋrɛstrant] n. 素食餐廳
- vending machine [ˋvendɪŋ][məˋʃin] n.自動販賣機
- watering hole [ˋwɔtərɪŋ][hol] n.有賣酒的地方（如酒吧、酒店，夜店等）
- winery [ˋwaɪnərɪ] n. 葡萄酒廠
- yum cha restaurant n. 港式茶樓

★ 環境、服務 ★

- affordable [əˋfɔrdəbl] a. 負擔得起的
- all-day [ˋɔl͵de] a. 全天供餐的
- all-you-can-eat [aljəkənˋit] a. 吃到飽的
- average [ˋævərɪdʒ] a. 普通的
- beer menu [bɪr][ˋmɛnju] n. 啤酒單
- bill [bɪl] n.（餐廳、水電、購物等的）帳單

- bring your own bottle (BYOB) 自備酒瓶
- casual [ˈkæʒʊəl] a. 輕鬆的
- centerpiece [ˈsɛntɚˌpis] n. 餐桌中央的裝飾品
- chandelier [ˌʃændl̩ˈɪr] n. 裝飾吊燈
- cheap [tʃip] a. 便宜的
- check [tʃɛk] n.（餐廳）帳單
- chef's table [chefs][ˈtebl̩] n. 主廚餐桌
- chef's hat [chefs][hæt] n. 廚師帽
- classy [ˈklæsɪ] a. 高級的
- closed [klozd] a. 營業時間結束的；歇業的
- comfy [ˈkʌmfɪ] n. 舒服的
- cooked-to-order [kʊkt tu ˈɔrdɚ] a. 現點現作的
- counter service [ˈkaʊntɚ][ˈsɜrvɪs] n.櫃台服務
- crowded [ˈkraʊdɪd] a. 擠滿人的
- crummy [ˈkrʌmɪ] a.（服務、衛生、餐點等）很差的
- customer review [ˈkʌstəmɚ][rɪˈvju] n. 顧客評論
- décor [deˈkɒr] n. 室內裝潢
- delivery [dɪˈlɪvərɪ] n. 外送
- dine and dash [daɪn][ænd][dæʃ] v.吃霸王餐
- dingy [ˈdɪndʒɪ] a. 昏暗的；骯髒的
- dining room [ˈdaɪnɪŋ][rum] n.（居家、飯店等的）飯廳
- doggy bag [ˈdɔgi][bæg] n. 打包袋
- dress code [drɛs][kod] n. 衣著守則
- drive-through [ˈdraɪv θru], drive-thru [ˈdraɪv θru] n. 得來速
- exotic [ɛgˈzɑtɪk] a. 異國的
- expensive [ɪkˈspɛnsɪv] a. 昂貴的
- facilities [fəˈsɪlətɪs] n. 設施

- familiar [fəˈmɪljɚ] a.（菜色）常見的
- family-style [ˈfæməli staɪl] a. 家庭風格的
- fast casual restaurant [fæst][ˈkæʒuəl][ˈrɛstərənt] n. 快速休閒餐廳
- fast food chain [fæstfud][tʃen] n. 連鎖速食餐廳
- filthy [ˈfɪlθɪ] a. 骯髒的
- fine-dining restaurant [ˌfaɪn ˈdaɪnɪŋ][ˈrɛstərənt] n. 高級餐廳
- five-star [faɪv star] a. 五星級的
- flair bartending [fler][ˈbartendɪŋ] n. 花式調酒
- food quality [fud][ˈkwɑləti] n. 食物品質
- food ticket machine [fud][ˈtɪkɪt][məˈʃin] n.（日）食券機
- for here [fɔr][hɪr] 內用
- formal [ˈfɔrml̩] a. 正式的
- franchise restaurant [ˈfrænˌtʃaɪz][ˈrɛstərənt] n. 加盟餐廳
- full-service [ˈfʊlˈsɜvɪs] a. 提供完整服務的
- fully-licensed [ˈfʊli ˈlaɪsənst] a. 有販酒執照的
- Gault & Millau n. 高特米魯美食指南
- go out of business [go][aʊt][ʌv][ˈbɪznɪs] 歇業
- gratuity [grəˈtjuətɪ] n. 小費
- greasy [ˈgrizi] a. 油膩膩的
- health inspector [hɛlθ][ɪnˈspɛktɚ] n.衛生稽查員
- helping [ˈhɛlpɪŋ] n.（食物）一份
- high-end [ˈhaɪˈɛnd] a. 高價位的
- high price [haɪ][praɪs] n. 高價
- hospitality [ˌhɑspɪˈtælətɪ] n. 招待；好客
- inexpensive [ˌɪnɪkˈspɛnsɪv] a. 不貴的

- informal [ɪnˈfɔrml] a. 非正式的
- ladies' night [ˈlediz][naɪt] n. 淑女之夜
- last call [læst][kɔl] n.（酒吧打烊前的）最後服務
- lay [le] v. 擺桌
- leftover [ˈleftˌovɚ] n. 廚餘
- let-down [lɛt][daʊn] n. 讓人失望的事物
- limited-service [ˈlɪmɪtɪd][ˈsɝvɪs] a. 提供有限服務的
- low price [lo][praɪs] n. 低價
- made-to-order [ˈmed tʊ ˈɔdɚ] a. 客製的
- meal ticket [mil][ˈtɪkɪt] n.（日）食券
- menu [ˈmɛnju] n. 菜單
- Michelin Guide n. 米其林指南
- Michelin-starred a. 獲得米其林星級評價的
- moderately-priced [ˈmɑdɚɪtli praɪst] a. 中等價位的
- modest [ˈmɑdɪst] a. 相對小的
- napkin [ˈnæpkɪn], serviette [ˌsɝviˈet] n. 餐巾（紙）
- napkin folding [ˈnæpkɪn][ˈfoldɪŋ] n. 折餐巾（紙）
- No Smoking [no][ˈsmokɪŋ] 禁止吸菸
- non-smoking area [ˌnɑnˈsmokɪŋ][ˈeriə] n. 非吸煙區
- online food ordering [ˌɑnˈlaɪn][fud][ˈɔrdərɪŋ] n. 線上點餐
- open [ˈopən] v. 開門營業
- order [ˈɔrdɚ] n. v. 點菜
- ownership [ˈonɚˌʃɪp] n. 所有權
- place mat [ples][mæt] n. 餐具墊
- place setting [ples][ˈsɛtɪŋ] n. 餐具擺設
- plating [ˈpletɪŋ], presentation [ˌprizenˈteɪʃn] n. 擺盤
- pocket-friendly [ˈpɑkɪtˈfrɛndlɪ] a. 價格經濟實惠的
- postprandial [postˈprændɪəl] n. 餐後的
- prandial [ˈprændɪəl] n. 正餐的
- pricey [ˈpraɪsɪ] a. 貴的
- pub crawl [pʌb][krɔl] n. 喝通關（一個晚上跑多間酒吧）
- quick-service [kwɪk ˈsɝvɪs] a. 快速服務的
- raggedy [ˈrægədɪ] a. 有點破的
- ready-cooked food [ˈrɛdikʊkt][fud] n. 即食食品
- receipt [rɪˈsit] n. 發票、收據
- refill [riˈfɪl] n. 續杯
- reserve [rɪˈzɝv] v. 訂位
- restaurant chain [ˈrɛstərənt][tʃen] n. 連鎖餐廳
- restaurant guide [ˈrɛstərənt][gaɪd] n. 餐廳指南
- restaurant license [ˈrɛstərənt][ˈlaɪsəns] n. 餐廳執照
- restaurant ratings [ˈrɛstərənt][ˈreɪtɪŋz] n. 餐廳評價
- room service [rum][ˈsɝvɪs] n. 客房服務
- sanitation [ˌsænəˈteʃən] n. 環境衛生
- seconds [ˈsɛkənds] n. 第二輪吃的菜；第二輪上的菜
- self-service [ˈsɛlfˈsɝvɪs] a. 自助服務的
- serve [sɝv] v. 服務
- service [ˈsɝvɪs] n. 服務
- service charge [ˈsɝvɪs][tʃɑrdʒ] n. 服務費
- serving [ˈsɝvɪŋ] n. 一人份；上菜
- shabby [ˈʃæbɪ] a. 破舊的
- sit-down [ˈsɪt ˌdaʊn] a. 可以坐下用餐的
- sitting [sɪtɪŋ] n. 就座；坐著的時間

- sleazy [ˈslizɪ] a. 破爛骯髒的
- smoking area [ˈsmokɪŋ][ˈeriə] n. 吸煙區
- sophisticated [səˈfɪstɪˌketɪd] a. 精緻的
- stylish [ˈstaɪlɪʃ] n. 時髦有型的
- table service [ˈtebl̩][ˈsɝvɪs] n. 桌邊服務
- table setting [ˈtebl̩][ˈsɛtɪŋ] n. 餐桌擺設
- take-out service [ˈteɪkˌaʊt][ˈsɝvɪs] n. 外帶服務
- tasting menu [ˈtestɪŋ][ˈmɛnju] n. 嚐味菜單
- table manners [ˈtebəl][ˈmænəz] n. 餐桌禮節
- table sharing [ˈtebəl][ˈʃerɪŋ] n. 共桌
- tabletop cooking [ˈteɪbltɑp][ˈkʊkɪŋ] n. 在餐桌上煮食

- tip [tɪp] n. 小費， v. 給小費
- to go [tu][go] 外帶
- to-go box [tu go][bɑks] n. 外帶餐盒
- trained [trend] a. 訓練有素的
- trendy [ˈtrɛndɪ] a. 時髦的
- upscale [ˈʌpˌskel] a. 高檔的
- variety [vəˈraɪətɪ] n. 種類
- well-chosen [ˈwɛlˈtʃozn̩] a. 選擇得當的
- well-dressed [ˈwɛlˈdrɛst] a. 穿著體面的
- wine list [waɪn][lɪst], wine menu [waɪn][ˈmɛnju] n. 酒單
- wrap up [ræp][ʌp] v. 打包
- yuppie [ˈjʌpɪ] a. 雅痞的

心·得·筆·記

延伸例句

▶▶▶ Can I have a refill?
我可以續杯嗎？

▶▶▶ This Michelin-starred restaurant is my next destination restaurant.
這間米其林星級餐廳是我下一個必訪目標。

▶▶▶ The taqueria has an extensive menu and hospitable atmosphere.
這間墨西哥夾餅餐廳有豐富的菜單和好客的氛圍。

▶▶▶ The Mongolian barbecue is no longer in business.
那間蒙古烤肉餐廳已經歇業了。

▶▶▶ The pub is open from 11 P.m. to 4 a.m..
那間酒館從晚上十一點開到清晨四點。

▶▶▶ The steakhouse is closed from September lst through the 30th.
那間牛排館從九月一號到三十號都不營業。

▶▶▶ Pick-up or delivery?
外帶還是外送？

▶▶▶ My cousin opened a café that serves all-day breakfast.
我表妹開了一間咖啡廳，全天候供應早餐。

▶▶▶ We took a picture of the restaurant from its patio area.
我們從室外用餐區拍了一張餐廳的照片。

▶▶▶ Can we have the bill, please?
請給我們帳單好嗎？

▶▶▶ We will hold your reservation for 10 minutes.
我們會保留您的訂位十分鐘。

▶▶▶ The bill includes food, drink, and a 10% service charge.
帳目包括餐飲和 10% 的服務費。

▶▶▶ It's the best hole-in-the-wall I can find in the neighborhood.
這是附近我所能找到最好的小吃店。

▶▶▶ The breakfast shop offers a variety of fresh made-to-order sandwiches.
那家早餐店供應各種新鮮的現做三明治。

▶▶▶ The brasserie regularly changes its menu to cater to local tastes.
那間法式餐館定期更換菜單，以迎合當地人口味。

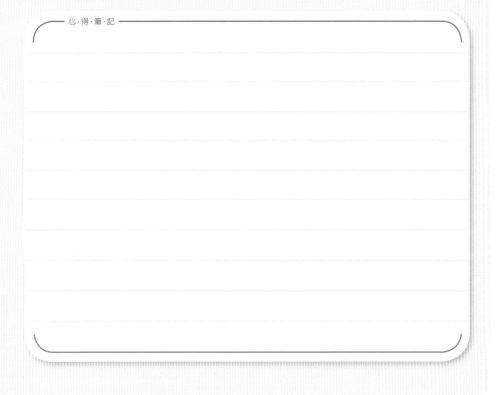

心·得·筆·記

Who
誰來吃、
　　　誰在煮

/ 用餐者

/ 廚人、餐廳與食品業者

一、用餐者

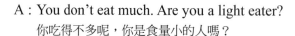

A : You don't eat much. Are you a light eater?
你吃得不多呢，你是食量小的人嗎？

B : Not exactly. I'm trying to eat less meat.
不盡然是，我正在試著少吃肉。

A : Oh, are you going vegetarian?
（噢，你在吃素嗎？

B : Yes, and you know what? I used to be a meatatarian.
對，而且你知道嗎？我一向是肉食主義者。

A : What changed you?
那是什麼改變了你？

B : My blood pleasure was so high that I thought a vegetarian diet may help control it.
我的血壓太高，我想素食或許有助於控制血壓。

A : I see. I have a different problem. I am too picky about foods.
原來如此。我的問題不同，我對食物太挑剔了。

B : Doesn't that make you a foodie?
你沒有因此變成美食家嗎？

A : Not at all. It only caused problems to my body.
一點也不，只造成了我的健康問題。

B : Looks like we both need a more balanced diet.
看來我們都需要更均衡的飲食。

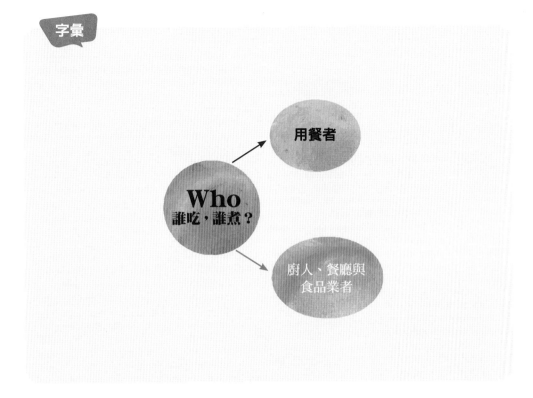

字彙

用餐者

Who
誰吃，誰煮？

廚人、餐廳與
食品業者

★ 用餐者 ★

- alcoholic [ˌælkəˈhɔlɪk] n.酒鬼

- anorexia [ˌænəˈrɛksɪə] n. 厭食症

- barfly [ˈbɑrˌflaɪ] n. 酒吧常客

- big eater [bɪg][ˈitɚ], heavy eater [ˈhɛvi] [ˈitɚ] n. 大胃王

- boozer [ˈbuzɚ] n. 酗酒者

- breakfastarian [ˈbrɛkfəst ˈtɛrɪən] n. 早餐人（三餐都吃早餐食物的人）

- carnivore [ˈkɑrnəˌvɔr] n. 肉食動物

- carnivorist [ˈkɑrnɪvɔrɪst], meatatarian [ˈmitəˈtærɪən] n. 肉食主義者

- binge eater [bɪndʒ][ˈitɚ] n. 暴食者

- customer [ˈkʌstəmɚ] n. 顧客

- dine-and-dasher [daɪn ənd dæʃɚ] n. 吃霸王餐的人

- diner [ˈdaɪnɚ] n. 用餐的人

- dipsomaniac [ˌdɪpsəˈmeniˌæk] n.（醫）嗜酒狂

- drunkard [ˈdrʌŋkɚd] n. 醉漢

- eater [ˈitɚ] n. 食者

- epicure [ˈɛpɪˌkjʊr] n. 喜歡享受美食的人

- feeder [ˈfidɚ] n. 進食的人；給食者

- flexitarian [ˌflɛksəˈtɛrɪrn] n. 彈性素食者

- food critic [fud][ˈkrɪtɪk] n. 美食評論家

- gastronome [ˈgæstrəˌnom] n.（講究廚藝且知識豐富的）美食家

- glutton [ˈglʌtn̩] n. 老饕、貪吃者
- gourmet [ˈgʊrme] n.（講究品味的）美食家
- guest [gɛst] n. 客人
- guzzler [ˈgʌzlɚ] n. 酒鬼、暴飲暴食者
- herbivore [ˈhɝbəˌvɔr] n. 草食動物
- inebriate [ɪnˈibrɪˌet] n. 醉漢
- lacto-vegetarian [ˌlæktoʊ vɛdʒəˈtɛriən] n. 奶素者
- light eater [laɪt][ˈitɚ] n. 食量小的人
- monophagia [mɑnəˈfeɪdʒɪr] n. 偏食
- no-show [ˈnoˈʃo] n. 預訂了座位卻未出席的人
- omnivore [ˈɑmnəˌvɔr] n. 雜食者
- organivore n. 只吃有機食品的人
- orthorexia [ˌɔrθoʊˈrɛksiə] n. 健康食品痴迷症
- ovo-vegetarian [ˌoʊvoʊvɛdʒəˈtɛriən] n. 蛋素者
- ovo-Lacto vegetarian [ˈoʊvoʊ ˈlæktoʊ][ˌvɛdʒəˈtɛriən] n. 蛋奶素者
- patron [ˈpetrən] n. 老主顧
- pescatarian [ˌpɛskəˈtɛriən], pesco-vegetarian [ˌpɛskovɛdʒəˈtɛriən] n. 吃魚但不吃肉的素食者
- picky eater [ˈpɪki][ˈitɚ] n. 挑食的人
- pollotarian, pollo-vegetarian n. 吃家禽但不吃紅肉及魚的素食者
- regular [ˈrɛgjəlɚ] n. 常客
- semi-vegetarian [ˈsɛmiˌvɛdʒəˈtɛriən] n. 半素食者
- sweet tooth [swit][tuθ] n. 嗜吃甜食
- teetotaller [tiˈtotl̩ɚ] n. 絕對禁酒的人
- vegen [ˈvɛgən] n. 吃全素者
- vegetarian [ˌvɛdʒəˈtɛriən] n.（未必吃全素的）素食者

字辨

attendant、server 與 waiter/waitress

attendant：在餐廳從事備餐、送餐等工作的服務人員，有時也接待客人，通常為協助 server 工作的服務人員。

server：今日提到接待、點餐、送餐的服務生時，多半以 server 稱呼。

waiter/waitress：侍者，今日已少用這兩個詞彙，多以 server 取代。

★ 廚人、餐廳與食品業者 ★

- attendant [əˈtɛndənt] n. 服務生
- baker [ˈbekɚ] n. 麵包師傅；麵包業者
- bar-back n. 吧台助手
- bar manager [bɑr][ˈmænɪdʒɚ] n. 酒吧經理
- bar staff [bɑr][stæf] n. 吧台人員
- barista [bəˈrɪstə] n. 咖啡師
- bartender [ˈbɑrˌtɛndɚ] n. 酒保
- brewer [ˈbruɚ] n. 釀酒商
- brigade system [brɪˈgeɪd][ˈsɪstəm] n. 廚師分類系統
- busboy [ˈbʌsˌbɔɪ], busser [ˈbʌsɚ] n. 收餐盤的雜役
- butcher [ˈbʊtʃɚ] n. 肉販；屠夫；廚房的肉類處理工
- captain [ˈkæptən], head waiter [hɛd][ˈwetɚ] n. 餐廳領班、旅館侍者領班
- chef [ʃɛf] n. 廚師
- chef de cuisine [ʃɛf][de][kwɪˈzin], executive chef [ɪgˈzɛkjʊtɪv][ʃɛf] n. 主廚

- chef de partie [ʃɛf][de][ˈpɑrtaɪ], station chef [ˈsteʃən][ʃɛf] n. 二廚、分線主廚
- commis [ˈkɑmi] n. 三廚
- cook [kʊk] n. 廚子
- dishwasher [ˈdɪʃˌwɑʃɚ] n. 洗碗工
- host [host] n. 帶位人員
- hostess [ˈhostɪs] n. 帶位人員（女性）
- kitchen-hand [ˈkɪtʃən hænd] n. 廚房雜工
- kitchen porter [ˈkɪtʃən][ˈportɚ] n.（餐廳、飯店的）洗碗工
- lunch lady [lʌntʃ][ˈledi] n.學校餐廳煮飯阿姨
- maître d' n. 餐廳領班；飯店經理
- master chef [ˈmæstɚ][ʃɛf] n. 主廚
- mixologist [mɪkˈsɑlədʒɪst] n. 調酒師
- owner [ˈonɚ] n. 店主
- pastry chef [ˈpestri][ʃɛf] n. 點心主廚
- personal chef [ˈpɝsənḷ][ʃɛf] n. 私人廚師
- prep cook [prɛp][kʊk] n. 備料廚師
- publican [ˈpʌblɪkən] n. 酒吧（pub）老闆
- restaurant worker [ˈrɛstərənt][ˈwɝkɚ] n. 餐廳工作者

- restaurateur [ˌrɛstərəˈtɚ] n. 餐廳老闆
- roundsman [ˈraʊndzmən] n. 廚房各單位的後備廚師
- runner [ˈrʌnɚ] n. 送菜員
- saucier [soˈsjeɪ] n. 調味師
- sauté chef n. 醬汁主廚
- server [ˈsɝvɚ] n. 服務生
- short-order cook [ˈʃɔrtˈɔrdɚ][kʊk] n. 快餐廚子
- sommelier [ˌsʌməlˈjeɪ], wine waiter sommelier [waɪn][ˈwetɚ] [ˌsʌməlˈjeɪ], wine waiter [waɪn][ˈwetɚ] n. 倒酒侍者
- sous-chef [ˈsuʃef] n. 副主廚
- steward [ˈstjuwɚd] , stewardess [ˈstjuwɚdɪs] n. 廚助
- sushi chef [ˈsuʃi][ʃɛf] n. 壽司師傅
- vendor [ˈvɛndɚ] n. 攤販
- wait staff [wet][stæf] n.（統稱）服務生
- waiter [ˈwetɚ] n. 侍者
- waitress [ˈwetrɪs] n. 侍者（女性）

心·得·筆·記

延伸例句

▶▶▶ He is a big eater of fast food.
他是個嗜吃速食的人。

▶▶▶ She is a renowned big eater, or oogui, in Japan.
她是日本有名的大胃王，或說「大食い」。

▶▶▶ Breakfastarians who eat breakfast meals at any hour of the day are on the rise.
一天中不論何時都吃早餐食物的早餐人正日益增加。

▶▶▶ He is a dedicated organivore who eats only organic food.
他是熱誠的有機食品族，只吃有機食品。

▶▶▶ Our lunch ladies are good at making delicious and nutritious whole wheat toasts.
我們學校的餐廳阿姨擅長做美味又營養的全麥吐司。

▶▶▶ A good runner delivers food from kitchen to guests efficiently.
好的送菜員能有效率地從廚房送菜給客人。

▶▶▶ The dine-and-dasher repeatedly ate at high-end restaurants and left without paying bills.
這個吃霸王餐的人反覆在高檔餐廳用餐，但未付帳就離開。

▶▶▶ I have a sweet tooth, especially for ice cream.
我喜歡吃甜食，尤其是冰淇淋。

▶▶▶ He is a gourmet who enjoys discovering new taste sensations.
他是美食家，喜歡發掘新的味覺感受。

▶▶▶ We asked the maître d' if we could have a table for four.
我們問餐廳領班能否給我們一張四人桌。

▶▶▶ The restaurant calls to remind us of our reservation to prevent a no-show.
餐廳打電話提醒我們預約時間，以免我們未到場。

▶▶▶ A commis works under a chef de partie to learn the section's responsibilities.
三廚在二廚底下工作，以學習那一區的職責。

▶▶▶ We appreciate our patrons for voting us the best Thai restaurant in the area.
我們感謝老主顧們選我們為這個地區最好的泰式餐廳。

───── 心·得·筆·記 ─────

國家圖書館出版品預行編目資料

如何捷進英語詞彙.飲食篇/陳筱宛,謝汝萱著.
-- 初版. -- 臺北市：商周,城邦文化出版：家
庭傳媒城邦分公司發行,民 2019.04
    面；　公分 -- (超高效學習術；34)
ISBN 978-986-477-651-1 (平裝)

1.英語 2.詞彙
805.12   108005059

如何捷進英語詞彙：飲食篇

作　　　者／陳筱宛、謝汝萱
審　　　閱／Formosa Media Agency, LLC
企 畫 選 書／林宏濤
責 任 編 輯／陳思帆

版　　　權／黃淑敏、翁靜如
行 銷 業 務／莊英傑、李衍逸、黃崇華
總 編 輯／楊如玉
總 經 理／彭之琬
事業群總經理／黃淑貞
發 行 人／何飛鵬
法 律 顧 問／台英國際商務法律事務所　羅明通律師
出　　　版／商周出版
　　　　　　城邦文化事業股份有限公司
　　　　　　台北市中山區民生東路二段141號4樓
　　　　　　電話：(02) 2500-7008　傳真：(02) 2500-7759
　　　　　　E-mail：bwp.service@cite.com.tw
發　　　行／英屬蓋曼群島商家庭傳媒股份有限公司城邦分公司
　　　　　　台北市中山區民生東路二段141號2樓
　　　　　　書虫客服服務專線：02-25007718 · 02-25007719
　　　　　　24小時傳真服務：02-25001990 · 02-25001991
　　　　　　服務時間：週一至週五09:30-12:00 · 13:30-17:00
　　　　　　郵撥帳號：19863813　戶名：書虫股份有限公司
　　　　　　讀者服務信箱E-mail：service@readingclub.com.tw
　　　　　　歡迎光臨城邦讀書花園　　網址：www.cite.com.tw
香港發行所／城邦（香港）出版集團有限公司
　　　　　　香港灣仔駱克道193號東超商業中心1樓
　　　　　　Email：hkcite@biznetvigator.com
　　　　　　電話：(852) 25086231　傳真：(852) 25789337
馬新發行所／城邦（馬新）出版集團　Cite (M) Sdn. Bhd.
　　　　　　41, Jalan Radin Anum, Bandar Baru Sri Petaling,
　　　　　　57000 Kuala Lumpur, Malaysia
　　　　　　電話：(603) 90578822　傳真：(603) 90576622

封 面 設 計／林芷伊
版 型 設 計／豐禾設計工作室
排　　　版／豐禾設計工作室
印　　　刷／韋懋實業有限公司
經 銷 商／聯合發行股份有限公司　　電話：(02)2917-8022

2019年4月11日初版　　　　　　Printed in Taiwan
定價／350元

ISBN 978-986-477-651-1

城邦讀書花園
www.cite.com.tw

廣　告　回　函
北區郵政管理登記證
台北廣字第000791號
郵資已付，免貼郵票

104 台北市民生東路二段141號2樓

英屬蓋曼群島商家庭傳媒股份有限公司

城邦分公司　收

- -

請沿虛線對摺，謝謝！

書號：BO6034　　　書名：如何捷進英語詞彙：飲食篇

 商周出版

讀者回函卡

感謝您購買我們出版的書籍！請費心填寫此回函卡，我們將不定期寄上城邦集團最新的出版訊息。

不定期好禮相贈！
立即加入：商周出版
Facebook 粉絲團

姓名：＿＿＿＿＿＿＿＿＿＿＿＿＿＿＿＿＿＿＿＿＿ 性別：□男 □女

生日：西元＿＿＿＿＿＿＿年＿＿＿＿＿＿月＿＿＿＿＿＿日

地址：＿＿＿＿＿＿＿＿＿＿＿＿＿＿＿＿＿＿＿＿＿＿＿＿＿

聯絡電話：＿＿＿＿＿＿＿＿＿＿＿ 傳真：＿＿＿＿＿＿＿＿＿

E-mail：

學歷：□ 1. 小學 □ 2. 國中 □ 3. 高中 □ 4. 大學 □ 5. 研究所以上

職業：□ 1. 學生 □ 2. 軍公教 □ 3. 服務 □ 4. 金融 □ 5. 製造 □ 6. 資訊

　　　□ 7. 傳播 □ 8. 自由業 □ 9. 農漁牧 □ 10. 家管 □ 11. 退休

　　　□ 12. 其他＿＿＿＿＿＿＿＿＿＿＿＿

您從何種方式得知本書消息？

　　　□ 1. 書店 □ 2. 網路 □ 3. 報紙 □ 4. 雜誌 □ 5. 廣播 □ 6. 電視

　　　□ 7. 親友推薦 □ 8. 其他＿＿＿＿＿＿＿＿＿＿＿＿

您通常以何種方式購書？

　　　□ 1. 書店 □ 2. 網路 □ 3. 傳真訂購 □ 4. 郵局劃撥 □ 5. 其他＿＿＿＿＿

您喜歡閱讀那些類別的書籍？

　　　□ 1. 財經商業 □ 2. 自然科學 □ 3. 歷史 □ 4. 法律 □ 5. 文學

　　　□ 6. 休閒旅遊 □ 7. 小說 □ 8. 人物傳記 □ 9. 生活、勵志 □ 10. 其他

對我們的建議：＿＿＿＿＿＿＿＿＿＿＿＿＿＿＿＿＿＿＿＿＿

　　　　　　　＿＿＿＿＿＿＿＿＿＿＿＿＿＿＿＿＿＿＿＿＿＿＿＿

　　　　　　　＿＿＿＿＿＿＿＿＿＿＿＿＿＿＿＿＿＿＿＿＿＿＿＿